U0899811

桐华 著

江苏凤凰文艺出版社
JIANGSU PHOENIX LITERATURE AND ART PUBLISHING, LTD

图书在版编目（CIP）数据

步步惊心 . 下 / 桐华著 . — 南京：江苏凤凰文艺出版社，2020.1
ISBN 978-7-5594-4178-2

Ⅰ . ①步… Ⅱ . ①桐… Ⅲ . ①长篇小说—中国—当代
Ⅳ . ① I247.5

中国版本图书馆 CIP 数据核字（2019）第 241228 号

步步惊心 . 下

桐　华 著

责任编辑　张　倩　王　青
出版发行　江苏凤凰文艺出版社
　　　　　南京市中央路 165 号，邮编 210009
网　　址　http://www.jswenyi.com
印　　刷　天津旭丰源印刷有限公司
开　　本　710mm × 1000mm　1/16
印　　张　19.5
字　　数　340 千字
版　　次　2020 年 1 月第 1 版　2020 年 1 月第 1 次印刷
标准书号　ISBN 978-7-5594-4178-2
定　　价　45.00 元

从喜生忧患，从喜生怖畏；

离喜无忧患，何处有怖畏？

从爱生忧患，从爱生怖畏；

离爱无忧患，何处有怖畏？

是故莫爱着，爱别离为苦。

若无爱与憎，彼即无羁缚。

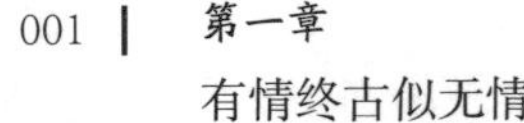

步步惊心
下

步步惊心
下

第一章

有情终古似无情

我心中郁悒，每日左思右想，病好得更加慢，且时有反复，待全好时，已经是十月底了。

这是自一个多月前生病后，我第一次当值，心中颇为忐忑，待得王喜通知说“万岁爷下朝了”，我几次三番都有冲动让秋晨去奉茶，我只想躲开，但终是理智控制着自己，和秋晨捧了茶盘进去。

侍立在外的太监看我来，忙打起帘子。眼光扫了一圈，三阿哥、四阿哥、八阿哥、九阿哥、十阿哥、十三阿哥、十四阿哥等都在座，我深吸了口气，定了定心神，轻轻走进去。

屋中一片寂静，康熙正在侧头凝思，我把茶盅置于案上，躬了身子行礼。康熙一直未曾看过我一眼，我心下微松口气，转到三阿哥桌旁奉茶。一圈茶奉下来，几个阿哥都是正襟端坐，目不斜视。我自始至终低垂着头，视线只集中在眼前一块。

出暖阁后，快步走回耳房，放了茶盘，我这才长出了口气。待心神静了下来，又不禁想，他们在商议什么？为什么个个表情凝重？

等两日后康熙颁旨，才知道当日为何气氛那么沉重了。“以殷特布为汉军都统，隆科多为步军统领，张谷贞为云南提督。”全是手握兵权的重要位置。八阿哥率先发难，却是四阿哥的人隆科多掌握了这个负责京城安全的重要职位，在众人没有察觉的情况下，四阿哥的这一枚重要棋子已经渐渐布好了。

脑中正在仔细琢磨，忽地想起我曾经提醒过八阿哥，要他防备隆科多。如果他对我的话上了心，那就是说，在这个时候，八阿哥应该知道四阿哥和隆科多的关系，即使现在他们来往并不亲密，甚至隆科多和四阿哥为了避嫌，还有意疏远对方。我这样做，是已经掀了四阿哥的一张重要底牌吗？

脑中开始迷糊，模糊的历史和现在的实际情况，让我本就看不透的局越发难懂，只得作罢，仔细想想自己何去何从。

现在不得不相信一点，我是逃不过被指婚的命运的。苏麻喇姑抗旨不嫁后可以安然留在宫中，那是因为康熙对她感情特殊，愿意容忍她。而我如果抗旨，恐怕康熙绝对不会让我日子好过的，也许真就是三尺白绫的下场。

可康熙究竟会把我指给谁呢？太子爷，从现在起，他就会麻烦不断，直到被废，所以他排除。

现在的局面，只有两种可能，康熙要么把我指给一个中立派的人让我远离夺嫡风波，要么把我指给他心中看重的人，也就是说有可能是他心中认定的未来皇帝或他的追随者。

仔细分析后，再一一排除，却还是有多种可能，再加上朝堂中我不熟悉的大臣，最后发觉，我如果想凭借排除法找出答案是不可能的了。康熙心思深沉如海，我虽跟在他身边多年，却仍然无法看出端倪。

其实，四阿哥、八阿哥、十四阿哥早已给我指明了路，我唯一的出路就是与其等着康熙给我指婚，最终结果难料，不如自己选择，至少可以保证避免最坏的结果。

想到太子，全身又是一阵恶寒，禁不住撑着头，长叹口气，早知如此，何必当初呢？古人十六七岁就成婚，如今与我年龄适当的男子，个个都是已有娇妻美妾，原来我也就是做小老婆的命。

选谁？

八阿哥肯定不行！以前或许还可以，但是苏完瓜尔佳王爷的一块玉佩让我身份尴尬。康熙一废太子后又对八阿哥深为忌惮，现在是绝对不会把我指给他，让他的势力继续扩大。

十三阿哥肯定不行！虽说敏敏已经要嫁作他人妇，可若让她知道我要嫁给十三阿哥的话，只怕当年我劝她的话都变成别有居心，我不想失去这个朋友。再说，十三阿哥也肯定不会同意，自从我带他去荷塘找过四阿哥后，他已经把我视作四阿哥的人，否则也不会用九阿哥来试探我。

十四阿哥也不行，他现在还是八爷党的人，一则康熙不会同意，二则他自己为了八阿哥也绝对不会要我的。

想了一圈，各人的心思、康熙的心思、他们的利益纠葛，越想越乱，越想越无所适从，最后觉得何必如此麻烦？既然想遮风挡雨，索性找那棵最大的树去靠不就行了，反正他也愿意娶。以后的事情再走一步说一步。

◈

我拿起簪子，瞅了半天，四阿哥这么喜欢木兰，究竟出自什么寄托？“朝搴阰之木兰兮，夕揽洲之宿莽。”“朝饮木兰之坠露兮，夕餐秋菊之落英。”他是像屈原一样认为自己内在芬芳吗？还是觉得自己的抱负和才华不得施展？

我仔细插好簪子，端详了下，忍不住讥笑起来，以为自己永远不会用的，却不料这么快就插在了头上。

待得四阿哥和十三阿哥出来时，我盈盈上前请安。十三阿哥笑着让我起来，四阿哥嘴角带着丝若有若无的笑，凝视着我头上的簪子，转而又打量我的神色。我嘴角含着笑，静静立在一旁，任由他打量。十三阿哥看我们神色异常，也不出声，只在一旁若无其事地站着。

四阿哥看了我一会儿，举步前行，十三阿哥和我随后跟着。待行到僻静处，他转身站定，看着我。十三阿哥走开了几步，在远处打量着四周。

我低着头站了好一会儿，他却一直不说话，我只得强笑道：“四王爷应该已经明白奴婢的意思了。”

四阿哥道：“你找我，是让我来猜谜的吗？”

我长吸了口气，打起精神笑道：“说得是，那奴婢就直说了，奴婢是来求四王爷娶奴婢的。”

他道："原因？"

我叹口气，笑道："王爷不是劝过奴婢吗？与其不切实际地幻想，不如找一门自己相对满意的婚事。经历了太子之事，奴婢觉得王爷说得很有道理，所以决定从善如流。"

他问："为什么是我？"

我道："王爷是想听假话，还是真话？"

他嘴角扯了扯："假话如何，真话又如何？"

我道："假话就是，王爷对奴婢青眼有加，奴婢心中惶恐感激，只求侍奉于王爷身旁，以报万一。"说着自己笑了起来，他却脸色严肃，目光冷淡，一丝笑意也无。我忙肃了肃面容，接着道，"真话就是，这次虽然侥幸逃过一劫，但下次可就难说了。如果嫁给太子爷那种人，不如真的死了算了，可我却贪恋红尘，不愿意那么早就香消玉殒，所以只能拣一个高枝赶紧落下，避开未知的风暴。"

他嘴角带着嘲弄，好笑地看着我。我被他看得全身毛骨悚然，忙撇开目光。他道："你怎么就肯定，我愿意让你攀上这个高枝呢？"

我愕然地看着他，他眼里、嘴角俱是嘲笑。我愣了好一会儿，无力地问："王爷不乐意娶我？"

他笑道："是，我不乐意娶你。"

我看他神色嘲弄，不禁捂着嘴，苦笑了起来，我还真是太高估自己了，以为送了项链、送了簪子就肯定愿意娶的。笑了一会儿，我恼羞成怒，转身就走。

他在身后问："你还打算去找谁呢？十四弟吗？给你句实话，现在没有人敢娶你的。"

我停住脚步，思索了会儿，转身走回，问道："此话怎讲？"

他敛了笑意，道："太子爷为什么会突然要你？现今看来，苏完瓜尔佳王爷的玉佩是一个原因，他娶不了敏敏，如果娶了你，至少和蒙古的关系也是一个缓和。再则，佐鹰王子去年八月一路追逐敏敏而去，连自己部落都不回，整日和敏敏耗在一起，一待就是一年，让伊尔根觉罗大王子讥笑说'见了女色就昏头，难成大器'。佐鹰却趁其不备，明修栈道，暗度陈仓，搜集了大王子私自敛财、假造账目和买通伊尔根觉罗王爷近侍监视王爷的罪证，打破了伊尔根觉罗王爷对大王子的信任。以佐鹰的权术计谋，加上苏完瓜尔佳王爷的支持，将来伊尔根觉罗族的王爷是何人，已经不言而喻。那你和敏敏的要好自然也可为太子爷所用了。"

我听得呆住，我以为佐鹰是因为情难自禁才追敏敏而去，却不料竟是如此，这就是我以为的真心？为什么太阳背后总有阴影？这个权力斗争场里可还有真心？不禁悲哀地问："佐鹰王子对敏敏可是真心？"

他道："这重要吗？反正他会永远娇宠着敏敏，凡事顺着敏敏，何必还非要弄明白是真是假？如果假一辈子和真又有何区别？"

我喃喃道："有区别的，肯定有区别的！即使疼痛我也宁愿要真实，而不愿在花好月圆的虚假甜蜜中。"

他摇头叹道："你这个人怎么夹杂不清呢？我们是在说佐鹰和敏敏吗？你现在还有心思操心别人？"

我静了一会儿，木然地说："奴婢不觉得一块玉佩就能说明苏完瓜尔佳王爷真会对奴婢如何，太子爷太一厢情愿了。"

四阿哥说："苏完瓜尔佳王爷刻意当着皇阿玛和满蒙亲贵的面说那么一番话，虽只是一个姿态，不见得真会为你做什么事情，但每个人如何对你却非要权衡一下他的态度。你若嫁了太子爷，蒙古其他部落势必要顾忌一下苏完瓜尔佳王爷，何况现在还有佐鹰王子，未来的伊尔根觉罗王爷。"

他停了一下，接着说："太子爷要你，皇阿玛最后只说'想再留你一段时间'，把这事儿拖了过去，可也没有完全否决太子爷的请求。你自己琢磨琢磨，谁若现在向皇阿玛要你，岂不是和太子爷抢人？再往深里想一想，皇阿玛最忌讳什么？只怕此举还会引得皇阿玛猜忌他。"他叹道，"谁现在敢娶你呢？"

我傻了半晌，禁不住笑起来，道："如今是烫手山芋，无人敢要了。"

他道："太子爷求婚前，你若想嫁人，虽不见得容易，却也没有那么难，可如今，你只能等了。"

我盯着他道："等？等着嫁给太子爷吗？"

他看着我微微笑了下说："你既已戴了我的簪子，又说了要嫁我，以后就莫要再想别人了。"

"王爷不肯娶，难道还不准奴婢另嫁？"我问。

他凝视着我说："只是想找个黄道吉日娶，现在日子不吉利。你不会连这都等不了吧？就这么急着想跟我？不怕进另一个牢笼了？"

我苦笑着说："奴婢怎么觉得苏完瓜尔佳王爷在害奴婢呢？"

他轻叹道："不见得全是好意，倒也不是恶意，不过这是个双刃剑，用好了，也自有好处。”

我呆了会儿，俯身行礼道：“此次多谢王爷帮奴婢逃过一劫。”

他淡淡说：“我没做什么，是你自个儿病得恰到好处。”

我还想再说，他截道：“回去吧！久病刚好，饮食上多留心。现在面色太难看，我不想娶一个丑女回府。”

我没好气地看了他一眼，转身而去。经过十三阿哥身旁时，他挑眉一笑，我却是对他长叹口气，礼也懒得行，自快步离去。

我如今算是和四阿哥达成了某种协议吗？今后他是否真能为我遮风挡雨、护我周全呢？信步慢慢踱回住处，刚推开院门就看见立于桂花树下缓缓转身的八阿哥。我心狂跳，忙反手掩了门，靠着门板只是喘气，竟有做贼心虚的感觉，待了半天才上前请安。

“多谢贝勒爷。”我低头道。

他嘴角带着丝笑说：“太子好女色众所周知，总不能眼看着你跟了这样的人，你即使不跟我，我也不愿你跟着他遭罪。”

我抬头看他，他静静回视着我。微风轻撩着他的袍角，簌簌作响，又吹起我的碎发迷糊了我的双眼。迷蒙泪光中，他的身影越发模糊。我猛然低头俯身行礼道：“贝勒爷回吧，奴婢这里不宜久待。”

他问：“可有后悔？”

我咬了咬唇，抬头盯着他问：“后悔又能如何？你现在愿意娶我吗？”

他转开视线，静了会儿，说：“皇阿玛短期内不会给你指婚的，以后……以后就要再看了。”

我低下头，忍不住扯着嘴角对自己笑起来，他的反应……果然是这样的。

两人默了半晌，他说：“我想问你件事。”

我听他语气慎重，抬头看去，问：“什么事情？”

他说：“你跟在皇阿玛身边多年，依你看，这次皇阿玛可会拿定最后的主意？”

我想着上次告诉他皇上还是很爱太子爷，本意是要他收敛，他却反倒愈发找机会打击太子，此次若说实话，会不会又有难以预料的后果呢？

我道：“我说的不见得准。”

他笑说：“至少上次被你说准了，的确是‘还很爱’。”

我思索了会儿说："以前凡是和太子爷相关的事情，皇上总是要么压下不查，要么只是惩治一下其他相关的人，此次却是大张旗鼓命人彻查，而且这三四年，皇上对太子爷感情日淡，忌惮却日增，只怕心中已经做好恩断义绝的准备。"

他嘴边含着丝笑，垂目静静思索了半晌，随即看着我，柔声问："对自个儿的终身，你如今有什么打算？"

我的打算？我苦笑道："人生就是一个个选择，当初你选择了放弃，而以后就是我自个儿的选择了。"

他凝视着我问："你心里有别人了吗？"

我一慌，脱口而出："贝勒爷怎么总是问奴婢这个问题？奴婢心里有谁，不必贝勒爷操心！"说完立即想打自己嘴巴，怎么自从太子爷求婚后，我就这么稳不住了呢？

他嘴角带着丝笑道："你打算选择谁呢？不要是老四！否则只会受罪，反倒枉费我如今的一番心血。"

我心内震惊，神色微变，强笑道："是与不是都与你无关。再说了，你我都知，这件事情是万岁爷说了算，由不得我自己做主。"

他理理衣襟，笑着向我点点头道："如果你只是听凭皇阿玛做主，那这话就当我没说过。"说完，不疾不徐迈步而去。我却是赶忙扶住桂花树才能立稳，他是什么意思？转而又一遍遍告诉自己，我是知道历史的，我的选择不会有错。

◈

十一月二十日，良妃娘娘薨。我听到这个消息的时候，正在绘制花样，手一抖，一大摊墨汁溅在了宣纸上，迅速晕染开去，即将完工的莲花刹那风姿不再。

七八日前听说她身子不舒服，请了太医，谁也没当回事，怎么转眼间就去了呢？

突闻噩耗的八阿哥肯定万分悲痛，朝堂上的一切正按自己预料发展，不可谓不顺心得意，额娘却突然辞世，人生喜悲总难预料。

我发了会儿呆，抽出笺纸，提笔欲写，笔锋刚触纸面，八字的一撇都未写全，却又顿住，握着笔，只是默默出神。从阳光满室一直静坐到屋子全黑，心思几经转折，最终长叹口气，搁下笔，将笺纸揉成一团，随手丢了。

待得一切冷落，宫中的人不再议论此事时，已经是一个月后。我这才敢来良妃娘娘宫前。

茫茫然地立在良妃宫外，看着深锁的院门还是觉得一切那么不真实，这就人去宫空了？凝视着夕阳余晖下的殷红宫门，脑中却是一树洁白梨花，不禁喃喃诵道："万化参差谁信道，不与群芳同列。浩气清英，仙材卓荦，下土难分别。瑶台归去，洞天方看清绝。"

忽听得皇帝经过时清道的鞭响，我忙退到墙根跪在地上。不大会儿，一队太监、侍卫环绕着康熙从主路上过，康熙身后跟着太子爷和十四阿哥。经过良妃宫前时，康熙忽地脚步一顿，遥遥目注向这边，身前身后的人都赶忙随他停下来，可众人脚步还未停稳，康熙又已举步而行，众人又赶忙提步，呼啦啦地一时颇为凌乱。

原来这就是帝王之爱，不过是一瞬间的回眸。或是他们肩头担负太多东西，因而必须有常人难及的坚强，一瞬间于他们而言已代表很多?

本以为已经躲过，我正打算爬起来时，一个太监快跑着过来，一面请安一面道："万岁爷要见姑娘。"我忙随他追赶而去，心中暗叹，被看到了，不知道是哪个多嘴的家伙说的。

随着康熙一路进了暖阁，玉檀奉完茶后，康熙才看着我说："太子说跪在侧墙根的是你，还真是你。"

我忙跪下回道："往年曾去良妃娘娘宫中帮忙绘制过花样，良妃娘娘对奴婢所绘制的花样满口称赞，今日恰巧路过，就忍不住驻足磕个头，也不枉娘娘当年的一番错爱。"

康熙沉默了一下，说："起来吧。"我忙站起，恭立在一旁。康熙对太子爷和十四阿哥说："朕有些累了，你们跪安吧。"

太子爷和十四阿哥忙站起行礼，康熙吩咐道："胤祯，得空多去看看胤禩，劝劝他固然是伤心，也要顾全自个儿身子。"

十四阿哥忙应是，太子爷却是脸色难看，狠盯了十四阿哥一眼，率先退出。

李德全打了手势，我们都迅速地退出来。我正往回走，忽见十四阿哥等在路边，心里不禁觉得有些可笑，这人对我已经大半个月神色冷淡，怎么今日又有话说了？上前给他请安，他叹道："说你无心吧，你却在良妃娘娘宫前踯躅；说你有心吧，八哥自娘娘薨后，就一直悲痛难抑，辍朝在家。身子本就不好，如今更是脚疾突发，行走都困难，就是其他不相干的人都知道致哀劝慰，你却面色淡漠，恍若不知，一句问候也无，你就一点儿也不顾念八哥平日对你的照顾？远的不说，就最近的这一次，若非八哥，你现在只怕已在太子府了。若曦，你可知道八哥有多寒心？”

我默默出了会子神，说：“十四阿哥，你可曾尝过相思滋味？那是心头的一根刺，纵然是对着好花圆月、良辰美景，却总是心暗伤、意难平！如今我是不可能跟他的，以前只是自己的原因，现在却是形势不由人。娘娘薨前，我曾问过他如今可愿意娶我，他回说要再看，其实他虽没明说，可我心中早就明白，他如今不可能娶我的。既然两人已经不可能，何必再做那些欲放不放的缠绵姿态撩拨他，让他心中一直酸痛？如今他越寒心，却越可以遗忘，我宁愿让他一次狠痛过后，忘得干干净净，从此后了无牵挂！”

他喃喃说：“心头刺？”低头默了一会儿，道，“道是无情却有情，如果你愿意等，还是有可能的。”

等？等着他当太子吗？我苦笑着问：“是我愿意如何就可以的吗？万岁爷能让我一直等吗？说句真心话，我真愿意谁都不嫁，就一个人待着呢！可万岁爷能准吗？”

十四阿哥静了半晌，问：“你能忘了八哥吗？”

我淡淡说：“已经忘了。”

十四阿哥苦笑几声道：“原来这就是‘相濡以沫，不如相忘于江湖’，倒是我痴了！罢！罢！罢！今日既已说清，从此后我也算搁下一桩心事。”

我沉默地看着他，他肃容道：“日后究竟什么个情形，我也拿不准。从现在起，你一定要谨慎小心，凡事能避就避，很多事情都是一念之间可小可大，再不可出现今日这种被人揪住错处的事情了。人被逼入穷巷，反扑起来不择人的。万一被波及，我们也不见得能护你周全。”

我认真地点点头：“听明白了。”

他挥挥手说：“回去吧！”说完转身自去了。

我凝视着他的背影，心里满是迷茫，将来我嫁给四阿哥后，该如何面对他们呢？十三阿哥试探我，也只是用九阿哥，如果换成十阿哥、十四阿哥，我还能利落地说出又打又罚的观点吗？想到十三阿哥，就又想起他被监禁十年的命运，即使知道最终结局是好的，仍然心情沉重。再过几日就是新年，却只是满满的压抑。

◈

其他宫女都在喜气洋洋地过节，我却无法投入，知道前面风波迭起，不免总是担着心事，内心深处又一直在恐惧康熙给我指婚，好多次都从结婚拜堂的噩梦中惊醒。梦里有时是太子爷，有时是一个面目模糊的猥琐男子，醒来时就赶忙庆幸原来只是梦，可接着却是满心的悲哀和恐惧，大睁双眼直至天亮。我如今是疲惫不堪，这样的日子什么时候才是个头？

“怎么在雪地里发呆？”不知何时站到我身后的四阿哥问。

我头未回，随意说：“哪有发呆？我是在赏梅。”

他走到我身旁，道：“原来梅花都长到地上去了，要低着头赏的。”

我笑着侧头看他，他问：“琢磨什么呢？”

我愁眉苦脸，可怜巴巴地说：“琢磨着王爷究竟什么时候肯娶奴婢。”

他道：“说这些话，脸都不红，真是没见过脸皮这么厚的女子。以前不肯嫁，现在却如此急着嫁。”

我接道：“以前是以为有别的盼头，现在宫里日子越发难过，又要怕这个，又要怕那个，所以想着索性找个小院子赶紧把自个儿圈起来，岂不比宫里安全省事？”

四阿哥目光冷冷地看着我，我心里有些畏惧，试探地问：“奴婢说错什么了吗？”

他撇开目光说：“不是人人都喜欢听真话的。”

我想了想，真心地说：“女人天生都会演戏的，假话奴婢也会说，王爷若想让奴婢扮柔情万种，我愿意演这场戏。可我觉得王爷是宁可听真话的，即使它会伤人。”

他听完嘴角溢出笑，眼中清冷俱散，柔柔凝视着我，微微摇了下头，忽地伸手从我头上抚落了几瓣梅花。我看着他难得一现的温暖，心神有些恍惚，定定站着，由着他的手抚过我的头发，又缓缓落在了脸颊上。

“簪子呢？”他一面轻弄着我耳旁的碎发，一面问。

我这才回过神来，侧头避开他的手道：“会被看见的，在屋子里呢！”

他收回了手：“今年的耳坠子也在屋里躺着？白费了我的心思。”

猜到你迟早会问，我早有预备。我扫了眼四周，从领子里拽出链子，向他晃了晃，又赶忙塞回去，道：“戴着这个呢！”

他唇角含笑地看了会儿我，问：“若曦，你真明白自己的心吗？太多畏惧，太多顾忌，整天忙于权衡利弊，瞻前顾后，会不会让你根本看不分明自己的心呢？”

我“啊”了一声，懵懵地看着他。他看了我一小会儿，猛地伸手在我额头上重重弹了一记栗暴。我“哦”了一声，忙捂着额头，敢言不敢怒地看着他，委屈地叫道：“很疼的，干吗打我？”

他扑哧一笑，摆摆手说：“赶紧回屋子，守着暖炉发呆去吧。”说完，提步而去，走了几步，回头看我还呆愣在原地，喝道，“还不走？”

我忙向他俯了俯身子，转身向屋子跑去。

回了屋子，坐在暖炉旁，抱着个垫子，我开始发呆。问自己，我看不明白自己的心思？我的心思是什么？他难道能看明白我的心思？其实我需要看明白自己的心吗？我更需要的是如何在这个风波迭起的宫廷中保全自己。

眼光低垂时，瞥到腕上的镯子，心里蓦然阵阵酸楚，已经两个多月未曾见过，他的哀恸可少了一点儿？发了半晌呆，忽地扔掉垫子，开始撸镯子。人心本就难懂，我不能看得分明，但是决定我却是一定要做的，这个倒是可以清清楚楚，明明白白。

手弄得只是疼，却仍旧摘不下来，忽想起玉檀说过，用油抹腕会容易取下镯子。我忙走到桌边，倒了桂花油出来，折腾半天，直到皮肤被撸得发红，一碰就痛时，镯子终于被我摘了下来。原来割舍是如此不易，会疼痛。

看看自己空落落的手腕，再看看桌上孤零零的镯子，更是心痛，原来生命中有太多东西都终会随着时间而流逝。忍不住狠狠掐着自己发红的手腕，阵阵疼痛传来，脸上却是一个恍惚的笑。

不管多么不舍，多么疼痛，从此后我却必须放弃得一干二净，否则将来是害自己更是害他。一个皇位已经足够，不需要我再去增加仇恨。

元宵节前，我就把镯子揣在了身上，可直到元宵节过完好久，眼看着已经要四月，八阿哥却仍然辍朝在家。自个儿暗自琢磨了会儿，想他如此做，心情和身体的原因固然居重，但应还有其他因由。一则为了避嫌，毕竟一废太子时，他深受其祸，这次精心布局二废太子，他为了避免一招不慎又招祸患，不如索性辍朝在家，避开一切。二则，大清以孝治天下，八阿哥此举也未尝不是为自己博取贤名，以获得读书人的好感。

既是如此，只怕他短时间内仍然不会进宫的。想了想，只好劳烦十四阿哥了。一日，留心看只有十阿哥和十四阿哥一起，忙急急追了过去请安。

请完安后，我一面和他们笑谈，一面给十四阿哥打手势，示意他让十阿哥先走，十四阿哥却朝我直皱眉头，表示帮不上忙，让我自个儿想办法。

我只好讨好地看着十阿哥，赔笑道："你可不可以自个儿先出宫去，我有话和十四阿哥说。"

十阿哥气道："用着我的时候，就和我有话说；用不着我的时候，就急着赶我走，有什么话不能让我听？"说着怒瞪向十四阿哥。

十四阿哥忙道："和我无关，我自个儿都不知道她要说什么，要瞪就瞪她去。"

十阿哥向我瞪过来，谁怕谁？我瞪着他道："元宵节前，我远远地看着你和十福晋，还未及上前请安，你就带着福晋溜掉了。你说，你为什么要躲着我？要算账，那就一笔笔算个清楚！"

十阿哥脸色讪讪，泄气道："我不和你浑说，反正总是说不过你，你们爱说什么就说什么去！"一面说着，一面转身快走了。

我看着他的背影不禁笑起来。十四阿哥笑问："你远远看到十福晋，不躲还要特意上前请安？"

我笑道："唬他的。当时我正想避开的，没想到十阿哥也看到我了，挡着十福晋的视线，溜得比我更快。"

十四阿哥笑着摇摇头说："不知道十福晋的心结何时能解开。你我都已经明白十哥的心思，可他们自己却还是看不懂。"

我叹道："总是'当局者迷，旁观者清'的，不过时候到了，总会明白的。"

十四阿哥笑问："你究竟找我什么事情？"

我默默站了一会儿，从怀里掏出包好的镯子递给他。十四阿哥接过后，随手一摸，问道："好像是个镯子，什么意思？"

我道："帮我还给他，不过也不急，你瞅个他心情好些的时候再给他。"

十四阿哥自然知道我口中的他是谁，也明白我这还君镯子背后的含义，脸上的笑不禁淡了，默默发了会儿呆，说道："干吗让我做这不讨好的差事？自己还去。"说着把镯子递回来，我忙跳开两步，哀求道："自从去年娘娘薨后，他一直抱病在家，我自个儿到哪儿还去？再说，又不用你说什么，他看到镯子，自然会明白一切的。"

他面带犹豫地静静想着，忽地脸露笑容，看着我身后低声道："四哥和十三哥来了。"

想骗我收回镯子没那么容易，我嗔道："别玩了，这招对我不管用的。"

十四阿哥收起镯子，俯身请安道："四哥吉祥，十三哥吉祥。"

我这才惊觉不对，忙回身急急请安。十三阿哥似笑非笑地挑眉看着我和十四阿哥，四阿哥说："起吧。"

十四阿哥和我起身后，我心下不安，只是低头立着。十四阿哥笑看着四阿哥问："出宫吗？"

四阿哥道："要晚一些，还要去给额娘请安。"

十四阿哥说："那我就先行了。"说完向四阿哥和十三阿哥行礼告退，经过我身边时，又压低了声音，对我笑说，"却之不恭，多谢！"

我心中哀叹，十四啊十四，走就走，为何还故作如此姿态，把误会往实处落呢？

他一走，立即冷场，十三阿哥敛了笑意，转身走开。我踌躇了会儿，不知道该如何向四阿哥解释。打量他的神色，面色淡淡，一如往常，眼光随意地看着远处。

我复低了头想，怎么说呢？正在踌躇，他问："没有解释吗？"

我犹豫了会儿，一横心道："王爷信也好，不信也好，奴婢只撂一句话，绝对不是王爷所想的。"

他嘲弄道："我还没审，你就如此痛快地招了，原来你还真和十四弟有私。"我惊得"啊"了一声，他接着道，"我本想着，你和十弟、十四弟一直要好，彼此之间互送东西也正常，可你却断然否决了我的想法。如此坦白利落，真正少见！"

我又气又笑，嗔道："你怎么老是戏弄我呢？刚才十四阿哥说你们来了，我还不相信，以为他也骗我，全是被你害的。"

四阿哥微微扯了扯嘴角道："十四弟的心思我管不了，也不想管。你们相互往来，送东西、说笑都随你，不过我不想再看到以前那种拉拉扯扯、哭哭啼啼的场面。"

这个要求很合理，我努了努嘴说："知道了。"

两人沉默了会儿，我向他躬身行礼，问："还有吩咐吗？没有我可走了。"他挥手说："去吧。"

转身走远了，我叹口气想：他倒是比我想象的大方许多，没有说不许这样、不许那样。又想起十四阿哥，不禁恨恨的，他究竟想干吗？

第二章

行尽处，云起时

从去年十月就开始查“托合齐等结党会饮案”，在大家脖子都等长了时，历经六个月的查询终于有了结果。一切如镇国公景熙所奏，确有谋逆之语，特别是齐世武和托合齐，颇多鼓动众人拥立太子登基的言辞。康熙怒斥道：“以酒食会友，有何妨碍，此不足言，伊等所行者，不在乎此。”康熙语意未尽，但下面的意思众人都明白，他恨的是这些大臣通过这种方式，为皇太子援结朋党，危及他的安全和皇位。

查审结党会饮案同时，户部书办沈天生等人包揽湖滩河朔事例勒索银两案也被查出，齐世武、托合齐、耿额等人都与此案有牵连，受贿数目不等。

牵涉在内的大臣纷纷入狱收监，康熙对臣子一向宽仁。对鳌拜不过是圈禁，对谋反的索额图也未处以极刑，可此次却采取了罕见的酷厉手段，对齐世武施了酷刑，命人用铁钉钉其五体于壁，齐世武号呼数日后才死。康熙的态度令太子的追随者惶惶不可终日，一时朝内人心浮动、风声鹤唳。太子爷逐渐被孤立，整日处于疑惧不安之中，行事越发暴躁凶残，动辄杖打身边的下人。这些举动传到康熙耳里，更惹康熙厌恶。

宫里的人对太子爷如何不敢多言，整日偷偷议论着齐世武的死，明明没有人目睹，讲起来时却好似亲眼所见，如何钉、如何叫、血如何流，绘声绘色，听者也不去质疑，反倒在一旁眉飞色舞、附和大笑，众人乐不可支。直到王喜命人杖打了几个太监后，宫里的人才收了口，不再谈论此事。

我偶尔听到两次，都是快步走开。疯了，都疯了！这都成了娱乐和谈资。转而一想也正常，六根不全，心理已经不健康，日常生活又压抑，不变态才怪。心情本就沉重，想着和这么帮变态日日生活在一起，我更是僵着脸，一丝笑容也无。

四月的太阳最是招人喜欢，恰到好处地温暖。我和玉檀在阳光下翻晒往年积存的干花干叶和今年新采的丁香花。

王喜经过时，过来给我请完安，凑到竹箩前翻了翻干菊花，赔笑对我说："我听人说用干菊花装枕头最是明目消火，姐姐找人帮我做一个吧。"

我头未抬，一面用鸡毛掸子扫着竹凳，一面随口问："你哪来那么多火要消？平日喝菊花茶还不够？"

王喜叹道："姐姐不知道我前两日才跟那帮混账东西生过气吗？命人狠狠打了他们一顿板子。"

我心不在焉地说："是该打，也实在太不像话，不过人都打了，你还气什么？"

王喜嘻嘻笑道："姐姐看着了也不管，我有心不管，可怕事情闹大了奴才跟着倒霉。如今姐姐是人人口中的贤人，我可是把恶名都担了。"

你以为我想要这"贤人"的名？难道我就愿意整日压抑地过？想着就来气，顺手拿鸡毛掸子轻甩了他两下骂道："还不赶紧忙你的活儿去，在这里和我叽咕贤恶，倒好似我占了你多大便宜似的。回头我倒是要找你师傅问问明白，究竟该不该你管。"

王喜一面跳着躲开，一面赔笑道："好姐姐，我错了。只是被人在背后骂，心中不顺，找姐姐抱怨几句而已。"

我骂道："你好生跟着李谙达多学学吧，好的不学，碎嘴子功夫倒是不知道从哪里学来了，仔细我告诉你师傅去。"说着作势赶了两步，又挥了挥手中的鸡毛掸子。

他忙一面作揖一面慌慌张张地侧身小跑，忽地脸色一惊，脚步急停，身形却未止，一个踉跄，四脚朝天绊倒在地，我还没来得及笑，他又赶忙爬起来，灰也顾不上拍打就朝着我们身后请安。我和玉檀也忙转身请安，原来四阿哥、十三阿哥和十四阿哥正站在屋廊下。

四阿哥面色清冷，抬了抬手，让我们起身，十三阿哥和十四阿哥在他身后都是满脸的笑意。

王喜行完礼就告退了。待他人影不见了，十三阿哥和十四阿哥才大笑起来，我说："赶紧笑吧，可是憋坏了。"我看他俩都瞅着我手中的鸡毛掸子，忙把它丢在了一旁的席子上。他们越发笑得大声起来，我紧着嘴角，看着他们，过了一会儿，自己也绷不住，开始笑起来。

十四阿哥笑问："你今日是怎么了？这么不小心，暴露了自个儿的本色，以后可是装不了温婉贤淑了。"

我敛了笑意，淡淡说："你没听过'物极必反'的道理吗？"

他和十三阿哥都是微微呆了一下，随即又都浅笑着，没再说话。一直在旁静静看着我们的四阿哥，一面说"走吧"，一面提步而去。十三阿哥和十四阿哥忙跟上，三人向德妃娘娘宫中行去。

我回身随手拨拉着丁香花，吩咐玉檀道："如果不费事的话，帮王喜装个枕头吧。"

玉檀笑应道："不费事的，枕头套子都是现成的，填充好，边儿一缝就可以了。"

晚上回了屋子，我拿出绳子想跳绳，却总是被绊住，心思很难集中，不得已只好扔了绳子，进屋躺着发呆，听得有人敲门，忙起身开了院门。小顺子闪了进来，一面请安，一面递给我一封信，我接过后，他忙匆匆而去。

我捏着信在院里发了会儿呆才进屋，凑在灯下看。

行到水穷处，坐看云起时。

极其干净漂亮刚硬的字，这是他的字吗？以为十四阿哥的字已是极好，没想到他的字也毫不逊色。

一字字细细看过去，不知不觉间，他的字似乎带着他特有的淡定，慢慢感染了我的心情，积聚在心头的焦躁郁闷渐渐消散。嘴角带着丝笑，我轻叹口气，铺纸研墨，开始练字。

看看字帖，再看看他的字，倒觉得他写得更好看。忍不住模仿他的笔迹，一遍遍写着“行到水穷处，坐看云起时”。不知不觉间，心思沉浸到白纸黑字之间，其余一切俱忘。

待感到脖子酸疼，抬头时，夜色已经深沉。我忙收了笔墨，匆匆洗漱歇息，不大会儿，就沉沉睡去，很久难觅的好睡。

◈

太子大势已去，一切只是等康熙最后的裁决。康熙如今看太子的目光只余冰冷，想着那个三四年前还会为太子伤心落泪的父亲，我心中满是感叹。皇位，这把冰冷的椅子终于把父子之情碾碎磨完，如今只余冷酷厌恶。

因良妃过世，悲母成疾而抱病在家半年多的八阿哥再度出现在紫禁城中，他虽面色苍白，唇边却时时含着笑，只是眼光越发清冷。

今日，四阿哥和十三阿哥来给康熙请安，人刚坐定，八阿哥、九阿哥和十四阿哥又来请安。康熙却小憩未醒，王喜问各位阿哥的意思，几位阿哥都说等等看。屋里人虽多，却一片寂静。我捧着茶盘，依次给各位阿哥奉茶。

走到八阿哥桌旁，把茶轻轻放于桌上，感觉他一直盯着我手腕，我强自镇定地瞥了他一眼，正对上他的眼眸，冷如万载玄冰的波光中，夹杂着惊诧伤痛。

刹那间我的心急遽下坠，全身骤寒，几步走离了他，给侧旁的十三阿哥奉茶，屏气转身从身后小太监托着的茶盘中端起茶，手却簌簌直抖。十三阿哥淡淡瞟了我一眼，直接伸手从我手中接过茶盅，装作很渴的样子，赶着抿了一口，又若无其事地放到了桌上，自始至终，一直笑看着对面的四阿哥和九阿哥。

我双手拢在袖中，行到十四阿哥桌旁，深吸了一口气，才稳着手将茶盅端起，一面用眼光问他。他愣了一下，看我奉茶时尾指指向他的手腕，他一面装作端茶而品，一面微不可见地摇摇头。原来他还没有给，难怪如此！

我失神地拿着茶盘，转身而出，猛地和迎面狂冲进来的人撞到一起，立身不稳，向后摔倒，只听得他怒声喝骂道：“混账东西！狗眼长到哪里去了？”一面抬脚就踹，几人“住手”之音未落，我侧肋上已挨了一脚。所幸借着摔倒后仰之力，化解不少，可也是一股钻心之疼。

顾不上疼痛，我忙跪下磕头请罪，抬眼看却是十阿哥。他显然未想到踹到的人是我，又急又气又恼，一手举袖遮着半边脸，一手过来搀扶我，我忙躲开他的手，自己爬起来，忍着痛低声道："只轻碰了下，没踢到实处。"说着给他躬身行礼道，"谢十阿哥不责罚。"

他愣了一下，还想说话，我向他笑着微微摇了摇头。他脸色懊恼地走到一旁的椅子坐下，仍旧用衣袖半遮着脸。八阿哥脸色微青，呵斥道："进来后安也不请，横冲直撞，你有什么要紧事情？"

十阿哥看了眼四阿哥，向四阿哥和九阿哥敷衍着行了个礼，十三和十四阿哥又赶忙向他行礼，扰攘一番后，才各自坐回了椅子上。

我快步走到帘外后，才扶着墙，弯着身子轻轻摸着被踹的地方，疼得龇牙直吸冷气，一面对身旁的小太监吩咐："通知玉檀给十阿哥冲茶。"说完，侧头看向帘内，不明白究竟是谁点了这个炮仗，我却无辜被炸。

十阿哥看了一圈在座的阿哥，大声问："皇阿玛呢？"

一旁的太监忙躬身回道："万岁爷小憩未醒，十阿哥候一会儿吧！"

十阿哥气拍着桌子，问一旁立着的太监："茶呢？没看见爷在这里吗？"

太监忙躬身回道："若曦姑娘刚出去冲泡了，估摸着马上就来。"

十阿哥正在拍桌子的手一滞，在半空停了一下，又缓缓放到了桌上。我气叹道，这个二百五，找人撒气，却次次落到了我头上。

十四阿哥问："十哥这是打哪儿受气而来呀？干吗一直用袖子遮着半边脸？难不成与人打架挂了彩？"

十阿哥脸色难看，发了半天呆，猛地一拍桌子，立起身叫道："就是拼着被皇阿玛责打，我也非休了这个泼妇不可！"

满堂阿哥闻之，都是一愣，十四阿哥却开始笑起来，一面道："快把袖子拿下来，让我们瞅瞅，到底打得如何？一会儿也好帮你敲敲边鼓。"

九阿哥和十三阿哥闻言，都是想笑却又敛住。四阿哥脸色一直淡淡，恍若未闻地垂目盯着地面。八阿哥微皱着眉头呵斥道："哪有把夫妻间私事闹到宫里来的？赶紧回去。"

十阿哥气鼓鼓地站着，不说话，也不动。十四阿哥笑上前，想拉开他的袖子一探究竟。十阿哥怒推开他，十四阿哥住了手，笑眯眯地问："究竟所为何事？说来听听，正好我们帮你评评理。"

八阿哥看十阿哥不为所动，无奈地长叹口气，问道："究竟怎么回事？你要闹到这里来！”

小太监捧着茶盘，轻声道：“姐姐，茶备好了。”

我忙接过茶盘挑帘而进，十阿哥指着侍立在旁的太监喝道：“滚出去，一个不许留。”自打他进来后，就一直提心吊胆的太监如奉纶旨，低头匆匆退出，守在帘子外的太监也都迅速散去。

十阿哥看人都走了，才气冲冲地道：“今年元宵节，她见我书房挂着的灯笼好玩，就要了去。今日不知从哪里听了些闲言碎语，回来就把灯笼摔到我脸上，几脚跺烂，不依不饶、又吵又闹地非要我说个清楚‘为什么把别人去年不要的东西给她’。我哪有闲工夫陪她叽咕这些？她越发闹得厉害。我气骂她脾气连若曦的一星半点都赶不上，她就突然发起泼，居然给了我，给了我……”说着，快速拿开衣袖给八阿哥看了一眼，又迅速掩上。

我听到这里，只是尴尬，一时进退不得。十四阿哥笑睨了我一眼，一副“你看，你看，就知道是你惹的祸”的样子。

八阿哥柔声劝道：“那也没有为了这个就休妻的道理。先回去，回头我让她姐姐去好好数落她一顿，为你解气。”

十阿哥坐回椅子上说：“八哥，你不用劝我了，我是铁了心的。”

十四阿哥看连八阿哥都劝不住十阿哥，知道十阿哥可不是闹着玩的，忙收了嬉皮笑脸之色，正色道：“十哥，你这样闹可不好，无故带累了若曦，还是先回去吧。”

十阿哥怒道：“我自己会跟皇阿玛说清楚的，我休她，因为她是个泼辣货，和若曦有什么相干的？”

十四阿哥侧头看向我，示意无能为力，让我自己拿个主意。我犹豫了一下，如今正是多事之时，太子求婚余波未定。以十阿哥的浑脾气，对着康熙不知道还要说出什么话来，万一哪句话引得康熙生气，迁怒于我，只怕后果可怕。而且康熙随时会来，没有时间容后再说。权衡利弊后，我觉得再不妥当也只得如此。所幸在场之人，除了四阿哥和十三阿哥，都是八爷党的人，即使我有什么出格的话，就是不顾念我，也得顾念十阿哥。

我上前向十阿哥行礼道：“奴婢斗胆，有几句话想说。”

十阿哥道：“谁都不用劝我，我心思已定！”说完竟闭上了眼睛。

我轻叹口气，自顾说道：“没打算劝你，只是想问一个问题而已。”他没有反应，我问道，“十阿哥，你被福晋打了，可有还手？”

他闭着眼睛摇摇头，冷哼道：“没有！”

我问：“为什么呢？”

他睁开眼睛看着我，有些闷闷不解，过了半晌怒道：“我不跟女人一般见识。”

我道：“你脾气一上来，还会记得不跟女人一般见识？只怕就是个孩子，也先打他一顿解了气再说。”他愣愣地看着我。

我缓缓道：“奴婢小时候特别喜欢吃冰糖葫芦，因为它酸酸甜甜脆脆，偶尔一吃，感觉很新鲜。后来因为阿玛嫌它不干净，不肯给我买，我却越发不能忘记冰糖葫芦的味道，总觉得那是天下最好吃的东西。虽然我也很爱平日常吃的芙蓉糕，可还是觉得冰糖葫芦更好吃。后来，有一天，我终于又吃到了冰糖葫芦，十阿哥，你猜猜我是什么感觉？”

十阿哥有些不明所以地看着我，见我紧盯着他，他说：“肯定很高兴！”我笑了笑道：“错了！是失望，极其失望！奴婢一瞬间的感觉是，这个东西虽然不难吃，可也绝没有芙蓉糕好吃，奴婢怎么会一直认为它比芙蓉糕好吃呢？然后就试着三个月都没有吃芙蓉糕，发觉自己想得要命，这才知道自己最爱吃的原来是芙蓉糕。奴婢竟然不知道随着年龄渐长，自己的口味早已经变了，只是固执地守着过去的记忆不肯放手，却不知道一直被自己的记忆骗了。”

说完我静静看着十阿哥，他却是一脸茫然，我说的话很难懂吗？我看向十四阿哥，十四阿哥赞许地看了我一眼，紧接着看着十阿哥无奈地摇摇头。

看来不是我的问题，事已至此，挑明了说吧！我吸口气，继续道：“十阿哥，其实奴婢就是那个冰糖葫芦，而十福晋就是芙蓉糕。芙蓉糕一直在你触手可及的地方，日子久了，你不觉得稀奇。而冰糖葫芦因为一直得不到，留在记忆里，味道变得越发好。但如果真有一日你没有了芙蓉糕，你才会知道，其实你最喜欢的是芙蓉糕。”

十阿哥脸色一时惊一时痛一时疑，默默沉思着。我道：“奴婢再问一遍，十阿哥为什么没有还手呢？”

十阿哥脸色变化多端，犹疑不定。我道：“也许是即使气极了，心底深处仍然不舍得呢！”

他猛地把桌上的茶盅扫翻在地，吼道：“不是！不是！我不和你说！我总是说不过你！反正不是！”说着，掩着脸向外冲去。

我紧追了几步，十四阿哥在身后叫道：“让他自己静心想一想，这么多年的心结不是一时半会儿就能想通的，何况他还是个认死理的人。”

我停了脚步，很是尴尬，转身向几位阿哥草草行了个礼，谁的神色都不敢看，就赶忙退了出来。出来后，我叫了王喜让他带人进去服侍，又吩咐他赶紧把地上的碎茶盅清理了。

我坐在几案旁呆呆地想着十阿哥和十福晋。玉檀轻声叫道：“姐姐，该给万岁爷奉茶了。”我“啊”了一声，忙立起，玉檀把茶盘递给我。我向她点点头，定了定心神后托着茶盘，小快步而出。

进去时，康熙正和几位阿哥商议“江南督抚互讦案”。我心中轻叹道，又是贪污。如今真是月月有小贪，几月一大贪。

因为江苏乡试时，副主考赵晋内外勾结串通，大肆舞弊，以致发榜时苏州士子大哗。康熙命巡抚张伯行、两江总督噶礼同户部尚书张鹏翮、安徽巡抚梁世勋会审此案。审理期间却牵连出噶礼受贿银五十万两，案子越发错综复杂，审理一个多月竟然没有任何结果。张伯行愤而上奏弹劾噶礼，噶礼闻讯也立即上书攻击张伯行。一时众说纷纭，各有道理。

康熙无奈之下又派了穆和伦、张廷枢去查询，可他们却因为顾忌噶礼权势而至今未有决断。噶礼出身显贵，是太祖努尔哈赤之女的额驸、栋鄂氏满洲正红旗温顺公何和礼的四世孙，本身又位居高位，两江总督是封疆大吏中最煊赫的要职，乃正一品大员。最重要的是噶礼一直圣眷隆厚，康熙很看重他。

康熙问四阿哥如何看，四阿哥恭敬地回道：“皇阿玛南巡时曾赞誉张伯行为‘江南第一清官’，他在民间也一直口碑甚好。噶礼在皇阿玛亲征噶尔丹时立下大功，其时大军困于大草原，唯独噶礼冒险督运中路兵粮首达，向来对皇阿玛忠心耿耿。如今两人互相攻击，确实令人惋惜，儿臣的意思是还需详查，勿要冤枉任何一个。”

我一面低头奉茶，一面抿嘴而笑，好个抹稀泥，说了和没说一样。不过接着却替他无奈，他的本意肯定是严惩贪污之人，但上次在户部亏蚀购办草豆银两案件时，已经因自己的政见与康熙不合而遭到斥责，此次又牵涉到康熙的宠臣噶礼，在不能确定康熙的心意前，如果不想失去康熙的欢心，他也只能韬光养晦，隐藏政见。

康熙又问八阿哥的意思，八阿哥回道：“儿臣的想法和四哥一样，还是要仔细查询，勿枉勿纵。”

我心下一笑，这也是个滴水不漏的，有观点等于没观点。待奉完茶后，低头静静退了出来。

玉檀看我捂着侧肋皱眉头，半蹲在我身边问："疼吗？"

我点点头道："隐隐地，还好。"

玉檀道："晚上我帮姐姐用烧酒、面粉和鸡蛋清敷一下伤处，过几天就会好的。"我朝她感激一笑，点点头。

心中忽动，我想着连一直未去前头的玉檀都知道十阿哥大闹，康熙不可能一无所觉的。

过了大半晌，王喜匆匆进来说："万岁爷叫姐姐。"我起身随他而去。几位阿哥正向外行去，我和王喜忙俯身蹲在一旁，待他们走后，我才进去。

康熙问："刚才怎么回事？胤䄉闹什么？又是踹人，又是摔杯子的。"

我跪在地上，想着终究是瞒不过的，只能实话实说，低头道："十阿哥和十福晋吵架，一时生气就跑来找皇上评理，后来被劝了几句，就又回去了。"

康熙说："这些朕都知道了。为何吵？怎么把他劝回去的？"语气虽温和，却隐隐透着无限威严压迫。

我心中一颤，磕了个头道："十阿哥和十福晋吵架的原因，归根究底是因为多年前的一些流言蜚语，十福晋一直误会至今，所以此事也算因奴婢而起。是奴婢斗胆劝的。"当年十三妹喜欢十阿哥的事情，全紫禁城都传得沸沸扬扬，康熙没有道理不知道。

我把由灯笼引发的吵架从头到尾说了一遍，又把对十阿哥说的话大致重复了一遍。

回完话后，头贴在地上，心中只是难受，一件件，一桩桩，不知道康熙最终会怎么发落我。忽地觉得一切都没有意思，我整日提心吊胆，瞻前顾后，费尽心机，却还是时有纰漏，生生死死都操控在别人手中，不管是康熙还是阿哥，任何人的一句话都有可能瞬间把我打入地狱。无限心灰，无限疲惫，忽觉得如果他就此把我给了十阿哥，我也认了，不想再争，不想再抗拒。

康熙一直没有说话，空气中死一般地凝寂，我木然地等着康熙的发落。半晌后，康熙说："起来吧。"我磕头后立起。康熙凝视着我，温和地问，"道理你说得如此清楚明白，将来有一日自己可能做到？忘掉得不到的，珍惜已经得到的？"

我猛地抬头看向康熙，正对上他洞察秋毫的目光，又忙俯下头，静默了会儿，回道："奴婢不知道。"

康熙轻叹口气，柔声说："下去吧。"

我茫茫然地出来，脑中回荡着康熙的话"将来有一日自己可能做到？忘掉得不到的，珍惜已经得到的？"这是什么意思？他认为什么是我得不到的，什么又是我能得到的呢？

心中憋闷，我信步走到屋廊外，看看四周的高墙，天地被圈得如此逼仄压抑。再半仰头看向碧蓝的天空，是如此明朗开阔，无边无际。它们离我仿佛很近，似乎手伸长一点儿，就可以触碰。被蛊惑般地伸出手，却什么都没有，只有不能把握的风从指间滑过。

"若曦。"

我木然地看着脸色冷若冰霜的八阿哥，呆了半晌，才明白这是在叫我，朝他莞尔一笑说："什么都没有，只有风。"八阿哥脸色一怔。

十四阿哥惊异地问："若曦，你怎么了？"

我还未及回答，他和八阿哥就向着我身后俯身请安，八阿哥一面笑道："四哥还未出宫？"

我侧身回头定定看着正缓步而来的四阿哥和十三阿哥。

十三阿哥一面笑向八阿哥请安，一面道："我和四哥想着该去给德妃娘娘请安，就又转回来了，八哥怎么也没有出宫？"

八阿哥笑说："忽然想起若兰有些事情让我问问若曦，就耽搁了。"说完，看着我柔声道，"若曦，越来越没规矩了，安都不请的吗？"

我心中烦躁，向四阿哥和十三阿哥请安，一面道："奴婢出来的时间久了，还得回去当值。"静静蹲了一会儿，却无人说话，我抬眼哀求地看了眼四阿哥，他神色不变，随意地挥挥手说："退下吧。"我忙快步走开。

◈

昨日一夜都未睡好，脑中一直翻来覆去琢磨康熙的话，明知道自己想不明白，却无法克制地想了又想。今日又是当早班，强撑着当完班，回来后，觉得头重，躺在床上却睡不着，反倒头更是晕，只得又爬起来。

坐在桌前发了会儿呆，铺开纸张，研了墨，开始练字，仍旧照着四阿哥的笔迹一个个字写去，“行到水穷处，坐看云起时……”一直很管用的镇静方法，今日却好像失灵，写了两大篇后，心神仍然没有安定。

正低头写字，忽听得院门“吱呀”一声，我应声抬头，从大开的窗户看去，四阿哥正推门而入。

我提着笔，还有些呆，忽地反应过来，忙顺手将纸张收拢起来。他走到桌旁问：“写什么呢？”

我说：“没什么，随便练字。”

他坐于一旁的椅子上说：“这么用功？”说着强拉住我的手，随手抽了一张摊开看。

我有些不好意思，讪讪地说：“写得很难看吧？”

他凝视了好一会儿，说：“练了很多遍了吧？”我低低“嗯”了一声。

他问：“昨日被踢的地方还疼吗？”

我摇摇头说：“只是轻碰了下，没有踢到实处。”

他沉默了会儿，忽地说：“若曦，答应我件事情可好？”

我问：“什么？”

他缓缓道：“从现在起永远不要对我说假话，我和你一样，即使丑陋也要真实。”

我静了一会儿，问：“那你能答应我永远不和我说假话吗？”

他叹道：“真是算计得清清楚楚，一点儿便宜都不给人占。可挨了十弟这一脚，怎么未和他算账？担着掉脑袋的风险维护十四弟，你这笔糊涂账又是怎么算的？”

我笑道：“我只和聪明人算账，见着糊涂人自个儿就也糊涂了。”

他哼了一声问：“如果我答应，你就答应吗？”

我笑着点点头。他说：“我答应。”

我吃惊地看着他，他坦然回视着我。

我问：“为什么？”

他说：“没有为什么，只觉得理当如此。”

我想了会儿说：“可是有些事情我就是不愿意说，那怎么办呢？”

他想了想说：“你可以直接告诉我，你不愿意说，但是不要用假话来搪塞我。”

我出了会子神，忽地笑道：“那我有个问题要问你，你可以选择不告诉我。”说着示意他把手递给我。

我在他的手掌上，用手指慢慢写了个“皇”，又写了个“位”，然后挑着眉毛，笑睨他问："你想要吗？"停了一下，又笑补道，"可以不回答的。"面上虽在笑，心里却很是紧张，因为知道他的答案会就此改变很多东西。我心里既怕他说"不想"，更怕他说"想"。

他缓缓收拢手掌，神色未变，静静注视着我。我笑容渐渐有些僵，知道自己在赌，赌我在这紫禁城中最后一点儿的不甘心、最后一点儿的渴望。

只是一瞬，可于我而言已经久到我开始万分后悔自己的莽撞冲动，为什么要试验呢？他说会说真话，我相信就是了！为何要试验呢？试验最难测的人心，而且是紫禁城中的人心，何必呢？

正想着如何不着痕迹地把话带过时，他嘴角微抿，云淡风轻地说："想要！"似乎我在他掌心写的不过是平常之极的玩物，而非九五至尊的宝座。

他语声轻轻，我却如闻雷响，半晌不得作声，喃喃问："你还告诉过别人吗？"

他说："你是第一个。"

我摇头表示不信，问："十三阿哥呢？"

他说："他从小跟着我长大，我凡事不瞒他。我的心思，他还摸不透吗，还用我告诉他？"

我问："你不怕我告诉别人吗？"

他淡淡说："你刚才押的赌注太大，我有心不赌，可怕就此终生错过。你把自己的心看得太严实，错过这一次，还不知道有没有下一次。"

我咬唇皱眉看着他，我的心思在他面前竟然如此通透？他盯着我，伸手轻轻抚展我的眉头，嘴角噙着丝笑，温和地说："你不会的。"

我傻傻地看着他，还是难以置信，他把对皇位的觊觎之心藏得那么深，就连康熙都从未对他起过疑心，如今为什么告诉我？甚至怀疑自己幻听。惊诧未散，心中暖意缓缓流动，一时竟鼻子酸酸。他猛地在我额头上弹了一记，说："该我问了。"

我揉着额头，顾不上疼，忙敛了心神紧张地看着他：他想知道什么？他严肃地与我对视了一会儿，缓缓说："我想知道……"他停了下来，我屏着呼吸，"昨日踢得重吗？"

我长舒口气，皱眉道："又吓我！不算重，不过也不轻，一直隐隐地疼，玉檀已经替我敷了药，没什么大碍。"

他拿出一盒药放于桌上："每日早晚温水服用一粒，和外敷的药不起冲突。"我点点头。

“昨日皇阿玛和你说了什么，你行为那么异常？满脸不耐烦，见到我们连安都不请。”

我叹口气，将我和康熙的对话转述给他听，问：“最后一句话到底是什么意思呢？”

他带着丝浅笑说：“先告诉我，你怎么回答皇阿玛的？”

我撇撇嘴说：“奴婢不知道。”

他点点头说：“说了和没说有什么区别？皇阿玛怕是要苦恼了。”

我抿嘴一笑道：“皇上是叹了口气来着。”

他好笑地看着我，我侧头笑嗔道：“未摸准皇上确实心意前，当然只能如此回答了。再说了，你可别笑我，你自个儿和稀泥的本事不比我差，那么大件案子，说得倒好似义正词严，可实际却……”我向他皱了皱鼻子，未再说话。

他盯着我笑道：“就我看来，恐怕皇阿玛以为你的意中人是十三弟。”

我“啊”了一声，看着他笑起来：“是上次和敏敏赛马的原因吗？”

四阿哥点点头说：“八九不离十。敏敏和十三弟的异样那么明显，皇阿玛肯定会想到儿女私情上去的。”

我凝神想了会儿，问道：“当时苏完瓜尔佳王爷究竟和皇上说了什么，让皇上不再追究呢？”

他道：“自个儿没有琢磨过吗？”

我道：“当时也曾仔细琢磨过的，不过有一点想不透，也就只得算了，不过今日你这么一说，我倒是明白了。”他看着我，鼓励地点点头，示意我继续说。

我道：“当日我想不透王爷究竟会不会告诉皇上敏敏喜欢十三阿哥，总觉得不可能告诉皇上的，难道不怕皇上指婚吗？可如今想来，当时的场面怎么瞒得了呢？所以王爷肯定要向皇上坦承敏敏对十三阿哥的感情，但是接着说了什么不愿意让敏敏嫁给十三阿哥的道理，而且说服了皇上同意佐鹰王子和敏敏。”我叹气道，“至于皇上为什么会同意敏敏嫁给佐鹰王子，我不仅不明白还觉得诧异，皇上让两大部落联姻也就罢了，可怎么还暗中默许佐鹰王子争取王位呢？”

四阿哥淡淡一笑：“伊尔根觉罗大王子的同胞姐姐是纳喇部的新王妃，现在可明白？”

我“哦”了一声，笑道：“明白了，平衡各个部落的势力，让他们彼此牵制，彼此争斗，谁都不能真正坐大。”

四阿哥道：“这就是皇阿玛同意佐鹰和敏敏婚事的最重要原因，还有一个原因就是伊尔根觉罗大王子。一方面大王子额娘出身显贵，母族不仅在伊尔根觉罗部势力庞大，在其他几个部落也很有影响力，另一面伊尔根觉罗大王子本身也非王位合适的继承人，佐鹰却才能出众。而且最重要的是额娘出身低贱，没有势力辅助，他将来继承王位后，虽然有苏完瓜尔佳部落的支持，却要面对自己部落内大王子的势力，两相牵制，皇阿玛自然默许他争王位。”

我叹道：“太复杂了，再说下去，就要把蒙古八大部落的姻亲历史关系和内外争斗都理一遍了，我只要知道大概就好，知道敏敏嫁给十三阿哥不如嫁给佐鹰好处多就行了。在这种情况下，皇上既顺了苏完瓜尔佳王爷的心意，让王爷对皇上感激，也顺了自己的心意，又何乐而不为呢？”

四阿哥微微一笑，没再说话。

我侧头回想着当日的情景，不禁趴在桌上笑起来，笑问他：“皇上不会糊涂吗？多年前人家说我中意十阿哥，如今又知道我中意十三阿哥。”

他摇头说：“我从未觉得你会中意十弟，不过你不中意十三弟，我当年倒是有些纳闷。”

我眨了下眼睛嘲笑道：“自己弟弟总是最好的。”话刚出口，就发觉此话大有语病，他睨了我一眼，未吭声。

我趴在桌上，默默想了会儿，幽幽问道：“皇上那句话的意思究竟是想让我遂了心意，还是不想？”

他笑说：“若曦，皇阿玛的确很疼你。依照你所说的皇阿玛的语气和神态来说，皇阿玛对你的事情倒是颇为踌躇，还是很照顾你心思的。”

我把脸埋在胳膊间，闷着声音问：“那将来皇上会答应吗？”

过了半晌，他都没有回答，正纳闷，他笑道：“终于会脸红了。”

我道：“才没有呢！”

他笑说：“没有吗？那你耳朵怎么红了呢？”我的脸越发烫起来，静静趴着再不敢多话。

他笑说：“等太子之事的风波平息，我就去求皇阿玛，向皇阿玛说明我们两情相悦，等皇阿玛问你时，你再表明心迹，以皇阿玛对你我两人的感情，应该会答应我们的恳求的。”

我静静趴于桌上，凝神想着，他的手轻轻落于我头上，柔声说：“不要费神琢磨这些了，此事我已想过，虽然你的婚事有些麻烦，可我又不去争皇位，没有什么利益之争，只要不涉及皇位，皇阿玛对子女一向宽仁，对我更是慈爱，又那么疼你，他会成全的。你若有工夫，想些有意思的事情。”

我闷着声音问：“什么是有意思的事情？”

他含笑道：“比如等我日后生辰，你给唱支什么曲子，或者将来我们去塞外，你该给我跳支什么舞。”

我笑着说：“王爷有所命，奴婢岂敢不从？”

忽然传来两声笃笃敲门声，我一惊，猛地从椅上跳起。他叹道：“怎么如此沉不住气？这是什么大不了的事情，你也如此惊慌？我又不是第一次来。”

我扬声问：“谁呀？”

“奴才方合。”

我忙关了窗户，出来时又顺手掩了屋门。打开院门，人堵在门前压着声音问：“什么事情？”

方合一面请安，一面递给我药，也压着声音低声说：“十四爷吩咐的，服用方法里头都写分明了。”

我心下释然，笑接了药，他又打了个千，转身而去。我握着药，关好门进屋，随手把药搁在桌子上，又推开窗户。

他淡淡瞟了眼桌上的药：“十四弟打发人送来的？”

因为心中无愧，我十分坦然地应道：“嗯。”他没有说什么，站了起来，我问，“要走了吗？”

他点点头，说：“自从太子求婚后，你就终日心神不宁，前阵子刚看着好些了，可皇阿玛一句话就又让你举止失常。往后的日子只怕少不了风波，你打算就这个样子去应对吗？越是心内害怕，面上才应越镇静，他人摸不清底细，才不敢轻易出手，哪有自个儿猴急着自露马脚的道理？”

我咬了咬唇，点头道：“记住了。”

他道：“我走了。”

我微微一笑说：“好。”

他从桌上快速抽了张我练的字，待我惊觉劈手要夺时，他已经收拢进袖中：“做个见证，看你以后可有长进。”说完，提步而出。我立于窗前，看他走到院门口，伸手拉门时，回头又看了我一眼，随即转头掩门而去。

我立了半晌后缓缓坐于椅上，忽觉得这屋子前所未有地寂静冷清。

第三章

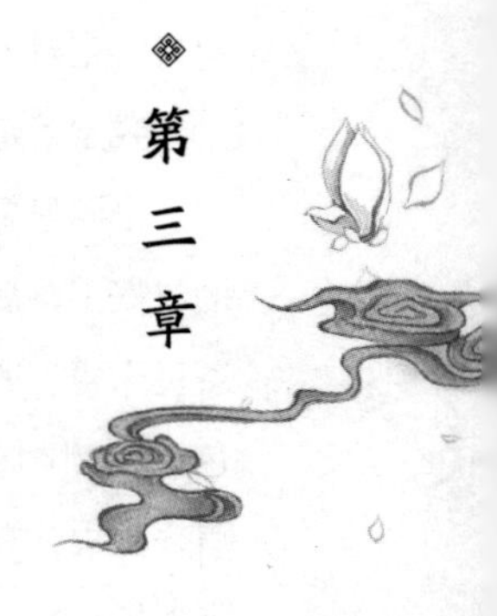

知己把酒
话从容

天气越来越热，康熙搬进了景致更为怡人的畅春园。大家因暑气而心烦，我却完全安定下来，嘴边带笑地待人接物，谨小慎微地服侍着康熙。虽然心底深处仍是隐隐地惧怕，可同时还夹杂着丝丝心安。

四阿哥送的药还未吃完，肋上的伤已经全好。远远地看见十四阿哥，忙赶着追上去。他和十阿哥这段时间总是有意无意地躲着我，十阿哥我倒是明白，可他若只是为了镯子的事情，实在不必如此。

我向他请安，谢他赠药，他一笑而过，只道："十哥和福晋现在可逗了，两人忽然一改以前几句话就剑拔弩张的样子，见了面一个比一个客气有礼，看着不像成婚多年，反倒更像脸皮脆嫩的新婚小夫妻。"我听后拍掌大乐，原来这么个莽撞人也有一天化为绕指柔。

两人笑着笑着，突然都静了下来，他沉默了半晌道："对不住，镯子那天晚间我已送到了八哥府上。”我默默听着，他轻叹口气低头道，“当时正在书房，他微笑着接过，随手就拿桌上的石砚砸了粉碎。”我咬唇未语。

他静了静说：“八哥当时笑说‘她终究还是跟了老四’。”我一惊，抬头看向十四阿哥，正对上他炯炯双眼，他问，“真的吗？”

我定了定神问：“你没问他为何如此说吗？”

十四阿哥道：“八哥说你自打入宫后，就对四哥一直与众不同，奉茶是最先按了他的喜好上，后来才陆续依了各人口味，很多事情上你都对四哥设法维护，甚至不惜泼茶烫十哥。四十七年废太子时，你从塞外回来后，看四哥的眼神越发不同，还时而脸色泛红。”十四阿哥“哼”了一声道，“后来，不用八哥提点，我都没少看到你和四哥眉来眼去，有时莞尔一笑，有时神色微嗔。八哥一向留心你一举一动，看到的肯定就更多了。”

我忽地大笑起来，十四阿哥本来微带怒气，闻得我的笑声，一时怔住，我带着几分凄凉笑道：“好个心思深沉如海的八贤王！我竟真个不知道他从头至尾是如此想的，原来他从未真正表露过自己的心思，他让我看到的都是他想让我感受到的。”说完心中酸涩，转身就走。我一直知道他逢人便示三分好，但从未料到我也是那三分好中的一个。他既自始至终都有疑心，不曾相信过我，为何还能对我一副情深不移的样子？

十四阿哥一把拽着我胳膊问：“你真的喜欢四哥吗？”

我侧身盯着他冷笑说：“是，我喜欢四阿哥，我打小就一直喜欢四阿哥，对他深情似海，满意了？”说完猛地甩脱他的手，快跑离去。

正低头猛跑，忽地撞到一个人身上，他一把扶住我，才没有摔倒。抬眼看是四阿哥，他目光淡淡地看着我，一旁的十三阿哥笑问：“后面有老虎追你吗？”我心中酸痛，用力甩脱四阿哥的手，提步就走，眼泪潸然而下。

四阿哥忙转身一把拽住我，硬拖着我快步走到一旁的太湖石后，问：“怎么了？”

我只是默默掉眼泪，他不再说话，由着我哭。哭了半晌，我问他：“你以后真的不会骗我？有什么都会直说？”

他说：“是！”

我点点头，拿绢子抹干眼泪说：“我没事了。”他静静看着我，我道，“想知道怎么了？可这件事情如今我不想说，可不可以？”

他点了下头，没再理会，道：“皇阿玛等着见我和十三弟。”说着，转身走了出去，我随后跟了出来。一直等在外面的十三阿哥若有所思地盯了我几眼，笑问四阿哥：

“可以走了吗？”四阿哥微一颔首，两人快步而去。

十阿哥自从大闹乾清宫后，就一直躲着我，有时远远看见他的身影，我还未动，他很快就不见了。他打算躲我到什么时候呢？不禁有些遗憾，想想却也罢了。从此后他能与真心喜欢的人长相厮守，已经足够。我本就是他生命中的过客，即使他以后再不理会我，那又有什么打紧？

而我是躲着八阿哥，能不见则不见。不是怨怪，当时初闻十四阿哥所言，的确心中难受，因为他竟然完全否决了我对他的心意，我多年的忧思刹那变得多么可笑。而且我已太习惯于他温润如玉的谦谦君子风范，潜意识里忘了他在心计上是和雍正互较高低的对手，甚至下意识地苛求他的完美。

可静下心来一想，人在气头上，谁说话不是带着偏激？我对十四阿哥说的话不也是否定了他？最重要的是，自己又何尝对他真正坦露过心迹？还不是遮遮掩掩的，甚至在相拥微笑时也藏着忧虑和不甘。自己都未曾做到，又怎能要求他人？

他有疑心，我又何尝没有？他对姐姐一见钟情，两年刻骨相思，婚后似有若无的情意，爱恨纠缠的真相，他对我真如他所说不是对姐姐的移情吗？草原上的场景有几个男子敢说真话，或忍心说真话？而且他纵有疑心，只怕也是随着我的举止时强时弱，何况我敢自问一句，当时心底深处真就没有丝毫四阿哥的影子吗？言辞总是容易说的，而自己的心却总是骗不了的。

如果是现在的我，棱角被磨平很多，心境苍凉很多，对世事无奈更多，妥协多了几分，包容多了几分，偏执少了一点，我和他也许结局会有不同。可回不去了！一切已如那个玉镯，不管曾经多么晶莹剔透，光彩绚丽，如今却已粉碎成灰，再多想又有什么意思呢？一切的一切已经不能回头，他和我都只能继续自己前面的路。

想着四阿哥，嘴边不禁浮起一丝笑，在这座紫禁城中，我并不是独自一人，他愿意倾听我的恐惧、担心和烦恼，提醒我未看清的纷杂局面，他愿意坦诚以对，我不知道以后会如何，但至少现在是一个好的开始。想着他一次次的捉弄，又忍不住恨恨的，我在他面前似乎总是无计可施，落于下风。

一日，康熙和几位阿哥在水阁中赏荷闲聊。我捧出绿玉荷叶托碟，上放的琉璃小碗中盛着冰镇好的红枣藕粉布丁。康熙看了眼，笑问李德全：“若曦有多久没花心思做过东西了？”

李德全想了想回说："大半年了。"说完自己先尝了一小勺。

康熙笑道："看看她今日又有什么新鲜花样。"说着从李德全手中接过尝了几口，点头道，"不错！色泽晶莹剔透，味道甜而不腻，入口即化，初尝枣香浓郁，待最后却只余淡淡荷香。"

我忙躬身谢恩，康熙笑问："还有吗？给他们每人一份尝尝你的手艺。"我笑答："有呢，只是再没有这样的绿玉荷叶碟，不那么对景了。"

说完，我转身示意玉檀端进来。玉檀端着几套琉璃碗碟进来，我先给太子爷奉上，他伸手欲接，我装着未看见，轻轻搁在了桌上，然后一躬身走开。给四阿哥端了一碗搁在桌上，禁不住嘴角带着丝幸灾乐祸的笑瞅了他一眼，他眼光淡淡，目注前方，恍若未见。转到八阿哥身旁时，他正含笑看着四阿哥，我低垂着头放下碗碟，俯了俯身子后就转到了十阿哥身旁。

待给所有阿哥上完，各人开始食用，我立在康熙身后，看四阿哥舀了一小勺布丁，刚一入口，就蹙了眉头，瞬即眉头展开，面色恢复如常，一小口一小口地慢慢用着。康熙笑问："味道如何？"几位阿哥都纷纷赞道："确如皇阿玛所言。"唯独四阿哥没有说话，康熙目注着四阿哥问，"你觉得呢？"

四阿哥回道："儿臣也觉得甚好，正在回味，一时未顾及回答。"我赶忙低头咬唇强忍着笑。

待康熙用完，我收了碗碟退出来，把碗碟随手交给太监，快走了几步躲开，捂着肚子就开始笑，笑得眼泪差点儿出来。原来忍笑也是一件很痛苦的事情。

待笑够了，又赶忙回去，和玉檀备好茶，给各位阿哥奉茶。我静静立在康熙身后，只见四阿哥面色平静，一面陪康熙笑谈，一面一杯接一杯地喝着茶。我再不敢抬头，只顾着忍笑。

待得李德全服侍康熙起身离开后，各位阿哥也纷纷离去。玉檀和我一面往回走，一面低声道："今日四王爷喝了好多杯茶。"我扑哧一声，又开始笑。玉檀被我笑得蒙住，我挥手说："没什么，就是今日开心。"

正走着，看到十三阿哥立于大树下乘凉，我让玉檀先行，快步走过去笑问："四王爷呢？"十三阿哥道："去更衣了。"我一听又开始笑起来。喝了那么多杯茶，是要去的。

十三阿哥笑问："什么事情让你这么乐不可支？"

我笑得上气不接下气，断断续续地告诉十三阿哥："四王爷今日吃的点心里我加了一些别人没有的东西。”

十三阿哥问：“什么？”

我捂着肚子说：“盐。”

十三阿哥一听，立即愣住，满脸难以置信，过了半晌，忽地也开始大笑，拍着腿道：“我说呢，难怪四哥是灌茶而非喝茶。哈，哈……天哪！你可真是包天的胆子，连四哥你也敢捉弄，还当着皇阿玛的面。”

我笑道：“谁让他老是捉弄我？再说，若不当着皇上的面，他岂能由我摆布？”话音未落，忽看到四阿哥正走过来，我忙说，“我走了。”说着就要逃，十三阿哥一把抓住我笑说：“有胆子做，就不要跑。”

我急得直跺脚，央求道：“他只怕现在正在气头上呢，你先容我避避。”十三阿哥犹豫了下，松了手，我忙拔脚就跑，未及跑出几步，只闻得四阿哥冷冷道：“回来！”声音不高，我的脚却再也迈不出去，定定地立了会儿，耷拉着脸转身慢慢蹭了过去。

我偷眼打量了一下，他和十三阿哥正并肩立于树下，面色清冷，难辨喜怒，十三阿哥有些担心地看着我。

待蹭到跟前，我低头默默立着，他静静目注着我，忽地对十三阿哥说：“你先回。”我忙可怜巴巴地看向十三阿哥，十三阿哥无奈地摇摇头，表示爱莫能助，然后走了。

我低头等了半晌，四阿哥却一直未出声。实在受不了他的目光，抬头道：“要打要罚随你，可是别这么吊着。”

他淡淡说：“伸手。”

我蹙眉看着他：不会吧，他还真要罚？努努嘴，把手伸了过去。他伸手过来，我正等着他一掌落下时，他已经握着我的手，带着我转到了大树背面。

他斜斜倚着树干，把我半拽进怀里，问：“你现在不怕我了？”

我道：“我几时怕过你？”

他紧了紧手，我的手有些疼，忙道：“以前是有一点点怕。”

他哼道：“一点点？”

我赔笑用手比画道：“再多一点点。”

他道：“看来还是让你怕点儿好。”

我瞥了眼他，低头等着他如何让我再怕。过了会儿，他忽然放开我的手，迈步就走。我愣了刹那，心中一慌，忙追了上去，问：“你真生气了吗？”他紧闭双唇，眼光看着前方，只是迈步。我急道，“你不理我了？”他仍旧不看我一眼。

我一急，也不顾两人正在路上，拽着他衣袖，拦在他身前道："我以后再不捉弄你了。"

他停了脚步，无奈地道："我没有生气。"他的表情让我心中一松，忙放开他衣袖，让开路。

他继续大步而行，我侧旁快步跟着，问："那你干吗刚才一句话也不说？"

他皱着眉头，道："我很渴。"

我知道我不该笑的，可是随他走了一会儿，实在忍不住，低头吭哧吭哧地压着声音笑起来。他盯了我一眼，我忙咬唇忍住，可不多久又笑了起来，他没再理会，自顾快步而行。

待看到前头的太监，我忙叫了过来，笑着吩咐："赶紧端杯茶来，跑快点儿。"他匆匆快跑着而去。我向四阿哥行礼告退，笑道："王爷等茶吧，应该很快的。"他蹙眉挥挥手，我笑着转身而去。

到晚间睡觉时，我躺在床上仍然想一回笑一回。待笑累了，人也沉沉睡了过去。第二日起床后，玉檀笑看着我说："很久未见姐姐心情这么好过了，连眼睛里都是笑意。"我"啊"了一声，问："有吗？"玉檀点点头。

我忙打开镜匣一照，真是眉梢眼角带着笑意。我上次眉眼俱笑究竟是什么时候？久远得我都不知道从何想起。

◈

盛夏早已过去，太子爷的脾气却没因暑气消散而缓和，反而越发急躁。我想到他至死的囚禁生涯，颇多感慨同情，可转而一想他若不被囚禁，我恐怕就要嫁给他，让我在嫁他和他被囚禁中选择，我毫无疑问选择后者，又觉得自己的感慨同情很是虚伪，人总是在自己安稳后才会想起同情。

康熙和众位娘娘、阿哥、福晋、格格们都聚在太和殿庆祝中秋佳节。当值的太监、宫女们各自忙碌，不当值的也聚在一起饮酒取乐共庆佳节。

我提着食盒，本想回屋，临时突然改变主意，想着现在的御花园肯定没有人，几株桂花又开得正好，不如索性到那里赏月、赏桂花、饮酒，不是比自个儿在屋里更好？

御花园果然清清静静。凉如水的夜色中，浮动着桂花馥郁的香气，我不禁脚步慢了下来，深深吸了几口，正举头望月，一缕笛音乍起，唬了我一跳。

待心神定下，不禁有些诧异，谁在这里吹笛？也不急着去寻，随手将食盒搁于地上，背靠大树，半仰头看着圆月，静品这一曲《梅花三弄》。

雪中寒梅，姿态高洁，虽无百花相陪，却临风摇曳、自得其乐。所谓听曲知人，我心中约莫知道是谁，含着丝笑提起食盒，寻音而去。

人未到，笛音却转哀，仿若一阵狂风突起，满树梅花终被打落，再不甘心，却也得与泥尘共处。我心中惊诧，他何时竟然有如此伤痛？不禁脚步放缓，轻轻走了过去。

十三阿哥正立于桂花树下，横笛而奏，全无平日嬉笑不羁的样子，神态安静肃然。“精于骑射，发必命中，驰骤如飞。诗文翰墨，皆工致清新，雅擅音律，精于琴笛。”这样一个文武全才、豪爽不羁的奇男儿如何一日日地挨过十年的幽禁生涯？想着眼睛有些模糊起来。

一曲未终，十三阿哥已然停了笛音，向我看来。我忙打起精神，笑走过去，问道：“怎么不吹完呢？扰了你的雅兴？”

十三阿哥一笑，道：“不知道是你，只觉得有人偷听，所以停了。”

我瞟了眼一旁石桌上的酒坛，笑问：“怎么不在殿前陪皇上，竟撇下福晋独自跑到这里喝酒来了？”

他瞅着我手中的食盒也笑道：“只准你挑好地方，我就不能来了？”

我笑了笑，没有说话，打开食盒，取了两壶酒出来，向他做了个请的姿势。他一笑，坐于石凳上，拿起酒壶就是一口。

我也坐下，拿起酒壶，和他一碰，各自仰着脖子喝了一口。十三阿哥斜撑着身子，看了会儿月亮，道：“很多年没一起喝过酒了。”

我叹道：“八年了！”两人都默默看着月亮发起呆来。

过了好半晌，十三阿哥侧头笑道：“难得今儿遇上，又都带着酒，就好好再喝一次，说不定下次再喝又是个八年。”

他一句笑语，却不知道说得完全正确。何止八年？十年的幽禁！十年后，我知你平安得放，却不知自己会身在何处。如果有缘，也许十年后还能喝酒，如果无缘，那这也许就是最后的离别酒了。

我心中悲痛，强笑着说：“是该大醉一次，自从上次被你灌醉后，我一直都没有再尝过醉酒滋味。”

十三阿哥挑了挑眉毛，一面与我碰酒壶，一面说：“上次明明是你自己拿起酒囊就一口口地灌，一副恨不得立即醉倒的样子，怎么是我灌醉你了？”

“你不把我掳到外面去，我能一口口地灌酒吗？”我瞪着他问，一副你再敢说不是你的错你试试的样子。

他哈哈笑着：“好，好，就算上次是我灌醉你的，不过今儿你可记住了，酒，你自己带的，人也是自个儿过来的，以后可不要再说是我灌你的。”

两人一面笑谈，一面喝着酒，很快两人手中的酒壶就见底了，他笑拍了拍桌上的酒坛子道：“还是我有先见之明。”

我笑道：“是，是。”一面取了两个碗出来。

十三阿哥笑说：“还是你合我心意，原本就该如此饮酒，最不耐烦拿着小杯子叽叽歪歪。”说着一人倒了一碗。

两人喝着喝着，都沉默了下来。我想着十三阿哥即将到来的命运，自己未知的命运，心中难过。十三阿哥不知道想起什么，也是眼角带着几丝愁闷。

两人时不时地碰一下，喝一口，各自愁伤着。伤心时喝酒最易醉，两人又都已经喝了不少，此时都带着几分酒意，忽又相对着大笑起来。笑着笑着我趴在石桌上，用手偷偷抹干了眼角的泪。

正趴着时，忽听得一缕哀伤的笛声响起，是刚才未吹完的曲子。我侧头静看着他，他为何心中如此哀愁？

一曲吹毕，十三阿哥手握玉笛，起身踱了几步，慢声吟道：

赤栏桥外柳毵毵，千树桃花一草庵。
正是春光三月里，依稀风景似江南。

片月衔山出远天，笛声悠扬晚风前。
白鸥浩荡春波阔，安稳轻舟浅水边。

我撑着头笑道：“人家‘才高八斗’者也要‘七步成诗’，你这三五步就作了这么多，岂不羞煞曹植？”

十三阿哥歪着脑袋，懒洋洋地说：“以前写好的，只是一时心中感慨，念了出来而已。”

我默看了他一会儿叹道：“你若不生在帝王家，该多好，就不必只用诗词羡慕闲逸了。”

他侧身而立，背负双手，仰头望着月亮，过了好一会子才说：“我自己也不知道想过多少次了！我一直向往着有一天能骑马、带笛、佩剑，自由纵横在天地间。漠北射雕，江南听曲；畅意时幕天席地、饮酒舞剑；雅致时红袖添香、灯下吟诗。但此身已托帝王家，即使我可以跳出樊笼，却有我不能割舍的人，不愿让他独自一人面对风刀霜剑，他虽有额娘、同胞亲弟，可和没有也差不多。”

我只觉泪水猛然落下，竟连擦拭都来不及，刚刚拭干旧泪，新泪又已下。十三阿哥转头默默看着我。

我一面双手胡乱抹着眼泪，一面强笑着说：“有些喝多了，酒竟然都化作了泪。”他扯扯嘴角，想笑，却终是没有笑出来。他走回桌边，端起碗仰脖灌下。

我也灌了一大口，手撑住头，问他：“十三阿哥，在这座紫禁城里，你我是难得想法一致的人，如果能凑在一起倒是好。可是奇怪了，你为何不喜欢我呢？”

十三阿哥正在喝酒，忽听得此言，一下子呛住了，侧头咳嗽了好几声，这才转头挑眉笑说：“我还纳闷，我这么个风姿英拔的人在你面前，可也没见你喜欢我呀！”

我斜睨了他一眼，嘲讽道：“连我这锁在深宫的人都听闻了不少你的风流逸事，惹了多少相思债，还嫌不够多？你平日走在路上可敢回头？”

十三阿哥纳闷地说：“为何不敢回头？”

我忍笑道：“不怕回头看见跌碎一地的芳心？”

他大笑着摇摇头，指了指我道：“彼此！彼此！”两人相视大笑起来。

我笑说：“我先问的，你先回答。”

他低头默想了一会儿，说：“初见你，印象最深的就是你和明玉格格打架，泼辣厉害至极，怎么可能喜欢你？额娘很早就去了，她的相貌都日渐模糊，可我永远忘不了她温柔的怀抱，她会在我耳边低声唱好听的歌，她说话很轻很软，她笑时，眉眼弯弯如水一般。而你……”他笑眯眯地看着我说，“太粗鲁了！”

我点点头说：“典型的‘俄狄浦斯情结’。”

他迷惑地问：“什么情结？”

我笑看着他说：“就是说一个人很渴望母爱，他会不自觉地希望自己的妻子能像母亲一样温柔怜惜地对他。”这也就是他不喜欢敏敏的原因了。敏敏虽好，可不是他想要的。

十三阿哥愣了一下，笑说：“也许对吧，那你呢？”

我也低头默想了一会儿，抬头看着他说："我告诉你，可你不能再告诉别人。"说完想了想，又补道，"任何人，包括四阿哥。"

他笑点点头，说："看来我在你心中竟是个口风不严实的人。"

我这才一面想着，一面说："我在男女之情上本就是个被动的人。后来发生了点儿事情，就越发被动。入宫后，我更是把自己的心看得牢牢的。唯恐不小心，就是一回首百年身了。这紫禁城中的男人都有太多老婆，而我一直在心里抗拒着和那么多女人分享一个丈夫……"十三阿哥表情诧异，我瞟了他一眼，无奈地道，"你不见得懂的，可这就是我心里深处的想法，不过这不是最重要的，个人即使有再多的无奈、不甘，总会慢慢向周围环境妥协。就如你本不愿参与权力之争，可你却参与了。我即使不愿意，可我已经慢慢接受这个不可更改的事实，也许还有不甘，还有挣扎，但我怎么和整个环境对抗呢？"我苦笑着朝十三阿哥摇摇头。

我轻叹口气道："最重要的是我一面渴望着有人能诚心诚意地对我，一面又不相信这个宫廷里会有这样的人，如果我不能相信，那我的心总是无法真正敞开，去接纳他。也许我太懦弱，太害怕伤害，我不能像敏敏那样自己先付出，去争取，我总是被动地等着对方付出，等着对方一点点让我相信，然后我才有可能打开我的心，慢慢喜欢上他。"

我看十三阿哥表情严肃，扯了个笑，语气轻快地道："现在你可明白我为什么不可能喜欢你了？就是因为你没有先来喜欢我。"

他皱眉道："看来我得让四哥继续努力，你的心不容易打动，他又先天失利，已经有了福晋，不过幸好大家都一样。"

我有些不好意思地道："我们的事情不要你管。"

十三阿哥笑着和我碰了下碗，两人饮了几口酒，他敛了笑意，缓缓道："若曦，我不管你和八哥之间究竟怎么回事，但如今你既已和四哥有了约定，你就要一心一意待四哥。"

我手一抖，碗落地而碎，心乱如麻，静了半晌，才敢抬头看他："你怎么知道的？四阿哥知道吗？"

他摇摇头说："四哥还不知道，一则你藏得真是好，二则，我们一直以为十四弟和你之间有瓜葛，把注意力都放在他身上了。我能知道此事，也是巧合。我听敏敏说你教她唱戏，请了八哥来看，后来再问她此事，她却支支吾吾不愿意再说，当时，我就心中存了纳闷。十哥闹着休妻的那天，你居然因为八哥的一个眼神就连茶都端不稳，我更是存了疑心。可一直不能确定，今日其实只是拿话来试你，却果然如此。”

我神色哀凄地看着他，求道：“千万莫让四阿哥知道。”

十三阿哥道：“我不会告诉他的，虽然此事的确有些不妥，不过你也把四哥想得太小气了！佐鹰能包容敏敏，四哥就不能包容你了？”

我摇头道：“我从不觉得一个女人在嫁人前喜欢过别人有什么不对，难道只准男人三妻四妾地娶，女人连曾经喜欢一个人的权利都没有？我既不觉得自己有做错什么，当然根本不介意让他知道。如果是十阿哥、十四阿哥或者其他任何一个人，我早就和他说了，可唯独八阿哥不可以。”

十三阿哥疑惑地问：“这话怎么说？”

我凄凉地道：“我没有办法告诉你，但是真的唯独八阿哥不能让他知道，也许他可以不管现在或以后都不计较，但我不可以冒险，这个险，我冒不起。”说完，撑头默默呆坐着，满心忧痛。

十三阿哥轻叹口气道：“我不太明白你的意思，不过我相信你，你肯定有迫不得已的理由。”我忍不住伸手拉着他的胳膊轻摇了几下，我何其有幸，有十三阿哥这般的朋友！

他轻拍了拍我手背，暖暖一笑，慢饮了口酒道：“以前我也曾希望过你和四哥在一起，毕竟一个是我心中最重要的人，一个是我真正赞赏的知己。可后来你不愿意，我虽不能理解你前后矛盾的言行，但更不愿勉强你。四哥虽对你越发留心，可也不是非要你不可，你把簪子和链子退回来时，四哥自嘲地笑笑，对我打趣道：‘连终身不嫁，长伴古佛青灯都写出来了。下次该不会宁死不嫁吧？罢了，不勉强她！’说完，就把东西丢开，对你也不再上心。可从塞外回来后，四哥心思又变了，把链子又寻了出来。”

我忍不住问道：“为了玉佩？”

十三阿哥瞪了我一眼道：“你以为个个都是太子爷？”我咬唇未语，他笑道，“你真是个傻子！当日众人固然是为敏敏惊艳，可有心之人真正赞叹感佩的却是你。曲是你编的，舞是你排的，那如梦如幻的场景都是你的手笔，就连我如今都想着你若舞动一曲该是何等令人震惊，何况四哥呢？而最难得的是你对敏敏的心，紫禁城里像你这般大的女子哪个不是变着花样争奇斗艳、钩心斗角地争宠，很多貌似素静守拙的，也不过是以退为进。可你却真正只是让敏敏美丽，带着呵护欣赏去诚心赞叹维护另一个女子的美丽，老实说，我是没见过，估计四哥也没见过！”他抿了口酒笑说，“还有你为维护十四弟所做的一切，‘义气’二字你也当得起！”

我苦笑着摇摇头。十三阿哥接着道：“四哥做事，一贯心中自有定数，沉稳不乱，可当四哥身上揣着簪子、链子好几天，却一直犹豫不决是否给你时，我才惊觉他对你不是简单地动动心思而已。所以当那日看到你戴簪而来，我心里竟然是松了口气的感觉。十哥踹你一脚时，我看到四哥一瞬间眼里全是心疼，偏偏你还不知道心疼自己，搞得四哥一出宫，第一件事情就是去找药。”

我茫然地想，是这样的吗？当时没有留意，原来那一脚他竟也替我疼着。

十三阿哥模仿四阿哥肃着脸，眼神冷淡地看着我说：“四哥府中一向规矩森严，从没有人敢任意胡闹。不提家法，就四哥那张脸和眼神，就足以把所有人震慑住了。”

我拍了他一下，气笑道：“够了，你没有四王爷的气势，学虎反像猫。”

他哈哈笑着说：“你捉弄他那次，我还真为你担了心，可回头问四哥如何处置你的，他居然淡淡地说‘不是什么大事，随她去吧，难得见她这么高兴’。”

我注视着地上的碎瓷片，几丝暖意隐隐流动，猛地端起十三阿哥的酒碗，咕咚咕咚尽数灌下。十三阿哥拿过空碗倒满酒，自己也喝了几大口。

十三阿哥双手撑在桌上，俯身对着我的脸，神色肃然地道：“若曦，不管你是因为怕皇阿玛指婚还是心里有四哥，反正你如今已经给了四哥承诺，你就要好好对他，若因为八哥而伤四哥的心，我不会原谅你的。摇摆不定，伤人伤己，我瞧不起这样的女人。”说完紧盯着我。

我立即回道：“我既然做了选择，以后就绝不会再和八阿哥有男女私情，因为我也讨厌夹缠不清的男女关系。”

十三阿哥缓缓坐了回去，喝了口酒，说：“若曦，四哥是个心事藏得很深的人，又极难和他人亲近，人人都只看到他的冷，却不知道他心底的热。他言辞锋利冰冷，他的妻儿都对他颇为畏惧，却不知他锋利下的暖。这样的性格很容易自苦，有什么事情，我虽可以陪他说说，可我只能分担他的心事，不能分担他的愁闷，他仍旧是寂寞的。我总盼着有人，在他烦心时引他开颜，在他孤寂时握住他的手，让他知道身边有人相陪。你虽老说自己没有读过什么书，可我知道你读的书绝不会比我们少，胸中自有丘壑，见解也最是别出机杼。与你畅谈时，我甚至感觉你根本不是养在深闺的女子，那些名山大川、江河湖海好似都亲身游览过。”他凝视着我，一字一顿地说，“只要你愿意，你和四哥肯定能彼此交心的，因为你能理解他的志向、他的苦、他的痛。”

我愣愣发呆，十三阿哥垂头静默了好一阵子，忽地叫道：“若曦，有几句话，你一定要好好记住。以后不见得有机会仔细说，索性今日全说了。”

他怜悯地凝视着我说：“皇阿玛这么多年一直如此疼你，固然是因为你心思聪慧灵巧，尽心服侍，可更重要的是因为你是这紫禁城中罕见的一直没有利欲心的人，从无争权夺利的心，没有偏帮过任何人，没有打压过任何人，只是一心一意地服侍皇阿玛。以后你也要如此。这些年，你表面上看起来确是风光无限，一个李德全，一个你，不要说一般大臣，就是我们这些阿哥和娘娘见了都是脸带三分笑，可这紫禁城暗地里不知多少人嫉恨于你。你能一直平安无事，不是因为八哥是你姐夫，也不是因为你和我和十哥和十四弟要好，而是全凭皇阿玛的宠爱！你若参与进我们的争斗，就会失去皇阿玛对你的信任和疼宠，你若失去了皇阿玛的宠爱，那历年积攒下的怨恨会尽数发泄出来。若曦啊！到那时你怎么受得了那份苦呢？再说了，这本就是我们男人之间的争斗！我们如此做，是为了自己的欲望私心，想要更多的尊荣、更多的权力，想要坐到那个最高的位置上，无论结果是什么，都是我们应该付出的代价，可你凭什么为我们的欲望而牺牲呢？这不是你应付出的。”

我捧着头，痛苦地问：“为什么？为什么非要提醒我这些？我不想知道。”

他柔声道：“八哥是你姐夫，更何况你还和他……就是十哥、十四弟也是你很难割舍的人，可你已经答应了四哥，已经是四哥的人，我怕你一时感情用事卷进我们的争斗。我知道眼看着一切的发生让你痛苦，可如果掺和进来你会更痛苦。”

十三阿哥默默喝了会儿酒，叹道：“这就是帝王家！无可避免的争斗和痛苦！没有人能阻止！即便睿智如皇阿玛，也只能无奈地目睹一切的发生，何况你呢？若曦，我只要你将来跟着四哥，好好对他。别的事情你都不要理会，谁胜谁负，是我们之间的事情。”

十三阿哥拍了拍我的背道：“我们说好今日要大醉一场的，不再谈这些俗事了，喝酒！”

我碗到立干，只想快快醉死过去，再不要面对这些事情。十三阿哥也好似有意要灌醉我，一碗接一碗地给我倒酒。

不大会儿工夫，我已经眼光迷离，只知道喃喃说喝，然后就是我醉酒的一贯风格，头一歪黑沉沉睡了过去。

第四章

雷霆怒，痴人愿

第二日起床时，我发现自己和衣躺在床上，掀开被子想要坐起，头一阵疼痛，又躺了回去。缓了缓，我才起床洗漱，笑问玉檀：“昨儿晚上你回来时，我在屋子里吗？”

玉檀笑道：“我回来时，看姐姐已经睡下了。”我点点头，没再说话。

待到去当值时，已经晚了，所幸万岁爷上朝未归，晚到一点儿倒不至于有大碍。喝了浓浓一杯茶后，我才头脑清楚了些。正在煮水，王喜快跑而进，脸色凝重，低声道：“姐姐今日一切留心，万岁爷下朝了。”我看他脸色不对，想再问几句，他却已经转身匆匆而去。

我静了静，选了康熙平日最喜欢的茶具，冲泡好后，又特地凉了一下，待到比康熙日常喜欢的温度稍高后，才托着茶盘小碎步悄悄而入大殿。

入目处，从三阿哥到十七阿哥，并康熙的表弟、领侍卫内大臣鄂伦岱，领侍卫内大臣阿灵阿，内大臣明珠之子、翰林院掌院学士揆叙等满族重臣黑压压跪了一地。康熙脸色铁青，虽满屋子人，却落针可闻。

我心中一动，莫非今日就要宣布废太子？轻轻将茶盅放置于桌上，人还未来得及行礼退下，康熙猛然端起茶盅朝四阿哥身上砸去，我立即跪倒在地上，一时心中惊痛惧怕，大气也不敢喘。

四阿哥不敢闪避，任由茶盅带茶汤尽数打在身上，上身立即湿了一片，茶盅顺着袍子滚落到地上，滴溜溜地打着圈。死一般的沉寂中，青瓷撞击地面的脆响击打在人心上，声声都是天子之怒，让人惊颤。

我埋头跪在地上，一面伤痛，一面庆幸茶汤不算烫。脑中细细琢磨过去，却无半点儿头绪，只知道今年太子会被废，可四阿哥会有什么事情呢？转而一惊，十三阿哥！如果现在的历史是我所知道的历史的话，最终是十三阿哥有事情，而非四阿哥。一面是放下了心，可一面又难受起来。

康熙冷冷地道："朕早已有旨，'诸阿哥中如有钻营谋为皇太子者，即国之贼，法断不容'，你却命人通过各种渠道散布流言蜚语，大肆宣扬太子胤礽的恶劣行迹，在满汉官员以及京师与江南士民中制造倒太子的舆论，还扬言胤礽的储君之位并不稳固，随时可能再次被废黜。好个阳奉阴违的雍亲王！"

康熙一面说，四阿哥一面磕头，回道："此事绝非儿臣所为。"

康熙盯向领侍卫内大臣阿灵阿和翰林院掌院学士揆叙，两人都砰砰地磕头道："臣有罪，臣知罪！可此事实在与四王爷不相干，是臣等私自行动。"一面说着，一面闪闪避避地打量四阿哥的神色。

康熙猛然一拍桌子怒道："你们可真是忠心耿耿，眼里还有朕吗？"怒指着四阿哥道，"他们这两三年来和你暗中往来，何地见面，何人在场，都有证据。若非为你，难道如此做是为了他们自己？是他们谋太子之位？"

四阿哥眼色沉沉地扫过阿灵阿和揆叙，磕头顿首道："儿臣虽与他们有过接触，但从未指使过他们此事。"

我心中微动，看向八阿哥，他面色肃然，目光如水，淡淡凝视着身前的地面，脑中忽地闪过他说过的话"不要是老四，否则只会受罪，反倒枉费我如今的一番心血"，刹那一切都已明白。这是他为四阿哥布的局，好个一箭双雕！打击了太子，又可以铲除四阿哥。借助四阿哥了解太子动向，扳倒太子，太子大势已去，立即向四阿哥下手。而阿灵阿、揆叙定是既负责四处散布谣言，为八阿哥倒太子的行动制造声势；又负责八阿哥和四阿哥之间的消息互通。此时四阿哥有口难辩，因为的确与阿灵阿、揆叙有过私下来往，而往来内容又都不可告人，甚至只怕比散布谣言更严重。

八阿哥先安排人向康熙密告此事乃四阿哥所为，阿灵阿、揆叙此番惺惺作态一力维护四阿哥的样子，更是让康熙连怀疑之心都无，他们越是不承认乃四阿哥指使，康熙就越发相信，越发愤怒。受太子结党营私案的影响，再加上对阿哥谋求皇位的忌惮和深恶痛绝，康熙怎能不怒？此番虽没有谋逆举动，但康熙也绝对不会轻饶四阿哥的。想通此节，才真正明白十三阿哥十年幽禁就是为此。

我盯着八阿哥，这个局绝非短时间内布置的，散播谣言动摇人心非短时间内能奏效，而他和四阿哥的互通消息早在十四阿哥抗旨去草原时就已有，他只怕两三年前已经想好一切。就连阿灵阿、揆叙肯定都是一步步诱导入彀，此时他们若招认是八阿哥，那他们一样获罪而且再无翻身机会，可若他们栽赃给四阿哥，八阿哥却是他们的翻身资本。这些只是我这一瞬时推断出的，至于阿灵阿、揆叙是否还有其他把柄握在八阿哥手中，或还有其他交易，就非我所能知道的了。

脑中思虑越清楚，就越发惊叹，我知道雍正手段酷厉，明白能被雍正视作对手的人也绝非泛泛之辈。可我一直看到的都是他柔情似水的一面，渐渐忽略了他是历史上赫赫有名的“八贤王”，今日才真正直面了他的另一面。他忽地眼光投向我，两人目光轻触，他波澜不兴，冷淡地扫过我，又垂目凝视着地面。

十三阿哥忽地站起，上前几步跪倒在康熙跟前。四阿哥叫道：“十三弟！”

十三阿哥恍若未闻，对康熙磕头道：“事已至此，皇阿玛迟早会查出真相，儿臣就自己招了吧。此事乃儿臣暗自授意阿灵阿和揆叙，假借四哥的名义四处散布谣言。”说完侧头看着阿灵阿和揆叙说，“事已至此，无谓再多隐瞒，既然已经全部摊开，就谁都别想逃！”说着眼光从八阿哥脸上冷冷扫过。

十阿哥抬起头，朗声道：“十三弟这话倒是稀奇，谁不知道你和四哥一向形影不离，难道你的意思不就是四哥的意思吗？”

我盯向十阿哥，不知自己该怒该伤。我一直在怕这一幕，但这一幕终于在我眼前上演了。

康熙冷冷目注着十三阿哥，十三阿哥磕头道：“皇阿玛只管问阿灵阿和揆叙，儿臣之言是否属实自可知。”

康熙看着阿灵阿和揆叙，极其冰冷地说：“实情究竟如何？”

阿灵阿和揆叙一时举棋不定，十四阿哥猛地站起，上前几步磕头道：“据儿臣看，此事应非四哥所为，四哥心性寡淡，常在府中参禅念经，平日又最是孝顺体谅皇阿玛心意，绝不会做出如此大逆皇阿玛心思的事情。”

康熙凝视了十四阿哥一会儿，依旧盯向阿灵阿和揆叙，他们两人磕头道：“臣罪该万死！确是十三阿哥示意！”两人你一句、我一句地将事情前后始末一一道出，具体见面日期，私下相谈内容，俱清楚分明。康熙听完，搁于桌上的手紧紧握拳，目注着四阿哥喝问：“是胤祥所为吗？”

我心中一紧，此问是个圈套！不管是与不是都不对。

四阿哥抬头冷冷瞥了眼十三阿哥，重重地磕了个头，额头紧贴着地面沉声道：“确非儿臣所为，儿臣也不知是否十三弟所为。”

我心中一松，紧接着却是无限悲哀。他这个头是向十三阿哥磕的，一切已成定局！我头贴在地上，眼泪汩汩而落，在十三阿哥的威胁下，八阿哥被迫做了退让，虽然没有打垮四阿哥，可已经砍掉了四阿哥的左膀右臂，更重要的是让康熙对四阿哥起了疑心。

康熙静默了半晌，对着三阿哥吩咐道：“带人把皇十三子胤祥幽禁于养蜂夹道，没有圣旨任何人不得接近探访，阿灵阿和揆叙交由刑部详查议罪。”三阿哥忙磕头领命。

十三阿哥向康熙重重磕了三个响头，长身立起，随侍卫而出，自始至终未再瞧过任何人一眼。缓步而出的十三阿哥，神色超逸出尘，姿态翩然随意，不像受罚而去，更像赴美人之约而往，仿佛等着他的不是那个简陋不堪、阴暗潮湿，有门没窗户，夏天热得要晕，冬天冷得要死，养蜂人所住的工棚，而是“片月衔山出远天，笛声悠扬晚风前。白鸥浩荡春波阔，安稳轻舟浅水边”。

康熙目注着十三阿哥渐远的背影，忽露疲惫之色，对众人淡淡道：“跪安吧！”说完起身，李德全忙服侍着出去。众人低头跪着直到康熙走远后，才陆续起身静默着退出。

人渐渐都散后，八阿哥才起身，扫了眼仍然额头紧贴地面而跪的四阿哥，又淡淡瞥了一眼直挺挺跪在地上的我，转身慢步而出。九阿哥笑看了一眼四阿哥，又朝我笑点点头，随八阿哥出去。十阿哥起身看着我，走上前低低叫道：“若曦。”我没有理会，他俯身欲扶我站起，我狠狠打开他的手，冷冷道：“走开！”

十四阿哥立于门前，静静瞅着我和十阿哥，淡淡说：“十哥，走吧！她正在气头上，不会和我们说话的。”十阿哥静默了会儿，转身随十四阿哥离去。

等他们都走了，我起身走到四阿哥身旁，他仍然额头贴地而跪，纹丝不动。我低头凝视着他弯成弓状的背，心中悲痛。我知道这个结果，甚至知道十三阿哥十年后安然得放依然心痛难耐，他在无思想准备的情况下面对这一幕，又不知道囚禁是否从此就是一生，是何等伤痛？更何况十三阿哥是为他而牺牲。

半晌后，我强忍着悲痛，蹲在他身旁柔声说："他们都走了，你也回去吧。"我等了半晌后，他依旧身如泥塑，一动未动。我深吸口气，淡淡说，"你打算一直跪下去吗？就能把十三阿哥跪回来了？"他背一紧，肩头抖了几抖，慢慢直起身子，看向我，眼神死寂却隐有烈焰在燃烧，灼得人眼刺痛。我看着他胸前的茶沫，抽出绢子轻轻把粘在袍子上的茶叶拭去。

等我拭完后，他静静站起，转身，一步一步缓缓离去。我蹲着目送他的背影远去。身边少了惯常相陪的十三阿哥，他的背影格外凄凉。

想着昨日夜里还与十三阿哥举杯对饮，今日就是生离。想着他挑眉而笑的表情，想起他策马带我疾驰在夜色中，想起我们畅谈阔论，想起他草原篝火旁的祝酒歌，想起他长身玉立和敏敏对视的英姿，再想着那个狭小潮湿阴暗的养蜂夹道，再也忍不住，坐在地上，压着声音哭起来。空落落的阴沉大屋中，我独自一人抱头哭泣，只有回荡在屋中的幽幽哭声相陪。

◈

距十三阿哥被囚禁已经七天，四阿哥谢绝一切朝事，称"未能及时发现、劝诫十三弟行为，让皇阿玛忧心伤神"，告罪闭门在家念经思过。八阿哥依旧举止翩翩，笑如暖玉。我漠然请安，他微笑客气地说："起吧！"我带着个恍惚的笑想，一切都变了，连以前看似平静祥和的日子都一去不返了。

我轻扇着蒲扇，水已经滚了好一会儿，才猛然反应过来，忙扔了扇子，冲泡了一壶大红袍，端起茶杯轻抿一口，脑中浮现出十三阿哥微眯双眼品茶而赞的表情，从今后，谁为你煮茶，谁听你吹笛，谁能让你微展眉头？

笃笃几声敲门声，我静静看向院门，却没有任何心思理会。过了半晌，又是几声笃笃声后，门被推开，十四阿哥看着正坐于桂花树下品茶的我，微蹙了下眉头说："人在，为何不答话？"

我收回目光，又端了杯茶一饮而尽。他走到桌旁坐下："你真就打算从此后除了请安问好，再不和我们说话了？能喝杯茶吗？"

我看着桌上的茶具不禁苦笑起来："茶具都是你送的，能不让你喝吗？"

他端起杯茶轻抿了几口道："若曦，知道你和十三哥好，可我们也是从小玩大的，你岂能厚此薄彼？再说，很多事情只是立场问题，并没有对错。"

我淡淡问："今日你是来说教的吗？我没有心情听！"

他轻叹口气，从怀里掏出封信给我，我眼光未动，依旧端着茶杯慢慢而饮，他道："绿芜为了见我，在我府邸侧门跪了一天一夜才求得小厮为她通传。"我一愣，看向他，他道，"绿芜给你的信。"

我忙放了茶盅，接过信，匆匆撕开。十四阿哥静了一会儿冷声道："听闻绿芜在四哥府前也跪过，却自始至终无人理会，她无奈之下才找的我，真是……"我抬头盯了他一眼，他冷笑一声，未再说话。

我看完后，默默发呆。十四阿哥说："你若要回信，就赶紧写了，我带出去给她，也趁早绝了她的痴心。"

我问："你如何知道信的内容？"

他淡淡道："绿芜已经求过我了，我说皇阿玛已经说过'没有圣旨，任何人不得接近探访'，更何况她这样的要求？让她绝了念头。她却仍然不死心，又求我给你带信，她不说我也猜得到内容。我本不想替她送这封信，可又实在可怜她一番心思，想着以你和十三哥的交情，也许你的话她能听进去，你好生劝劝她吧！否则我真怕十三哥还没什么，她倒先香消玉殒了。"他静默了一会儿，叹道，"绿芜如今憔悴不堪，纵是我有铁石心肠，看到她也软了几分。"

我问："你们真的没有法子吗？"

他诚恳地说："若曦，这事本身与我们并没有利益冲突，如果能成人之美，何乐不为？难道我在你心中就真的如此冷血？办不了，是因为皇阿玛已有圣旨，现在看管十三哥的人都是三哥选出后，皇阿玛亲自过目后点头准了的，再要添人，也肯定要皇阿玛同意。可如今如果和十三哥扯上联系，免不了被皇阿玛怀疑散布谣言之事非十三哥一人之意。连四哥都忙着和十三哥撇清关系，何况我们呢？如今没有任何人敢为十三哥说话的。"

我冷哼了一声，没有说话。本就是你们做的，你们当然更是忌讳。其实一切都明白，只是总抱着一线希望。

我出了会子神，转身进屋，研墨铺纸，提笔写道："奈何人微力薄，不见得有用，但必当尽力，静候消息。"想了想，又加道，"照顾好自己身体，否则一切休提，又何来照顾十三爷之说？”写完后，仔细封好信封。

十四阿哥接过信后，看了眼我封得严严实实的信口，讥笑道：“你这是怕我看吗？”

我淡淡说：“做给绿芜看的，女子间的闺房话，不想绿芜不好意思。”他释然一笑，揣好信后起身要去。

我叫道：“十四阿哥。”他回身静静等我说话，我道，“吩咐一下守门的人，见到绿芜客气有礼些。”

他道：“放心吧，已经吩咐过了，见不见在我，但不许他们怠慢。”我向他行礼。

他笑笑转身想走，脚步却又顿住，脸色颇为踌躇。过了半晌才道：“有些话，论理我本不该多言，但……”

我截道：“那就不要说了。”

他盯了我一眼，一甩袖，转身就走，快出门时，忽地停步，回身道：“不管你对四哥是真有情还是假有情，都就此打住吧，你是聪明人，无谓为难自己。”说完快步而去。

我静静站了很久，拿起早已凉透的茶，一口饮下。原来不管再好的茶，凉后都是苦涩难言。

我拿着绿芜的信，看一回，想一回，在院子里不停踱步。思来想去，只有一条路可以走，成与不成只能如此。想着康熙当日的震怒，心下也是惧怕，可想着十三阿哥，想着他往日纵马驰骋的快意，今日孤零零一人，再想想绿芜的深情和才情，至少她可以陪十三阿哥弹琴、写字、画画、吟诗，消磨度过漫长岁月。于她而言这是最大的幸福，于十三阿哥而言，是寂寞苦清日子里的一点儿温暖。这也是我唯一能为十三阿哥做的了。

拿着绿芜的信，我又一字字读了一遍，想起和十三阿哥间的相交相知，微笑着拿定了最后的主意。

字请若曦姑娘台鉴：

贱妾绿芜，浙江乌程人氏。本系闺阁幼质，生于良家，长于淑室；每学圣贤，常伴馨香。祖上亦曾高楼连苑，金玉为堂；绿柳拂槛，红渠生池。然人生无常，命由乃衍；一朝风雨，大厦忽倾！沦落烟坊，实羞门楣；飘零风尘，本非妾意。与十三爷结识，尚在幼时，品酒论诗，琴笛相来。本文墨之交，实绿芜之幸！蒙爷不弃，多年呵护，妾一介苦命，方保周全。妾本风烟，与爷泥云有别，虽洁身自好，然明珠投暗，白璧蒙尘，自当明志，何敢存一丝他想。然日前得信，惊悉十三爷忤怒天颜，帝发雷霆，将其禁于养蜂道，妾如雷轰顶，夜不能寐，思前忖后，泪浸衾枕。恨微身不能替之受难，十三爷金玉之躯，何能捱霜草之寒？

常思妾虽出身低贱，少读圣贤，亦晓“滴水之恩当涌泉相报”。虽不能救爷脱拔苦海，唯愿同爷苦难与共，若能于爷监禁处，做一粗使丫头洒扫庭院，照拂起居，日夜侍读。此愿能偿，绿芜此生何求？

妾与姑娘，虽一面之缘，但常闻爷赞姑娘“有林下之风”，妾为十三爷事，求告无门。知姑娘为巾帼丈夫，女中孟尝。必能念妾一片真心，施加援手。姑娘身近天眷，颇得圣宠。然此事难为，奈何妾走投无路，只抱万一希望，泣求姑娘！

◈

康熙今日心情好似不错，我、李德全、王喜伺候着在御花园内散步。康熙走了一圈，坐于石凳上休息，神色祥和地目注着前方。恰是金秋，满树黄透的树叶在阳光下仿似透明，片片都透着妩媚。

康熙侧头对李德全笑说：“苏麻喇姑最是爱秋季，说是‘比春天都绚烂’。”

李德全躬身笑回：“正是，奴才还记得姑姑站在黄透的银杏树下笑着唱歌呢。”

康熙眼光投注在地上的金黄落叶上，嘴角带着丝笑说：“是啊，她会唱的歌可多呢！就是草原上最会歌唱的夜莺也比不过她。”说着，定定出起神来。

此时的康熙，心应该是柔软的，他回忆起了年幼时的烂漫时光和记忆中的温柔少女、婉转歌声。我定了定心神，上前跪倒，磕头道：“奴婢讲个故事给皇上解闷可好？”

康熙笑看着我说：“讲吧，好听有赏，不好听就罚。”

我磕头起身后，静了一下，缓缓道：“西晋时，有一个叫绿珠的女子，是当时富豪石崇的家妓……”

康熙笑道：“这个朕知道，换一个。”

我又道："有一个叫林四娘的女子，原本是秦淮歌妓，后又成了衡王朱常庶的宠妃……"

康熙淡淡道："这个朕也知道。"

我静了一下，问："皇上，这些女子虽然不幸沦落风尘，却侠肝义胆，为报知遇之恩，不惜以命相酬，她们是否也算可敬可佩？"

康熙点头道："不错，都是节烈女子，胜过世间很多男儿百倍。"

我跪倒在地上，磕头道："皇上，如今就有一个愿意为报相护之恩，愿意以身赴难的奇女子。"我将绿芜和十三阿哥多年相交之事娓娓道来，把我个人对绿芜的感觉也细细告诉了康熙。康熙脸色淡然，难辨喜怒。我磕头求道，"求皇上成全，让绿芜做个使唤丫头，为十三爷洒扫庭院。"

康熙静静盯了我半晌，冷声道："你如今真是依仗着朕的宠爱，什么话都敢说，什么事情都敢做！"

我心中悲伤，并非为自己，求康熙时已经做好受罚的准备，只是心痛绿芜和十三阿哥。我砰砰地不停磕着头，求道："皇上仁义为君，求皇上成全绿芜的痴心，奴婢甘愿受任何责罚。"

康熙起身怒道："她的痴心还是你的痴心？责罚？我看就是朕往日太怜惜你了！"

说完，他并未让我起身，提步而去，李德全赶忙跟上，王喜担忧地看了我一眼，匆匆也随了上去。我静静跪在地上，眼泪潸然而落。没有用的！十三阿哥，你独自一人如何度过漫漫十年？绿芜，你对十三阿哥情根深种，他的每一点苦都刺在你心上，你何以自处？

从日头当空跪到夕阳斜斜，从斜斜夕阳跪到沉沉黑夜。先时还能感觉到膝盖酸麻疼痛，却比不上心中悲痛，后来渐渐麻木，更是觉得一切都无所谓。泪已落干，只余满心凄凉。

王喜匆匆跑来，看着我叹道："好姐姐，你怎么这么糊涂？十三爷的事情现在谁敢沾上，你怎么就……"

我木然跪着，没有理会。他叹道："我师傅说了，他瞅着机会会替姐姐求情的，姐姐就先忍一忍吧！"说完，长叹口气，匆匆跑走。

黑漆漆的御花园内，宁静得只闻风轻抚过树叶的声音。丝丝寒意从腿上传来，我摸了摸膝盖，试着移动了一下，一阵疼痛，酸麻难动，索性作罢。我半仰头看向天空，这是一个没有月亮的晚上，黑蓝丝绒上颗颗水钻，闪灭间如女子泪眼，绿芜怕是正在暗自垂泪。孤寂一人的十三阿哥此时是否也只能抬头邀繁星为伴？笛声幽咽无人相知。

腿上的寒意渐渐遍布全身，腹中饥饿，冷风一吹越发寒意侵骨，我瑟瑟缩成一团，盼望着快点儿天亮，黎明前最是寒冷，分外难熬。

待得第一线阳光打在灿黄的树叶上时，整个园子刹那光彩焕发，随之而起的还有唧唧啾啾的鸟鸣声，此起彼落，欢腾不绝。我听着这最天然的音乐，微眯双眼凝视着阳光下金灿灿的树叶，脑中却忍不住地想着油煎鸡蛋，嘴角不禁溢出丝苦笑，唉！真是煞风景，焚琴煮鹤不过如此。可肚子真是饿，风雅情调真的都是吃饱穿暖后干的事情。

太阳渐大，我的头开始昏沉沉，不知道是饿的，还是跪的。紧闭双眼，脑中一片虚空，再无余力胡思乱想。

“姐姐，究竟怎么了？”我无力地睁眼，玉檀正蹲在我对面。我摇摇头，示意她离去。她带着哭音道：“姐姐昨日一夜未归，今早我才听说在御花园罚跪。姐姐，究竟怎么了？”

我道：“回去！万岁爷如今正在气头上，知道你来看我，说不定会迁怒于你。”她蹲着不动，我斥道，“还不走？这才哪儿到哪儿，我的话你就不听了？”她咬唇站起，默立了一会儿，转身一步三回头地离去。

我闭着双眼跪着，周围的一切似乎都已远去，自始至终只有我一人。

一直柔和的风忽然转大，树枝被风吹得咔嚓咔嚓作响。大风刮落树上的黄叶，搅起地上的落叶。在漫天舞动着的秋叶中，轰轰雷声由远及近，漫天乌云黑沉沉压下来，天色迅速转暗。我连苦叹的力气也无，只是木然僵跪着。

几道闪电如金蛇，狂舞着撕裂黑云密布的天空，阵阵雷声中，豆大的雨点从天空中打落下来。不大会儿，又是一个霹雳，震耳欲聋。一霎间雨点连成线，“哗”的一声，大雨就像塌了天似的铺天盖地倾泻而下。

我刹那间全身湿透，暴雨砸在身上，起先还点点都是疼痛，后来慢慢麻木，狂风吹过身子，激起一阵阵寒意。阴暗的天地间，似乎除了风雨就只剩下我，只有我一人面对着天地的狂暴肆虐，承受着它的雷霆之怒。我紧闭双眼，躬起身子，任由万千雨点砸落，我所能凭借的不过是自己的背脊。

无边无际的雨，阴沉的天色难辨时辰，我的身子不停地发抖，时间仿佛静止，似乎这雨就这样要下到地老天荒。

不知道究竟过了多久，我佝偻着背，胳膊抵着双腿，手捧着头，只觉得自己冻无可冻，身子僵硬，连发抖都不会了。感觉有视线盯着自己，迷糊晕沉中咬了咬牙，缓缓抬头看去，不远处，四阿哥手打黑面竹伞，直直立于雨中。自从十三阿哥被监禁后，这是我们第一次相见。

隔着漫天风雨，我们彼此根本看不清楚对方的表情，我却能感觉到他伤痛惊怒的视线，两人默默凝视着对方。昏暗天色中，墨黑的伞，深灰的长袍，在一片阴暗中只有脸色触目惊心地苍白。

他忽地猛一扬手扔掉伞，一步步走过来，静静立在我身旁。我凝视着被风卷动着身不由己打着圈的伞，在地上摇摆不定。

时间一点点过去，雨势未变，狂风卷着暴雨像无数条鞭子，狠命地抽打着天地万物。我身子虽已冷透，心里却渐渐泛起暖意。这漫天风雨，有一个人陪我挨着！受着！痛着！熬着！

我扯了扯他的袍摆，他蹲下看着我，阴沉晦暗的眼睛，冰冷一如此时的老天，手势却极其温柔，帮我把粘在脸上的湿发拨好理顺。我凝视着他道："回去！你的心意我都明白！"

他定定地看了我一会儿，猛地把我抱进怀里，紧紧地，大力地，压得我肋骨硬生生地疼，可疼痛处却泛着暖意，但又是丝丝凄凉绝望。我头抵着他肩膀，泪水混杂着雨水从脸庞滑落，渗入他的衣服。

一道闪电狂厉地在头顶裂开，我一惊，顿然回过神来，忙抬头欲推开他。在闪电的刹那明亮间，映入眼帘的是持伞并肩立于雨幕中的八阿哥和十四阿哥。我一时脑中茫然，只是定定看着他们。

四阿哥回头看了他们一眼，缓缓放开我，立起，转身。三人隔着烟雨对视。十四阿哥身穿青色长袍，手持青竹伞，面色沉静，姿态漠然，只眼中隐隐含着惊怒。

白缎伞下，八阿哥一身月白长袍，袍摆随风而舞，面色温润如暖玉，身姿淡雅若新月。人人都在这电闪雷鸣、风雨交加的阴暗中带着几丝狼狈，可他却如暗夜中的一株白莲，遗世独立，纤尘不染。身旁虽有十四阿哥相伴，唇角甚至还含着丝浅笑，可飞扬的衣袂间仿佛披拂了天地所有的寂寞，胜雪的白衣下集敛了人间所有的寒冷。

时间好似凝固，哗哗雨声中，不知道过了多久，四阿哥转开目光，一步步地从他们身边走过，捡起仍在地上翻滚的伞，缓步离去，身影越去越淡，最终隐入风雨中。

待他消失不见，十四阿哥冲到我身边，抑着声音道："若曦，你怎么敢……"话刚起头，却停了下来，只是握着的拳头青筋隐现。八阿哥打伞走到我身边，用伞遮住我，挨着我蹲下，淡淡目视着我。

我低头木然地跪着，风雨中跪了一天一夜，身心疲惫，一切都好似无所谓，打罚随意。三人在雨中一站一蹲一跪，沉默无语。雨点打在伞面的声音错错杂杂，一如三人的心情。

过了很久，八阿哥叹口气，拿了方巾替我把脸上的雨水拭去，道："你就是不爱惜自己，也好歹顾念一下若兰。她身子本就弱，你还如此让她焦心？"我心中一痛，看向八阿哥，他道，"我已经吩咐了不许任何人传话，可瞒得了多久？"我咬唇未语。

洁白的袍摆拖在泥水里，我下意识地伸手想替他挽起，他迅速一挥打开了我的手，两人手轻碰，"啪"的一声，他若无其事地收了回去。我在半空滞了一瞬，缓缓缩回了空落落的手。

他又静静蹲了半晌，站起对十四阿哥道："回吧。"

十四阿哥沉默了一会儿，道："八哥请先回，我有事要问她。"

八阿哥说："此事你我都无能为力，只能看她自己的造化了。"顿了顿又说，"就是老四也只能眼看着而已。意气行事不但于事无补，反倒可能更会激怒皇阿玛。"

十四阿哥说："我只是有些事情要问个明白。"

八阿哥静默了一会儿，道："棋局正在收官，眼前虽占上风，但一着不慎满盘皆输的例子也不少。"说完，转身而去。

十四阿哥用伞遮着我，蹲下，默默瞅了我一会儿，在怀里摸索了一下，掏出一个小包递到我眼前，示意我打开。我掀开小包，居然是几块芙蓉糕。我不禁大喜，立即抓起一块，塞进嘴里。他急道："慢点儿，这会子没水，当心噎着了。"说着，躲开我还欲再拿的手，示意我咽下再拿。

我赶忙吞下，他这才递过来又让我拿了一块，我忽地惊觉道："皇上没准我吃东西。"

他气笑道："吃都吃了，一块和两块有什么区别？再说，这么大的风雨，谁还能跑这么远来监视着你？何况我特意藏在怀里，谁能知道？"我一笑，忙接着吃起来。

不大会儿工夫，几块糕点全都下肚，本来已经饿过头，只觉得胃疼，但已无饿的感觉，这会子一吃，越发觉得饿起来，只得忍住。一日一夜没有喝水，吃了几块糕点，我突觉得嘴里、喉咙里都干涩难受。头探到伞外，十四阿哥想拉未拉住，我已经仰头喝了几口雨水，顺手擦了下嘴，又缩了回来。我朝着满脸惊异的他嘻嘻一笑道："无根之水最是干净，文人雅士可是专门存了煮茶呢！”

他叹道：“我以后一定会时刻记住，你根本不是大家闺秀。”我微微一笑，他凝视着我问，“你这么做值得吗？”我盯着地面流动的水，恍若未闻。他定声说，“回答我。”我仍旧没有理会。他抓着我的肩膀摇了摇，软声道，“若曦，回答我，算我求你。”

我讶然地看向他，他面色焦躁中夹杂着怒气，却又极力克制着。我心中一软，回道：“我只做了我觉得应该做和不得不做的事情，没什么值得不值得的。你如果非要问我原因，也许只能说，若十三阿哥面对相同场景，他一定会为我做同样的事情，即使知道后果难料。”

他深吸口气问：“若是我，你还会如此吗？”我看着他，没有回答。他叹道，“我知道，你肯定又在想，换成十三哥，肯定不会问这样的问题。他懂你！可正因为我不懂，才要问个清楚。若曦，告诉我真话，就算看在我们从小认识的情分上。”

我柔声道：“我没有这么想。不管是十阿哥还是你，我都会的。虽然我和十三阿哥脾气更为相投，可大家的情分是一样的。”

他唇边绽开一个淡淡的笑：“那当日在草原上的那些事情，即使没有八哥，你也会帮我的，对吗？”

我点点头，看着他的袍摆道：“全湿了，回去吧！待皇上怒气过了，一切都会好的。”

他塞伞给我，我摇头道：“早已湿透，难道还能更湿？再说，皇上可没有准我打伞跪着。”

他握伞立起，深看了我一眼，转身快步而去，速度渐快，小跑着，大步跑着，身影迅疾消失，只余漫天风雨。

雨没完没了地下着，天渐渐黑透，天地间唯一的声响就是哗啦啦的雨声。我身形晃动，身子忽冷忽热，强撑着跪着，心里只是惦记着，何时风雨才会停，天才能亮呢？意识逐渐恍惚，最后只有耳边越去越远的雨声，身子一软，一切陷入黑暗沉寂中。

第五章

恩怨两边
哪堪计

身子仿佛被火烧，又仿佛置身于冰窟中，唇干舌燥，正在挣扎，玉檀轻柔地说：“姐姐，水来了。”原来我无意识中，已经喃喃要了水。玉檀扶我起身，慢慢地喂我喝了几口。

我看着满脸喜色的玉檀木了一会儿，忽地清醒过来，看了看屋子，疑问地看向玉檀。玉檀笑说：“皇上已经赦免了姐姐。”我心下一松，想到十三阿哥，却立即又悲伤起来。

玉檀端了清粥过来，我闻到粥香，才觉得极饿。待我吃了小半碗后，玉檀一面喂我，一面道：“姐姐昏迷了三天，身子烫如火炭，真是吓死人。”

我惊道：“三天？”话一出口，才发觉声音喑哑，咳嗽好几声后才停。

玉檀点头道：“不知道为何，十四爷也被罚跪了。听当时殿外值勤的太监们讲，只听到十四爷和万岁爷争执的声音，不停地提到十三爷。十四爷在乾清宫外从下午一直跪到第二日散朝，后来八爷、九爷、十爷都去求了情，陪着一块儿跪，其他众位阿哥也都去求情，万岁爷才最后发了话，让十四爷起来，也赦免了姐姐。我们去寻姐姐时，姐姐人躺在雨中，早已昏厥，身子冰冷，我们吓得……”

我难以置信地截道：“十四阿哥在雨中跪了一天一夜？”玉檀用力点点头。我忙问，“他可好？”

玉檀说：“十四爷是习武之人，身板本就比常人好，况且不比姐姐，跪了那么长时间，听闻只是稍微有些不适，估摸着也好得差不多了。”

我默默出了会子神，玉檀放下碗筷，道：“太医嘱咐了，姐姐饿得久了，又在病中，饮食要节制。”

我随意点点头，表示一切都听她安排。

玉檀帮我擦洗干净，梳好头。我对玉檀道：“我膝盖痛得厉害，你帮我拿热毛巾敷敷。”

玉檀忙预备热水毛巾，一面道：“已经叫人传话去说姐姐醒了，过会子，李太医会来看姐姐。”

我惊道：“李太医？”他原是专门给皇上看病的老太医。

玉檀冷哼了一声，一面拧着帕子，一面笑说：“那帮子暗地里幸灾乐祸的人算是白热乎了，万岁爷亲口吩咐的，宫里可没几个人能有这荣宠。”我听闻却无半丝喜悦，帝王之心，最是难测，恩宠不见得就是欢心，责罚也未见得就是厌恶。

正在敷腿，听闻敲门声，玉檀忙替我理好衣裤，半掩了帐子，去开门。十阿哥、十四阿哥和李太医前后进来，我忙欲起身行礼，十阿哥道：“就这么请个安就行了。”说完，两人侧身让太医上前把脉。

我咳嗽了几声问：“十爷、十四爷怎么和李太医一起呢？”

十阿哥道：“门口恰好碰上了。”说完，碍着太医在，三人沉默了下来。

李太医把了好一会子的脉，把完右手的脉，要我伸左手，闭着眼睛又把了好半晌，示意我再伸右手。十阿哥和十四阿哥彼此惊诧地对视一眼，都前行了几步，站在太医身侧问：“怎么了？”

李太医微微摇了摇头，示意他们静声。过了半晌，才半睁眼问道：“姑娘平日夜里睡得可好？”

我道：“大部分时间不是很好，而且觉得这一年来睡得越发少了，轻微响动就能惊醒，再入睡就很难。”

他又问："平日饮食呢？"

我道："也不如往年吃得多，经常觉得饿，可吃一点儿又很快就饱。"

……

他一面把脉，一面细细地询问日常起居饮食的细节，最后闭目沉吟了会儿，才缓缓道："听闻姑娘去年大病过一场，好似并未好生调养，以致气血失调。从脉象看，姑娘长期忧思恐惧太过，每多损抑阳气，气郁化火，内耗肝阴，以致阴不能敛阳，脾、肝、肾三脏都伤及。这次又邪寒入侵，五内俱损，阴……"

我听得不耐烦起来，笑着打断他道："李太医可别和我阴啊阳啊的，我真听不懂。直接告诉我，严重不严重？如何治？"

他缓缓道："说严重也严重，说不严重也不严重，姑娘如今正当盛年，如好生保养调理，花上两三载工夫慢慢就调理过来了。若不留心，现在年轻没什么，可将来……"他收了话，未再继续。

我点点头，道："我膝盖疼得厉害，什么时候能好？可有什么止痛的药？"

李太医道："这是'痹症'，因风寒、湿邪、痹阻血脉，致使血脉不通，关节酸痛，严重时行走都困难。姑娘久跪于青石地面，又长时间浸于雨中，这几点病因都合了。"我想了想，这个倒是听得明白，就是风湿了。他接着道，"所幸姑娘年轻，如今不严重，贴上膏药，缓几日，辅以针灸，平日也就无大碍了，不过碰上湿冷天怕是还会疼的。而且这个也是要从现在起就注意保养，不然年纪大时，会颇为麻烦。我回头给姑娘详细列一张平日如何调理和应注意的事项。"

说完，他起身，向十阿哥、十四阿哥行礼告退。他们忙拦住，客气地道："李太医年龄已大，不必行大礼了。"李太医笑谢了，示意玉檀跟他去拿药。玉檀也行礼后，随着退了出去。

十四阿哥走近床边，盯了我半晌道："长期忧思恐惧太过？你一天到晚到底在琢磨些什么？"

我笑说："太医说，现在好生保养就能好的，不是什么大事，这次多谢你了。"

他淡淡道："有什么好谢的？草原上的事情我前后欠了你两次人情，论担的风险，哪次不比这个大？"

十阿哥拽了凳子坐下道："你到底有什么难为的事情？居然长期忧思恐惧。如果不是李太医诊的脉，我都要骂他庸医，胡说八道，危言耸听。"我气得瞟了他一眼，我刚岔开话题，他就又给我拽了回来，没办法只得敷衍道："这不是为了太子爷、十三阿哥的事情嘛！”

十四阿哥冷哼道：“李太医说的可是长期，这最远的事情也不过大半年，你这没有三五年，哪能落了病根？”提起十三阿哥，我心中又难受起来，不愿再多说，闷闷地盯着地面。

十四阿哥等了会儿，见我只是低头静坐着，气骂道：“你就这臭毛病！什么事情都藏在心里，问你话不是顾左右言其他，就是索性沉默不语。”

十阿哥拍拍桌子道：“好了，她还病着呢！她不愿说，就算了，越逼她越烦。不过今儿你也应该高兴些，你要办的事情，十四弟已经帮你办妥了。”我“啊”的一声，惊异地看向十四阿哥，他别过脸，不理我。

十阿哥道：“皇阿玛准绿芜去做伺候丫头，只不过名字出身都得改。十四弟命自己府中的管家收了绿芜做女儿，过几日悄悄送到养蜂夹道，对外只说是十四弟府中的人。”

我喜出望外，难以成言，忙撑起，向十四阿哥磕头。十四阿哥忙要拦，我已磕了一个，还欲再磕，十四阿哥扶住道：“我这么做可不是让你给我磕头的。”说着摆好垫子，让我靠好。

我靠着垫子，心里时悲时喜，眼角不禁浸泪，忙拿绢子拭净。十阿哥和十四阿哥都转开了目光，屋内寂静无声。

过了半晌，心绪才慢慢平复。十阿哥道：“当日八哥怕我冲动闯祸，瞒着我，不让我知道你的事情，结果十四弟照样由着性子做了，要不然我和十四弟一块儿去求，也就不用十四弟跪那么久了。”

十四阿哥道：“这事儿可不是人越多，皇阿玛就越心软的。”

我瞅着十四阿哥问：“你怎么求皇上的？”

十四阿哥笑说：“没提你，只是替十三哥求情，细细说了一遍养蜂夹道的凄苦，又道十三哥虽有大错、有违兄弟之情，可因自幼失去额娘，对皇阿玛却更多了几分依慕体贴，把往日十三哥对皇阿玛细心孝顺之事拣了些说，道皇阿玛罚他是国法，是君臣之礼；可求皇阿玛准绿芜去做使唤丫头，好歹十三哥身边有个说话的人，全的是父子之情。”

我心叹道，这是怎样的恩怨纠缠，人是他们送进去的，可如今此事也是他帮的。三人都静默着，玉檀端药进来，向他们请安，十阿哥和十四阿哥欲走，我道：“稍等一下，我有些事情麻烦两位爷。”

我示意玉檀将药先搁到一旁，从褥下摸了钥匙出来，让玉檀去开箱子，吩咐道："把里面的三个红木匣子拿出来。"玉檀依言拿出放于桌上。

"都打开吧！"

玉檀打开了匣子，刹那间屋中珠光宝气。我看了眼大开的院门，向玉檀努努嘴，她忙去掩了门。

十阿哥和十四阿哥诧异地对视一眼，十阿哥叹道："你可真是个财主。"

我道："我在宫中已经七年，这是历年来皇上和各宫娘娘的赏赐，底下还有些银票，是这几年的积蓄。这些东西我放出宫时都可以带走的，前些日子，我已经问过李谙达，他准我可以先送出宫。我想麻烦二位爷，把这些东西送到十三爷府上，交给兆佳福晋。"

十阿哥道："这都是你的私房钱，怎么能全送了出去呢？"

我道："十三爷府中一向只靠十三爷的俸禄，没有什么田庄进项，他又从不在这些俗物上花心思，本就不宽裕，如今他被削爵监禁，更是断了入项，可一大家子上上下下一百多张嘴，即使有些老底，也经不起光出不进。如今十三爷落魄，不比以前有地位身份，很多事情更是要银子才能办，才能少受点儿委屈，少受点儿气。我一人在深宫中，这些东西不过是闲置在匣中，还不如拿出去派用场。"

十四阿哥静默了会儿道："这样吧，你自己留一匣子，其余两匣我们带走。"

我道："我自己还有。我阿玛和姐姐给的东西，我都留着呢，银子我也留着呢！"

十四阿哥道："就依我说的办，要不然，这事我就不管了。"

我看向十阿哥，他道："这事我听十四弟的。"

我无奈地说："那就如此吧！"

十四阿哥道："反正我已经在皇阿玛跟前替十三哥求过情，有疑心也早就有了，一件是做，两件也是做，没什么差别。以后我会尽量替十三嫂们打点好一切，不让她们受那些势利之人的气。银钱的事情，你也不必再操心，你这些也够撑一段时间了，其余的我自会照顾着，过几年等小阿哥们大了能当差时，一切就会好的。"

十阿哥也道："我也不怕，一则我一向和十三弟脾气就不相投，来往很少，二则我是个粗人，皇阿玛不会怀疑我有非分之想的。我和十四弟两人照应着，绝不会让人欺负了他们的。"

我心下百般滋味翻腾，默了一瞬，似有很多话要说，堵在胸口，到嘴边却只有两个字："多谢。"

两人一笑，一人拿起一个匣子，十阿哥道："全是上等货，难怪皇阿玛老说她会搜罗好东西呢。看着平日不是个俗人，敛财倒是颇有一套。按理说该和九哥说得上话呀！可怎么彼此都厌烦对方呢？"

我忙道："谁说我厌烦九阿哥来着？我可没那个胆。九阿哥讨厌我？"十四阿哥侧头一笑未语，十阿哥笑说："没有就没有，全当我胡说。"说着，一前一后出门而去。

玉檀进来收拾好东西，把钥匙交还给我，服侍我吃药。待我吃完药，漱完口，她拿了李太医列的单子给我，我细细看了一遍，注意的事项倒没什么难办的，可这宽心，戒忧惧，却不容易。我若真能放下这些人和事，又何至于此？不禁长叹一声，苦笑着把单子叠好，塞于枕下。

玉檀端了冰糖梨水，我让她搁于小几上，我自己食用。她坐于一旁相陪，待我用完，她一面收拾碗勺，一面道："王公公被李谙达责打了二十大板。"

我皱眉问："所为何事？"

她道："具体不是很清楚，好似是因为说了不该说的话，所以我估摸着和姐姐的事情有关。"

念头一转，明白过来，真是牵累了他。折腾半日，人极为疲乏，已经神思不属，遂吩咐玉檀先代我去看看王喜，自个儿躺下歇息。

缓了好几日，腿疼才渐缓，人虽然还病着，但勉强已可以行走。我吩咐玉檀扶着去看王喜。进去时，王喜正俯趴在床上，看我们来，忙作势欲起，一面道："姐姐正在病中，打发玉檀来就够了，怎么自己还过来呢？我可担不起。"

我忙道："好生趴着吧，我们还讲究这虚礼吗？"他听闻，又躺了回去。

玉檀拿了凳子，扶我坐好后，掩门而去。我侧头咳嗽了几声，问道："伤势好得如何？"

王喜道："还好，就是痒得慌，可又不能挠，所以心躁。"

我点头道："忍一忍，痒就是长新肉。"王喜笑应是。

我静了会儿问："究竟怎么回事？"

王喜招了招手，示意我凑近一些，压低声音道："此事不瞒姐姐，不过姐姐自个儿心里知道就好了，千万不可再告诉旁人。泄口风是我师傅准了的，可打也是我师傅吩咐的。"

我一下大为惊异，盯着王喜，王喜用力点点头，示意自己所说千真万确。我正想着前后因果，又咳嗽起来，王喜道："姐姐回吧！自个儿也在病中，不要太劳神了。"

我点头道："这次带累你了。"

他笑说："这话讲得太生分了，姐姐对我平日的照顾可不少。"说完扬声叫道，"玉檀！"玉檀推门而进，依旧搀扶着我返回。

进门未多久，就有人来找玉檀说什么她以前记录的茶叶数不对，玉檀忙随了去。

我侧靠在榻上，细细琢磨着王喜的话，"泄口风是我师傅准了的"，那就是康熙准了的，可康熙为何如此？为何要让各位阿哥特意知道我为何被罚？还未想出眉目，闻得院门吱呀声，紧接着笃笃两下敲门声。

我道："门没关。"说完，嗓子难受，又趴着咳嗽起来。来人帮我轻捶着背，我忙抬头，四阿哥正弯身立于榻旁，见我不咳了，直起身子，默默看着我，深黑眼瞳中一丝情绪也无。

我满心哀恸，终于来了！两人对视半晌，他转身走到桌旁推开窗户，背对着我一动不动地站着，很久后，他缓缓道："我不能去求皇阿玛娶你了。"

我紧闭双眼，捂着胸口，软软趴回枕上。十三阿哥被囚禁后，我就猜到他也许会如此说，可真听到时，还是万箭钻心地疼痛。他道："你恨也罢，怨也罢，都是我对不起你。以皇阿玛对你的疼爱，肯定会给你指一门好婚事的。"说完提步就走，临出门前脚步微顿，头未回地道，"多谢你为十三弟做的一切。"

我趴着未动，只闻脚步声渐去渐远，只余一屋孤寂清冷，眼泪一颗颗滴落枕上。

玉檀立在榻边，怯生生地叫："姐姐。"我忙抹了眼泪抬头，想挤出一丝笑，可笑容未成，眼泪又滚了下来。

抹去又落，抹去又落，索性作罢，我抱头哭起来。玉檀侧坐于一旁静静相陪。哭了好半晌，眼泪才渐渐止住，我一面咳嗽着，一面问："玉檀，你说为什么被牺牲的总是女人？最奇怪的是我们还半丝怨怪也无。究竟值得不值得？"

玉檀静默了半晌后，幽幽道："我七岁时阿玛就去了。本来家里虽不富裕，温饱却不愁，阿玛一病家里能典当的都典当换了药钱，却未见任何好转，额娘天天哭，弟妹又还小，很多事情都不甚明白。我好害怕阿玛会抛下我们，听人说割股疗亲，诚孝感动了菩萨，就可以医好亲人的病。我背着阿玛和额娘，偷偷从胳膊上割了肉和着药熬好，阿玛却依旧走了。"

我震惊地看着玉檀平静如水的脸，她微微一笑道："人说久病无孝子，我却只知道长贫无亲戚。阿玛去后，额娘从早到晚地为人洗衣，我替人做针线活，可全家也只能吃个半饱。后来因为额娘经常哭泣，眼睛也不好了，她还想瞒着我，明明已经看不见了，却还装作能看见。我们不愿她伤心，都陪她演戏。”

我伸手握住玉檀的手，玉檀道：“我每日拼命做活，可仍旧没有钱替额娘看病。因为长期吃不饱，小弟又病倒。那年冬天出奇地寒冷，积雪未化新雪又下，地上的雪有三四寸厚，我穿着一双单鞋和额娘年轻时穿过的薄袄子，去各个亲戚家借钱。刻薄的甚至一开门见是我就立即关门，心稍微好一点儿的，我还未张口他们就向我诉说今年冬天怎么难熬。我在大雪里跑了一整天却一文钱也没借到。我又冻又饿又怕，当时天已经全黑了，可我不敢回家，额娘的病，弟弟的病，我好怕他们也会和阿玛一样离开我。我在外面漫无目的地游荡着，因为神思恍惚，居然撞到了一辆马车上，当时赶车的人举鞭就要抽打我。”

虽然明知道玉檀如今好好地坐在我面前，我依旧手紧了紧：“后来呢？”

玉檀低头沉默了会儿，向我嫣然一笑道：“后来车里坐的公子阻止了他，说：‘只是一个小丫头，冲撞就冲撞了吧！’又骂车夫自己不留神，一出事就急着找人顶罪。说完他就放下帘子让车夫驾马走，可我竟然冲上前去拦住马车，跪下求他给我些银子。我不知道我当时怎么会有那么大胆子，也许是因为他说话是我从未听过的冷静好听，虽在骂人却没有半丝火气，也许只是觉得他是极有钱的人，随便施舍我一些，我就可以留住额娘和弟弟了。”

看到玉檀那个真正带着暖意的笑，我知道她肯定如愿了，可心里还是紧着，问：“然后呢？”

玉檀笑看着我道：“车夫大骂道：‘真是不知死活了，你知道你拦的是谁的车吗？’那位公子却在车中笑起来，挑起帘子看着跪在雪地里的我说：‘长这么大，倒是第一次有人敢这么直接问我讨银子，你倒说说看，我为什么要平白无故地给你银子？’”玉檀说完，低头而笑。

我摇了摇她的手问：“你怎么说的？”

玉檀道：“我说‘我要给额娘和弟弟看病’，他说‘我不是开济善堂的，人家有病关我何事’。我说‘如果公子能给我银子，我愿意为奴为婢终身伺候公子’，他说‘我家里也许别的还有短少的，可就奴才奴婢多’。我求道‘我很能干，我能做很多事情。即使我不能做的，我也可以学’。他大笑道‘帮我做事的能人很多’，说完就放下了帘子吩咐车夫走。我当时满心绝望，觉得离开的马车带走的是额娘和弟弟，突然发了狠，跑上前拽着车椽不让他们走。车夫大怒，拿马鞭不停地抽我，我却死也不肯松手。当我被马车拖出好一截子距离后，那位公子突然喝道‘住手，停车’。他探出马车看着我，我当时身子拖在雪里，双手还死死抱着车椽。他点点头问‘多大了’，我回道‘八岁’。他笑说‘好丫头，值得我的银子’。说完就递给了我一张银票，我不敢相信地接过，我虽从没用过银票，却知道但凡银票，钱数就肯定很多了。我赶忙给他磕头，他沉吟了下，又吩咐车夫‘把你身上的银子给她’。车夫赶忙掏出银子给我，足足有二十多两，够一大家子吃一两年了，我忙把银票递还给他，他说‘银票是给你的，银子也是给你的。你待会儿肯定赶着回去请大夫，可天已经黑透，银票面额大，你只怕一时找不到地方兑换’。我听他说得有理，忙向他磕了个头，收起了银票和银子。他赞道‘行事干脆利落’。说完就坐回了车中，让车夫走。我转身就跑，他忽地在身后叫道‘回来’！我又赶忙转回去，他从车中扔了件披风到雪地上，‘裹上这个’。我这才惊觉我身上的衣服早被鞭子抽破了。”

玉檀定定出神，似乎人依旧在那个冰天雪地中。我轻推了她一下：“后来呢？”

玉檀愣了一下道：“没有后来了，从那以后我再未见过这个公子。他给的银票数额很大，再加上额娘病好后，继续洗衣，我们姐妹做针线，也支撑到我入宫了。”

我遗憾地说：“居然只有一面之缘。”

玉檀幽幽道：“我当日年纪小，根本不知道从何打听，后来入了宫，更是见不了外人。”玉檀紧紧握着我的手道，“姐姐，凡事值得不值得只有自个儿才明白。像我，很多幼时的女伴，如今早已儿女绕膝，她们只怕觉得我甚为可怜，可我自个儿不觉得。我只知道让额娘不用日日浸在冷水中洗衣，不用再为温饱愁心，病了请得起大夫，弟弟们都上了学堂。我觉得我当年的决定都是对的，我所做的都是值得的，即使再让我选择一次，我依然心甘情愿。”

我眼中含泪喃喃道：“值得不值得只有自个儿明白。从今以后，也只得你我做伴了。”话刚说完，忍住的眼泪又掉了下来。她微微一笑道：“姐姐，别说傻话了，万岁爷肯定会给姐姐指一门好婚事的。”

我苦笑起来，听天由命吧！我最后的一丝力气都已用完，不想再费尽心机去对抗了，我太累了！

病势本已渐愈，晚间猛然又烧起来。玉檀急得握着我的手，只是哭。我迷迷糊糊地想着，这样好，烧糊涂了，就不知道心痛了。

似梦似醒间，仿佛总有一双深黑冰冷的眼睛定定看着我，盯得我心中、脑中全是刺痛。我用力想挥开它们，它们却依旧在那里，疼痛难忍，只能呜呜咽咽地哭了又哭。

恍惚中觉得永远睡过去吧，睡着了就没有痛了，前方不远处似乎就有一个完全黑暗寂静的地方可以让我彻底休息。

玉檀好似不停地在我耳边哼着歌谣，一遍遍，永不停歇，拖着我不许我完全睡去。一声声的“姐姐”牵着我的意识不堕入那个完全黑暗的地方。

我睁眼时，玉檀喜极而泣，颗颗眼泪打在我脸上。我高烧退下，玉檀却整个人瘦了一圈，嗓子完全哑了，和我说话只能连比带画。想着她竟然在我床旁整宿整宿地唱歌，不停地叫姐姐，我忽然很是憎恨自己，我病在宫中，姐姐只怕绝不会比我好过。我还有玉檀，还有姐姐，我怎么能这样？

病渐渐好转，人却还是懒得动，一天中，大半天都是躺在床上。我手内把玩着鼻烟壶，嘴角似笑似哭，怔怔出神。

玉檀推门而进，侧坐于床边道：“皇上把太子爷拘禁了。”我“嗯”了一声，未再答话。她接着道，“皇上召集了诸位阿哥，说：‘皇太子胤礽复立以后，狂疾未除，大失人心，断非可托付祖宗弘业之人，故予拘执看守。’姐姐没有看到当时的场面，可是真吓人！所有的阿哥都被免冠、缚着双手，皇上神情虽然温和，脸上甚至还微微而笑，语气却是极其冷。”

我轻叹口气，玉檀问：“姐姐怎么叹气呢？我还以为姐姐听了会高兴的。”

我道：“刑部审查出‘结党会饮案’和‘湖滩河朔事例勒索银两案’时，这个结局就已经注定，不过早晚而已。何况，他日我的结局说不定还不如他，我有什么可高兴的？”

玉檀惊道：“姐姐又说傻话了。”

我微微一笑，未再吭声。在这宫里，什么事情没有可能呢？

◈

病全好时，已是十月底。二废太子的风波表面上看去已平复下来，可更大的争斗才真正展开。

四阿哥渐渐从朝中大小事务中抽身而退，表现得越发低调，真正做起了清心寡欲、生活恬淡的富贵闲人，自诩“破尘居士”，在府中整日与僧衲道士谈经论玄。每日进宫只是给康熙请安问好，很少议论朝事。

我们偶有碰面，他面色清淡宁静，我也是微笑请安，从无多话，恍若我们之间从未有过什么，他一直都是那个冷漠的雍亲王。只有心中的刺痛不停地提醒着我，不是的，不是的。我按住疼痛，警告自己，是的，是的，一切都没有发生过。

一日，他来给康熙请安，当我进去奉茶时，他立于康熙身侧为康熙展画。我搁好茶，正欲退走，康熙笑道："若曦，你也过来看看。"我忙应是，走到康熙身侧看去。

康熙笑问："看出什么了没有？"

我强掩住心中酸涩，笑道："这驾牛耕田的人不正是四王爷吗？田埂边站着的是四福晋呢！"

康熙笑说："还有呢？"我心中已明白过来，但口中却笑说，"别的奴婢一时倒看不出来什么，只是觉得图绘得好，不过最难得的是寓意。"

康熙侧头吩咐李德全："把前两年刻版印制的南宋楼俦《耕织图》寻出来。"李德全忙出去吩咐。不大会儿工夫，太监捧着画进来。李德全接过，在桌上慢慢展开，两幅图一模一样，只除了人物长相。

我拍了下额头，笑说："奴婢该打，日日跟在万岁爷身边，却如此不上心，连万岁爷中意的画也未想起。"康熙赞许地看了四阿哥一眼，微笑未语。

康熙低头细细看着两幅画，四阿哥的眼神从我脸上一扫而过，我唇边含着丝浅笑静静立着。康熙仔细读了四阿哥在画下的题诗，点头道："'民以食为天，食以农为先'，朕每年春天都要在先农坛祭祀先农诸神，还亲自指导种植御田，又常向朝中官员强调，就是希望为官者务必重视农耕。立国之本呀！"

四阿哥躬身回道："儿臣效仿皇阿玛，在圆明园中开了几片地，亲身体验农耕之乐苦。"

康熙点头道："你倒说说，乐从何来？苦又从何来？"

四阿哥回道："田园生活，自在写意，不仅心境舒畅，少了得失计较之心，人变得豁达，而且耕种时身体也得到舒展，更为康健。这几日我收获亲手所种的瓜果时更是难言之喜。苦就是，儿臣种了几片地已觉辛苦，今日怕太阳过毒，明日又担心雨水太大，想及民间百姓终年操劳，风吹日晒，一旦旱涝，就可能颗粒无收，不禁感叹。"

康熙点头未语。我躬身向康熙行礼后静静退了出来。他如今是越发深藏不露了，凡事都细察康熙心意，极尽孝顺，从无违逆。康熙对他疑心肯定未逝，但长此以往，水滴石穿，只要不出差错，完全释怀是迟早的事情。八阿哥就算是再有心想对付他，也肯定寻不到错处。

而八阿哥却是锋芒欲敛不敛，一面依旧与朝中大臣往来，一面对朝中众臣说勿再保奏他为太子，否则“情愿卧床不起”。康熙听闻很是反感，立即严斥：“尔不过一贝勒，何得奏此越分之语，以此试探朕躬乎？”并认为，“甚是狂妄，竟不自揣伊为何等人！以贝勒存此越分之想，探试朕躬，妄行陈奏，岂非大奸大邪乎？”他这不慎之举越发加深了康熙从一废太子后对他的恶感。

有时候，我非常困惑，他、九阿哥、十四阿哥都是极其聪明的人，身边还有众多谋士，为何却有如此激怒康熙的举动？

细细想来，我又觉得只是康熙对他早生忌惮之心，一个结党的太子已经让康熙极其厌恶，而他却以结交朝臣闻名，所以不管怎么做，落在康熙眼里都是错。他进康熙骂他存非分之想，他退康熙依旧骂他存试探之心，除非他能学四阿哥彻底改变行事做派，与各位朝臣疏远，才有可能扭转康熙对他的态度，可他多年苦心经营，怎么可能放弃？而且各人性格不同，让他学四阿哥心如止水的出世姿态，也的确不可能，否则他就不是礼贤下士的“八贤王”了。

眼前看来，二废太子后，最大的受益者居然是十四阿哥。四阿哥深居简出，很少过问朝事；八阿哥被康熙所厌，不受康熙倚重；唯有十四阿哥虽因为十三阿哥被康熙罚跪，事后却出乎众人意料，康熙不仅没有疏远十四阿哥，反倒对十四阿哥颇有些与众不同，常委任十四阿哥独自处理朝事，也经常私下召见十四阿哥相陪。

第六章

相忘
谁先忘

康熙五十一年的最后一天就在各人对未来的算计中平静度过。

深夜，辗转反侧半晌，我仍旧无法入睡，脑海里全是除夕晚宴上和姐姐相对无语的画面。她泪眼迷蒙，我心下歉疚。她似乎有满腹的话欲说，却只能坐着由我请安后离去。坐于她侧前的八阿哥和八福晋谈笑着瞟过我们两姐妹，又各自转开了视线。满堂人语欢笑，欢庆新年，姐姐和我却是遥遥相望，各自神伤。

我想给姐姐写封信，几次提笔，却无从落笔。让她不要担心我，可如今的局面她怎能不担心？说我很好，却知道根本骗不了姐姐。思前想后，竟然无话可说。我如今对自己的将来完全迷茫，只是过一天算一天，坐等命运的降临。

冬去春来，春去夏至，我已经二十二岁，按照惯例明年就是放出宫的年龄。我常想着康熙究竟什么时候赐婚，有时觉得自己好生疲惫，索性事情早点儿分明，让我得个痛快；可有时又祈求康熙最好压根儿忘了这件事，就让我在宫中待一辈子吧。想起当年居然还有离开紫禁城、畅游天下的想法，不禁苦笑，自己竟然如此痴心妄想过？如今能安稳待在紫禁城中都变成渴求。宫中不是没有服侍到老的嬷嬷们，可自个儿心中明白我绝对不会是其中一个。

康熙北上避暑，随行的有三阿哥、八阿哥、九阿哥、十四阿哥、十五阿哥等。

不当值的时候，我就牵着马，在草原四处游荡。看着茫茫草原，我不可抑止地悲伤。这片草原承载我太多的记忆，四阿哥在这里强吻过我，教我骑马，月下谈心；八阿哥和我携手共游，并辔而驰，大声笑过也痛苦哭过；十三阿哥为救我，与敏敏相视对峙，帐篷里两人的笑语……想至此处，我猛地翻身上马，马鞭一声空响，如箭般飞射而出。

快点，快点，再快点！我不断策马加速，耳边风声呼呼。

正在纵马狂奔，身后马蹄声急促，很快一骑与我并肩驰骋。十四阿哥叫道："你疯了？无缘无故骑这么快！慢一点儿！"我没有理会，依旧打马狂奔，他无奈何，只得策马相随。

马渐渐疲惫，速度慢了下来，我心里郁闷稍散，由着马随意而行，侧头向十四阿哥莞尔一笑问："你怎么有这闲工夫？"他一笑，翻身下马，我只好随他下来。

他问："坐一会儿？"我点点头，两人随意找了块草地，席地而坐。我随手拔了几根狗尾巴草，开始编东西。

他问："想起不高兴的事情了？"

我随意点点头。

他道："李太医说的话，你还记着吧？"

我点点头。

他道："有些事情早已过去，他已经放下；有些事情是你无能为力，你能做的都已经做了；还有的事情由不得你自己，所以何必和自个儿过不去呢？"

我点点头。

他搡了我一把，说道："只是点头，我说话，你有没有听？"

我笑说："不就是遗忘吗？知道了。"说着，把已经编好的东西递给他，"送你一只小狐狸。"

他接过，拨弄了一下狐狸毛茸茸的尾巴问："干吗要送我这个？"

干吗？干吗做任何事情都有干吗的原因？不过是随手编了，随手送了。我笑道："因为你们都像它，百般聪明、千般算计，只是为了农夫的鸡。"

他脸色微变，盯着我笑说："我并未惦记。"

我看着他笑道："哈！自个儿承认自个儿是狐狸。"说完立起拍了拍身子道，"我要回去了。"

他坐着未动道："去吧，不过骑慢一点儿。"我一笑未语，正欲翻身上马，他道，"过几日就有人陪你了。"我侧头看向他，他道，"佐鹰和敏敏要来。"我握着马缰低头默想了会儿，轻叹口气，上马而去。

几日后，佐鹰王子携王妃敏敏前来觐见康熙。我正琢磨着什么时候去见敏敏，佐鹰王子已经派侍从来叫我。

我走到佐鹰王子大帐前，还未说话，一旁侍立的仆从已经掀开帘子道："王子正等着姑娘呢。"

我向他点头一笑，进了帐篷。佐鹰坐于几案前，一身艳红蒙古长袍的敏敏立于佐鹰身侧，俯身和他说话，俏丽中多了几分女人的妩媚。我正欲请安，敏敏跑过来，一把抱着我叫道："好姐姐，真想你！"

我推了她一下笑道："以为嫁人了，也该沉稳些，怎么还这么风风火火的？"

佐鹰蹙眉看着敏敏道："你若还这样跑跑跳跳的，我可只能多找几个仆妇看着你了。"敏敏侧头向他嘻嘻笑着皱了皱鼻子，回头仔细打量着我。

佐鹰起身道："我还有些事情要办，你们慢慢说吧！"我躬身行礼，佐鹰忙道，"免了，免了！私下里还受你的礼，晚上可就有得罪受了。"一面说着，一面似笑非笑地睨着敏敏，敏敏腾的一下脸绯红。我含笑低头装作没听见。

我凝视着佐鹰离去的背影，笑说："他待你很好。"

敏敏抿嘴而笑，忽地敛了笑意，脸色沉重地问："十三阿哥还好吗？我听说很是凄苦。"

我不愿她多操这无益的心，佐鹰虽然大方，可敏敏若老是记挂着十三阿哥也不妥当，于是说道："传闻之词总是夸大的，他身边有人照顾。"敏敏问谁。

我将绿芜和十三阿哥交往前后的事情约略告诉她，敏敏听完，静默了半晌，幽幽道："世间几人能做到潦倒不弃，一同赴难？她配得起十三阿哥，十三阿哥是有福气的，她也是有福气的。"

我凝视着她未语，她抬头道："我只是出于对朋友的惦记，我已经找到自己的星星，我会珍惜的，我一定会幸福的。"我释然一笑，不禁抱了抱她，惜福的人才是真正聪明的人。

她笑问："我们可别老说我的事情，姐姐自己呢？"

我脸色一暗，半晌未作声，敏敏道："我看八阿哥如今对姐姐面上虽很是温和，但骨子里却透着冷漠疏离。你们怎么了，为何会如此？"

我摇了摇头道："我现在不愿意想这些事情，觉得好苦，我们说别的吧！"我突然站起道，"在这草原上，我要开开心心的。走，我们赛马去。"

敏敏一拽我道："我不能赛马。"说着脸又红起来。

我纳闷地坐了下来："为何？身子不舒服吗？"敏敏低头一笑，无限温柔。

我猛地反应过来，大喜道："几个月了，怎么一点儿也看不出来？"

敏敏笑吟吟地道："才一个多月，当然看不出来了。"

我笑说："明年我就要做阿姨了。"

敏敏满脸幸福的笑，她忽然紧握着我的手道："姐姐，不如我们结亲吧！让我的儿子将来娶你的女儿。"

我黯然苦笑道："别说我还不知道自己的女儿在哪里呢！就是知道也不敢随便答应你，你的儿子可是将来的王爷。"

敏敏笑说："姐姐什么时候开始讲身份了？对了，给你说件事情，我阿玛的宠妃埋怨阿玛不把玉佩留给自己女儿，反倒给了一个宫女。我哥哥后来也问阿玛此事，你猜我阿玛说什么？阿玛说：'她嫁的人身份比我们绝不会差，甚至只高不低，将来究竟谁沾谁的光还说不准。'"

我静坐未语，一块玉佩于王爷而言，不过是他的一枚棋子，把太子对敏敏的觊觎之心引开；既对康熙示好，又笼络我；还是个风向标；却是我生活中的一块巨石，激起重重波浪，害我不浅。但看着敏敏无半丝城府的笑颜，怨怪都只能抛开。我道："敏敏，身份不身份都罢了。其实最紧要的事情是我顶憎恨这种父母一句话决定孩子终身的事情。你自己经历过感情，应该知道被人强逼着嫁娶是多么痛苦的一件事情。"

敏敏一呆，道："姐姐说得是，姐姐是我唯一的朋友，我只想着和姐姐不能常在一起，将来讨姐姐的女儿做儿媳也是让我们好上加好，而且姐姐的女儿定是数一数二的人，我们能讨到，是我们的福气，却忘了孩子自己的心思。"敏敏皱眉想了会儿道，"那随他们吧，如果将来没有做夫妻的命，就让他们结为兄弟姐妹也是好的。"

我心想不管什么都是缘分，父母交好，孩子却不投机的事情也很多。但不愿再扫敏敏的一番情意，我遂笑应道："若我真有福气还能有女儿，就一定让她对你如对我一样。”

敏敏喜道：“好呀！”

草原上的日子总是过得很快，不知不觉间夏季已过去。敏敏和我依依相别，每次分别都会疑问此一别不知再见是何时。不过这几个月让我彻底对敏敏放心，佐鹰是真爱她。也许佐鹰心里的确有权力政治的考虑，但他对敏敏的感情也是诚挚的。只能说他俩是天作之合，敏敏不用面对一个男子在江山和美人之间的选择，他们之间不存在舍弃或牺牲，因为敏敏对佐鹰而言，就代表着江山。

康熙回京后，住进了畅春园。隔着不远就是圆明园。圆明园是康熙于四十六年赐给四阿哥的园子，康熙偶尔也会临幸圆明园游玩。

今日康熙本来随意在畅春园中散步，不知为何，一时兴起，吩咐李德全轻车简从去圆明园。李德全见康熙兴致甚好，不好劝阻，只得应是，一面派人通知四阿哥准备接驾，一面安排侍卫，然后我和李德全服侍着乘车而去。

待到圆明园，四阿哥和众位福晋早已恭候在门口，车马还未到，已经跪了一地。康熙下车笑说：“朕一时兴起，来看看你种的地。听闻你种了不少果树，带朕去看看。”四阿哥忙起身，陪着康熙慢步逛园子。

因为圆明园离我的学校很近，所以读大学时经常来这里划船游玩，却只能空对着满目断壁残垣，遥想其当年风采。如今竟有机会亲自游览，早已凡事漠然的心，也不禁有一丝兴趣。

可惜一路逛去，很多传说中的著名景致根本未见，感到有些诧异。再一想，只怕是以后陆续建的，看来我是没什么眼福。如今看着也就是一个普通园子，还担不起“万园之园”的赞誉，起先兴冲冲的兴致淡了下来。

康熙一面看四阿哥亲手栽种的果树，一面听他讲各种果树不同的栽培方法，以及栽种时四阿哥闹的笑话，父子两人相谈甚欢，一时间让人忘了他们还是君臣。

康熙在兴头上，走了不少的路，李德全和我相视一眼，蹙了蹙眉头，看来他是在琢磨如何既不扫康熙兴致，又提醒康熙休息一会儿。四阿哥正立在树下回康熙的话，恰好侧朝我，我向他做了个坐下休息的姿势，他恍若未见，仍旧继续笑回着康熙的话。待康熙问完，他笑说：“前面凉亭周围种了很多皇阿玛喜欢的菊花，皇阿玛一定要去赏一赏，好几株都是儿臣自己照看的。”

康熙一听，笑说好，两人迈步向凉亭行去，李德全赞许地笑看了我一眼，两人随在康熙和四阿哥身后而去。一旁四阿哥府中的下人，早看到四阿哥的手势，飞快地离去叫人准备。

待康熙在藤椅上坐定，四阿哥立在一旁一一指出自己照看的菊花，并把品种来历习性都说得极其分明，康熙边听边点头。不大会儿工夫，有人奉了茶点而来。我忙接过，拿出事先准备的工具一一试毒，李德全依次全部尝试后，奉给了康熙。

康熙一面看着凉亭四周景致，一面随意地品茶，四阿哥相陪于一旁聊天。两人从菊花说到五柳先生，从儒家的入世精神谈到老庄的无为而治，最后又回到了花中隐者菊花上。康熙谈兴大发，细细点评了各首吟诵菊花的诗词。李德全很长时间未见康熙如此高兴，也是满面笑容地立在一旁。亭子里笑意融融。

康熙茶倒是喝了不少，点心却未动一块。饮完茶，休息够了，几人起身又继续慢慢逛着。途中李德全服侍康熙更衣而去。我和四阿哥默默恭候着，其余随从隔着一段距离站着。

我漫无焦距地看着远处，随意地踱着步子，经过四阿哥身旁，低声道："皇上刚才没吃点心，走了这么多路，过一会儿肯定会饿的。只看看儿子亲手种的农物瓜果，未免差一点儿。"

他静立了一瞬，转身招手叫了仆从，低声吩咐了好一会儿后，仆从立即快步跑走。

待得康熙回来，几人又转了一会儿，四阿哥看康熙兴致已尽，恭请康熙进厅堂稍微休息一下，再坐车返回。康熙笑着点头同意。

康熙坐定后，四福晋乌喇那拉氏居然亲手捧着茶点进来，我脸上带笑，心下滋味复杂地从四福晋手中接过托盘。我正在试毒，四福晋躬身向康熙请安，一面笑回："这几味糕点肯定不如宫中的，不过是臣媳亲手所做，是对皇阿玛的一点儿孝心，所以只好请皇阿玛勉为其难尝一尝了。"

康熙听后，兴致大增，笑着从李德全手中接过，尝了一片，点头道："不错，很是清甜。"

四福晋一面随着康熙拿起不同的糕点，一面道："这栗子糕是用王爷种的栗子磨粉做的。这菊花糕，是用东边亭子外皇阿玛才赏过的菊花做的……"康熙大为喜悦，竟一一把所有的糕点都尝了一遍。

温柔端庄的四福晋，声音甜美地说着。我别过头，淡淡看向窗外。

康熙用完糕点后，丫头端了水盆来，我刚欲挽袖，四福晋已经亲自服侍康熙净手。

康熙看了我一眼笑说："平日最能说会道的人，今日怎么成了锯嘴葫芦？"

我躬身，装作一脸委屈地说："皇上如今有了聪慧灵巧的儿媳服侍，就嫌弃奴婢粗笨了。"

四福晋眼中闪过紧张不安，忙赔笑道："常闻若曦姑娘兰心蕙质，又跟在皇阿玛身边多年，见识、气度都非常人可比，若姑娘用粗笨二字，岂不羞煞我们吗？"

康熙笑对四福晋说："别理她！她就是脸上做样子逗朕一笑，她不是那小心眼的人。"

康熙净完手后，又和四阿哥、四福晋笑说了几句，侧头问李德全："缅甸进贡的玉如意可还有？"

李德全回道："一共四柄，一柄在太后手中，一柄赐了密嫔，一柄赐了敏敏格格，如今还剩一柄。"

康熙道："回头送过来，赏赐四福晋乌喇那拉氏。"

四阿哥和四福晋闻言，忙跪下谢恩。康熙笑道："朕好久未如此畅意闲适，再矜贵的东西都比不上你俩这番孝心，谁说天家就无天伦之乐？朕今日可和平常百姓家的老头子一样了，吃的是儿子亲手种、儿媳亲手做的点心。"

康熙又略微坐了一会儿，才带着笑意起驾回畅春园。四阿哥、四福晋跪送康熙，我坐于车上，微掀帘角，凝视着跪于众人之前的他。马车渐行渐远，正欲放下帘子，他忽地抬头，盯向我的马车，目光有如实质，生生地钉在我心上。我全身僵硬，定定看着他，他身形越来越模糊，直至消失无踪，可他的目光却仍旧无处不在地笼罩着我。

我放下帘子，双手捂脸，眼泪顺着指缝渗出，无声地滑落在马车内的毯子上，瞬间无迹可寻，仿若从未有过。

◈

因康熙喜菊，每到菊花开时，屋内总供着新鲜菊花供康熙赏玩。多年下来，这采菊、插菊、供菊的活计也不知道怎么就落在了我身上，所以一到秋季，每隔几天，我总要去一趟菊园。

大半个藤篮已插满菊花，我手握剪刀，看着开得最大、最灿烂的一朵黄菊，犹豫摘或不摘。罢了，让它独自释放完自己的美丽吧！正欲提篮离去，有人问："怎么不要那朵？”

我怔了一会儿，深吸口气，才敢转身，向立在树下的四阿哥行礼。

他走到我身边，两人静静立了一会儿，我行礼告退欲走，他凝视着那朵黄菊淡淡问：“为什么？”

我道：“有些不忍心，一旦摘下很快就会蔫掉。”

他道：“为什么不怨恨我？”

原来他问的是这个，我苦笑一下，如今说这些有什么意思呢？提步就走。他在身后叫道：“若曦，告诉我！”

我脚步微微一滞，继续前行，却感觉他的目光一直胶着在背上，丝丝缕缕牵绊不绝，心里越来越悲伤，脚步猛地停住，回身看着他。他的目光固执无奈，还有几丝酸楚。

我低头轻叹口气，走回他身边道：“为什么要恨你？因为你失信吗？真是可笑！难道如尾生般抱柱守信，至死方休？不要说此事还牵连到十三阿哥的将来，就是只你我两人，我也不愿两人抱着一块儿死。我宁愿各自活着！”

他沉声说：“绿芜在我府门前跪求过。”

我道：“我知道！绿芜和我求的是十三阿哥现在的日子稍微好过一点儿，而你求的是将来一日救他出来，目的不同，行事不同，为了远谋，只能牺牲眼前。”

他道：“自十三弟监禁后，我从未去看过他的妻儿。”

我道：“‘小不忍，则乱大谋’，如今一步踏错，他们夫妻、父子有可能终生不得相见，唯有隐忍待发，将来才有可能共聚天伦。”

说完，两人陷入沉默，他盯着身侧的黄菊，手臂僵直，紧握着拳头。我道：“正因为你以前和十三阿哥亲密，他犯事又是假托你的名义，所以你越发要避嫌；何况十三阿哥承认背着你如此行事，本就是陷你于不忠不义，是人都会心寒，哪有一转身就照顾对方妻儿，痛快原谅了对方的道理？古来圣贤恐怕也做不到。”

说完，我转身欲走，他叫道：“稍等！”说着伸手掐下我未忍心剪的菊花，插入我篮中，冷冷道，“我很快会忘记一切！”说完转身就走，我朝着他背影道：“我也会的！”说完立即转身快步而去。

待走远了，我才缓了脚步，失魂落魄地慢走着。一遍遍对自己说，我肯定能忘掉的！

◈

菊花开始谢落，我立在花圃中，对着满眼残菊才惊觉已是秋暮。

康熙召集了诸位皇孙在校场射箭，又是一个明争暗斗的场面。既不该我当值，我也不愿去凑热闹，本想再摘几朵菊花，却已经无花可摘，遂没精打采地转回。

我漫不经心地走着，忽看到十福晋迎面而来，要躲避已来不及，忙退到路旁俯身行礼。十福晋走过，我正松了口气，她却又转身走回，站到我身前。她看了我一会儿道："起来吧！"我缓缓起身站定。

十福晋道："随我走走。"说完，举步就行。我只得跟上，微微落后一步随着她。她走了一会儿，停在一棵大槐树下，树干足要四五人方能合抱。十福晋一只手搭在树干上，绕着树干无意地绕着圈子，我也随她走着，过了好一会儿，她忽然笑起来，站定，侧靠着树干笑问："我这辈子只打过那么一次架。你呢？"

想起当年之事，何等畅快淋漓，我也带笑回道："我打过好几次。"她诧异地看着我，我笑说，"在西北的时候。"

她点点头道："早闻西北民风彪悍，不过……"她上下打量了我一下道，"你姐姐可不像你。"我一笑未语。

她道："当年恨得要死，可如今想来，倒真是好玩，都不敢相信自己居然和你在地上滚来滚去地打，而且我第一次打架，和你这个老手比，表现也不算差了。"

我笑道："当年是我太冲动了。"

她笑摇摇头："我也不比你好，口出不逊在先。"

我道："我应该向你赔罪。"

她道："好了！我们都是为了各自的姐姐，说不上谁对谁错，立场不同而已。"

提起姐姐，我不禁轻叹了口气，她也叹了口气，两人看着对方，都无奈地苦笑起来。她道："明面上好似我姐姐占上风，其实你姐姐才是占了上风的那个。你姐姐什么都没做，可八爷凡事都照顾到她，但凡姐姐有的，八爷也绝不会落下你姐姐。"

我叹道："我姐姐有什么上风可占的？佛堂念经吗？"

她轻叹道："姐姐自小聪慧不凡，言谈爽利，行事不让须眉，因此极得外祖父疼宠。外祖父议论朝事时，都经常抱她在膝头，让她旁听。且姐姐确不令祖父失望，私下问答时，时有惊人之语。姐姐的名字'明慧'就是外祖父特意改的，从佛经中化出，意寓'明断是非，定取舍；慧力不灭，知虚妄'。当年紫禁城中的'明慧格格'绝不只是个虚名。”她看向我道，“你姐姐的马术的确不凡，可是你没有见过我姐姐的马术，如果你见了，就知道，和我姐姐相比，你姐姐只是耍花腔，秀气好看有余，实用大气不足！”

我不以为然地挑挑眉毛，她道：“你别不信。姐姐的马术是外祖父亲自调教的。外祖父当年随肃武亲王豪格讨伐四川，击斩张献忠；任宣威大将军时，规讨喀尔喀部土谢图汗、车臣汗；任定远平寇大将军时，屡克吴三桂。哪件大功不是马背上立下的？祖父是以男儿的标准要求姐姐的，他调教的人岂能弱？那是千军万马中的骑射，若姐姐是男儿身，定能在沙场扬名！”

我叹服道：“你如此一说，我当然信的。”

她骄傲得意之色忽逝，沮丧地道：“可那有什么用？女人还是要秀气好看的好，男人根本不在乎这个。”

我道：“我姐姐不是你们想的那样，她从未刻意讨好过贝勒爷，也从未想过要与你姐姐一争高低。”

她重重叹口气说：“这才是让姐姐最恨的地方。姐姐自小跟在外祖父身边，极得舅舅们的疼爱，当年有意娶姐姐的王孙公子有多少呀？”她往我身边凑了凑低声说，“我阿玛本不愿让她跟八爷的，他虽是阿哥，可咱们满人历来‘子以母贵’，他出身已经落了其他阿哥一大步。”我了然地点点头，满人的确如此，先子以母贵，儿子建功立业后，才有可能母以子贵。

她低声说：“阿玛对姐姐寄予厚望，以我们的家世，姐姐的聪慧和容貌，只有做……”她忽然惊觉收了声，我微微一笑道：“我明白。”她点头道，“才不至于委屈了姐姐。可相较其他阿哥的出身，八爷实在……”她摇摇头说，“阿玛虽不愿意，可姐姐中意八爷。自小我们兄弟姐妹，就姐姐一人敢和阿玛对着干，偏偏阿玛每次总是顺了她的意。”

她沉默了会儿，唇边荡起几分笑意：“以前我不明白，可如今才知道，女人都是最傻的，即使明知道前面是火，也会不管不顾地扑上去，只为了可能的温暖。姐姐就是那只傻蛾子。姐姐和八爷从未真正说过话，只见过几面，可就那么几面就让姐姐定心要嫁给他了。”

明玉侧头看着我，缓缓道：“姐姐出嫁前和我讲，她第一次注意到八爷是一个春天，姐姐正要出宫，经过汉白玉石桥时，八爷正斜倚着桥栏赏景，远远看去，洁白拱桥、翠绿垂柳中的八阿哥竟像谪仙人一样，不沾半点儿凡尘，让人不敢惊扰。姐姐在远处静立了很久，才不得不从桥上过，当姐姐给八爷请安时，八爷回头微微一笑，转身而去。却不知道，拱桥上的姐姐一直目送他的背影消失后很久仍旧呆立着，他回头时眼中迅速掩去的几丝伤悲让姐姐从不知道愁的心竟也无故落寞起来。”

她叹了口气道：“从那后，但凡八爷的点点滴滴姐姐都上了心，八爷平日功课如何，八爷骑射如何，凡事都细细打听。八爷骑射得了皇阿玛赏赐时，姐姐比八爷还显得高兴；八爷字写得不好受皇阿玛责罚时，姐姐在家苦练不休，如今姐姐的一手好字就是如此来的；因为八爷聪敏好学，很得皇阿玛眷宠，十五岁时皇阿玛就命他掌正蓝旗大营随驾亲征大漠，后来又因为八爷胆识过人、谋略出众，皇阿玛特地题诗夸赞八爷：‘戎行亲莅制机宜，沐浴风霜总不辞。随侍晨昏依帐殿，焦劳情事尔应知’，消息从大漠传回紫禁城，姐姐把诗誊抄了不下千遍，一吟再吟，好像自个儿在沙场建了功勋；八爷十七岁就被封了贝勒，是众位阿哥中年纪最小的，一向不喝酒的姐姐喜得竟然在家大醉一场。从小到大，八爷从不知道他的一喜一怒、一哀一痛都有姐姐相陪。”

我听得半晌回不过神来，这些事情都是我到这里之前发生的，八阿哥居然也亲自上过战场？还被康熙赞誉“戎行亲莅制机宜”！

十福晋推了我一把：“你在想什么？”

我回过神来：“我想象不出来八爷在沙场上的样子。”

十福晋点头笑说：“是呀！他那样的容貌气韵感觉好似只应煮酒论诗、拥炉赏雪才不亵渎。不过姐姐说，八爷上了战场绝对不逊于‘兰陵王’。”

我喃喃道：“才武而面美，貌柔而心壮。因音容兼美，恐不足威赫，常着假面以对敌。击周师金墉城下，以五百骑士克周军重重包围，勇冠三军，齐人壮之，特为舞《兰陵王入阵曲》，以效其指麾击刺之容。”

十福晋笑道：“难怪爷和十四弟老说你冰雪聪明，我读书不多，听着你好似和姐姐当年说的话一模一样。”

我微摇了下头道：“我只是拾取了你姐姐的牙慧，真正懂的人不是我。”

她垂目静默了半晌，轻叹道：“从舅舅到哥哥，姐姐为八爷做了她所能做的一切，连我嫁给十阿哥，都有一半原因为他，可八爷呢？他的心根本不在姐姐身上。你姐姐做过什么？就连笑都是若有若无的，可八爷面上虽冷淡，暗中却一直维护。当日大哥送姐姐一面琉璃屏风，上头的画比较别致，非一般山水花鸟，而是草原景致。你姐姐看到时，多瞅了几眼，结果没多久，一面绘制着西北戈壁风光的琉璃屏风就送到了你姐姐屋中，怄得姐姐立即就把大哥送的屏风砸了。”

我长叹口气，无话可说。

两人靠着树干，沉默了半晌，我道："我能理解八福晋的心情，可她不能因此迁怒于我姐姐。"

明玉冷哼道："迁怒？你真是没见过什么是迁怒。以姐姐的计谋手段、我们的家世，她若成心对付你姐姐，她还能在佛堂里念经？不过是打鼠忌着玉瓶儿，不能下手罢了！"

我又悯又气，道："我姐姐是老鼠，那八爷也是老鼠，你姐姐也跑不了。"

她瞪着我，我回视着她，两人对视了一会儿，都扑哧一笑。她扭头道："就是个泥人也有三分气，何况姐姐那么心高气傲的人？姐姐已经够克制了。"

我轻叹道："你说的我都明白，只是那是我姐姐，看到她受委屈，不管大小，我总是难受的。"

她道："我明白，不过说开了，我们将来应该不会再为这个吵了吧？你不用一见我就躲，他也不必为难。"

我好笑地看着她问："他？他是谁？"

她笑嗔了我一眼，道："冰糖葫芦，你装的哪门子傻？"

我呵呵笑起来。世事多变，谁能想到我们两个也有相对而笑的一天？

在两人的笑声中，闻得鸟儿飞落于树上，唧唧啾啾地与我们笑声相和。她站直身子，向外行去："该回去了。"我紧跟她而出。

她回头看着我，一面绕树而行，一面向我笑说："其实，我真没想到你会……"话音未落，一个孩子的声音传来："在那里！"我正要抬头随声望去，眼前一花，一道黑影直扑眼前，腰身一紧，已被快速揽到一边，脑子还在发木，就听到十福晋的惊叫声。我忙定了定神，才发觉自己被四阿哥紧紧搂在怀里，两人脸脸相对。

我怔怔看着他，他也是一脸愣怔。彼此凝视了一会儿，又都蓦然反应过来，我急急地从他怀里甩脱，他也猛地放开我。

还是精神恍惚，无意识地打量着四周。树干上钉着一支白羽箭，箭尾仍在颤颤而动。十福晋被十阿哥侧搂着趴倒在地上，十阿哥脸带惊恐地扶福晋站起。

远处站着弘时，手握弓箭，面色惶恐，呆呆立着。他脚旁跪着两个瑟瑟发抖的太监。

十福晋起身后，一面拍着衣服，一面怒声问："怎么回事？"

十阿哥三分惊三分怕，带着怨气瞪着弘时，怒问道："如果不是我恰巧寻人而来，你要闯多大的祸？”

太监跪行着上前，一面重重磕头，一面回道：“奴才万死，主子射鸟追到此处，奴才本该多几分谨慎小心，却没留意到树背后有人，又不承想福晋恰好转了出来，没来得及提醒主子，惊吓了福晋。奴才该死！”

四阿哥看着弘时冷声斥道：“还要呆站多久？”

弘时一个激灵，忙上前跪倒在十福晋身前，磕头告罪。四阿哥看着跪在地上的弘时，肃声道：“做事前从不肯看清楚，只知道一味贪功求先。”

十福晋向四阿哥请安后说：“他又不是故意的，也没有伤着人，孩子贪玩也没什么大不了的。”

四阿哥道：“福晋虽不计较，可该受的罚却不能少。”顿了顿，喝道，“还不磕头谢恩？”弘时忙向十福晋磕了一个头，站起来一溜烟地跑了。

四阿哥又对地上跪着的太监道：“回去找管家领罚。”太监忙磕了头，站起来，躬身倒退着碎步离开。

我静立于一旁，看着眼前的一幕，心思却全在别处。忽看到眼前一只手在晃，才回过神来。十阿哥担忧地问：“吓着了吗？”

我忙一笑道：“没什么事情，只是心有点儿慌而已。”

十福晋笑说：“怎么每次和你在一起，总会闹点儿事情？还以为这次会不同呢。”

十阿哥诧异地看向十福晋，十福晋瞪了他一眼道：“有什么大惊小怪的？我就不能和若曦说笑了？”

十阿哥脸色讪讪，又带着几分喜悦，傻傻看着十福晋。十福晋被他盯得不好意思起来，撇开了脸。我扑哧一声笑出来。十阿哥回过神来，脸色越发讪讪，挠了挠头道：“我走了。”说完向一旁的四阿哥匆匆行了个礼，快步而去。我向十福晋躬身行礼，笑道：“福晋还不去追？肯定在前面等着呢！”十福晋嗔了我一眼，向四阿哥行礼告退，慢步而去，越走步子却越快，渐渐消失在视线中。

四阿哥提步而去，我叫道：“我有话问你。”他停了脚步，人却未转身。我绕到他身前，看着他问：“为什么？”

他沉默了好半晌，苦笑一下道：“为什么？我自己也不知道为什么。待我清醒，我已经这么做了。”

我凝视着树干上的白羽箭，心里酸酸楚楚、有喜有伤，原来我还是幸福的。在那一刹那，他选择了身子挡在我身前。一刹那，已经足够！

他冷冷道：“你不必多想，若给我点儿时间考虑，我肯定不会冒险这么做的。”

我收回目光，笑笑地说：“我只知道你做了。”他目光沉沉地看了我一会儿，从我身边快步走开。

我转身笑看着他的背影，待他身影消失不见后，我走到树边，轻轻抚过箭上的白羽：谢谢你，让我终于看明白和相信了一些东西。

试着拔箭，却因入木很深，纹丝不动。有心去找柄小凿子，又怕万一走开后被别人拔走。只得一面拔箭，一面四处张望。好不容易等到一个太监从远处经过，忙高声叫了他过来，他帮着拔了一会儿，发现也拔不出来，只得匆匆去找了凿子。两人折腾半晌，终于把箭取了出来。

我喜悦地道：“真是多谢你。”有心谢他些银子，却身无分文，只得问道，“你在哪里当值？”他忙笑回清楚，我记下后，握着箭转身而去。

◈

十一月二十日，是良妃娘娘的忌辰，二十一日我方敢去祭奠，剪了两枝翠竹搁在她宫门前。事过境迁，冷静地想，忽觉得她的早走不失为一件好事。她走时，康熙虽对八阿哥有忌惮之心，但表面上一切还好。若让她目睹着八阿哥逐日被康熙所厌，只怕才是痛苦。

正在胡思乱想，忽闻得人语声，忙快速闪到侧墙后躲起。不大会儿工夫，听到脚步声停在了宫门前。

接着听到十四阿哥的声音：“这地上的翠竹不像是人随手丢弃的，应该是特意摆在这里的。”

半晌没有声音，八阿哥淡淡说：“竹叶上露珠还在，看来她刚去不久。”

十四阿哥道：“哪个私下受过娘娘恩惠的人放的也未可知，她如今不见得有那个心。”

十四阿哥为何如此说？不过这样也好。寂静无声中又过了半晌，闻得十四阿哥说：“八哥，你昨日刚在娘娘墓前久跪，今日又悲痛难抑，娘娘地下有知，定不愿你如此以致伤了身子。”

静静过了会儿，八阿哥长叹口气，道：“回吧！”

两人脚步声渐去渐远，寂静中，我又站了一会儿，转到门口，默立半晌，慢行而回。

第七章

祸福从来不可期

梅花开时，康熙五十三年姗姗而至。

我正在给两个手拿斧头和砍刀的太监吩咐话，十四阿哥远远而来，我们向他请安。他笑问：“你这是做什么呢？这么大的架势。”

我回道：“折梅花。”

他嘲笑道：“我还以为你打算把整株梅树都剁下来。”

我吩咐完两个太监放梯子去，侧头道：“这就是你见识浅薄了。平日供梅不过置于几案，瓶子大小有限。我如今的瓶子可大着呢，不如此，怎能相配？”

他道：“瓶子大了未免蠢笨，不见得配得上梅花。”

我笑问：“去年年末琉球进贡的那对瓶子如何？”

十四阿哥微一思索笑道：“配得起。虽大但形态古雅，色泽晶莹圆润，连皇阿玛都很喜爱，自进贡来后，就一直置于房中，日日赏玩。皇阿玛的这个主意真是新鲜别致。”

我笑说：“不是皇上的意思，是我自个儿的主意。”说完，双手卡了个方框，从框里看向梅花，比画半晌才决定，两个太监忙依言砍下。

又去寻另外一株合适的梅树，我一面查看，一面问一直跟随而行的十四阿哥：“你不去忙正事吗？”

他道：“没什么正事，来给皇阿玛请安，反正顺路，待会儿和你一块儿过去。不过暖阁就那么大，一株足矣，两株反倒不美了。”

我道：“一株打算奉给皇太后的。皇上早几日就念叨过‘该拿一个瓶子到宁寿宫’，现在带着梅花一块儿送过去岂不更美？”

我指着一株梅树问：“这株可好？”

他细看道：“后面那株更好。”

我侧着脑袋看了一会儿道：“前面的小枝分歧，更秀雅；后面的孤削如笔，更硬朗。”沉吟了下道，“就后面那株吧！”我笑说，“这株，我一时倒不知该如何选取，烦请十四爷帮着挑了。”

他一笑未语，静静看了会儿，吩咐太监如何砍取。

两个太监一人扛了一树尾随而行，行至乾清宫前，让他们两人在外候着。我随在十四阿哥身后进了暖阁。

两人请安后，我俯身向康熙道：“奴婢砍了两株红梅，打算供在这两个瓶中，皇上批阅奏折累时，赏瓶时还可以赏梅，瓶梅相得益彰。”

康熙看了眼瓶子道：“去吧！”我行礼后，去吩咐太监注水、插梅。

康熙起身踱步看了一会儿，笑指着左边一瓶道：“两株都挑得不错，朕更喜欢这株。”

十四阿哥笑看了我一眼，我笑回：“奴婢不敢居功，这株是十四阿哥挑的。”

康熙瞟了眼十四阿哥道：“只是这样两株梅花插在屋中，略显拥挤，反倒有损梅的清旷高逸。”

十四阿哥道：“皇祖母也喜欢梅花，不如拿一瓶过去。”

康熙叹道：“朕一时竟忘了，有道理。”一旁李德全听闻忙叫人准备架子。

李德全躬身问：“万岁爷，送哪一瓶？”康熙笑指了下我挑的那株。李德全忙命人抬出去。

康熙从桌上拿了份折子递给李德全，对十四阿哥道：“你看看。”十四阿哥忙接过，看完后，递回给李德全。康熙问，“是否该禁？”

十四阿哥道：“依儿臣看，户部请禁小钱，实属不必。事若利于民，民必效之；若不利于民，即使依法强行，也不能长久。”

康熙颔首道：“凡事必期便民，若不便于民，而惟言行法，虽厉禁何益？”边说边在奏折上一挥而就。

我静立一旁，想着现在康熙应该很喜欢十四阿哥。父子脾气相投，政见也往往相合。想到此处，心中忽觉不安，玉檀端茶而来，我忙按下心思，上前接过，换掉了康熙桌上微凉的茶。

送梅花的太监已经返来，进来回道：“皇太后见了花和瓶子，喜欢得不得了，忙打发人去请各位娘娘来同赏。还重赏了奴才们，让带话说‘多谢皇上一番孝心’！”康熙笑点点头，挥手示意他退下。

春去夏来，时间流逝中，朝堂上局势的变化渐趋明朗。除了一直受康熙信赖的三阿哥仍旧参与定夺朝事，十四阿哥越来越受康熙器重，朝臣们也从开始的观望态度，慢慢附和十四阿哥。八阿哥依旧态度亲和，风度翩然，十四阿哥也凡事仍以八阿哥为先，可八阿哥面对康熙迥然不同的态度，心里究竟怎么想，我却猜不透，也不愿猜。

四阿哥则仿若一切与己无关，什么都不知道，每日来给康熙请安，所谈很少涉及国事，清心寡欲莫过于他。

八月秋风起时，康熙出塞行围，留十四阿哥在京城协理朝事，三、四、八、十五、十六、十七阿哥伴驾。十五、十六、十七阿哥对角逐皇位并无兴趣，也无这个能力。四阿哥一副跳脱红尘之外的居士形象。三阿哥虽对皇位有心，可一直存观望态度。八阿哥处于康熙的强力压制下，行事谨慎低调很多。四阿哥和八阿哥对彼此一如待其他兄弟，无半丝异样，清淡如水的依旧清淡如水，和暖如春风的依旧和暖如春风。一时看去，竟然是和乐融融，全无纷争。

佐鹰和敏敏今年未来，玉檀临走前忽感风寒，只得留她在京中。偌大的营地我竟然连个说话的人都找不到。

躺在草地上，望着满天星斗，思绪纷杂。四阿哥对我是从外至内地冷淡疏离，八阿哥面上虽温和，可内里也是冷意彻骨，两人其实殊途同归。我心中涩涩，苦笑起来。

身旁的马一声长嘶，我一惊，猛地坐起，张望四处。不远处一人应声回头，恰好看到从地上坐起的我，两人视线一碰，他转身就走。

我霎时觉得无限委屈，一冲动，跳起就追了过去，拦着四阿哥问："我是洪水猛兽吗？你为何……"说着，心中酸痛，忽又觉得自己这是做什么？没有结果，何必纠缠？摇摇头，不再看他一眼，从他身边快步走开，走到马旁。马儿朝我打了个响鼻，用头来蹭我，我伸手抱住马脖子，头贴在它鬃毛上，眼泪无声而落。

一人一马相拥良久，马儿不耐烦起来，试图甩脱我。我放开它，喃喃道："连你也嫌弃我。"身后一声低低的轻叹，刹那间我全身僵如石柱，心中涌起丝丝喜悦，可又是丝丝凄苦。

缓缓转身看着他，四阿哥凝视着我，伸手替我把脸上未干的泪珠抹去，我一时再也忍不住，扑到他怀里哭起来。他身子僵直，双臂紧抱着我。

哭了半晌，心中委屈凄苦渐散，理智慢慢回来，知道自己不该如此，可一时又如此贪恋他的拥抱，心中几经挣扎，忽觉得事情已经坏到不能再坏，我如今什么都没有，还衡量来衡量去的做什么？垫脚亲了下他脸颊，他身子一硬，我附在他耳旁软声道："我如今还未忘掉你，你也不许忘掉我！"说完，竟然心情大好，原来这才是我心底深处真正的想法。即使你不能娶我，也不许你忘掉我，至少不许在我忘掉你前忘掉我！我知道自己自私任性，可我们只有这内心深处对彼此的一些惦记了。

他凝视了我一会儿，淡淡道："晚上露重，你腿不能着凉，赶紧回去吧。"说完转身快步离去。我腿不能着凉？你如何知道的？看着他的背影，心里透出一丝甜。

捡起地上的披风，牵着马，远远随在他身后。他一直未曾回头，脚步却缓了下来，配合着我的步速，让我不至于落得太远。隔着一定距离，两人一前一后，各自回了营地。

◈

因为良妃去世两周年忌辰快至，八阿哥向康熙请旨告退，说想去祭奠亡母。康熙准他所请，八阿哥带人自行离开。

他走后不久，康熙就吩咐拔营回京。此次行围康熙所获颇丰，众位阿哥和大臣都盛赞："皇上雄姿不减当年，非我等可比！"老年人总是喜欢别人夸赞自己年富力强，康熙也不例外，闻之龙心大悦，因此十一月二十六日，行至行宫休整时，特举行宴会，君臣同乐。

众人正谈笑不断，王喜进来奏道："八贝勒爷派人来给皇上请安。"康熙笑宣他们进来。

一个老太监和一个年轻随从一人提着一个黑布笼罩的大鸟笼进来，跪下向康熙回道："贝勒爷向皇上恭请圣安，因来不及赶来，贝勒爷说在汤泉处恭候皇上一同回京，特命奴才们带来两只海东青，进献给皇上。"

康熙听了笑说："难得他一番孝心，掀开来瞧瞧。"两人磕头，解绳结，准备掀帘。

三阿哥笑道："八弟这礼送得极为有心，皇阿玛不久前刚写了《海东青》，赞道'羽虫三百有六十，神俊最数海东青。性秉金灵含火德，异材上映瑶光星……'"三阿哥琅琅诵诗之声忽地冻住。

满堂刹那间如死一般寂静，人人脸色煞白。我瞪着趴躺在笼中、奄奄殆毙的鹰，脑中一片空白，心好像停止了跳动。瞬时后，心突突狂跳，似要蹦出胸口，太过震惊恐惧，竟完全不敢去看康熙的脸色。

惊恐中，时间过得分外慢，实则只是一会儿，可仿佛过了很久，久得我觉得自己已经盯着两只海东青有一世纪之久。一声巨响，康熙身前的几案被掀翻在地，随着乒乒乓乓杯盘落地的声音，呼啦啦满屋的人全都跪倒。往常康熙也会有发怒之时，可从未如此气急败坏，一般都会有阿哥或大臣奏劝皇上息怒，宽解康熙。如今满地所跪之人竟无一人敢出声相劝。

康熙虽然豁达，可将死之鹰的背后寓意让胆子再大、再巧舌如簧的大臣都不敢说话。

我跪在地上，脑中只一个念头，八阿哥绝对不会如此做，绝对不会！虽然康熙对他不喜，但他绝不会咒康熙死。最重要的是他绝对不会这么蠢。

康熙一字字地对跪于地上簌簌发抖的八阿哥随从道："回去告诉他：'自此朕与胤禩，父子之恩绝矣！'"两人身子直抖，没有反应。康熙怒喝，"滚！"两人惊恐万分，磕头后，跌跌撞撞地跑出。

我全身力量被康熙的话彻底抽干，软软地跪趴在地上。他的帝王梦就此断了，彻底断了……以父子反目终结。

康熙扫了一圈跪于地上的阿哥、大臣，吩咐李德全备笔墨传旨，三阿哥代拟。康熙缓缓道："胤禩系辛者库贱妇所生，自幼心高阴险。朕前患病，诸大臣保奏八阿哥，朕甚无奈，将不可册立之胤礽放出，数载之内，极其郁闷。胤禩仍望遂其初念，与乱臣贼子结成党羽，密行险奸，谓朕年已老迈，岁月无多，及至不讳，伊曾为人所保，谁敢争执？遂自谓可保无虞矣……”

金口玉言，白纸黑字，连基本的查询也无，康熙竟然连解释的机会都不给八阿哥。一道圣旨，封死了八阿哥的一切退路。我扫了一遍头贴地而跪的大臣，你们满口赞誉着八贤王，把他推到浪峰上，如今却无一人说话。

“……朕恐日后，必有行同狗彘之阿哥，仰赖其恩，为之兴兵构难，逼朕逊位而立胤禩者，若果如此，朕唯有含笑而殁已耳。朕深为愤怒，特谕理尔等，众阿哥俱当念朕慈恩，遵朕之旨，始合子臣之理。不然，朕日后临终时，必有将朕身置乾清宫，而尔等执刃争夺之事也……”

我一咬牙，心一横，欲站起向前，侧旁王喜立即握住我胳膊，低声道：“你还有阿玛和兄弟姐妹，他们可不是皇子皇孙。”我一下顿住，盯着康熙的背影，脑内思绪杂乱，身子直打战。他低低道，“你上前，只会让皇上更恨八爷，甚至怀疑你就是他放在皇上身旁日夜监视皇上的棋子，那也是重罪。”

我的心彻底冰透，头贴着地面，紧闭双眼，眼泪颗颗垂落。

因为康熙心情突变，塞上行围时的欢快愉悦荡然无存，气氛极为冷肃。五阿哥、十四阿哥前来接驾，两人都是谨言慎行，小心翼翼。

五阿哥慎重地回报道：“八弟病倒在汤泉，派人去探望，都回绝了。其他侍从被遣散，只留了几个日常服侍的，如今正在回京路上。”

康熙问十四阿哥：“你派人去看过吗？”

十四阿哥回道：“儿臣也派人去探望，八哥避而不见。”

康熙冷声道：“心怀不坦荡之人，行踪也鬼鬼祟祟。朕不放心他，胤祯，你亲自去带他回来。”十四阿哥躬身应是。康熙吩咐起驾回宫，侍卫环绕着立即离去。我狠狠盯了俯身恭送康熙的十四阿哥几眼，上车而去。

八阿哥随十四阿哥返回后，卧病在家。往常皇子病时，康熙定常慰问，吩咐太医时时上奏折呈报病情，如今对八阿哥却不闻不问。

我愁肠百结，却只能无可奈何地看着一切。私下里，常暗问，究竟是谁干的？思来想去，却无定论。

闻得敲门声，起身开门，十四阿哥立在院门外，我忙要关门，他胳膊挡着门，一脚踏入道：“你让我进来，有什么怨气我们当面说清楚。”两人都固执地看着对方。如此僵持，不是办法，我走开，他进来反手关上院门。

进屋后，他推开窗户道："你是恨我没有替八哥辩解吗？"

我自己都未做到的事情，又怎么会怪你？想了想，放缓脸色，试探地问："当年一废太子时，你为了替八爷求情，不惜以死相挟皇上，以致皇上拔刀要杀你。我不懂你这次为何自始至终一句话也无。"

十四阿哥道："当年我那样做，结果救到八哥了吗？不但没有，反倒因为自己冲动，让皇阿玛忌惮八哥在我们兄弟几个中的影响力，不以父为尊，反从兄。圣旨中还斥骂道'朕恐日后，必有行同狗彘之阿哥，仰赖其恩，为之兴兵构难，逼朕逊位而立胤禩'，这样的罪名八哥现在怎么能承受得起？六年过去了，难道我还是那个冲动地把事情越弄越糟的胤祯吗？再说，这次事情和上次根本不一样，上次皇阿玛责罚八哥，只因为百官的保荐激怒了皇阿玛，八哥并没有做错事情。可这次却是忤逆不孝、诅咒皇阿玛的大罪。"

他沉默了会儿，低头道："送鹰的太监和侍卫已经自尽，以皇阿玛的睿智，难道真就看不出此事有疑吗？给太子定罪，整整查了半年，皇阿玛却为何连查都不查就给八哥定罪呢？而且颁布圣旨，通告满朝文武。"我皱眉摇摇头。

十四阿哥没有看我，垂目凝视着地面低声道："二废时给太子定罪的两大罪状都是八福晋的娘舅镇国公景熙告发的。当时我们以为是我们布局得力，让皇阿玛废了二哥。可现在我才明白，其实皇阿玛心中早就酝酿着废太子了，我们煞费苦心搜集证据告发太子只是顺了皇阿玛的意，皇阿玛正好借我们之力，理由充足地开始调查太子。皇阿玛年事渐高，经过太子的事情，对朝臣结党已经憎恨到极致。一直都以仁君行事的皇阿玛却对太子党的人一点儿未留情，齐世武是被铁钉活活钉死的，托合齐被锉尸扬灰，不许收葬。其他众人更是砍头的砍头，流放的流放。皇阿玛从一废太子后就时刻提防着八哥，太子已去，在二废中八哥又占尽上风，朝中众臣仍旧希望皇阿玛能立八哥为太子，如今皇阿玛唯一忌惮的人就是八哥。皇阿玛一直以来都在试图削弱八哥在朝中的影响，甚至为此下旨严禁众臣帮助阿哥谋求太子之位，可八哥在朝中的势力却依旧不容小觑；因为礼贤下士，仁孝为怀，他在江南读书人中呼声也最高，可以说这些都直接威胁到皇阿玛的皇权。八哥平日行事从无大的错处，此次毙鹰事件，不失为打击八哥的最好机会。"

十四阿哥苦笑几声问我："百善孝为先，如果八哥连人性之本，'孝'都未做到，他怎么担得起'八贤王'的赞誉？百官怎么能再保举一个诅咒自己阿玛的人？读书之人又怎么会信服他？"十四阿哥沉痛地道，"就连八哥因母去世悲伤成疾都成了天大的笑话和十足的虚伪。从此后不管八哥做什么都先披上了‘伪’字。‘伪君子’比‘真小人’更遭人唾弃。只怕弄鬼的人自个儿都想不到效果会这么好，皇阿玛竟然因势利导，轻而易举地粉碎了八哥多年苦心经营的声望。”

我瘫软于椅上，天家无情！难怪自始至终，八阿哥未曾做任何辩驳，当年为了百官保荐的事情还特地向康熙表白心迹，可此次这么大的罪名却只是悄无声息地病倒了。因为究竟是不是他做的在康熙眼里根本不重要，康熙认定是他做的，那就是他做的。

康熙居然如此对自己的儿子，他为了仁君的名誉，行事每每瞻前顾后，对贪官一再手软，却不惜毁了儿子的身前生后名，千载而下，八阿哥骂名已成。做得好可以说其虚伪，为了博取虚名惺惺作态，稍有差池，那就是阴险本性的流露。十四阿哥能想到这些，八阿哥也肯定能想到，八阿哥的病不仅仅是被人陷害的愤怒，更是对康熙的心寒，对自己一生辛苦尽付流水的悲痛，对百年后人世骂名的无奈绝望。

半晌后，十四阿哥道："皇阿玛是铁了心会在此事上再做文章，务必要八哥再无问鼎皇位之力。现在的情况，只有保住自己，才谈得上维护八哥，否则大家同时垮了，只能是拴在一块儿完蛋！"

我静思了会儿，盯着十四阿哥道："八爷送的鹰怎么会奄奄一息呢？送出时肯定还是好的，那只能是路上动的手脚，可派的人都是跟在爷身边多年、得爷信赖的人，究竟什么人才能安排了这样的人在爷身边，让这些狼心狗肺的奴才私下动这么大的手脚？又究竟什么人能从此事获益？"

十四阿哥闻言，脸色铁青，难以置信地盯了我半晌，他气指着我，手轻颤，半晌后吼道："我看错了你！"说完，摔门而去。

我心中哀恸万分，究竟是不是他做的？他如此举动是做戏掩饰，还是真的失望生气？如今的十四爷是康熙跟前的红人，早非当年追到草原上的十四阿哥。八阿哥彻底垮掉对他极其有利，原来的利益集团必定会再推一人出来，考虑到现在康熙对他的喜爱，肯定非他莫属。这样原本八阿哥的势力都可以收为己用。面对皇位的巨大诱惑，他割舍兄弟之情也不是不可能。

其实事已至此，我再追究还有何意义？相关的人都已自尽，不可能有人证、物证。可是我不甘心，我想弄明白，想看看这个宫廷究竟能残忍到何等地步！

甚至我宁可这件事情是四阿哥做的。自从十三阿哥被圈禁后，四阿哥和八阿哥已经不仅仅是皇位之争的对立，他们还有恨有仇，他们是敌人，四阿哥如此做，只能说是以眼还眼、以牙还牙。可不管从下手机会，还是最后获利，都是十四阿哥更有嫌疑。十四阿哥，你可是八阿哥从小亲密的兄弟呀！你怎么能残忍至此？

第八章

心安
即归处

康熙五十四年的新春在我满腹愁思彷徨中度过，除夕晚宴八阿哥和姐姐都未来，只有八福晋盛装出现，替养病在家的八阿哥向康熙和众位娘娘请安。她举止得体，笑容自然，化解了不少尴尬，康熙对她也还和蔼；她冷如刀锋的眼神又让幸灾乐祸、悲悯同情的各色目光全部收敛；看到她，没有人敢轻易滋生无谓的怜悯，她用从小严格培养的高贵雍容，依旧高高在上地俯视着众人。

我眼睛潮湿，满心感佩地看着这个独自为八阿哥而战的女子。她是瘦弱的，面色苍白，厚重的胭脂根本无法遮掩，身材消瘦，往日合身的宫服变得肥大；可她又是极度坚强的，她原本可以选择留在府中，躲开这一切，任凭他人在背后中伤非议，可她带着笑容而来，替八阿哥请安问好，礼数周全，任人无可挑剔。她让一切嘲笑都变成笑话。

正月二十九日，康熙再次宣诏，停止八阿哥的俸银、俸米。事情本身倒没什么，八阿哥受封贝勒极早，平日薪俸很高，再加上受宠于康熙时赏赐的佐领进项等，钱银颇为宽裕，日常开支绝不会有问题。可关键是此事向朝廷众臣传达的信息，事情过去两月有余，康熙在完全冷静的情况下宣诏，明明白白告诉大家他绝不会宽恕八阿哥，无疑是给心存观望和追随八阿哥的朝臣们一个明确警告。

我在梅树下默立良久，想着康熙的圣旨，愁苦满怀，折下一枝梅花，打算带回屋中，希望它能让黑沉沉的日子着几点亮色。

手持梅花，刚推开院门，王喜就急急冲过来道："急死我了，万岁爷要见你，赶紧走。"说着就往前冲。

我笑道："你好歹也等我把手中的梅花插好呀。"

他跺脚道："我等了大半晌了，赶紧扔掉。"

我一笑未加理会，手脚麻利地把梅花插好，才随他而行："什么事情？"

王喜道："不知道，师傅吩咐我来叫人，我就来了，过会子师傅要骂我，你可得帮我说话。"

我笑道："知道，都是我的错，不该去摘梅花。"

进暖阁向康熙请安，康熙心情好似极好，笑眯眯地让我起来，李德全也是看着我微微而笑。

康熙问："若曦，你伺候朕几年了？"

我心中一紧，强稳着声音道："奴婢四十四年进宫，算来已快十年。"

康熙叹道："弹指间就是十年，初进宫时，身量都未长足，朕眼看着你一天天出落得亭亭玉立，朕的女儿都不如你伴朕的时间多。"我僵硬地笑笑，未答话。

康熙道："朕对你的婚事左思右想，原本是为你好，反倒有些耽搁你了。"

我忙跪下磕头哀求道："皇上，奴婢情愿服侍皇上一辈子。"

康熙笑斥道："说什么傻话？哪有不嫁人的道理？朕再舍不得也要舍。朕虽有些耽误你了，但朕给你选的人却是最好的。十四阿哥胤祯与你年龄相当，你们素来要好，他绝不会委屈你的。"

康熙的话一字字都如针锥，扎得我心剧痛。十四阿哥？其实这也许是最好的一个选择，毕竟我们从小相识，对彼此的脾气也算了解，两人虽常有争吵，但他对我一直很照顾；如果历史不变，他结局不坏；跟着他又能如我愿逃离紫禁城，躲到小院子中从此不问世事；即使八阿哥之事真是他使的坏，可为了皇位这些阿哥又有哪一个是干净的呢？我不应该恨他。脑中一遍遍对自己说着嫁给十四阿哥的种种好处。

李德全带笑斥道："若曦，怎么半天都不回话？"我手簌簌直抖，身子发颤，拼尽全身力气磕头道："谢皇上圣恩，奴……奴婢……愿……愿……"四阿哥、八阿哥的面容交错在脑里闪过，一个"意"字卡在喉咙里，无论如何也说不出。

康熙叫道："若曦！"声音压迫，我心中恐慌，脱口而出道："奴婢不愿意！"话一出口，忽地全身放松下来，手不抖了，身子也不颤了。原来我千般理智，万般道理，事到临头，还是遵从了自己的本心。

我深吸口气，向康熙磕了个头，坦然道："奴婢不愿意。"原来不过如此！我并没有自己想象中的惊惧害怕，我淡然地等着任何可能的命运。

康熙默默瞅着我，半晌未作声，李德全躬身低头站立。康熙淡淡道："你这是抗旨。"

我磕头道："奴婢辜负了皇上一片苦心，甘愿受罚。"

康熙道："你就不怕朕处罚你全家吗？"

我磕头朗声道："自古明君赏罚分明，我阿玛在西北忠心耿耿、兢兢业业，从无差错，若为了一个轻如草芥的女子，弃良臣于不用，非智者圣君所为。皇上乃千古仁君，更不会如此。"

康熙冷冷吩咐李德全："女官马尔泰·若曦，恃宠生骄，言行恶劣，责打二十板，遣送浣衣局，专为宫中太监洗衣。"

李德全低声道："喳。"

我向康熙磕了三个头。李德全领我出来，对王喜吩咐："准备刑凳。"王喜看李德全脸色难看，不敢多话，匆匆去备。

李德全叹道："若曦，你真是辜负了万岁爷的一片苦心。"我低头不语。

不大会儿工夫，刑凳备好，执杖人静立一旁，王喜看了圈四周，纳闷地问："打谁？"

李德全淡淡吩咐："把若曦的嘴堵住，杖责二十。"

王喜大惊，半张嘴看向我，我微微一笑，自动到刑凳上趴下，闭上双眼，两旁侍立的人把我嘴塞住。

一声闷哼，好痛！起先还能默记板数，一板板打下，慢慢身子开始痉挛抽搐，痛得心中黑乱，任何声音都发不出。

“送她回屋。”李德全吩咐。王喜忙叫人抬春凳，送我回屋，一路上不停地说：“姐姐，你忍着点儿。”

玉檀听到响动迎出来，呆立一瞬，捂嘴惊叫道：“怎么全是血？”

王喜急躁地斥道：“还不去备水、创伤药？”玉檀忙转身而去。

王喜指挥太监把我搁置好，挥手打发了他们，俯在榻边问：“所为何事？我来叫姐姐时，师傅脸色甚好，应该不是坏事呀！”

我微喘着气道：“别问了，多知无益。以后好好跟着李谙达，凡事多留心，少说话。你聪明有余，但话却有些多，没有你师傅的谨慎。”

玉檀端水拿药进来，王喜搬了屏风挡在榻旁，人回避到屏风外。玉檀用剪刀一点点把衣服剪掉：“姐姐忍着点儿，衣服被血糊在伤口上，取时会有些疼。”我点点头，咬住枕头，玉檀快速地揭下衣布。我牙关紧咬，一会子工夫，已是一头冷汗。

玉檀一面上药，一面问：“姐姐，发生什么事了？”我未吭声，玉檀又问王喜，“王公公，究竟怎么了？”

王喜跺脚道：“我也正问姐姐呢，当时暖阁内只有我师傅和姐姐在内伺候，我如今也是满心糊涂。”

我道：“王喜，回去吧，你留在这里也帮不上忙。”

王喜在屋内打了几个转转，无奈地道：“那我先回去，玉檀，你好生照顾，缺什么就来找我。”玉檀忙应是。

玉檀替我拢好被褥，蹲下问：“究竟发生何事？”

我道：“其中缘由，关乎天家颜面，万岁爷只怕不愿让人知道。只能说，万岁爷对我已经很是宽容，若真说破了，我所犯的罪，就是赐死也不为过，你知道了反倒对你不好。”她默默出神，我说，“以后你要照顾好自己，不过你素来谨慎小心，我倒是很放心你。”

她惊异道：“万岁爷准姐姐出宫了？”

我微微笑道：“万岁爷让我去浣衣局。”

她猛地从地上跳起，叫道：“为什么？怎么可以这样？姐姐出身娇贵，连针线都少碰，怎么吃得了那苦？就是那份腌臜也受不了。”

我叹道：“我都不怕，你怕什么？”

玉檀凝视着我，缓缓蹲下，头靠在我枕旁，两人脸脸相对，我朝她嫣然一笑，她却眼泪潸然而落。

等伤好后，肯定就要搬去浣衣局。我行动不便，想着只能请玉檀不当值时，帮我把东西整理出来。

玉檀推门而进，手中拿着一大株杏花，屋中立即平添了几分春色和喜气。她一面取瓶插花，一面随口问："四王爷来过？"

我心中抽痛，面上却笑问："没有呀，怎么这么问？"

玉檀侧头看我，吐了吐舌头，笑着说："我回来时远远看到四王爷好似站在院外，等拐了个弯走近时人却已经不见了，我还以为来看过姐姐。"

我头缓缓躺回枕上，你刚才就在院外吗？凝视着墙壁，心内酸楚，这不厚的墙壁却就是天涯海角的距离，不过走十几步就能相触，却难如登天的险途。

玉檀插好花，人立在花旁问："好看吗？"

我看着她黑如点漆的双眼、色若春花的容颜，笑说："好看，真正是人比花娇。"

玉檀努嘴道："人家让姐姐赏花，姐姐倒来打趣我。"

我笑看了会儿杏花道："你若有空，帮我收拾一下东西。"她刚听我说完，立即扭过身子，不言不动。我叹道，"如今是李谙达好心，压而未发，容我在这里暂时养伤，可这根本是迟早的事情，万一哪天来人请我搬走，再整理岂不狼狈？"

她默立一会儿，开始忙活，从衣服理起，衣料较好的我都命她拣出先搁在一旁，半新不旧的原样放回箱中。待她完全理完，我指了指道："这些衣服都没怎么穿过，给人也好，自个儿留着也好，随你处置。"

玉檀道："我不要。"

我道："我去的地方用不着这些，反倒糟蹋。最紧要的是那里的人都穿得一般，我穿这些，岂不是生生招人厌烦？这个道理难道你还不明白？"她含泪看着我，一扭身打开了别的箱子。

平日的玩物、茶具、书籍。我笑说："茶具就都留给你了，其他的你看着喜欢都拣去好了，别的，别的……"我一时也想不出如何处理。

"别的我帮你带出宫，送到你姐姐处。"

玉檀忙向立在门口的十四阿哥请安，然后退了出去。

我看到他，分外不自在，沉默了半晌，才道："多谢。"

他沉痛地问："你为八哥求情了吗？为什么不找我先商量一下？就是不相信我，还有十哥呀！"

我忽地松了口气，原来他什么都不知道："不是的，你莫要把我想得那么好，我……我确是恃宠生骄，言行不当惹皇上生气了。"

他摇摇头道："若曦，我有时候真是恨不得把你脑袋破开，看看里面究竟装了些什么。究竟所为何事，告诉我实话，我也好想办法帮你，看看在皇阿玛跟前有没有转圜的余地。"

我道："皇上已经说得很明白了，确实是我言行冒犯天颜。"

他盯着我半晌无语，神色寂寥中夹杂着隐隐伤悲："你还是不信我，不仅是你，只怕八哥、九哥心中都在怀疑我，只不过他们不会表露出来罢了。"

我道："让玉檀进来收拾东西吧，待会儿麻烦爷帮我带出去。"他没有说话，我扬声叫玉檀进来。

玉檀一件件东西拿起问我如何处置，一路问过去，我不禁笑起来，十四阿哥也是嘴边带着丝笑。玉檀纳闷地看着我们，又看看自己问："我做错什么了吗？"

我笑说："不关你的事情，这些东西绝大部分不是十阿哥给的，就是十四阿哥给的，看到它们，想起了以前的一些事情。"十四阿哥轻叹口气，我含着丝淡笑，示意玉檀继续整理。

十四阿哥道："十哥听到你的事情，叫嚷着要去找皇阿玛说理。我劝他打听清楚再说，这次不同往常，竟然特地下了圣旨，罚得又如此重，不然弄巧成拙反倒害你，结果好话说尽，怎么劝都没用。"

我微微一笑，没有言语，十四阿哥问："你就不担心？"

我道："你没有劝下，自然有人能劝住。"

十四阿哥道："后来十嫂出来一通臭骂，骂得十哥哑口无言，也不跳脚也不舞拳了，乖乖坐于椅上，真是一物降一物！"

俯身整理东西的玉檀转身问："这红绸里包的是什么？细细长长的。"

我忙道："拿过来。"玉檀递给我，我随手塞到枕头下，手在枕下轻轻摸过箭羽，心中百般滋味难辨，吩咐道，"帮我把首饰匣子递过来，你再看看箱子里还有些什么。"

待所有物件整理好，我看着桌上的珠宝匣子，笑说："上次托你带走，你不愿意，不如你还是带给十三福晋吧。"

十四阿哥道："你先顾好自己吧，如今境况凄惨的是你，别人都比你强。"

我默了会儿笑道："书籍就不管了，由玉檀去处理，银票和银子，我自己留着，首饰我也自个儿留着。那一匣子珠宝和这些零碎物件就麻烦十四爷帮忙带给我姐姐。"

十四阿哥问："你要给你姐姐写封信吗？我在八哥府中见到她时，她眼睛哭得红肿。"

我闻言，眼泪立即涌出："我不知道写什么好，你就帮我转告说'我一定会照顾好自己的，让她也照顾好自个儿'。"

十四阿哥点点头，拿出一盒药对玉檀道："用法都在里面清楚写着。"玉檀忙上前行礼接过。他默默凝视了我一会儿，叫太监进来搬东西离去。

刚能下地行走，浣衣局就派人来命我收拾东西过去。玉檀忙找了两个太监帮我拿好东西，我让她留下，我自个儿过去就可以了。她一言不发，固执地跟在我身后。

浣衣局主事太监张千英见我和玉檀一前一后进来，忙起身相迎。我向他请安行礼，他一面笑说"不敢当，不敢当"，一面坦然受了一礼。

玉檀一时脸色颇为不快，向张千英草草行了个礼问："屋子可安排好了？"

张千英笑道："早就安置妥当。"说完叫了人进来，吩咐领我过去。

"什么东西！架子端得这么快！"玉檀低骂道。

我道："以前他向我请安，如今我向他请安，都是宫规而已。你一向聪明伶俐，反倒连这个理都不明白？你若连这都受不了，就赶紧回去吧！"玉檀满脸不喜地盯着前方，不再多言。

我四处打量了下，笑道："很干净，也亮堂。"玉檀打量完四周，冷着脸让人把东西搬进来搁好。她正帮我整理被褥，两个姑娘嬉笑着进来，看到玉檀和我，都敛了笑容，肃容向玉檀请安。玉檀紧走几步上前，一手搀起一个笑道："两位姐姐请起，我往日过于懒惰，不怎么到这边走动，看两位姐姐眼熟，可名字却叫不上来。"

瘦高个、两颊长着几粒雀斑的人回道："奴婢春桃。"旁边个头适中、容貌还算秀丽的笑回道："奴婢艳萍。"

玉檀拿了两份银子出来，笑说："以后还有很多事情要劳烦二位，这是我的一点儿心意。"两人稍作推拒后，都带笑收了。玉檀笑问，"这院子里住了多少人？"

艳萍笑回道："一共四间屋，每屋三人，总共十二人。"玉檀含着丝笑未语。

艳萍赔笑问："姑娘可有什么要帮忙的吗？"

玉檀笑说："东西都整得差不多了，多谢你。"说完回身牵着我的手出了屋子，艳萍和春桃俯身相送。玉檀脚刚踏出院门，脸就垮了下来。

我笑说："好了，该见的都见了，能打点的也都打点了，回吧！"

玉檀闷闷地问："姐姐可能习惯？以前在家里就不用提了，就是刚入宫时，屋子虽狭小，可也是一人一间。"

我道："乾清宫是什么地方？浣衣局又是什么地方？两者能相提并论吗？"

她瘪着嘴道："我知道不该老招姐姐烦心，可我就是忍不住。"

我道："我明白，回去吧，我也得回去打听一下平日都是什么情形。"

玉檀长叹口气，道："那我先回去了，回头再来看姐姐。"我点点头。她转身离去。

屋内春桃和艳萍正在说话。隐隐听到我和玉檀的名字，我不禁脚步放轻，走到窗下。

"玉檀姑娘出手真是大方，我们一年所得也不及她一次赏的。"声音微尖，这是春桃。

声音甜糯的艳萍说："人家是万岁爷眼前的人，你我进宫这么多年，就远远地见过一两次万岁爷的身影，连脸面都看不清楚。你看着她赏我们的多，可娘娘、阿哥们赏她时，肯定比这多多了。"我笑摇摇头。

春桃问："若曦姑娘到底犯了什么错？"

艳萍冷哼道："什么姑娘不姑娘的，落毛凤凰不如鸡，她如今还不如我们，我们到年龄就放出宫了，她就慢慢替公公们洗衣服吧！"

我侧头一笑，看来以后日子不是那么容易相处，看她说话行事，见识是有，可心思还浅。

春桃说："听闻她父亲是总兵，她姐姐是八贝勒爷的侧福晋。"

艳萍笑道："不过是驻守西北荒凉之地，在外面也许还能唬唬普通百姓，可这是天子脚下，紫禁城随便哪个不比他大，都是要行礼请安的主儿。皇亲国戚又怎样？八贝勒爷如今还能顾及她？所谓'树倒猢狲散'，她只怕也就是因为大树倒了，没人照应了才被皇上罚到这里来的。"

话说到此处，再往下听，也没什么意思。我轻轻退了几步，有意推了下院门，加重脚步走进屋中。春桃见我进来，忙立起，艳萍坐于炕上未动，低头专心嗑着瓜子。

我向春桃一笑，问："有些事情想问一下春桃姑娘，可方便？"

春桃笑说："姑娘问吧。"

我道："你直接叫我若曦就好了，姑娘、姑娘的叫得人都生分了。"

她笑说："那你也直接叫我春桃吧。"我点点头。

两人在炕沿坐定，我向她打听平日几时起床，几时歇息，都该留意些什么。春桃颇为健谈，经常是我一个话头，她就滔滔不绝地讲下去，杂七杂八地都拉扯出来。我微微笑着细听，也不去管她早就离题万里，反正多知道总没坏处。

两人说了大半晌，艳萍不耐烦地打断，问春桃："你还去吃饭吗？晚了可就只能吃人家剩下的了。"

春桃不好意思地站起，看着我说："回头我再告诉你，如今我们先去吃饭。"我点点头，随她们而出。

一宿无话，清晨时分，听到春桃起身，我也忙起来。她一面套衣服，一面问："睡得可好？"

我说："挺好的。"还在炕上躺着的艳萍冷哼一声，掀被而起。

我下炕穿鞋，笑想，假话被人识破了。一直一个人睡惯了，昨夜三人同炕而眠，的确没有睡好，不过看来她昨夜也没有睡好。

看着眼前如小山一般的一大盆衣服，我有些头晕。洗衣机！我愿倾我所有，不惜代价换取一台洗衣机。想归想，感叹归感叹，活还是要我自己干。

我仔细看着旁边姑娘的一举一动，有样学样，放皂荚、捶衣服、揉一揉、搓一搓，翻面再捶，放入水中，摆干净，换下一件。然后发觉自己跟不上她，速度渐慢。看着山一般的衣服，心中发急，只得咬牙加快速度。右手捶累了，换左手；左手捶累了，换右手。其他人都已经干完手头的活，几个速度快的，已经歇了大半天。只有我还在继续。

春桃走近，挽袖蹲下，想要帮忙，还未来得及说话，艳萍就扬声笑叫道："春桃快过来。"春桃看看我，又看看正在向她招手的几人，对我歉然一笑，起身过去。

天色黑透，我才勉强洗完所有衣物。晚膳时间早过，不得已只好饿一顿了。看着红肿冰凉的手，不禁叹口气，不出几日，这双手就不会再十指纤纤、葱白如玉了。取出膏脂，涂抹于手上。

春桃笑说："好香呀。"

我递过去："要抹一点儿吗？"

她忙挑了点儿出来，凑到鼻端闻了下道："真香，比我们平日用的香多了，可闻着却不冲鼻。"

我看艳萍正盯着看，笑问："你也抹一点儿？"

她撇了撇嘴道："不用。"我淡淡一笑，不在意地随手收了起来。

第二日正在洗衣，张千英进来查看，边走边看昨日洗完正在晒晾的衣服，忽地指着其中一排冷着声问："谁洗的？"

我叹口气，上前行礼道："奴婢洗的。"

张千英冷色敛去，笑着让我起来："你第一次干这些活，洗得不干净也不能怪你。"说完，看了一圈周围的人，吩咐道，"艳萍、兰花、招男，你们今日把这些衣物重洗一遍。"

我立即道："不用，我自己就可以了。"

张千英笑道："你还有今天要洗的呢，她们洗惯了，多几件也没什么。"说完不再理我，自转身离开。

艳萍、兰花、招男三人都恨恨地盯着我。我一面收衣服一面道："我自己会重洗的。"

艳萍冲上来，从我手里狠狠抢过衣服，冷笑道："若让张公公知道是劳动了大小姐的千金之躯，我们以后就什么也不用干了。"其他二人也是扯过衣服就洗起来，嘴里不断地指桑骂槐。

我默默洗着衣服，张千英，倒是要看看你究竟想玩什么花样！专拣了三个最不好相与的人。

在砰砰的捣衣声中，我已经在浣衣局一月有余。洗衣日渐熟练，付出的代价是手上的冻疮和经常饿着的肚子。

让我操心的不是这些，而是张千英一而再，再而三的行径。他对我时常挑错，可又总是轻易原谅。他人犯同样的错误，他却重罚。一次我和艳萍都不小心刮破了衣服，张千英对我只是叮嘱道："下次要留心。"可当着众人的面却怒骂了艳萍，并且吩咐饿她一天，活却照干。当时就激得其他人眼睛泛红地怒盯着我。如今我已成了众人的眼中钉、肉中刺，就连刚开始对我友善的春桃也变得冷漠疏离。在艳萍、兰花、招男三人的带领下，浣衣局的众位姑娘变得空前团结，矛头一致对我。

正在埋头洗衣，太监进来传话道："若曦，张公公要见你，你的衣物就由艳萍、兰花、招男三人分洗。"

他话音刚落，艳萍就"哐当"一声掀翻了水盆。我叹口气，无奈地站起，去见张千英。

张千英笑让我坐，我立着道："张公公有什么事情尽管吩咐，我还有衣服要洗。"

张千英道："我不是已经吩咐别人洗了吗？你未来前，王公公就来打点吩咐过，紧接着十四爷又派人来吩咐。说起来，我倒真该多谢你，要不然我们这样的人哪儿能入十四爷的眼。"

我笑道："这段时日'真是多亏'公公'照顾'！"

他走到我身旁，头凑近，用力吸着鼻子喃喃道："真香！难怪人都走了，王公公还这么惦记，巴巴地赶来打招呼。你这么个水葱般的人，不说王公公这么疼你，就是我也觉得该多疼点儿。"一面说着一面欲握我的手。

我忙跳离他几步，心中大怒，强压着想扇他一耳光的冲动，俯身道："公公若没有其他事情吩咐，若曦告退。"

他皱眉瞅了我几眼，摆摆手道："有心留你喝杯茶，你却不赏这个脸。回去吧。"

我转身出来，心里又悲又气，宫里一些太监、宫女之间的龌龊事，我虽隐隐地知道，可做梦也想不到有一天会自个儿遇上。张千英，你最好把你的熊心豹子胆收起来，我从无害人之心，可不代表我不会害人。转而一想，十四阿哥既然打过招呼，他应该还不至于胆大包天到强来。否则今日也不会叫来又放回。看他的样子，应该是想逼我自己熬不下去后，主动服软。

从艳萍她们手里拿回衣服，狠狠地捶打着。干了半日活，心中恶心之感方轻。

晚上用温水净过手后，拿出前几日玉檀送来的冻疮膏，细细抹在手上。膏药色泽艳红，气味香甜，全无其他冻疮膏的难闻味道。刚上好药，不大会儿工夫，忽觉得手火辣辣地痛，忙冲出屋子去打水。艳萍笑立在门口看我洗手："这么好的膏药怎么洗掉了呢？"药膏遇水而化，只余水面上一层漂浮着的辣椒面。

回房后，留心看了一下所有抹脸抹手的膏脂，竟然全都另添了东西，辣椒面、碱面，甚至就是泥土，我淡淡瞟了眼笑容满面的艳萍，随手把所有东西丢进簸箕。

一月中唯一的一天休息，恰逢玉檀也不当值，她强拉我出来，一路却一句话不说。我笑说："别不高兴了，最累的几日已经过去，现在早已习惯，并不觉得辛苦。"

玉檀道："不是为这个。"

我问："那为什么？"

她踌躇了下道："李谙达命我顶你的职。"

我拍手笑道："我原本估摸着就该是你，这是喜事呀！干吗不高兴呢？"

玉檀眼圈忽地一红，低头道："我原以为万岁爷气消了，兴许就会叫姐姐回来。"

我心下感动，她对我真如对亲姐姐一般，拉着她手叹道："真是个痴丫头！"玉檀脸色闷闷，我笑拍拍她，"我一月就这么一天休息，你怎么光忙着不开心呢？"

玉檀整了整脸色，笑说："如今院子就我一人住，我给姐姐泡壶好茶吧。"我不愿扫她的兴，点点头。

两人正在笑走，身后一个声音淡淡叫道："若曦。"

我身子一僵，顿住了脚步，玉檀已经回身请安："四王爷吉祥。"

我挤出丝笑，缓缓转身行礼。他吩咐玉檀："你先下去。"玉檀瞟了我一眼，行礼告退。

四阿哥转身慢行，我尾随于后，行到僻静处，他柔声说："过来些，让我看清楚点儿。"我走到他身前站定。他默默看了我好一会儿问，"你到底做了什么？是为老八说情了吗？"

我摇摇头道："不是。"

他问："那究竟所为何事？什么事情能让一向疼你的皇阿玛发这么大火？"

我道："这件事情我不想说。"

他轻叹道："罢了，不勉强你，现在过得可好？"

我微微一笑道："还好。"

他把我一直背在身后的手拽出来道："这就是还好？给我说实话！"

我道："这就是实话！虽然每天从早干到晚，饮食起居都大不如前，可我恐惧少了很多。以前经常一睁眼，就会担心今天又要发生什么我不知道的可怕事情，皇上会把我赐给谁，如今我却明确知道就是一盆衣服等着我而已。"

他沉默了半晌道："你再忍耐一段时间，等皇阿玛过了气头，我去要你。"

我心中如打翻五味瓶，喜痛酸苦甜交杂，深吸了口气道："皇上不会答应的。"

他道："十三弟被禁到现在已是两年多，皇阿玛疑心应该尽释，而且……你也知道，我现在颇得皇阿玛欢心，求一下总还是有几分机会。只是名分恐怕强求不了，不过即使只是让你做我的侍妾，只要到了我身边，我半点儿委屈也不会让你受的。"

我咬唇沉吟了会儿道："皇上罚我到浣衣局是因为我抗旨不遵。"他眉头紧蹙，疑惑地看着我。我说，"皇上本想把我赐给十四爷。"

他脸色骤暗："皇阿玛想把你赐给十四弟？你为什么不愿意？"我微笑不语。他问，"你不是一直想着逃离紫禁城吗？不是总想着找个小院子平平安安过日子吗？大好的机会就在眼前，为什么不要？为什么偏要抗旨？十四弟相貌出众，文才武略在我们兄弟中也是拔尖的，现在最得皇阿玛倚重，对你又极好，你忘了大雨中他为你一跪就是一夜吗？你还有什么不满意的？”

我道：“事情已经过去，再提又有什么意思？”

他低头无语，半晌，忽地抬头看着我，坚定地说：“若曦，你必须告诉我原因。”

我捂着心口，侧头笑道：“顺从了自己的心，它不愿意，我一点儿办法也没有。”

他表情似喜似悲，定定地盯着我，半晌后道：“造化弄人？我偏不信这个邪，我不信我们无缘，就是老天不给，我也要从他手里夺来！”一面举手轻抚着我脸颊，一面一字一句地道，“我一定会救十三弟出来，也一定会娶你！”说完，一甩袖转身大步而去。

我静静站了很久，天色转黑后，才慢走回屋。人未到院门，就看到立在门口的招男一见我就立即跑进院中。我心中纳闷，忙加快脚步。

到屋门时，招男正拉门欲出，见到我搭讪道：“你回来了？”

我笑拉住她的手，拖她进屋：“怎么我一回来，你就要走呢？”

她手微微一抖，喃喃道：“我不是要走，我只是开门透透气。”

艳萍和兰花坐于炕上嗑瓜子，虽在大声笑谈，脸色却有些异样。我扫了一眼屋子并无异常，心下仍是纳闷，遂装作不经意地慢慢走过屋子，一面有意地时而微顿一下脚步，一面偷眼打量她们二人的神色。当我停在自己箱柜前时，二人脸色微变，笑声猛然大了一些。

我心下一哂，在康熙身边十年，什么样的风波没见过？就你们这么点儿城府，还四处耍花样？今日倒是要看看你们究竟玩什么！我掏出钥匙，打开箱柜，果然被翻动过。

随手翻了翻，没什么异常。打开首饰匣子检视，立即大怒，四阿哥送的簪子、耳坠和几件其他首饰都不见了。我合好箱子，转身盯着她们道：“还回来。”

艳萍冷笑道：“不知道你说什么。”

我淡淡道：“别的可以留下，但木兰花簪子和水滴耳坠给我还回来。东西肯定仍在屋内，要叫人来搜吗？”

艳萍脸色微惊，兰花笑对艳萍说：“我们这么多人都在，你箱子锁得好好的，我们可没看见有人动你东西，就是闹到张公公那里也是这句话，难道我们这么多人都说谎？再说，天下一样的东西多了，不是就你有什么木兰簪子、水滴坠子的，别人就不能有了？”

我走到艳萍身边，看着她说：“把这两样东西还回来，其他的我就作罢。”

艳萍气道：“你这是摆明了强抢我的东西。”我微一点头，肯定东西在你这里就好。

我转身捧出首饰匣子，打开放在她面前道：“这里面的东西随你拣，把那两件还回来，你若嫌这里的不好，我改日再给你些好的。”

艳萍脸涨得通红，起身怒道：“就你是大家闺秀？就你好东西多？我们就没有一两件好东西了？我们就等着你施舍了？”

我笑道：“我本想息事宁人，不过看来此事真要闹到张公公那里去了。你们人多，话是可信，可张公公会帮我还是会帮你们呢？”张千英使用离间计，我今日正好利用他，也来一次离间计。

艳萍三人一愣，兰花道：“张公公也得按宫里规矩办，不能诬赖好人。”

我笑道：“我不妨直说，什么金银首饰都有可能重样，可玉却不同，每块玉都有自己独特的肌理色泽，好玉本就难得，像那样的极品羊脂玉更是稀世难寻，我就不信你的玉饰连纹理都能和我的一样，或者说，我倒是要请教一下，你的玉饰具体是什么纹理色泽，产自哪里？宫里有的是玉石专家，请来一问就知。”

兰花怔怔出神，招男低声道：“还给她吧。”

艳萍怒瞪着我，从怀里掏出玉簪子，往地上猛地一摔，道：“还给你！”一声脆响，簪子应声而断。

我看着地上断为数截的簪子，半日不敢相信眼睛所见，蹲下一截截捡起，用绢子兜好，艳萍冷笑着问：“这是你的耳坠子，你还要吗？”

我起身看了她一眼，淡淡说：“你有胆子就把它们留着，只是将来莫要后悔。”说完合拢桌上的首饰匣子，转身放回箱中。

兰花低声道：“还给她。你没听她说这玉稀世难寻吗？只怕大有来历。快点儿给她。”艳萍脸色又惊又怕又是不甘心，半晌后把手中的耳坠放在了桌上。招男忙拿起递还给我，又从自己怀里掏出两件首饰搁于桌上。

我强压下怒气，笑道：“我既然说了这些首饰送给你，就没有收回的道理。”招男摇摇头。

我看着兰花，这三人里以她反应最机敏，笑对她说：“今日事情闹到这个地步，实非我所愿。往后大家相处的日子还长着呢！我就把话都挑明了说。虽有俗语说‘落毛凤凰不如鸡’，可也有古语‘百足之虫死而不僵’，况且你们在宫里多年，起起落落之事也应该见了不少，凡事不妨都为自己留条退路。”

我轻抿了几口茶，让她们先琢磨琢磨，这威逼完了，下面该恐吓了：“我不是舍不得这些首饰，而是不想害你们，这里的首饰除了我阿玛姐姐给的，其余的不是皇上赏的，就是娘娘赐的，每一件都有来历。你们拿了我的东西倒罢了，若拿了皇上、娘娘赏赐的东西，被人看到，你们该如何交代？皇上娘娘的怒气，你们承受得起吗？”

她们三人都不吭声，眼中却有隐隐的后怕。这一番半真半假的话说完，她们应该以后再不敢乱偷我的东西。我笑看了她们一圈，恐吓完了，该利诱了：“我知道因为张公公待我特别让你们受了不少委屈，这是我的错。”说着起身向她们三人依次行礼。招男忙侧身避开，艳萍脸扭向一边，兰花从炕上跳起拦住我。

我一笑，顺势站起道：“今后我们彼此提点着些，尽量少出错，避免类似的事情再发生，即使真还有，我在这里也请各位多担待些。别人对我的坏，我会很快忘掉，但别人待我的好，我却会惦记在心，总会设法报答。”

说完，我转身从箱子里拿出首饰匣子，挑了两件看起来最好看的首饰放在桌上道：“其实我早就有送妹妹东西的心思，只是一时拿捏不准你的喜好，才不敢随意。如今你若原谅了我平日言行不当多有得罪之处，就莫要嫌弃。毕竟在这深宫里，爷娘老子都不得见，干的又是腌臜低贱之活，人人都瞧低几分，我们若还不彼此帮衬，反倒互相作践，更是让人瞧不起。”艳萍扭脸看向我，我朝她暖暖一笑道，“妹妹就赏我个脸面吧。”说着把东西强塞进她手里。她稍微挣扎了几下，终是收下了东西。我又拿起招男还回来的东西递回给她。她接过，低低说了声“谢谢”。

兰花笑说：“那我也就不客气了。”

我笑道：“本该如此，自己姐妹何必客气？”

晚间躺在炕上，想着断裂数截的簪子，心里还是疼痛，我连个簪子都护不周全，事后还得笑脸相陪，好话说尽。不过毕竟让张千英的如意算盘落空，把最难相与的三人降服，其他人就都好办了。

这些人大都出身贫贱，在宫中苦熬，唯一的盼头就是将来出宫后能过些舒心日子，能帮帮家里人，不让周围人看轻。最看重的不过就是银钱，只要给的方法得当，照顾好她们的面子、里子，至少能买个明面上的融洽。

毕竟还是不放心，第二日晚间，装作找衣物，把箱子里的东西理了一遍，别的都罢了，就是耳坠子和箭有些不好办，想了想，决定把耳坠子送到玉檀那里，让她帮我收着。箭在我心中虽价值连城，可在外人看来不过是不值一文的东西，不会有人偷。隔着红绸，摸索着箭，又想起了当日的情景。

“若曦，怎么理衣服理得只是发呆？”春桃笑问。我侧头向她嫣然一笑，没有答话。把箭塞回了箱底。

合上箱子，看她愣愣看着我，纳闷地问：“怎么了？”

她叹道：“若曦，你真好看，刚才那一笑，好像……好像花都开了。”

说完她自己先不好意思起来，我笑道：“我整日都笑着呢，花整日都开着呢。”

春桃摇头道：“不一样的，我不识字，不会说话，可不一样的，平日的没刚才的好看。”我心下忽生黯然，不愿再逗她，淡淡一笑，扯开了话题。

天气日渐暖和，洗衣变得容易很多，至少水不再冰凉刺骨，满手不再是冻疮。晚间吃完饭后，艳萍几个人聚在一起斗牌，我笑看了一会儿，出来散步。看见小顺子迎面而来，一时有些恍惚。他上前请安行礼，我侧身避开，向他行礼道：“如今该我给公公行礼。”

他忙让开，道：“姑娘可别说这话，会折煞奴才的。”

他看了看四周无人，道：“如今想见姑娘一面真是不易，奴才等了一个多月，才碰到一次。”

我道：“一月只有一天休息，住的地方又人多口杂，是不好说话。”

他从怀里掏出一个信封递给我：“里面是一些面额不大的银票，姑娘可以贴身收着，既不怕丢，送人也方便，以后我会常送来的。”

我心中犹豫，小顺子忙道：“四爷说了，姑娘身边好东西虽多，可不是皇上赏的，就是娘娘赏的，都不好转送给那些人，就是自个儿的东西也不值得，何况她们还不见得能辨识东西好坏，倒是糟蹋了东西。不如给银子实惠。”

我道：“多谢你了。”说完把信封揣进了怀里。

他笑道：“姑娘平日若有什么事情，直接来找奴才就好了。”我微一颔首，他打了个千，转身而去。

第九章

喜生忧，
爱生畏

百花开过，谢了。谢了，又开了。花开花谢间已经一年过去。

张千英派人来叫我，我忙把手擦干，就着水盆中的水为镜，把头发揉搓几下，蓬头垢面大概就如此吧？

刚进屋子，立即后悔。张千英恭迎着立于门口，见我进来后，忙退出掩上了门。十阿哥和十四阿哥一见我，都立起。十四阿哥吩咐随他而来的太监：“到门口守着。”

十四阿哥面色沉沉，把我从上打量到下，又从下打量到上。十阿哥神色愣愣，半晌后，十阿哥问：“若曦，你怎么这个样子？”又转而看着十四阿哥怒问，“你不是说你都打点好了吗？这就是你打点的？”

我笑说：“干活总要有干活的样子。”

十四阿哥问：“张千英待你如何？”

我点头道：“很是照顾，日常有错时都是睁一眼闭一眼，态度也极是和蔼。”张千英的脾气秉性我已摸透，对付他不算太难。宫里有宫里的规矩，莫说十四阿哥根本不可能插手宫中人事更换，说了徒让他为难；就是换了，谁知道是否会换一个更难缠的主儿呢？

十阿哥脸色稍缓，指了指椅子让我坐。我从刚见面的震惊中缓过来，心中猛地又一惊，从椅上跳起，问："出什么事情了？"两人脸色黯然，悲痛地看着我欲言又止。

我惊恐地掩住嘴，喃喃道："不会的，我姐姐怎么了？"

两人都是一愣，十阿哥道："你姐姐挺好的呀，虽然一直体弱，不过你自个儿也知道她这么多年都这样的。"

我心下松口气，坐回椅上问："那究竟出什么事了？你们居然大张旗鼓地来找我。"

十四阿哥缓缓道："事情紧急，顾不上那么多。从前年发生那件事情后，八哥就大受打击，大病一场，病虽好了，心情却依旧低落。身子本就弱，内外相逼，如今又病倒了，此次病情来势汹汹，太医说……太医说……"十四阿哥一下侧过了脸，没有再说。

我心神一时大乱，忙撑着头，凝神想去，八阿哥应该是活到雍正登基后的，那他此次应该没有事情。可关心则乱，我不敢确信知道的是否就一定会发生。心突突直跳，拼命安慰自己，太子不就是如我知道的被先后两废吗？一切还是会按照历史的，心缓缓放下一半，可突然又哀伤无限，真若按了历史，不过是逃过这一日，难逃那一日。撑头闭目无语，半晌后方问："皇上怎么说？"

十阿哥沉着脸，木然地说："皇阿玛对太医只说了四个字'勉力医治'，后来又在八哥病情的奏折上批道'此一举发，若幸得病全，乃有造化，倘毒气不净再用补剂，似难调治'。后来为了避晦，皇阿玛命人将重病不适合移动的八哥从临近畅春园的别院移回贝勒府，九哥反对，皇阿玛却执意如此，说……"

十四阿哥忙打断了十阿哥的话，道："我们特地来一趟，想问问你有什么话要说，或要嘱咐的，我们可以转告，笔墨纸砚这里都有，你若要写信，也可以。"

我问："是八爷让你们来的吗？"

十四阿哥摇摇头："八哥昏迷不醒，是我的意思。十哥是特地来看你的。"

十阿哥盯着我问："若曦，你和八哥究竟什么关系？为什么八哥病危，十四弟要特意来通知你？"

我恍若未闻，问："府中如今怎样？八福晋和我姐姐可好？"

十四阿哥道："从前年以来，八哥对什么都不闻不问，府中所有大小事务都是八嫂打理，还要照顾一直病着的八哥，如今……”他叹口气道，“你若见了，就知道了。因为府中上上下下的人都指着她，八哥又是这样，她就是全凭着一股心气强撑着。你姐姐，为了你日日愁，为了八哥也日日愁，终日跪在佛堂念经求福，听丫头说，每天都哭好几回。”

我现在身在是非圈外，可挂心之人却……我是不是太自私了？只想着自己的心，自己不愿意，却让亲人不得开心颜。

十阿哥叹道：“我从没敬佩过什么女子，可现在对八嫂却是满心敬佩。她真是女子中的大丈夫。当日十三弟出事后，十三弟府中一下就全乱了，什么鸡鸣狗盗之事都冒了出来，十三福晋迫不得已把能遣散的奴才仆妇全都遣散。八哥府中上上下下、里里外外几百号人，还有田庄别业，比十三弟府中情况复杂得多，可八嫂却震慑着众人，没出一丝乱子。”

我凝视着十阿哥发了半晌的呆，道：“我没有什么话要对八爷说，估计他也不想听我说。”十阿哥蹙眉不语，十四阿哥低头长叹口气。

我走到桌边，提笔写道：

从喜生忧患，从喜生怖畏；离喜无忧患，何处有怖畏？
从爱生忧患，从爱生怖畏；离爱无忧患，何处有怖畏？
是故莫爱着，爱别离为苦。若无爱与憎，彼即无羁缚。

写好后，交给十四阿哥：“把这个给我姐姐。”

十四阿哥接过揣好，起身道：“十哥，走吧！”十阿哥起身欲走，我道：“不管八爷病情如何，能否及时给我传个口信？”十阿哥和十四阿哥都点头答应。

两人向外行去，我叫道：“十四爷。”十四阿哥停住脚步，回头看向我。十阿哥回头，眼睛在我俩脸上打了圈，自拉门而出，随手又细心地掩上了门。

我走近他身旁道：“不要告诉十阿哥。”

十四阿哥道：“我省得，这三四年经历了这么多风波，如今的十哥也非当年的莽撞人，他粗中有细，即使明白也不会告诉十嫂的。谁还忍心去伤八嫂呢？”

是啊！当年碰上这样的场面，十阿哥怎会如此体贴？两人默默无语，神思刹那都飞回了多年前的一幕幕，和十阿哥怒目瞪眼仿似昨日。半晌后，他道：“我走了，你照顾好自己。”我点点头，他转身开门，和十阿哥并肩而去。

心一直悬了整整五日，才有口信传来，八阿哥转危为安。我喜未起，悲又生。知易行难，我告诉姐姐，我已经戒忧戒惧，可骗不了自己，虽远离了他们，心却不能放下。

随这个口信而来的还有其他两个消息，一坏、一好。坏的是八阿哥病刚有起色，八福晋却忧劳成疾，卧病在床。好的是康熙命人将停了一年十个月的俸银米照贝勒等级支给八阿哥，银钱都是其次，而是这事折射出的康熙态度。消息悄悄在宫廷中传开，浣衣局的人待我又多了一丝笑意，我不禁叹道，天子一句话，就影响到紫禁城的各个角落，我依旧受惠于八爷。

有人的地方就有纷争，就有钩心斗角，浣衣局也不能免俗。不过跟在康熙身边十年，什么场面没有见过呢？张千英就是再精滑，毕竟只是在浣衣局里磨炼出来的小手段，落在我眼里，也不过是一笑置之。其他人即使有心计，不过希冀着多得些好处。外人的冷嘲热讽，更是全不往心里去。我既然不介意，她们的恶毒也只是打了水漂。

在别人眼里，我非同寻常地苦，日日操低贱之役，还要应付明里暗里的刀枪。自己却心如古井，波澜不起。我从最狭隘的层面上真正明白了佛经所说的话。“从爱生忧患，从爱生怖畏；离爱无忧患，何处有怖畏？”我既完全不把他们放在心上，他们所做一切于我就无任何意义。唯所爱之人，才能伤你！

◈

康熙五十六年十二月，皇太后崩。这位来自大草原的博尔济吉特氏女子虽然曾经贵为皇后，却没有得到过顺治的喜爱，也许唯一值得庆幸的就是康熙对她的孝顺，虽非她的亲生儿子，但待她如生母一般，让她得享天年。

康熙为表哀思，服衰割辫，我们也都穿着白衣，连着地上、屋顶的雪，紫禁城中竟无一点亮色。

康熙五十七年二月，西北告急，拉藏汗被杀，拉萨陷落，准噶尔部控制了整个西藏。消息霎时传遍宫廷内外，人人都谈论着远在千里之外的战争。因为这关系到大清领土的完整，以及清朝举足轻重的统治基础——满蒙联盟的成败，准噶尔部控制西藏，就有可能借宗教煽动蒙古各部脱离清朝统治。所以康熙迅速做出反应，命色楞统率军兵收复西藏，西安将军额伦特、内大臣策旺诺尔布等随后相助。

康熙信心十足，层层影响下来，人人都觉得胜利指日可待，四周宫女、太监们的话题迅速转变为猜测何时胜利班师回朝。我摇头轻叹，哪有那么容易？我虽不能清楚记得这场战争究竟怎么回事，不知道何时开始、何时结束，却知道十四阿哥在这场战争中脱颖而出。他“大将军王”的称号因此而来，如果色楞和额伦特他们打赢了，十四阿哥岂不是没戏唱了？

果然，噩耗再传，色楞于五月孤军入藏，与他失去联系的额伦特仓促追赶，七月才在藏北喀喇乌苏会合，而本应前往策应的策旺诺尔布军却迟疑不前，加上青海的蒙古王公违背诺言，不肯派兵相援，色楞和额伦特军最终陷入重围，全军覆没。

全军覆没！全国为之震动，不仅清廷内部弥漫着畏战情绪，青海部分蒙古王公，也吓得肝胆俱裂，不愿再战。清朝面临着康熙二十九年噶尔丹进迫乌兰布通以来最严峻的局势。此次战役也成为康熙执政历史中一个最重大的失误。

在这种内忧外患的紧迫形势下，康熙于五十七年十月十二日任命十四阿哥胤祯为抚远大将军，并由固山贝子超授王爵，“酌量调遣各路大兵，将策旺阿拉布坦歼剿廓清，安靖边圉，斯称委任”，即让他担负起进军拉萨、收复西藏、直捣伊犁、解决准噶尔问题的艰巨任务。

十二月，康熙为十四阿哥举行的出师礼，堪称清朝开国以来最为隆重的出师礼：用正黄旗纛、亲王体制，称“大将军王”。“贝子、公等以下俱戎服，齐集太和殿前。其不出征之王、贝勒、贝子、公并二品以上大臣等俱蟒服，齐集午门外。大将军胤祯跪受敕印，谢恩行礼毕，随敕印出午门，乘骑出天安门，由德胜门前往。诸王、贝勒、贝子、公等并二品以上大臣俱送至列兵处。大将军胤祯望阙叩首行礼，肃队而行。”

一时间满朝上下一致认定，十四阿哥是康熙心中最有可能的储位继承者，十四阿哥政治生命中最辉煌的篇章拉开序幕。

在朝内形势大利于十四阿哥的情况下，九阿哥选择了极力支持十四阿哥。“毙鹰事件”也许是十四阿哥所为，也许不是，可在权衡利弊后，十四阿哥相较三阿哥、四阿哥却一定是对原“八爷党”最有利的选择。

九阿哥极力支持十四阿哥，在朝堂内为十四阿哥出谋划策，彼此互通消息。九阿哥甚至四处公然宣称十四阿哥“聪明绝世、才德双全，我弟兄们皆不如”。

康熙也时而在众臣面前说自己喜欢诚实、爽直、重情义的人。他说：“存心行事，贵在诚实，开诚示人，人自服之，若怀诈挟术，谁放心服耶？”他认为尊者应“推心置腹以示人，阴刻何为”，并且指出，“朕之喜怒，无无即令人知者，惟以诚实为尚耳。”又夸道，“十四阿哥最肖朕！”

十四阿哥不仅受到兄弟拥戴，还得到康熙器重，成为兄弟中的第一人，无人能及。

八阿哥重回朝堂，面对以前的“八爷党”全盘变为“十四爷党”，我不知他是何样的心情。至少表面上，虽不如九阿哥积极，却也是支持十四阿哥的，毕竟相较四阿哥，八阿哥无论如何也宁愿十四阿哥得位。

四阿哥出于一贯孝顺之心，在康熙焦头烂额之际，也尽力为其分担政事忧愁，意见点到为止，不会过于热衷。他不着痕迹地再次参与到朝事决策中。

❖

小顺子一大清早就来找我，说四阿哥要见我。

我心下纳闷，特意换了套齐整的衣服，收拾干净去见他。他独自一人站立在僻静角落，身影在冷风中透着萧肃。

我走到他身后，静静站着。他回头看向我，把我从头到脚地细细看了一遍，似乎在看我究竟过得如何，他淡淡问：“后悔吗？”

我侧头笑看着他未语，他又问了一遍：“后悔吗？”

我敛了笑意。这样的话，不是他的性格会问的，而且还重复了两遍。在如今的局面下，他内心的煎熬只怕非同一般，他在处心积虑地谋求，却眼看着皇位渐远，而且那个皇位不仅仅是皇位，还有十三阿哥的命运、我的命运，都沉甸甸地压在他的心头。

我摇摇头：“不后悔！”他嘴角紧抿，垂目注视着地面，我近乎贪婪地细细看着他。我们如今一年也不见得能见上一面，每次见面我总觉得他越发地瘦。

眼角处已有几丝皱纹，目光却仍旧是锋利的。薄薄的嘴唇紧抿，似乎一切的苦痛压抑都能如此就被深藏起来。我下意识地伸手摸上他的嘴唇，轻轻道：“你肯定会赢的！”话一出口，立即清醒过来。我在干什么？忙要缩手，他已经紧紧握住我的手。

我凝视着他黑沉晦涩的眼睛，苍白的脸，心中一痛，一时什么都变得不重要，反手与他紧紧相握。

他摸索着我手上的茧结，拿起手细看了会儿，复又紧紧握住问：“今年膝盖疼得厉害吗？”

我道："还好，你托小顺子送的膏药很好用。"

他问："平日身子可好？"

我道："很好。"

他道："凡事要往开处想，不要思虑过重。"

我道："知道的，我每天都会吟诵几遍你送的话，'行到水穷处，坐看云起时'。"

他苦笑道："我也只会拿这些空泛的话给你。"

我握握他的手道："还有你的心呢！"两人相视半晌，我莞尔一笑，缓缓抽出了手。

他笑道："绿芜为十三弟生了个女儿。"

我惊喜地问："真的吗？真的吗？"

他笑说："这事难道还能拿来骗人吗？以后寻个机会，让你见见她，已经八个月大了。"

我一时又是笑，又是摇头，又是感叹，赶着问："你怎么能让我见到她？她叫什么名字？"

他笑说："里面太清苦，大人忍着还能过，孩子怎么受得了？我奏请皇阿玛由我代为抚养，皇阿玛已经准了。她现在就在我府中，名字还没有起，抱孩子回来的人传话说十三弟和绿芜的意思是由你取个名字。皇阿玛本来都已拟好了名字的，可听闻后，居然说就由你起吧，然后报给他，回头以皇阿玛的名义赐名。"

我笑了再笑，道："难怪你今日大大方方派人把我找出来呢。我起就我起，你说起什么名字呢？皇上拟的是什么？你可知道？"他摇摇头。

我在地上绕来绕去，他看着我说："若曦，皇阿玛还是惦记着你的，你只要回心转意……"

我站定看向他，问："'冰心'如何？"

他点头说："好，'一片冰心在玉壶'，以此喻十三弟。"

我摇摇头："'云英'如何？"

他刚要点头，我又忙否决了。

"有了，就叫'承欢'！"

他沉吟了会儿道："承欢膝下，就用这个。我定会让承欢将来承欢膝下。"我温柔地说："会的，她肯定会承欢膝下，让十三爷享天伦之乐。"

两人相视而笑，笑容又都慢慢淡去。相见时难别亦难，我静静向他行了个礼后，从他身边快步走过，下次相见又是何时？明年？后年？

回头看向他，他不知何时已转过身子，正用目光相送，两人默默凝视半晌，我扭回头，快步跑着离开。

康熙五十九年九月，十四阿哥胤祯命延信送新封达赖喇嘛进藏，在拉萨举行了庄严的坐床仪式。至此，策旺阿拉布坦所策动的西藏叛乱彻底平定。康熙谕令立碑纪念，命宗室、辅国公阿兰布起草御制碑文。

长达两年的辗转征战，胤祯凭借其出色的外交才华，辅以实际利益，争取到青海蒙古各部落的鼎力支持；他军纪森严，严禁军队扰民、沿途欺诈当地官吏，要求兵士爱惜牲畜、节约粮草，要求军官爱惜兵士。将违反军纪的一品大员都统胡锡图革职查办。十四阿哥恩威并施的一系列举措让他在青海、西藏、甘肃等西北之地威名远震。

他战争中的故事从遥远的西北传回紫禁城中，浣衣局的小姑娘们一日操劳完后最大的乐趣就是谈论十四阿哥每一件匪夷所思的事情。

那个一身盔甲傲然立于敌人千军万马前的将军，那个谈笑间樯橹灰飞烟灭的英雄，那个温柔时和士兵同饮共醉、细诉心事的不羁浪子，那个豪爽时手敲三面大鼓、音震青海蒙古各部的潇洒男儿，成了这群女孩子心底深处最完美的梦。她们还未被宫廷吞噬掉热情，心底还有天真烂漫，还有着粉红色的遐想。

艳萍、春桃已被放出宫。如今和我同住一屋的两个女孩子一个十四岁叫钱钱，一个十五岁叫铃铛。钱钱站在炕上对围坐在一起的一群女孩子讲不知重复了多少遍的故事：“然后蒙古王公们就让美丽热情的蒙古姑娘出来献舞，个个都长得美若天仙。歌舞不休，饮酒作乐，却绝口不提派兵相援的事情。十四爷仰脖喝了一大碗酒，带着醉意走到点兵台上，双手拿起这么大的鼓槌……”钱钱说着双手比画了一下，“扬手击鼓。十四爷手敲三面大鼓，边敲边舞。当时满场的歌舞声、笑闹声立即安静，青海高原上只闻十四爷的鼓声像雷声一般响彻大地，时而急促，时而缓和；时而高，时而低，可每一声都慷慨激昂，雄情荡漾。当时席坐于地上，我们上万的大清士兵一个个纷纷站起来，随着十四爷的鼓声喊着军号，声音从地上传到天上，又从天上传回地上。后来，那些蒙古汉子情不自禁地一个一个站起，也随着十四爷的鼓声大喊起来。”钱钱一脸神往地想象着千里之外的一幕幕。

“后来呢？后来呢？”一众姑娘催促着。

钱钱轻轻地叹口气道：“后来，一曲击毕，最后三下，十四爷双手用力，竟然生生地把三面牛皮大鼓全部击破。十四爷大笑着扔掉鼓槌，望着台下黑压压站满了草原的满蒙士兵，大笑着道：‘这才是好男儿该听的曲子！’随后对着蒙古亲贵们厉声问道，‘你们是所向披靡、一代天骄成吉思汗天可汗的子孙。你们是愿意信守承诺遵守我们祖先的约定，让子孙后代继续在这片草原上放牧歌唱，还是背信弃义龟缩在这里，等着向策旺阿拉布坦投降，把祖先赐予我们的草原拱手相让？’”钱钱像个说书先生一样，忽地顿住。

小姑娘都发出低低的吸气声，问：“然后呢？”

钱钱道：“后来，那些蒙古王公还没有说话，四周的蒙古士兵已经爆发出巨大的吼声：‘我们是成吉思汗天可汗的子孙，我们绝不向敌人认输！’他们一遍又一遍地大喊着，蒙古显贵们再也坐不住了，青海厄鲁特首领罗卜藏丹津端起两碗酒，走上点兵台递给十四爷一碗，面对着台下的满蒙众人大声叫道：‘我们一定会把豺狼赶走！’说完两人滴血盟誓，对碰后一饮而尽，扔掉酒碗，大笑着搂抱在一起。”钱钱讲完后半晌，围着的小姑娘们仍旧痴痴迷迷地想着，寂静无声。

我笑拉好被子，转了个身子，闭目睡觉。十四阿哥的每一件事情都在无数次的描绘中，变得分外感人。我笑听着时，会无限恍惚，这是我认识的十四阿哥吗？

看似豪爽不羁中充满恰到好处的计谋，一阵鼓声，几句话，巧妙地避开畏战的王公贵族，矛头直指整个蒙古部落。千万人面前的盟誓让蒙古贵族再无退路。

这个战争中的十四阿哥是我陌生的，这个传奇中的十四阿哥是我不认识的，记忆中的他和听到的他映像交错，有时候连我都有些企盼他的归来。我想知道，他如今究竟是什么样子？那个威名遍彻西北大地的大将军王还是我认识的那个人吗？

直接受惠于十四阿哥在朝堂内越来越大的影响力，张千英对我的态度变得尊重很多，各种各样的花招手段也少了很多。有时候，我自己都觉得好笑，浣衣局内外都暗地里嘲笑“若曦一人，养活浣衣局众人”。张千英他们到底从十阿哥和十四阿哥手里得了多少好处，我不太清楚，反正只四阿哥陆续给我、让我打点众人的散碎银子已经不少。这几年陆续放出宫的浣衣局宫女人人都因我而后半生衣食无忧。

这些银子有些是必须该花的，有些却是出于同情。浣衣局例银很少，积存几年也没有多少，平日又很难得到赏赐，还时不时需要孝敬一点儿给上头的宫女、太监，宫中苦熬多年，出宫后年龄已大，嫁人很难，家境本就贫寒，所能靠的不过是自己身边的一点儿银子。我既然有，何不让这些可怜的女子能安稳度日？

◈

康熙六十年五月，十四阿哥移师甘州，企图乘胜直捣策旺阿拉布坦的巢穴伊犁。但由于路途遥远，运输困难，粮草补给很难跟上，一时没有取得进展。十月，十四阿哥奉命回京述职。

十四阿哥要回来的消息霎时传遍宫廷内外，朝堂内文武百官人心激荡，暗自揣度康熙给十四阿哥的最大赏赐是否就是那把龙椅。宫内的宫女也情绪沸腾，人人企盼着能够有幸看一眼只在午夜梦回中出现过的英雄。

十一月，十四阿哥满载盛誉回到了阔别三年的紫禁城。

众位阿哥、文武百官皆出城相迎。我想象着十四阿哥归来时的荣耀光芒，嘴角溢出几丝笑，但想到四阿哥却要立在众人中目睹着刺眼的光芒，笑容变得苦涩。他心内可有惧怕？怕这一刻的荣耀就此永远盖住自己？

张千英刚进来，围在一起叽叽喳喳说话的几个女孩子一哄而散，各自蹲下洗起衣服。张千英斥道："一帮混账东西，捡着工夫就偷懒。"众人一声不吭，由着他大骂。他骂了半晌后才收声，走到我身边欲说不说，我没有理会，他默立良久，转身而去。

第二日，几个小丫头没精打采地搓着衣服说："以为十四爷回京后，就能见到呢，现在才知道还得看我们有没那个福气能偶尔撞上。"说话的丫头模样长得颇为端正，一旁的小姐妹打趣道："十四爷若见了你，说不定就会看上你。"她气恼得用水去撩打趣的人。

正说笑着，张千英走进院中，我们向他请安，他没有理会，只顾侧身恭敬地站着。众人纳闷地彼此对望着，我心突地一跳，一时竟有些紧张。

一个听着些许陌生的声音淡淡道："命她们都先下去。"说着，十四阿哥身着便服，带着几分慵懒走进了院子，眉梢眼角带着风尘沧桑，可不但无损于他的英俊，反倒平添了几分蛊惑。他嘴唇紧闭，散漫的眼神隐隐藏着探究和困惑，打量着我。

张千英对众人低声吩咐道："还不向十四爷请安后退下？"

院内的小姑娘呆呆愣愣，全无反应。我低头一笑，道："十四爷吉祥。"众人这才惊醒，忙此起彼落地请安。十四阿哥没有理会，只管盯着我看。我不安起来，细看他面色，喜怒无迹可寻，猛然惊觉，他真不是当年的十四阿哥了！

张千英低斥道："都退下。"说着自己先退出了院子。

十四阿哥打量了四周一圈，看着我身前的盆子出了会儿神，缓缓道："你在浣衣局六年多，我已经向皇阿玛求了三次婚，五十五年一次，五十六年一次，皇阿玛都没有答应。今日我又向皇阿玛求婚，求他就算是给我的赏赐，求他念在你多年服侍的分上原谅你，再大的错，这么多年吃的苦也足够了，你猜皇阿玛告诉我什么？”

我心神震荡，他居然求过婚？在当时根本不知道我为何激怒康熙的情况下？他笑问：“为什么？我就让你那么看不上眼？你宁可在这里替太监洗衣服也不肯跟我！”

我哑口无言，不，这和你没有关系。这不是你好，或你坏的问题。

他踱步到我身前，伸手挑起我下巴，浅笑着说：“今儿不是不说话，或岔开话题就可以的，我有足够的耐心等着答案。”我侧头避开他茧结密布而显粗糙的手，沉默着，不知从何说起。

他淡然一笑，收回手，踱到一边随意拎了个小板凳，理了理长袍坐下，胳膊支在膝盖上，斜撑着头静静看着我。

我想了半晌，走到十四阿哥身前，蹲下道：“不是你的问题，你很好，非常好！是我自己的问题。”他眉毛微一挑，示意我继续说。我摇头道，“我真不知道该怎么说。”

他道：“那我来问，你回答就行了。”我无奈地点点头。

他问：“你心里有人？”我迟疑着，告诉他，会对四阿哥不利吗？他静等了一会儿，笑道，“不用为难了，你已经给了我答案，是八哥还是四哥？”

我叹口气站起说：“探究这些有意思吗？”

十四阿哥道：“看来是四哥。”他撑头浅笑，默默而坐，半晌后立起问，“他在府中做富贵闲人，你却在这里苦熬着。你把芳心托给他，值得吗？”

我看着他问：“你待我如此，值得吗？”

他微眯双眼看向高墙外，神思好像也随着视线飞出高墙，飞到我猜不到的地方：“当日你为我拼了命去赛马时，我就决定日后像十三哥那样对你，视你为友，诚心相待，尽力维护。如今我已尽力，至少心无愧欠。”

我一下轻松很多，原来如此，道：“你不必如此，当日我也是为自己，你并没有欠我什么。”

他道：“若不是我，你又怎会走到那一步？你若真只顾自己，完全可以把所有责任推给我，何必冒险赛马？”他收回视线落在我脸上，轻叹口气道，“你憔悴了很多！”

我笑说：“你风姿俊逸了很多。”

他凝视我良久，问：“你还是不愿意嫁给我吗？”我微微点点头。他浅浅一笑道，“随你吧，不过你若不想在这里待了，随时可以找我。”

我道：“多谢。”

他微一颔首，转身欲走，我叫道：“十四爷。”他立定，回身看着我。我问：“外面可有人守着？”

他道：“有话可以直说。”

我走近他，犹豫了下，道：“你不要再回西北。”

他道：“此事要看皇阿玛的意思。”

我道：“如今准噶尔部大势已去，不一定非要你再去打。而且皇上如今对你恩宠有加，你若态度坚决，表明心意，皇上应该会听的。”

他一笑道：“再看吧，行兵打仗不是你想的如此，换主帅更是牵涉很大。准噶尔部虽遭受重挫，可说大势已去却还过早。当年皇阿玛率军两次亲征准噶尔，历经六年才大败准噶尔，大汗噶尔丹服毒自尽。可不到二十年的时间，噶尔丹的侄儿策旺阿拉布坦又挥兵而来，并令大清遭受了前所未有、全军覆没的耻辱！说他们是大清的心腹之患也不为过，越早除去将来祸患越少。”

我不知该说什么，愣了一会儿道：“可皇上年事已高，你……”

他道：“皇阿玛和我心中有数。”

我能说的都已说完，静默了会儿道：“我的话说完了。”

十四阿哥摇头道：“你整日就琢磨这些事情？你不要忘了当年李太医叮嘱的话，少愁思，戒忧惧。”

我忙扯了个大大的笑容道：“我记得呢。”

他肃容道：“不是‘记得’就可以，而是真正放下。我们的事情，我们自会操心，你最紧要是把自已照顾好。”

我点点头，十四阿哥无奈地说：“你怎么就不和他多学着点儿？人家是参禅念经，陪皇阿玛说笑。”我低头不语，他轻叹口气，转身而去。

第十章

相逢犹恐是梦中

康熙六十一年四月十五日，十四阿哥奉康熙之命回军中。消息传来，我长叹口气，不知道该喜该悲，是该为四阿哥离心愿实现的一天不远而喜，还是该为那个我不愿目睹的结局也逐渐逼近而悲？

我不记得康熙具体驾崩的日子，唯一能肯定的是今年康熙就会离开人世。跟在他身边长达十年之久，我对他有敬仰，有孺慕，有惧怕，有恨怨，有同情，此时都化为不舍。我在知道与不知道间等着最后一日的来临。

康熙六十一年十一月七日，康熙去皇家猎场南苑行围，因病自南苑回驻畅春园。经太医调理，病情开始好转，宫廷内外无数颗悬着的心落回实处。可我却心下悲伤：已经是十一月，一切应该不远了。

十一日，我正在浣衣局洗衣服，王喜带着两个宫女匆匆而来，只对张千英道：“李公公要见若曦。”我在一众女孩子诧异好奇的目光中，随王喜出来。

一出门，王喜忙行了个礼道：“姐姐赶紧跟她们去洗漱收拾一下，我在马车上候着。”我看他神色焦急，心下也有些慌，忙点了头。

马车向畅春园驶去，我问：“怎么回事？”

王喜道：“皇上这几日总想吃绵软的东西，御膳房虽想尽办法却总不能如意，李谙达琢磨着皇上只怕是想起姐姐多年前做的那种色泽晶莹剔透、入口即化的糕点了。让人来学一时也来不及，就索性让我来接姐姐。”

我低声问：“万岁爷身子可好？”

王喜道：“好多了，批阅奏折、接见大臣都没问题，就是易乏。”我点头未语。

刚下马车，早已等着的玉檀就迎上来。我打量了一圈这个七年未来的园子，一时有些恍惚。玉檀笑拉着我的手，带我进了屋子道：“东西都备好了，就等姐姐来。”

我点点头，一旁两个不认识的宫女服侍我挽袖净手，看到我的手都面露惊异之色。玉檀眼圈一红，吩咐她们下去，亲自过来帮我把手拭干。

我极其细致严格地做着每一个环节，这应该是我为康熙做的最后一次东西了，希望一切都是完美的。透明琉璃碗碟，碧绿剔透的薄荷莲藕布丁，内嵌着一朵朵小黄菊。玉檀小心翼翼地捧起离去，吩咐人带我先到她屋子休息，待问过李谙达后再送我回去。

我静坐于屋中，似乎想了很多，又似乎什么都没想。一个陌生的小太监敲门而入道：“万岁爷要见姑姑。”我一下愣住，他叫道，“姑姑。”我忙提起精神随他而出。

行到屋前，竟不敢迈步，虽同在紫禁城，可七年都没有见过康熙，现在心中竟有些惧怕。

王喜匆匆迎出来，看到我面色，忙道：“没事的，万岁爷吃完姐姐做的东西后，半晌没说话，最后淡淡说：‘这不是玉檀做的，带她来见朕！’我琢磨着不是生气，看师傅的面色也正常。”

我点点头随他而入。进去后头不敢抬，赶紧跪倒请安。静跪了好一会儿后，才听见一个带着几分疲倦的声音道：“起来吧。”我站起，仍旧头未抬地静立着，“过来让朕看看你。”

我低着头，走过去立在炕头，靠着软垫坐着的康熙上下看了我一会儿问：“脸色怎么这么差？你病过吗？”

我忙躬身行礼道：“奴婢一切安好。”

康熙指了指炕下的脚踏道：“坐着回话。”我行礼后，半跪于脚踏上。康熙细问了我几句日常起居后命我退下。

我站在屋外，心中茫然，不知道该干什么，没有人说送我回去，周围又大多是陌生的面孔，我到哪里去呢？这个园子对我是陌生的。

王喜和玉檀匆匆出来，看我正站在空地中发呆，忙上前来行礼。王喜道："师傅说让姐姐先留下。"

玉檀道："这会子匆匆收拾出来的屋子住着反倒不舒服，姐姐就和我一起吧！"

我问："万岁爷没让我回去吗？"

王喜道："万岁爷什么也没说，是我师傅自个儿的意思，不过姐姐还不知道吗，我师傅的意思多半就是万岁爷的意思。"

玉檀道："李谙达服侍万岁爷已经歇下了，我陪姐姐先回屋子。"

王喜道："这会子我走不开，晚一点儿过去看姐姐，这么多年没有好好说过话，我可是憋了一肚子话要说。"我微微一笑，牵着玉檀离开。

晚间和玉檀同榻而眠，两人叽叽咕咕、絮絮叨叨说了大半夜，这些年我本就少眠，错过困头，更是一点儿睡意也无。

我问："皇上没提过要放你出宫的话吗？"

玉檀道："皇上恐怕根本不知道我究竟多大，这几年西北一直打仗，国库又吃紧，还灾情不断，不是北边旱，就是南边涝，皇上的心全扑在上面，对我们根本不留心。"

"李谙达怎么可能不留心呢？乾清宫的人都归他统管。"

玉檀笑说："李谙达巴不得我留下，问过两次我的意思，我自个儿不愿出宫，他就没再提了。李谙达年龄已大，精神大不如往年，不能事事留心。可皇上却更需要我们上心，我和王公公从小服侍，对皇上一切癖好都熟知，而且也都算是上得了台面的人，再要调教一个顺心的人没三五年可成不了。李谙达如今凡事能让我和王公公办的，都让我们办了。"

我有心问问她，这辈子就真不打算嫁人吗？可想着，何必引她伤心？古代女子怎么可能会不想找个良人托付终身？不过是世事无奈，天不从人愿罢了。

玉檀笑说："看皇上见了姐姐颇为怜惜，我估摸着姐姐能回来接着服侍皇上。姐姐你看上去真是面无血色，人又瘦，回来后可要好好调养一下。"

我琢磨着连她这个贴身服侍的人也以为康熙的病没有大碍，那看来朝中众人都掉以轻心了，康熙的病……忽地心中大惊，猛然从床上坐起。

玉檀忙坐起问："姐姐，怎么了？"

不会！不会的！可是……如果是真的呢？后世的确有人怀疑康熙的猝然死亡是雍正和隆科多合力谋害。

我身子寒意阵阵，玉檀惊问："姐姐，怎么了？"

我拉住她的手问："这几日，四王爷来得可勤？"

玉檀道："日日早晚都来，个别时候甚至来三四次。皇上有时精神不济，别的阿哥都不愿意见时，也会见四王爷。前天还派四王爷到天坛恭代斋戒，好代皇上十五日行祭天大礼。"

"隆科多呢？"

玉檀道："如今他正蒙受皇宠，皇上很是信赖他，也常常召见。"

我扶头长叹口气，复躺下。玉檀也躺回，问："姐姐，问这些做什么？"

"你一直在皇上身边服侍，你看皇上最属意哪位阿哥？"

玉檀静了会儿低低地说："应该是十四爷。这几日皇上一直在犹豫要不要召十四爷回京，恐怕十四爷快要回来了。"

我心中冰凉，喃喃道："可皇上对四爷也很好。"

玉檀道："是呀！如今阿哥中最得宠的就是十四爷和四爷，皇上因此也常翻德妃娘娘的牌子，在年纪相近的娘娘里很是稀罕的，可见恩宠非同一般。"

翻来覆去，覆去翻来，一夜未合眼，思来想去，后来突然问自己，不要受那些不见得正确的历史知识影响，只从自己感知认识的四阿哥去看，他会如此吗？心里浮出的答案是他不会！细细再想一遍，还是不会！心中渐渐安定下来，他不会的！

第二日清晨，玉檀当值而去，我在屋中静坐。小太监在外叫道："若曦姑姑在屋中吗？"我打开门，他道，"李公公叫姑姑过去。"

我随着他过去，刚进屋子，玉檀就噘着嘴，半搂着我笑道："姐姐一回来，我就被扔到一边去了。李谙达说茶点都由姐姐做主，我就给姐姐打下手。"

我笑推开她道："有工夫偷懒还抱怨？"

她一面帮我烧水，一面道："李谙达要我告诉姐姐，万岁爷正在斋戒，病又未全好，茶点务必上心。"我点头示意明白。

捧着茶点进去时，四阿哥正侧立在炕旁陪康熙说话，我一看到他，忙低头垂目注视着地面，眼中酸涩，我们多久没有见过了？

李德全将东西放置妥当，服侍康熙用，康熙对四阿哥道："你也坐下用一些，大清早就过来请安，外头站了很久，也该饿了。”四阿哥忙行礼后，半挨着炕沿坐下，随意拿起一块糕点食用。

康熙连着吃了两块糕点，仍没住口，李德全眼角俱是喜色，又夹了一块糕点放到康熙面前，四阿哥笑道：“皇阿玛今日胃口看着比往日好。”

康熙看了我一眼，轻叹了口气道：“也不知道是不是年纪大了，什么都有些念旧。”

李德全赔笑道：“不如晚上的晚膳也让若曦去吩咐置办吧！”康熙没吭声，李德全向我打了个眼色，我躬着身子要退出去，康熙忽又说：“你看着气色不好，回头让太医看看。”

“谢皇上恩典。”我忙跪下磕了个头。

康熙六十一年十三日，晚膳刚用过，四阿哥来请晚安，康熙私下召见四阿哥，屏退左右，只留李德全服侍。玉檀她们一副见惯不怪的神情，我却是坐卧不安。

四阿哥出来时，脸紧绷，和我目光轻触的一瞬，眼里全是悲痛绝望。我心如刀绞，再看时，他已恢复如常，低垂目光，安静离去，脚步却略显蹒跚。康熙究竟和他说了什么？

他刚走不久，德妃娘娘来探望康熙，两人一卧一坐低低笑语，我们守在外面只听到隐约的笑声，其余俱不可闻。我心内焦急，频频向帘内张望，引得李德全看了我好几眼，最后索性压着声音呵斥：“若曦！”我这才强压下焦灼，低头静立。

李德全吩咐王喜候在外面仔细听吩咐，把我叫到僻静处，厉声呵斥道：“你在浣衣局洗衣把脑子也洗傻了吗？如今这是你的机会，自个儿不把握住，我就是再有心帮你也不行！”

我忙跪下向李德全磕头：“奴婢知道谙达对奴婢的恩德，奴婢再不敢了。”

他语声放软道：“你是这宫里难得一见的人，这次虽是我私自拿的主意，却是万岁爷的恩典，可不要再行差踏错了。”我磕头应“是”。

德妃娘娘刚走，隆科多又来觐见，其实这几日隆科多日日都来，可我偏偏有一种感觉，觉得一切就在今日。

我给隆科多奉茶时，康熙道：“朕年纪已大，近日身体又不好，打算宣十四阿哥胤祯回京，这次回来，朕不打算再让他回军中，所以此事不能轻率，须想好委派何人去接替。明日朕打算召集诸大臣商议此事，你心中可有合适人选？”我紧紧捧着茶盅强耐着放好后，手已无半丝力气，忙退了出来。

心内煎熬，在地上直打转，感情上希望不要这样，我不要四阿哥伤心、失望、痛苦；理智上却觉得这也许是最好的解决方法，十四阿哥登基，大家也许都会活着。可能对八阿哥下手的十四阿哥如果登基就真的不会铲除异己兄弟吗？

正在挣扎痛苦，外面忽然传来叫声，霎时乱成一团。我掩嘴，忽地松一口气，历史终究按照预定轨道前行了。我不知道自己该喜该伤，一瞬后，如梦初醒，忙跑出去。

康熙躺于床上，脸色紫涨，呼吸急促，满头满额的汗。太医进来后，隆科多和李德全交换了个眼神，退出屋子，吩咐立即派重兵围起畅春园，任何人无他许可不得进出。又派随从持令牌通传，九门戒严，亲王和皇子没有许可严禁私自出入。

李德全听完后，觉得隆科多所做不偏不倚，合乎情理，微点下头，吩咐王喜："带人看着四周，不许任何人私自离开。任何人接近，若有违抗，当场杖毙！"王喜立即领命而去，周围霎时安静下来。

我替康熙拭汗，心下凄然，这位千古一帝终于走到了他生命中的尽头。我约莫可以确定康熙猝死的原因，应该是心脏病之类的问题。表面的情形很类似。

康熙六十一年十三日戌刻，畅春园清溪书屋，康熙驾崩，享年六十九岁。

康熙去得太仓促，满屋子人全部傻呆着跪倒，连一向最有主意的李德全也是满脸茫然。隆科多大哭着对李德全道："皇上刚对臣说完，已经拟好诏书传位于四皇子就突然昏厥。"说着已经泣不成声。李德全脸色一阵白，一阵青，神色是从未有过的仓皇。一地跪着的人只闻隆科多的哭泣声。

未多久，四阿哥领着侍从进了屋子，李德全刹那间身子簌簌直抖。九门戒严，畅春园重重侍卫，消息根本不可能外传的情况下，四阿哥却轻易而至。李德全应该已经明白在手握重兵的隆科多的支持下，四阿哥完全占得了先机。此时其余皇子也许还被士兵拦在门外徘徊，甚至也许还在惊疑不定康熙究竟怎样了，而四阿哥已将整个京城掌控。

我看着他从沉沉的夜色中缓慢而坚定地一步步走进灯火通明的书屋，不知道是悲是喜。他隐忍十多年的梦想终于迎来光明，而其他人的命运也必将沿着历史的轨迹缓缓滑入黑暗之中。他走到康熙的榻旁，缓缓跪倒，双手捧握着康熙的手，头贴在康熙掌上，静默无声，只有肩膀微微抖动。

隆科多抹了抹眼泪站起道："皇上驾崩前，已面谕臣：'皇四子胤禛人品贵重，深肖朕躬，必能克承大统，着继朕登基，即皇帝位。'"说完向四阿哥倒头便拜。

满屋子跪着的人都看向李德全。李德全脸色青白，呆呆愣愣。我深吸口气，向四阿哥重重磕头，口道圣安，王喜随我磕头。有人领了头，惶恐不安的人立即纷纷跟随，满屋子霎时间此起彼落的磕头声、请安声。李德全视线从众人脸上缓缓扫过，最后落在我和王喜身上，直勾勾地盯着我们，神色凄凉伤痛中有难以置信，猛然闭上眼睛，俯身磕头。

四阿哥转身立起，扫了一圈跪着的众人后，眼光在我脸上微微一顿，吩咐道："把所有人各自拘禁，不许任何人私自接近通传消息。"

我被带进小屋关起。我坐在地上，头埋在双膝间，身子缩成一团。这样也好，我不必目睹他登基前最后一幕的针锋相对。八阿哥和九阿哥肯定不服，但他们在京城并无兵权，一个隆科多对付他们已足够。最重要的是隆科多有康熙口谕，再加上李德全和王喜的证明，遗诏一颁，除非他们想造反，否则就是无力回天的局面。十四阿哥虽手握兵权，却远在千里之外，等知道康熙驾崩的消息已是十余天之后，京城局势已定，四阿哥以有心算无心，十四阿哥仓促之间势难应对。

小屋中一待就是七日，我情绪狂躁难受，想到十三阿哥的监禁生涯，这才真正体会到失去自由的痛苦，我不过是七日就觉得快要崩溃，他却是十年，同时也越发感佩绿芜。

想到十三阿哥肯定已经被释放，我可以再见他，心里真正有了纯粹的高兴，我一定要和他再大醉一场。

门"当啷"一声被推开，一个太监赔笑着进来请安道："姑姑，请随奴才回宫。"我静静站起，走出门，温暖的阳光霎时洒遍全身，这才知道阳光的可贵。

坐在马车上，沉默半晌后，我掀开帘子道："你坐进来，我有话问你。"

太监忙爬起，挨着座位半坐半跪地低头静候。

"皇上登基了吗？"

他道："今日刚举行了登基礼，宣布明年是雍正元年。"

我犹豫了下问："八贝勒爷他们……"

他抬头笑道："贺喜姑姑，皇上十四日就加封八爷为亲王了，还命八王爷和十三王爷、马齐大人、隆科多大人四人总理事务。极为倚重八王爷。"

我不敢深思，只问："十三爷可好？"

他笑说："一切安好，姑姑待会儿就能见到了。这几日，八王爷、十三王爷日日和皇上在养心殿议事。皇上待十三爷很是不同，众位爷为了避讳皇上的名字，都改了名字，唯独十三爷皇上下旨不让更名，可十三爷自己跪求着推拒了。”我心下滋味难辨，默坐无语。从今后，八爷要从胤禩改为允禩，十三爷要改名为允祥，十四爷更因为完全与胤禛发音相同而要从胤祯改为允禵。

紫禁城往日的红黄主色淹没在一片白黑之间，明确地向世人彰示着天地已改。轿子停在养心殿前，我立在殿前，步子却无法迈出。半晌后，仍然站着不动，一旁的太监脸色焦急，却不敢多言，只静静等候。

感觉膝盖又开始疼，站不住，可又不愿意进去，走开几步拣了块干净的台子坐下。太监再也忍不住叫道：“姑姑。”我头搭在膝盖上没有理会。

一双黑色靴子停在眼前，我心大力地跳了几下，深吸口气，抬头看去，却霎时愣住。

十三阿哥浅浅而笑地看着我，身子瘦削，头发已微微花白，眉梢眼角带着几分郁悒，当年的两分不羁已荡然无存。眼光不再明亮如秋水，黯淡憔悴，唯一和多年前相同的就是其中的几丝暖意。

我缓缓站起，仔细看着他，他也仔细打量着我。他比四阿哥年幼，可如今看来竟比四阿哥苍老许多，那个长身玉立于阳光下、身躯健朗、风姿醉人的男儿哪里去了？

两人相视半晌，他笑道：“皇兄让我来接你进去。”

我眼中含泪，点点头，他在前而行，我随后相跟，刚进殿门，我立定道：“我七日未好生梳洗过，这样蓬头垢面的有犯圣颜，我想先去梳洗一番。”他微沉吟了下，点点头。

太监领着我进了一间屋子，道：“姑姑就先住这里，奴才这就去命人备沐汤。”我打量着屋子，浣衣局的箱柜都已搬过来。两个年轻宫女捧着衣物推门而进：“奴婢梅香，奴婢菊韵，给姑姑请安，姑姑吉祥。”

我愣看了她们一会儿，忽地惊觉过来，神思一直恍惚，竟把玉檀忘了：“玉檀在宫里吗？”

两人恭敬回道：“奴婢不知道。”

我问：“王喜呢？”

两人相视一眼道：“王公公在。”

我忙道：“麻烦两位帮我把他找来。”

两人踌躇了会儿，年纪较大的梅香向我行礼后转身而出。菊韵赔笑道：“姑姑先洗漱吧。”我犹豫了一下，点点头。

正在沐浴，听到屋外王喜问：“姐姐找我什么事？”

我问：“你如今在哪里当值？”

王喜回道：“分派到皇后娘娘宫中，不过因为人手紧，这几日还在养心殿伺候。”

“玉檀呢？”

他回道：“玉檀已过出宫年龄，皇上给了恩典，这几日就放出宫。”

“让她来见我一面。”

王喜道：“这个我做不了主。”

我道：“好了，你先去吧！”

沐浴后，我抱膝坐于床上。梅香轻叩门：“姑姑。”我忙扯过被子躺倒装睡。梅香推门探头看了一眼，轻叫，“姑姑。”见我沉沉而睡，又轻轻掩好门。

我睁眼盯着帐顶发呆，我在害怕什么？我能拖延到几时呢？未见时想见，能见时又恨不得逃走。本只是躺在床上装睡，可从到畅春园后就一直没有安稳睡过，泡了一个热水澡后乏意渐起，沉入睡乡。

半睡半醒间，觉得有人盯着我看，立即清醒过来。四阿哥，不，以后是皇帝了，胤禛的手轻抚着我眉眼：“已经醒了，干什么装睡？你打算躲到什么时候？”

我缓缓睁开眼睛，暗黑的屋中，他侧坐于床上，看不清楚面目，似乎黑暗隔阻了很多东西，令我觉得有些心安。

“要点灯吗？”

我忙道：“不要，我喜欢这样。”

胤禛轻笑几声，俯身在我耳旁低低道：“你喜欢孤男寡女共处暗室？”

我侧头避开他问：“什么时辰了？”

他道：“已经过了晚膳时间，你若饿了，现在就传膳。”

我道：“没饿，既已错过，也就不急了。”

胤禛弯身脱靴，我一惊忙压着被子，全身僵硬。他又气又笑，拽着被子道：“放心，忽觉得很乏，就是躺一会儿。”我犹豫了下，松了被子，他拉拢被子，轻轻把我揽到怀里紧紧抱住。

我沉默了半晌，转过身对视着他。黑暗中他的眼睛暖意融融，我心头一热，不禁伸手环抱住他，触手处只是觉得瘦。心中酸楚：“这几日辛苦吗？”

他笑说：“还好。”

两人静静相拥而卧，半晌后，他迷迷糊糊地说："朕先睡会儿，你饿了叫朕。"话音刚落，人已沉睡过去。

我躺在他怀中，忽觉得前所未有地幸福，在心底深处也许我已企盼过很久，就我们两个人，彼此属于对方。以前早已过去，未来在这一刻还离我很遥远，我们只活在这一刹那，不必为将来担心。

不到一个时辰，胤禛忽然惊醒，猛地叫道："若曦！"

我忙道："在这里。"

他重重叹口气道："我梦里以为我搂着你是做梦。"他的臂膀忽然加重了力道，搂得我几乎喘不过气来，"一切都过去了，十三弟和你都在我身边！"

我也紧紧拥着他道："我们都在你身边！"

胤禛问："朕……我睡了多久？"

我道："约莫一个时辰。"

他忙翻身坐起："你肯定饿慌了。"

我随他起身："只是有点儿饿而已。"

他一面套鞋一面叫道："高无庸。"屋外一个声音立即应道："奴才在。"我这才惊觉屋外一直有人守着。

"传些清淡小菜和粥。"

"喳。"

"朕……我还有事要办，你自个儿用膳吧！"我点点头。他静静握了会儿我的手，放开，起身要走。我叫道："四爷。"又忙改了口，"皇上。"他回身看着我，"我想见见玉檀，在宫中这些年，我们一直相依做伴，如亲姐妹一般。就是我到浣衣局后，她也一直尽力照顾。"

他微沉吟下，柔声说："好。"我犹豫了下又道，"我还想见我姐姐。"

他道："现在不方便，宫中一切都在整顿，过段日子一切安定下来后，我自会让她来见你的。"

我大喜道："多谢。"

他俯身轻抚着我脸道："我以后要你每天都如此笑。"

我心中一暖，握住他的手，凑到唇边轻吻了下，他瞬时颇为情动，忽整个身子俯下来，我忙推着他道："你不是有事要办吗？"

他愣了下，起身笑骂道："真是会磨人！"说完转身而去。他刚出去，梅香进门向我请安，点亮了灯。

梅香服侍着用完膳，夜色已经深沉。菊韵在屋外道："姑姑，玉檀姑姑来了。"我忙迎出去，脸色憔悴的玉檀向我请安。我一把搀起她，拉着她进了屋子。梅香向我行了个礼后掩门退出。

我拉着玉檀坐在椅上问："还好吗？"

她怔怔发了好一会儿呆，脸色变化无端，忽地跪下抱着我腿低低哭起来。我忙跪倒，抱着她在耳边说："你有什么委屈就告诉我。"

她抹了眼泪道："我不想出宫。"

我拿绢子替她拭干眼泪："我求皇上厚赐你，你出宫后定不会受苦。"

她道："这些年我所得赏赐虽远不能和姐姐比，可养老却足够。"

我沉默了会儿问："你心中可有中意的人？我求皇上为你指一门好婚事可好？如今你年龄虽不能做正室，可皇上亲自赐婚，也没人敢小看你的。"

玉檀眼泪霎时如断线珍珠，簌簌而落，摇头哭道："姐姐，我不想嫁人。自从入宫就已经绝了这个念头，我所求不过是家人平安。弟弟们已经各自成家立业，弟妹们我从未见过，如今回去有什么意思呢？还不如在宫里，他们提起姐姐是御前侍奉时，旁人都会给些面子，他们仕途顺利，就算全了我入宫的心愿。再则，我愿意陪着姐姐。"

我轻叹口气，喃喃道："想出的人出不去，能出的人却不愿出。"

玉檀低语央求道："好姐姐，你就让我留下吧，我给姐姐做个伴。"

我点头道："我私心里巴不得你能陪着我，这宫里我还能找谁去说体己话呢？不过这事儿我做不了主，只能去求求皇上。"

玉檀破涕而笑："姐姐既应了，皇上定不会驳了姐姐面子的。"

我拉着她站起："我自个儿都没把握的事情，你倒是信心满满。"她笑而不语。

我问道："你现在住哪里？"

"还在以前的院子里住着。"

"李谙达呢？"

"没见过，不过听说要放出宫去养老。"

两人絮絮叨叨，不觉已过了子时，玉檀起身告退，我笑送她出屋。

看寝宫依旧黑漆漆的，我看着灯火通亮的东暖阁问："皇上这几日都这么晚还不睡吗？"

梅香应道："都在东暖阁处理公务，累极时，就在那边随便歇下了，一直没在寝宫睡过。”

下午睡了一觉，心里又记挂着他，留心听外面动静。他却一夜未睡，直到五更鼓响过，早朝时间已到，人都一直未回。

刚穿好衣服，梅香就端着水盆洗漱用具进来，我问：“皇上已经上朝去了吗？”

梅香帮我挽袖，一面回道：“已经去了。”

待到他下朝时，我手中的唐诗已粗粗翻完一半。我立在西暖阁内，从窗户内看过去，八爷、十三爷、张廷玉随在胤禛身后进了大殿。七年未见八阿哥，乍一见，心中滋味难述。

年华渐逝，每个人都带着几丝憔悴不堪，可他却是个奇迹，如深秋枫叶一般，岁月的风霜只是把他浸染得越发完美。少了年少时的清朗，却多了中年的凝重。风姿无懈可击，气度雍容超拔。可为什么每个人都那么单薄，那么瘦?

直到晚膳时分，梅香来说：“皇上召姑姑去伺候晚膳。”

我搁下书随她而去，随口问：“皇上议完事了？”

梅香回道：“不知道，八王爷和张大人已经离去，十三王爷仍在。”

我上前请安时，胤禛和十三爷正在净手，菊韵端着水盆，高无庸在帮胤禛挽袖子，他示意高无庸退下，带着一丝笑看着我。我轻抿了下嘴角，上前帮他挽起衣袖，又服侍着他擦脸洗手。我这厢忙完后，十三爷也已洗好。

太监膳食已布置停当，胤禛坐定后道：“十三弟，坐吧！”

十三爷行礼谢恩后，方坐下。胤禛吩咐道：“留高无庸伺候，其他人都退下。”待人退下后，吩咐高无庸，“再加把凳子。”高无庸忙搬了把凳子过来，放在他身边。胤禛看着侧立在身后的我，示意我坐下。

他笑看看我，再笑看看十三爷，叹道：“终于能一块儿用膳了。”

十三爷微微笑着道：“多谢皇兄恩典。”我眉头微蹙地看着十三爷。他却恍若未觉，说完后就低头恭坐着。

胤禛在桌下轻捏了下我的手，道：“都是你们爱吃的菜，随意些。”说着给十三爷夹起一箸菜放于他面前的小碟上，十三爷忙立起谢恩。

我心中郁闷，拿起筷子拣了自己爱吃的埋头吃起来。十年相隔，不是想象中久别重逢的谈笑之声。胤禛刻意亲近，十三爷礼数周全，气氛竟透着几丝尴尬。

闷着用完膳，十三爷告退。我依旧坐于凳上未动，胤禛拉着我手，拖我起身，走到榻旁坐下。高无庸捧茶进来，伺候胤禛漱口。胤禛用完后，顺手将还剩半盏的茶递给我，我漱完口，高无庸低头静静退下。

胤禛笑问：“还不高兴？”

“怎么会这样呢？”我闷闷地问。

他叹道：“自打十三弟见到我，就一直如此，一点儿礼数都不缺，恭敬十足。”我心中难受，那个嬉笑不羁的十三阿哥再也回不来了吗？胤禛揽我靠在他肩头道，“我要其他人都尊我、敬我，甚至怕我，可唯独不要他。我只希望做他的四哥，不是皇上，不是朕。”

我默了会儿，叹道：“慢慢来吧！十三爷被监禁十年，吃了那么多苦，一出来就面对这么多变故，一时只怕还缓不过劲来。”

他道：“我也如此想，不管他表面怎样，内里却依旧是这满朝堂我唯一可信赖的人。”

两人彼此靠着对方，静静而坐。帘外高无庸回道：“皇上，何太医已经传到，正在西暖阁候着。”

我一惊，忙直起身问：“你不舒服吗？”

他一面站起，一面道：“是来看你的。”

我随在他身后出去：“我一切安好，有什么好看的？”

说着，两人已经出了帘子，我不再多话，跟在他身后，进了我的屋子。胤禛走到屏风后道：“朕就在这里听着，你去传他进来。”高无庸先给他搬了椅子服侍他坐好，才转身匆匆出去。

胤禛在屏风后笑道：“此人医术极为了得，我当年去江南时，民间已有盛名。可是有些个呆，脾气又急，进太医院三四年，却一直不受重用。”

我道：“很多事情唯呆痴者才能耐得住寂寞钻研，不呆只怕医术反倒不能这么好了，所幸他现在已经遇上了伯乐。”胤禛轻敲了下屏风未语。

高无庸领着何太医进来，碍于胤禛坐于屏风后，踌躇着不敢拿凳子，我起身欠了欠身子道：“太医请坐。”高无庸这才取了凳子放在榻旁。

太医凝神把脉，左手换右手，右手换左手，一面问着日常有无不适，半晌后，刚欲张口，我忙道：“别和我说什么阴阳精气的，按我能听懂的说。”

他沉吟了下道：“从脉象看，是陈年旧疾，到如今已有积重难返之势。”屏风后轻微的几声响动。

高无庸忙问："此话怎讲？"

何太医道："姑娘常年忧思在内，气结于心，五脏不通达，以致五脏皆损。体内更有寒毒之气。"

我道："前面的多年前李太医已经说过，确如你所说是多年旧疾。只是这后一句如何说？"

太医道："看你的手，应是常年浸泡于冷水中，起居之处也湿气过重，本就内弱，气血不足，五脏已有损，经年累月下来，自然寒毒侵体。"

我笑道："倒也没那么弱，我自己并无不适的感觉。"

他问道："是否近两三年月事不准？要么多月不来，一来又长时不净。"碍着胤禛在，我有些不好意思，微一颔首。他叹道，"为何不及早请人医治？"

我淡淡一笑，没有作答。浣衣局中，如不是大病到卧床不起，怎么可能请得动大夫？

高无庸忙问："如今如何医治是好？"

何太医沉吟不语，大半晌后道："当年李太医乃太医院翘楚，晚生来得晚竟没有机会求教一二。李太医既然诊过脉，不知可有方子？容我看过后，也好知道前因，更好下药。"我起身从箱子里取出当年李太医所列的长单子。

他如获至宝，接过细看，边看边点头，最后长叹一声道："这么多年，你若能遵医嘱，病早就好了。再好的大夫，碰上不肯听劝的病人，也无法下药。"说着竟有收拾东西要走之意。

高无庸忙拦住道："怎能看完病连方子都不开呢？"

何太医道："开了等于没开，何必多此一举？"

一个要走，一个要留，两人相持不下，我暗叹，真是有些个呆痴。高无庸如今的身份，都有人当面和他拗着干。

胤禛从屏风后走出道："朕保证她这次一定遵医嘱。"

何太医惊得面色立变，忙惶恐地跪倒请安。

当着胤禛的面，何太医又细细替我把了一次脉，一面提笔开方子，一面道："当年李太医所列照旧，我再补一点就可。身子怯弱，不能下重药，体内寒毒，只能慢慢引导疏通。回头和好丸药，每日服用。"

胤禛问："若一切都遵嘱咐，病可能全好？"

何太医踌躇不语，胤禛道："就如刚才朕在屏风后一样，有话实说。"

何太医低头道："确如臣先前所说，已是积重难返，如今只能是细心调理，不至严重。若一切遵照臣所列，臣可保十年无虞。"

胤禛冷冷问："那以后呢？"

何太医垂头不语，半晌后道："现在推测十年后尚早，要看这十年医治调理如何。"

胤禛脸色森然，默默无语，何太医和高无庸大气也不敢喘，垂头僵站着。我伸手握住他的手，他脸色稍缓，眼中的伤痛却愈重，紧拽着我的手道："你们都下去。"两人忙静静退出。

他起身把我抱在怀里，紧紧复紧紧地搂住，很久后低低说："都是我的错。"

我摇头道："你不能什么事情都往自个儿身上揽，如今一切安好，就发愁十年后，那日子还要不要过呢？"

两人相拥半晌后，他放开我问："你累吗？要先歇息吗？"

我问："你呢？你什么时候歇息？"

他道："我还有公务要处理。"

我道："我不想睡，只想和你在一起。"

他点点头，握着我的手向东暖阁行去，出了屋子，也未避嫌地放开，反倒握得越紧。天已经黑透，高无庸看我们出来，忙打了灯笼侧走在前面。

胤禛坐于桌前查阅文件，我随手抽了本书，靠在躺椅上随意翻看。寂静的屋中，只有他和我翻阅纸张的声音，熏炉缭缭青烟上浮，淡淡香气中，我不禁轻扯嘴角笑起来，觉得这就是幸福。我们彼此做伴，彼此相守。

侧头看向他，他撑头，眉头紧蹙地盯着眼前的文件。我盯了半晌，他依旧是这个姿势，心中纳闷，轻轻起身，走到他身侧，探头看去。

胤禛往一旁挪了挪，我挤坐在他身旁。他揉了揉眼睛道："眼睛都看花了，却还是一笔糊涂账。"

我翻阅了下道："这么明细的账簿，你也要细看吗？"

他靠在椅背上叹道："没办法，太穷了，不细看，如何知道从哪里把银子省出来？把被人拿走的要回来？满朝上下，干净的没几个，朕如果心里不一清二楚，只能被他们糊弄。"

我道："十三爷呢？为何不交给他？"

胤禛摇头道："他要看的不会比我少，现在肯定也在灯下头疼呢！"说完，他又低头看起来。

我从旁边抽了一本账簿，也细看起来，此时还没有复式记账法，都是单式记账法，看半天后才能大致明白一项收支的来龙去脉，而且没有好的报表格式，不能有效汇总、分类分析，看得人头晕沉沉，还把握不到重点。不禁叹道："这都什么乱七八糟。"

他道："账簿可不是人人都能看懂的，朕当年也是花了些工夫才学会。"

我凝视着满桌账簿问："这些能让我翻阅吗？"

他诧异地问："你看这些做什么？"

我笑说："我看看，看能不能看懂。"

他微一摇头道："你要看就看吧，不过千万不可弄不见了，有些没有复本的。"

我点头应是，又问："就这些吗？"

他道："多着呢，就搬了这些出来。"

听着外面敲了三更，我道："先歇息吧，五更就要上朝呢！"

他道："怎么一下子就这么晚了？你自个儿先去睡，我再看一会儿就去睡。"说着已经低头看起来。

我将手覆在账簿上说："自从搬进养心殿，你可曾真正睡过一觉？今日不许看了。"他皱眉看向我，我软声道，"我也会担心你的身体呀！今日太医可刚说了，不要我忧虑担心的。"

他眉头展开，合拢账簿，牵我起来，守在帘子外的高无庸忙挑起帘子。西暖阁内当值的宫女、太监听见声响忙开始准备洗漱用品。

他侧头道："你不用伺候我了，自个儿去洗漱吧！"

我点头欲走，他又一把拽住低声道："收拾完了悄悄过来。"我脸腾的一下滚烫，看着他身后的龙床，忽生酸楚，摇摇头，抽出手，快步而出。

我刚准备关门熄灯，胤禛身着中衣，披着外袍推门而进。我一下全身僵直，呆呆站着。他走近，轻抚了一下我的脸道："别紧张，我只是想和你一块儿躺着。"我静立未动，他拉着我走到床边道，"我们蹉跎了多少时间？从我答应娶你到现在已经十年，我如今只想尽可能多在一起，我怕……"他扶我在床上坐好，轻抚着我头发道，"我们还能有几个十年呢？"我眼眶一酸，忙忍住眼泪，点点头。他随手搁了外袍，起身吹熄灯。

两人脸对脸躺着，他笑道："你怕什么呢？你放十二万个心，我现在心有余而力不足。累得慌，什么都干不了。"我不禁笑起来。他笑在我额头弹了下道，"现在听着乐，以后只怕会为此怨我。"

我气掐了他一下道："美得你！"他低笑未语。

两人静静躺了会儿，我央求道："你别把玉檀送出宫可好？留给我做伴。"他"嗯"了一声，转眼已沉入梦乡。我撑头看他，虽面色疲惫，眉头却是舒展的，不禁叹了口气，在他唇上轻轻吻了下，躺下睡觉。

高无庸在外低低叫道："皇上。"

我睡得浅，立即惊醒，忙起身披好衣服，胤禛却沉睡未醒，犹豫了下，还是推了推他："快要五更了。"他蹙着眉头低低"嗯"了一声，又微眯了会儿，一下翻身坐起。

我起身点亮灯，帮他拿衣服，想服侍他穿衣，他却只是盯着我，神思恍惚。我给他披上衣袍："当心着凉了。"他忽握住我的手，把我拽进怀里，抱住了我："从别后，忆相逢，几回魂梦与君同？今宵剩把银釭照，犹恐相逢是梦中。"

我心中又是酸涩，又是喜悦。午夜梦回，我也曾梦见他在身边，但眼一睁，却只有冷清夜色。

我轻轻在他脸颊上亲了下，侧着头含笑问："梦里有这个吗？"

他笑睨着我问道："你真想知道？"

我脸有些烫，笑推了他一把："高无庸在外面候着呢。"

他神色一肃，眉宇间已全是威严，眼睛里的笑意却仍是很浓，推着我躺回榻上："不用你服侍我。昨儿夜里睡得晚，你再睡会儿。"

我虽已睡不着，但不忍他挂心，只得躺下。他披着外袍拉开了门，高无庸立即伺候着他离去。

我又躺了半晌，看窗外有些蒙蒙亮了，起身洗漱，用完早膳后，匆匆去了东暖阁。当值的恰是王喜，看我进去，过来笑着请安。我道："忙你自己的事情去。"说着走到桌旁要翻阅账簿。

王喜拦住我，支支吾吾地赔笑说："姐姐，未经皇上许可，任何人不得随意进来的。"

我抬头看着他道："你看我是那不知规矩的人吗？皇上准了我看的。"

他为难地说："可……可皇上并未……"

我笑说："不为难你了，回头让皇上给了你吩咐，我再来看。"他忙喜应"是"。

王喜陪我到厢房坐下，忙着给我冲茶。我盯着他看了半晌，看左右无人，慢声道："你是什么时候跟了皇上的？"

王喜把茶在桌上放好，道："知道瞒不了姐姐，是五十二年间的事情。"我轻叹口气："李谙达肯定很伤心。"他脸有些发白，我道，"不只是你，还有我，我们两个都让他失望了。"他低头搓手不语。

我道："你一直对我很维护，在浣衣局暗中帮我打点，也是受皇上嘱托吧？"

王喜道："皇上当年不方便出面，想着我好歹在宫内还说得上话，就命我找张千英，银子都是皇上所出，我不过担个名义罢了，但我自个儿也愿意，和姐姐一向要好，也不愿姐姐受苦。"

我问："你是李谙达一手调教的人，权力、钱财只怕都买不动你，究竟是为什么？"

他低低道："我是南边人，家里本就穷，入宫那年又遭了涝，眼看着都要饿死，爹娘无奈，只好托了相熟的人把我送进宫，想着总是条活路。兄弟总共六人，可饿死的饿死，病死的病死，后来只剩下我和五弟。幸得师傅提拔，我大时，家里已经吃穿不愁。五弟是个急脾气，因为知县的儿子调戏弟妹，一怒之下失手把对方打死。对方要五弟偿命，判了死刑。我虽在宫里当差，可姐姐知道我师傅的脾气，管束很严，没有我说话的地方，况且山高水远的我就是有心都插不上手，可爹娘就指着五弟养老送终，传递香火了。后来幸亏李大人听闻此事，重审了案子，道：'调戏良家妇在先，失手打死人在后，虽有过，不至于死罪。'杖打了五弟，又判了八年刑狱，一条命却是保住了。"

我问："李大人是李卫吗？"

王喜点头应是。我心下叹道，李谙达当日还派王喜带人封锁畅春园消息。外有隆科多，内有王喜，胤禛也算天时地利都占尽了。

第十一章

不许孤眠
不断肠

胤禛下朝后，和八爷、十三爷等人在殿内议事。高无庸立在外面侍候，看我向他招手，侧头向身旁太监吩咐了下，匆匆过来。我道：“公公什么时候把玉檀调过来？”

他赔笑道：“姑姑，养心殿的人虽名义上归我调配，可实际全都要皇上点头，这事儿……”

我截道：“皇上已经答应了。”

他笑说：“那就好，如今养心殿服侍的人本就不够，可御前侍奉又要手脚麻利，又要心眼实，还得该说的说，不该说的一句不能说，宁缺毋滥，奴才正在犯愁。玉檀能来最好。”

我道：“多谢公公。”

他一面笑道：“该我谢姑姑才是。”一面打千退走。

一直熬到晚膳时间早过，天色黑透，殿内议事的人才散。高无庸忙传人进去服侍。

我进去时，宫女、太监正侍候胤禛净手，听到胤禛问高无庸："若曦用过晚膳了吗？"

高无庸回道："没有。"

胤禛有几分不悦："你为什么不吩咐人传膳？"

"奴才……"

我笑道："高公公劝了我好几遍，是我让他等等的。"一面说着，一面走到他身边。胤禛让宫女下去，伸手由我帮他挽袖："怎么不自个儿先用膳？"

我笑而未语，帮他挽好袖子，正在水盆里帮他洗手，他忽地紧握住我的手，我抽了几下未抽脱，一旁捧盆的菊韵早装作不经意撇过了头。我两颊滚烫，瞪向他，他看我急了，方暖暖一笑，松了手。

太监端了菜肴上来时，胤禛有些诧异，虽然他饮食起居相较康熙大为简朴，可毕竟是皇帝，再简朴也不至于只三菜一汤，却立即有几分明白，问道："你做的？"

我笑着给他盛了一碗糙米饭："很家常，味道远不如御厨做的，吃个心意吧！"

他没说话，只向高无庸挥了挥手，高无庸带着人都退了出去，我们两个就如平常夫妻一般，没用人服侍，想吃什么就自己夹什么，安安静静地吃了一顿饭。胤禛吃得颇为香甜，添了两碗饭，我不知不觉中跟着他也多吃了半碗。

他说道："以前你变着花样给皇阿玛做糕点，我们这些阿哥都是沾着皇阿玛的光，偶尔吃一两块。我当时就想着不知道什么时候，可以吃你专门给我做的东西。"

我抿唇笑道："谁说我以前没有专门给你做东西？"

他想了一瞬，问道："你何时专门给我做过东西？难道我竟做了不解语的人？"

我笑着说："你倒没做不解语的人，你只是多灌了几杯茶而已。"

他笑起来，一面笑着，一面曲手敲了我的额头一下。我捂着额头，嚷道："你怎么还这毛病，打人专拣额头打，也不怕把我打笨了。"

他拖着我走到榻旁坐下："打笨了好，就没有那么多花招了。"我瞪了他一眼，没吭声。他凝视着我，忽又轻声道："现在我是皇帝，你想加盐就加盐，想放醋就放醋，我只要你快活。"

我心下一荡，握住了他的手，他手指摩挲着我粗糙的手指，眼中隐有哀戚。

高无庸看我们用完膳了，命人进来收拾，又命人沏了茶。两人正在喝茶，高无庸回道："玉檀已经来了，奴才来问问皇上的意思，具体让她做什么好？"

胤禛一皱眉头，看向我，我也皱眉看向他。他不会是根本不知道昨夜答应我什么了吧？他看了我一会儿，转头淡淡吩咐："命她负责奉茶。"高无庸磕头应"是"后退出。

我道："此事怪我，你昨夜迷迷糊糊时答应了声'好'，我却以为你当时心里还清楚的。"

他表情缓和，道："算了。"

我低头不语，他问："不高兴了？"

我摇头道："你有你的考虑，本就是我僭越了。"

他问："那你在想什么？"

我沉默了会儿，抬头看着他道："我感叹'有人漏夜赶科场，有人辞官归故里'。"

胤禛脸色忽变，两人默默坐了半晌后，他道："我以为你如今能不把紫禁城当樊笼。"

我道："我只是怕，我很怕这个地方。"

他释然一笑，定声道："有朕在，你什么都不用怕。朕绝不会再让你受半丝委屈，再吃半点儿苦。"他误会了我的意思，我笑握了握他的手，未再多言。

"对了，今日我去看账簿被王喜挡了回来。养心殿如今的规矩可比圣祖爷的乾清宫立得还要好。"

他想了想道："白日寝宫都是空的，我命人把你要看的账簿搬到那里，你在那边看吧，此事不要声张。"我点头答应。虽只是查阅账簿，可也有干预政事的嫌疑。若非看他实在累，我绝不愿招惹这些事情。

休息了一盏茶的工夫，胤禛就又开始忙碌，我拣了本账簿在一旁看。

他低头翻阅折子，忽抬头看着歪靠在榻上的我淡淡道："朕命十四弟回来奔丧，诏书这两三日应该就到他手里了。"

我手握账簿未动，眼睛盯着看，心却已乱。这几日我一直回避着去想十四爷，京城早已改了天下，他却还不知康熙已逝，也许仍然喝着酒遥祝康熙身体安康。

我道："我有件事情想问你。"

胤禛头未抬，依旧看着奏折道："问吧！"

"那两只将死的鹰是你弄的，对吗？"

他正在蘸墨的手微滞了下，又一切恢复如常，在砚台边顺了顺毛笔，一面写字，一面道："你如何知道的？"

我闭着眼睛道："那日我要起身求情时，王喜拉住了我，当时以为只是恰巧，如今想来，王喜虽聪明，可那两句话句句击中要害，不是知我甚深者只怕一瞬时说不出来，他没那急智。"

胤禛道："你虽聪明，可心软，冲动时又全凭感情行事。老八是你姐夫，你一冲动肯定会做傻事，所以只能让王喜在一旁看着你。"

我拿账簿盖着脸道："当初我以为是十四爷做的，我猜八爷只怕也怀疑是十四爷做的。你是如何打动八爷身边的奴才的？"

胤禛边写字边淡淡道："是人就会有弱点，不外乎贪、喜、嗔、痴、怒、恨、怨，只要细察其心意，慢慢诱导入彀，总会为人所用。朕只命人花了工夫在那个老太监身上，常人以为年轻人易受诱惑，却不知年老者心中的暗鬼更多。"

我问："那为何都自尽了？"

胤禛道："若曦，我不想你知道这些。"

我道："这是我心中多年的一个谜团，告诉我。"

他道："侍卫是被太监下的药，像是服毒自尽，其实只有老太监是悬梁自尽，落在外人眼里，就以为都是畏罪自尽。"人命是如此轻贱，我不敢再深想。

我幽幽问道："你就不怕圣祖爷当年并非糊涂了结，而是一意追查吗？"

胤禛停笔，瞟了眼我道："你以为皇阿玛暗中没有追查吗？设计陷害需要人证、物证，的确不容易，可弄一段无头公案并不难。我的确未料到皇阿玛会那么决绝地处置。当时的情况，局势越乱对我越有利，只想着几个兄弟谁都免不了被怀疑，老八内部也免不了彼此猜忌，我的目的也就达到了。"胤禛默默出了会子神又道，"当年看到皇阿玛那么做，微感吃惊之外，倒也让我看清了很多东西。"

他低头静阅着奏折，我默默发呆。两只鹰就扭转了当时八爷党占上风的局面。利用康熙厌恶八爷的心思打击八爷，又给八爷心中种下了怀疑的种子，虽因忌惮胤禛，不得不支持十四爷，可心底的那丝怀疑却让他总是有所保留，不可能全心全力支持十四爷。我在浣衣局不能具体知道胤禛自五十四年后和十四爷暗中相争的过程，但十四爷和八爷之间的那道裂隙肯定对胤禛有利。也许胤禛唯一算漏的地方就是康熙对八爷那么决绝，竟然最后让十四爷大占了上风。

好半晌后，他道："别再想了，太医嘱咐的话又忘了吗？你可是答应了我，要遵照医嘱的。"

我忙敛了心绪，搁下账簿，在室内随意走动散步。

三更鼓响时，他劝道：“你先回去歇息，今日我必须把这些折子看完。待看完就睡。”

我立着未动，他道：“我如今刚登基，很多事情都还未理出头绪，待一切理顺了，就不会如此了。”我叹口气，知道今晚肯定劝不动他，自己在这里只能让他心急。遂转身回房休息。

◈

我躲在他的寝宫中，细看账簿，越看头越大，把这些东西归纳整理出来还真不是简单活。没有电脑，我又多年未做过，所幸毕竟是当年赖以谋生的本事，慢慢回想着倒也渐渐熟悉起来。

先设计简单清楚的表格，画好小图样，吩咐太监拿大纸依样找人绘制妥当，然后就是理手头的初始资料、填制报表。

忙碌中的时间过得分外快，经常是觉得脖子酸疼、背脊刺痛时起身休息，发现大半天早已过去。胤禛召我吃晚膳时，我就过去一块儿用一些；若不召时，就自己随便吃几口，继续埋头干活。

晚上经常是他在东暖阁忙，我在他寝宫忙，有时候累极了，昏沉沉爬到床上躺倒就睡，反正他很少回来。

半夜里正睡得迷糊，感觉有人替我盖被子，我立即惊醒，鼻端是熟悉的味道，我没有睁眼，只伸手抱住他喃喃问：“什么时辰了？”

他说：“已经五更，要去上朝了，我过来看你一眼就走，不想竟吵醒你了。”

我头贴着他颈边，低声说：“我舍不得你这么累，你就是不为了自个儿，只为了陪陪我，也回来好好睡一会儿。”

他抱着我说：“等忙完这段就好了，以后日日陪着你睡觉。”

我苦笑，雍正的勤勉是历史上出了名的，忙完了这段，自然又有下一段要忙，我可不信他这句安慰人的话，只得以后变着法子软语劝着他。

他在我额头上印了一吻，低声说道：“我走了，你多睡一会儿，别急着起来。”说完，替我盖好被子，低低嘱咐了几句梅香、菊韵，轻手轻脚地又去了。

他走后没多久，我就爬了起来，继续和账簿奋斗，一看就是一整天，只匆匆吃了几口饭。

晚上，高无庸在帘外低声道："姑姑，皇上要见你。"我忙扔了笔，站起展了展腰随他而去。一路除侍卫外，再无其他人。心中暗自纳闷，却未多想。

"听高无庸说你这几日都没好好吃饭，你在折腾什么？搞得比朕还忙？"胤禛见我进来，搁下毛笔示意我坐过去，我靠在他肩头道："回头你就知道了。"

随手拿起他正在写的折子，勒令在早已去世的阿灵阿和揆叙墓碑上分别镌刻"不臣不弟暴悍贪庸阿灵阿之墓""不忠不孝柔奸阴险揆叙之墓"等字样。只为了当年阿灵阿和揆叙伙同八爷设计陷害他，十年过去，人都已死，胤禛却仍不能放下他的恨。我轻叹口气，放下了折子。

他轻拍下我背道："折腾什么我不管，不过饭总要好好吃，觉总要好好睡。"

我道："彼此，彼此。别光拿话说我，自个儿也惦记着。"

他气笑道："朕要管整个天下，怎么能相提并论？"

我笑道："你要摆皇上的架子时，就'朕、朕'的。放心，我时刻惦记着你是皇上呢，不敢忘的。"

他沉默了会儿，叹气道："十三弟如今时刻记着我是皇上，也就你还不往心里去。我要你往后也这样。"

我看着他柔声道："你私下里老说'我'，刻意不用'朕'时，我就明白了。所以你如今虽已不是四阿哥、四王爷，可我只愿意把你看作胤禛。"心中早就叫过千百遍的名字第一次从唇齿间吐出。他表情微怔，唇角慢慢溢出笑，暖暖地凝视着我。

我忽觉得酸楚，抱住他喃喃道："我一点儿都不想把你看作皇上，那是称孤道寡者，可你就是皇上，你握着生杀大权！"说着心里越发难受，怕他听出异样，忙收了声，只是静静抱着他。

他道："只有这样，我才能拥有我想要的，保护我所爱的。没有权力我只能眼看着你们受伤，却无能为力。"两人默默相拥半晌，他在我额头轻吻了下道，"我还要看折子。"

我起身笑道："我也要忙自己的事情去了。"他笑摇摇头，目送我出了帘子。

我出门后慢慢地走着，顺便舒展一下筋骨。玉檀、梅香、菊韵等养心殿内服侍的宫女太监陆续从外面进来，个个神色间带着几丝惊怕。我拉着玉檀进屋问："怎么了？"

玉檀垂头盯了地面好一会儿道："刚才高公公命我们去看喜鹊受罚。"

喜鹊也是养心殿内侍奉的宫女，我问："所为何事？"

玉檀道："她私下向齐妃娘娘说了皇上在养心殿内的起居事宜，除养心殿内侍奉的人，皇上还命齐妃娘娘和其他各位娘娘宫里的宫女太监来观看。"

"怎么罚的？"

玉檀打了个寒战道："杖毙！"

我倒吸口冷气，活活打死！这下应该再无任何人敢暗中通传消息，也无哪个娘娘再敢私自打听胤禛起居了。我紧握着玉檀冰冷的双手，半晌后方问："你还好吗？"玉檀点点头。

◈

十二月十七日，在康熙驾崩后一个月零四天，十四爷奉诏从西北赶回奔丧抵京。人未到，先上奏折问："谒梓宫、贺登极孰先？"胤禛当时面色如常，淡淡下旨道："先谒梓宫。"

十四爷去寿皇殿拜谒康熙灵柩时，胤禛随后而到。一众大臣早已呼啦啦跪了一地，十四爷却站立不跪。两兄弟遥遥站立目视对方，身旁大臣都惊惶不已，个个头贴着地面不敢多言。血一般的夕阳下，两个直挺挺立着的兄弟身影被拖得无限长。

十四爷最后也未给胤禛行君臣之礼，对着康熙灵柩连磕了九个响头后，长歌当哭，悲笑而去。一旁侍卫上前阻挡，十四爷踹开侍卫，大步离去，只留给众人一个凄伤的背影，慢慢没入夕阳。

众人俯贴在地上，一动不动，胤禛静立在血色余晖中，在寿皇殿的台阶上投下一道曲曲折折墨沉沉的影子，直没入廊柱的黑暗中。

胤禛脸色清冷地目注十四爷离去后，自己也向康熙灵柩磕了九个响头，起身后，淡淡下令革去十四爷的王爵，降为固山贝子，摆驾回了养心殿。回养心殿后屏退众人，独自静坐。不言不动，一坐就是一下午。

高无庸立在我身边细细告诉我始末，愁问如何是好。我撑头想了会儿道："皇上只想独自一人静静，没什么事情。"

过了晚膳时间很久，我问玉檀："皇上传膳了吗？"

玉檀回道："已经传了，皇上心情甚好，点了不少菜。"

胤禛屏退众人后，端碗吃饭，笑给我夹菜。我叹道："心里气闷，何必还要强做这个样子？更是心苦！”

他搁下碗筷，默看着我，半晌后，冷声道：“朕总不能如了他们的意，老九他们等着看朕笑话，朕还偏不生气。”

我走到他身旁，握住他手道：“已经是最大赢家，有些事情真的可以不计较的。”他猛地把我拽进怀里，我惊呼声未出口，已经被他唇舌挡住。

半晌后，他一面轻吻着我耳垂，一面低语道：“朕江山美人都有，的确不必和他计较。”我脑袋晕乎乎中，透出一丝清醒，忙推开他。

他揽我坐直，拇指轻抚着我的唇柔声说：“刚才我……有些重，弄疼你了吗？”我刚欲摇头，高无庸在帘外道：“十三爷求见。”

我忙从他怀里站起，两人诧异地对视一眼，这么晚所为何事？他道：“快宣！”

十三爷大步而进，满脸彷徨不安，焦灼担心。

胤禛问：“什么事？”

十三爷跪倒就磕头，连磕了三个头道：“臣弟是来求圣旨的。无皇上圣旨，任何王公、阿哥不得随意进出九门，不得私自调遣兵士。臣弟求皇上恩准臣带人寻找绿芜。”

我惊问：“绿芜怎么了？”

十三爷双手紧握着拳道：“她留信说不喜欢王府生活，性本爱丘山，回江南了，让我莫再寻她。”

我不可置信地摇头道：“怎么会这样？她不可能舍得你的，承欢呢？”

十三爷惨笑道：“她说有皇兄和你，还有我，承欢绝不会受委屈。”

十三爷又向胤禛磕头，胤禛忙蹲下扶起他道：“朕立即下旨派人去追。”说完扬声叫高无庸，吩咐传隆科多。

十三爷急急地往外冲，我忙拉住他道：“找人也要样子呀，你可有绿芜的画像，拿来让画师照样绘制，好让人拿着寻。”

十三爷如梦初醒，连声道：“对，对！我幽禁时，画了不少，这就去拿。”说完就冲了出去。

我看着十三爷的背影这才惊觉，他对绿芜已经用情至深，我从未见过这样的十三爷，方寸大乱，焦急彷徨。就是当年面对八阿哥的精心圈套、漫长无期的幽禁生涯时，他依然是从容不迫的。

胤禛冷声吩咐高无庸：“派人查清楚，绿芜为何突然离开怡亲王府。另外不管有任何发现都先来禀告朕。”高无庸立即转身而出。

我急得在地上走来走去，胤禛叹道："你就是把地板踩破，也不能把绿芜变出来。先吃些东西。"

我摇头道："吃不下。"他举筷欲吃，又叹口气，搁下筷子，命人进来撤掉。

已是半夜，却仍然没有任何消息。我对胤禛道："你睡吧，明日还要上朝。"

他搁下手中奏折，静默了半晌后道："我现在很担心。从未见过十三弟这样，当年他以一人之力搏杀猛虎时，都还懒洋洋地笑着。可今日你也看到了，失态至此。"

我强笑道："找到绿芜就好了，他们十年相依为命，绿芜本身又才貌双全，情思深种并不奇怪。"

他靠在椅背上，半仰着头，手覆在额头上叹道："我担心的就是找不回绿芜。"

我摆手道："不会的，肯定能找到。"

他长叹口气道："希望我想错了。"

第二日，胤禛早朝刚归，我就冲上去问："找到了吗？"

他疲惫地摇摇头，我忙服侍他坐下，又拧了帕子替他擦脸。他闭着眼睛道："十三弟未来上朝，你不知道，我坐在上面，看着下面立着的人，每个人都各怀鬼胎，没一个人可信赖，我总在想他们面具背后的真正心思，面上的敬畏、忠诚有几分是真。我这才真明白为什么天子都是孤家寡人，以前看到十三弟站在那里时，我从没有这种感觉，孤零零的感觉。"

我强忍着泪道："等找到绿芜就好了。"

他眼未睁地道："若曦，抱着我！"我坐到他身侧，用尽我全身力气紧紧地抱着他。

"皇上，王大人求见。"

他睁开眼睛道："绿芜有消息了。"我忙起身走进里屋，放下帘幕。

听着帘子外面的声音，我扶着柱子，一点点软坐在地上。

"臣照着画像打探，有人见过一个身着绿衫的女子在河边迎风而站。见到的人说，因有大雾，具体容貌看不分明，可就是觉得极美。因为女子来得蹊跷，去得也蹊跷，雾起时已立在河边，雾未散人已不知去向，甚至有无知民妇说是河神。臣又沿河上下打听，却一无所获。后来，后来……突然听闻有渔民从河中打捞起女尸，臣立即前去查看。形貌已不可辨，但腕上所戴玉镯却恰好与画像中一模一样。"

不！这不是真的！绿芜你怎么可以这么残忍？你让十三爷情何以堪？还有承欢，

我们当年取名时，就是为了能让她承欢于双亲膝下。你让她以后承欢于谁膝下？

“此事还有谁知道？”

“回皇上，臣谨遵皇上旨意，不敢惊动任何人，就连底下士兵，臣都只吩咐继续寻找。尸身臣已经派完全不知此事的人看管好。”

“办得好！此事不许再告诉任何人，你们继续寻找，退下吧！”

胤禛走进里屋，蹲到我身边，叫道：“若曦，抬头！”

我头埋在膝上，怔怔出神，他把我从地上抱起，放到榻上，轻拍着我的背道：“最痛苦的会是十三弟，我们该想想怎么办。”

我眼泪汩汩而出，仰面道：“肯定是恰巧有人戴同样的镯子。”

他沉默无语，半晌后问：“如果是绿芜，你打算怎么办？”

我摇头道：“不会的，即使因为十三爷的福晋嘲讽为难了绿芜，她也不至于自卑心冷到投河。”

他扳着我头道：“我会让人去查清楚究竟是不是绿芜，可你不能这样，你再难过，能比得上十三弟之万一吗？现在不是我们难过的时候。”

我抹着眼泪点点头，他问：“如果是绿芜怎么办？”

我垂泪想了会儿道：“不能让十三爷知道。十三爷刚刚得释，还未从圣祖爷驾崩的悲痛中缓过来，若让他见到尸身肯定会发疯的。”我哭着道，“面目难辨！怎么受得了？”

他道：“我也如此想，眼前断然不能让他知道。”

未到晚膳时分，已收到确定消息，尸身肯定是绿芜的。我自己硬塞给自己的一点儿希望彻底破灭。胤禛沉吟半晌后，吩咐收敛好尸身，拣一块好地方厚葬，又派人寻人假扮亲人去认尸，编好故事，让沿河渔民知道，务必要天衣无缝。

我坐在里屋榻上，木然地听着，心下一片凄然，十三爷，你现在还在四处寻找吗？我们这样做，究竟是对是错？

◈

十天过去，十三爷仍然坚持不懈地找着。胤禛和我都是愁思百结，他面上还好，清冷惯了，看不出太大的不同，我却是藏也藏不住。

十三王爷早朝不上，满朝文武都猜不透原因，琢磨不透新登基的胤禛在玩什么花样，举止越发谨小慎微。

胤禛和我商量道："若曦，你去看看十三弟吧，你们两个交情非比寻常，你又算是他和绿芜的媒人，你的话也许他能听进去。"

我呆了半晌，摇摇头。

胤禛道："总不能永远这么找下去，十三弟如今在府中日日烂醉如泥，据闻只说四个字'找到了吗'。我不方便过去，你去看看他究竟如何。"

我想了很久，点点头。

他吩咐人准备车马侍卫，唤了自己的贴身侍卫叮嘱再叮嘱，我道："派一人相随就可以了。"他未语，依旧派了八人相护。我心下凄惶，如今朝堂上究竟是个什么局面，他不愿我知道，我也不愿知道，可这些细小琐事却露了端倪。至少他是时刻警惕的。

到了十三爷的王府前，因没有事先通知，所以无人相迎，侍卫上前表明身份，守门的人看到宫中的腰牌，立即乱了起来。我道："别麻烦了，我此程只为来看十三爷，你们领着我去见王爷就行了。"

一个太监忙在前面领路，到了书房，他躬身说道："爷就在屋内，因不许奴才们打扰，奴才……"我点头表示明白，挥手示意他下去。定了定心神，缓缓推开门。

满室酒味烟味，虽门窗紧闭，帘子密拉，却因点着无数蜡烛，十分亮堂。四壁满是绿芜的画像。十三爷散着头发，拎着酒壶，正对着其中一幅画像喝酒。听到门响，漠然回头，见是我，淡淡一丝错愕，转瞬即逝，又漠然地转回头。

我掩上门，一幅幅画像细看过去，或坐、或立、或笑、或颦，四时节气俱有，看落款日期都是幽禁十年间所作。绿芜，你泉下有知，是否是含笑的？十三爷对你一如你对他。

其中一幅是十三爷和绿芜两人一起的画像，细看笔触，绿芜应是十三爷所画，而十三爷是绿芜所绘。一轮如钩弯月挂在柳梢头，绿芜坐于树下抚筝，十三爷立在不远处吹笛，两人眉眼含情，绿芜带着几分娇羞，十三爷满面欣悦。

"这是我们成婚之日所绘，我什么都不能给她，只能以天地为媒，柳树为证。"十三爷立在我身后，凝视着画，语气沉痛。

我盯着画中的绿芜道："绿芜是快乐的。这就是你给她的最好东西。我虽只见过她一面，但觉得她眉头总是紧锁着无限愁思，可你看看这些画，她即使含嗔薄怒，却是喜悦的。”

“她为什么要走？只言片语就把十年统统抹去？为什么？就算我有不是，可承欢呢？”十三爷把手中酒壶狠狠砸到地上。为什么？霎时间恨怨悲怒溢满了我心，我走到桌边随手拿了瓶酒，灌了几口。

我一面喝酒一面一根根吹熄蜡烛：“我有个故事要告诉你，也许你听了，可以明白一二。”

十三爷随意靠着柱子坐在地上，拿起桌上的烟杆凑到最后一根蜡烛上点燃，默默吸着。我道：“给我些烟丝。”

他解下烟袋子扔给我，我随手裁了方纸，卷了根烟卷，也凑到烛上点燃，深吸了口，久违的味道，缓缓吐出。吹熄了屋中最后一根蜡烛。

我靠着桌子坐在地面上，吸着烟，漆黑的屋子中，只有我和他手中的烟一明一灭。

“在讲故事前，我还有几句题外话说。你和绿芜固然是夫妻情深，可你别的福晋这么多年也是苦守着，孩子她们一手带大，好不容易盼到你出来，你就如此对她们吗？”

十三爷面前的一点红花开了又灭了，我吸了口烟问：“绿芜祖籍是浙江乌程，你可知道？”

黑暗中，十三爷的声音幽幽传来：“只听她说是江南人，因她身世漂泊，自己不愿多说，我不愿引她伤心，也从未多问。”

“绿芜在很多年前曾给我写过一封信。‘贱妾绿芜，浙江乌程人氏。本系闺阁幼质，生于良家，长于淑室；每学圣贤，常伴馨香。祖上亦曾高楼连苑，金玉为堂；绿柳拂槛，红渠生池。然人生无常，命由乃衍；一朝风雨，大厦忽倾！’”十三爷对朝堂上的事情比我精通，听到此处，手中的一点火红骤然一抖，我轻吸口气，稳着声音道，“浙江乌程在圣祖康熙爷登基之初曾发生过一件举国轰动的大案，因为庄氏修订明史时沿用了明朝旧称和年号，犯了十恶不赦的大罪，参加庄氏《明史辑略》整理、润色、作序的人，及其姻亲，无不被捕，每逮捕一人，全家老少男女全部锒铛入狱。与此书相关的写字、刻版、校对、印刷、装订、购书者、藏书者，甚至读过此书者，莫不株连。当时被杀的有七十二人，其中凌迟处死的十八人，充军远方的有数百人，受牵连入狱的两千多人。因此而家破人亡、骨肉飘零者不计其数。”

十三爷静默无语，黑暗中只有手中的那点火星上下簌簌颤动。

“她随你赴难，陪你共度十年，这是她对你的情，如今她只身远走，却是全她的孝。你若真待她好，就不要再逼她，让她在江南水乡间安安静静地过日子吧！”

我烟吸尽，三瓶酒喝完，带着六分醉意半吟半唱道："'去也终须去，住也如何住。若得山花插满头，莫问奴归处。'胤祥，让她去吧！"起身从怀里掏出当年绿芜给我的信，放在桌上道，"这个留给你。"说完，踉跄着出了屋子。

我问一旁的仆人："承欢在哪里？带我去见她。"

一个五岁的小人儿缩在床角，不许任何人靠近。

我问她："姑姑带你入宫可好？"她两只乌黑的眼睛盯着我，只是摇头。唯一一次见她，她还在襁褓中，如今已经是粉雕玉琢的小姑娘。

十三爷的嫡福晋兆佳氏叹道："本就刚从皇上身边接回，才刚和阿玛、额娘熟悉一些，可绿芜却走了，爷又一直关在屋中喝酒，她就这样了。"

我上前笑说："进宫可以见到弘历哥哥，还有四伯父。"

她瞪着我，小手掩着鼻子，脆声道："你也喝酒，我讨厌你们喝酒！"

我忙退后几步，尴尬地看着承欢，她皱眉问："何时伯父和哥哥搬到宫里住的？你莫要骗我。"

我头本就晕沉，被她搞得越发晕。这小丫头长得和绿芜是五分像，可性格实在难缠，"我骗你就是小狗。"

她皱眉又研判了我一会儿，从床上一蹭一蹭地下地："我们走吧，不过如果见不到弘历哥哥，我可会让伯父打你板子的，打得你屁股开花。"兆佳氏好笑又同情地看着我，我无奈地揉着额头。

我牵着承欢而行，兆佳氏在旁相送，我恭辞，她却执意如此，道："这只是我的一番心意。"

我看着她心中微酸，她算是古代典型的贤妻良母了："这些年你也吃了不少苦。"

她微微而笑道："比起爷和绿芜，我还是养尊处优的，也就是操些心罢了。"

两人正说话，十三爷的侧福晋富察氏上前向兆佳氏请安。我一看到她，眼内冒火，牵着承欢的手猛地一紧，承欢呼呼喊痛，甩脱了我的手。

富察氏笑看着承欢问："承欢这是去哪儿呀？"

我再难忍耐，笑对兆佳氏道："奴婢有些话要单独和侧福晋说。"兆佳氏微一踌躇，挥了挥手，让相陪的人都退下，自己牵着承欢退到一边。

我对几个侍卫吩咐："一边候着。"他们也忙退离几步。

富察氏笑问："不知有什么话，我们要私下说？"

我问："你究竟和绿芜说了什么？"

她脸色微变，强笑道："我每日和她说的话可多着呢！不知你指的是哪句？"

激怒之下，酒气上头，我上前揪着她领口低声喝道："你以后最好收敛着点儿，若还敢对承欢耍花招，我不会饶了你。"

兆佳氏冲上前紧紧拉住我的手道："若曦，她确有错，可此事现在不能闹大，让爷知道了可了不得，会出人命的。"

我心下一叹，放了手。我们总是顾忌来顾忌去，无论恨怨都要强忍着，再无当年一声断喝大打出手的无所顾忌、爱憎分明。

我松开手，牵着承欢就走，承欢虽有些脾气，却极是聪明，看我脸色不善，立即乖乖随行。

回到宫中，承欢一见胤禛立即扑了上去，胤禛忙搁下笔，抱起承欢。我笑看着承欢在胤禛身上缠来扭去。胤禛自己的孩子见到他都是毕恭毕敬的，承欢却丝毫不怕胤禛，看来承欢在胤禛府中是受尽呵护疼宠。

承欢坐在胤禛膝头，嘀嘀咕咕地说着那个王府中的阿玛只喝酒不理她，那个什么额娘抱着她哭了很久，就不见了，又指着我道："她也喝得醉醺醺，还差点儿打架。"胤禛皱眉看了我一眼。

承欢和胤禛抱怨完，立即问："弘历哥哥呢？姑姑说带我进宫找弘历哥哥玩的。"

正说着，太监在外面通报："四阿哥来了。"我笑挑起帘子，让弘历进来，弘历立即道谢。也不知道是弘历心思早慧，还是他额娘私下有叮嘱，弘历看到我向来异样恭敬，胤禛对他对我的态度也是默许。

他上前给胤禛磕头，看见承欢，他脸容虽还绷着，眉梢眼角已经有了笑意。承欢从胤禛膝头跳下，一下子就冲到了弘历身边，握住了他的手。胤禛也是难得的和颜悦色，笑着嘱咐弘历带承欢去乌喇那拉氏处，带承欢熟悉一下宫里。

等两兄妹手牵手走了，胤禛走到我身边，叹道："酒没少喝，这烟味总该是十三弟所吸吧？"

我道："我也抽了一点儿。"

他看着我无奈地摇摇头："又是烟又是酒的，人劝得如何？"

我点点头："他应该会放弃寻找绿芜，过不多久就会好的。"

他惊道："我只想着让你去开导一下他，不至于伤身体，你怎么劝的？"

我叹气道："我撒了个弥天大谎。"

他问："什么谎？"我看着他犹豫未语，他拉我坐到榻上道，"不管是什么，我不会怪你的。"

我道："我暗示十三爷，绿芜是在'明史案'中家破人亡者的后人。"说完心里还是没底，文字狱一直都是清朝的禁忌。

他表情清淡地问："你如何让十三弟相信？"

我心放下道："一则我从未对十三爷说过假话，他绝对不会想到我会在这么大的事情上说谎。当时怕他从我脸上看出破绽，我还特地把屋中的蜡烛都吹熄了。二则当年绿芜求我帮她时，曾经给我写过一封信，提到自己祖籍浙江乌程，家世好似也非富即贵。我早就忘了这个茬的，带着信本想是给十三爷留纪念，可去怡亲王府的路上细读信时，恰好前几日看到过当年案子的记录，突然就萌生了这个念头，想着反正已经骗了，也不在乎骗大点儿……"我忽地掩嘴惊看着胤禛。

胤禛立即叫人进来，细细吩咐了会儿，叮嘱道："一切暗中进行，务必查清楚。"

我难以置信地问："难道我的假话竟然是实情？"

他淡淡道："应该很快就知道是否属实了。"

我支头默想了会儿道："我一直觉得纳闷，富察氏就算用言语侮辱绿芜，又要了些手腕，可绿芜怎能如此冲动，以致萌生死念？但又想着情到深处越发患得患失，恨不一夜能白头的都有。绿芜以前就觉得自己配不上十三爷，十三爷如今地位更是尊贵，她还要面对十三爷众多出身显贵的福晋，她又是个心高气傲的人，一时受不了这份气想离开也是可能，可离开十三爷对她而言，和死又有何分别？所以一切也可理解。但如今看来……这不过是个引子而已。"

"十三弟一出来就上折子请求册封绿芜，我还未及细查绿芜的身世，如果你的推测是真的，以她这样的出身，不要说册封，如果传扬出去，被老九他们抓住把柄，肯定要大做文章，而十三弟的脾气又肯定不会让绿芜再受委屈，到那一日局面只怕难以收拾。绿芜……"胤禛轻叹一声，"真正奇女子，十三弟没有错爱她。只是她行事太过刚烈，竟然没有给自己留丝毫退路。"

原来不只我所编造的忠孝，绿芜还有这层顾虑，十三爷只怕心中也明白几分吧！绿芜……

胤禛坐到我身侧，揽着我道："别想了，这段时间，你心够累的了，不管真话也好，假话也好，既然已经让十三弟死心，你就先顾好自个儿身子。"

我点点头。

◈

经过一个多月的辛苦，总算有点儿成果。我看着眼前的报表，不禁展了一个大大的懒腰，兴冲冲地卷好报表，快跑着去东暖阁。看小太监看我，又忙放慢了脚步，强压着兴奋，轻轻而入。

珠帘内，高无庸正跪在胤禛身侧，双手捧着红漆雕凤盘，举过头顶。胤禛瞟了一眼翻了一面牌子，又转头继续看着奏折。

仿若寒冬腊月天，突然坠入冰窖，全身骤寒，我捂着胸口，快步退了出来。抱着怀中的报表，茫茫然出了养心殿。这一幕终于在我眼前发生。准备再充分，还是心酸。

玉檀从身后跑着赶上来问："姐姐，这么冷的天，怎么连斗篷也不披就出来了？"说着扯着我回养心殿。

我缩了下身子道："我不想回去。"

她想了下道："那去我那边吧，我如今仍旧住在以前的院子中。"我忙点点头。

一直到晚间，玉檀看我仍然没有要走的意思，只得寻出被褥安置我与她同睡。敲门声忽响，玉檀忙去开门，梅香带笑而进，向我请安道："高公公吩咐奴婢给姑姑送暖袋来，让奴婢转告姑姑务必暖着膝盖。"我扭头不语，玉檀接过，梅香作福退出。

玉檀将暖袋塞进我被中，我踢出去道："我不用这个。"

玉檀笑着强塞到我膝盖旁道："这几日天冷，若不护着点儿，遭罪的可是自己。就是有气，也犯不着和自个儿身子过不去。"

我问："是谁？"

玉檀愣了一下，方反应过来我没头没脑的一句话所问何意："年妃娘娘。"

玉檀替我塞好被子，静静躺下睡去。我心下难受，一夜胡思乱想，未有半丝睡意。

第二日直到过了晌午，我才磨磨蹭蹭地向养心殿行去。坐在屋中发了半晌呆，想着报表还有些未做。起身向寝宫行去，走到门口步子越发沉重，犹疑了半晌，一咬牙进了寝宫，却不看一旁几案上的账簿，自虐似的只是盯着床铺。

身后一声低低叹息，一双有力的手环抱住我，他俯在我耳旁问："我是该喜你为我吃醋嫉妒呢，还是气你如此小气，和自己过不去呢？"

我沉默着不理他，他牵着我出了寝宫道：“十三弟上朝来了。”我点点头，他又说，“绿芜的事情确如你所说。”

我脚步微滞，忍不住问道：“十三爷面色如何？”

他道：“带着几丝憔悴，眼里满是伤痛无奈，不过不细看看不出来。”

经过自己房间时，我道：“你等等，我有东西给你看。”说着拿了报表出来。两人走到桌前，我道，“你要答应我一件事情，才能看。”

他道：“我答应。”

我道：“你不问问什么事情就答应？不怕做不到吗？”

他轻抚了下我的脸道：“今日凡事都一定顺着你，做不到也要努力做到。”

我咬唇未语，静默半晌后说：“待会儿我给你讲解时，只许问和数字相关的问题、看不懂的问题，别的一概不许问，因为我不会回答的。”他纳闷地点点头。

我摊开报表给他看，先细细讲解了何为复式记账，借方代表什么，贷方又代表什么，然后开始仔细讲如何看这张图表，获取自己想要的信息。他越听越惊讶，几次看着我嘴唇微动，都被我摇头制止。

待一页图表看完时，天已黑透，他叹道：“这样看账，清楚明了不说，而且想要什么立即可以找到，又容易发现问题。”

我道：“你刚开始学着看，所以慢，等看习惯了，以后会很快。这个只要做表格的人做得好，看的人是很省工夫的。”

他看着我，脸带疑惑，我忙道：“莫要忘了答应我的事情，不问，只用。”他盯了我一小会儿，收起表格笑问：“你这段日子天天忙的就是这个？”我点点头。他道，“回头给你找两个识字的太监，你教会他们如何填制，吩咐他们做，自个儿看着就可以了。”

“我想把那些账簿搬到自个儿屋做，或你在东暖阁给我间屋子。”

他叹口气道：“把东暖阁放字画的房间整理出来给你用，不过对外你只说自己在学画。”

我点头道：“我省得，不会让别人知道我看这些的。”

他说：“今儿晚上我们一块儿用膳。”

我冷着脸道：“我没工夫，你去找……”我一撇脸，只是咬着唇沉默。

他强把我拉进怀里，低声道：“若曦，我知道你是把整个人、整个心都给我，我能给你的东西却有限。能无限给你的，你却又都不稀罕，但你记住……”他把我的手按在他心口，“这里，我是完完全全给你的。”

我震惊地看着他，我以为他会把我的别扭当成女人之间的争风吃醋，没想到他竟明白我在计较什么。想到十三爷，又释然了，十三这个大嘴巴，又露口风了。

虽然心中仍不舒服，但是我的手掌下，他的心在跳动。我僵硬的身子慢慢软了，静静地靠在了他怀里。

第十二章

一缕芳魂
归青山

今日是康熙六十一年的最后一天，明天就是雍正元年。胤禛特意召十四爷入宫陪额娘过年。临去前叮嘱我，就在养心殿待着，哪里也不许去，要不然回来看不见我的话，他肯定会生气的。我笑应是。他一走，我脸上笑容立即垮掉，他是一点儿也不愿我见到十四爷。

我在东暖阁字画室中看账簿，听闻外面响动，一面起身迎出去，一面纳闷他怎么这么快就回来了。胤禛面色清淡，嘴角甚至还含着丝笑，可眼神却冷如寒冰。我忙向高无庸打了个眼色，他立即挥手让所有人退下。

胤禛盘腿坐于炕上，静静出神。我走到帘外吩咐高无庸简单备置一些酒菜。

给他斟了一杯酒，自己也倒了一杯。他默默端起杯子一饮而尽，我随即又给他添满，他连饮了三杯后，才停了下来，拿起筷子吃了一口菜。

从康熙去世后，他就一直憋着。我有意灌醉他，想让他借着醉意发泄一下。胤禛酒量比我差很多，默默陪他连喝了三壶酒后，他已经颇带着醉意。

胤禛猛然把杯子摔到地上，拿起酒壶直接灌了几口："你知道现在紫禁城外都在说什么吗？说朕篡改了圣旨，抢了老十四的位置。这些人就算了，有心人散布谣言，他们就跟着混说。可额娘今日居然当着老十四的面质问朕！她居然质问朕！"胤禛似笑似哭。

"她当着朕的面对允禵说皇阿玛是属意于他的。说只要朕当一天皇上，她就绝不做太后。朕不必封她，省得她将来地下无颜见皇阿玛。为什么？难道只有允禵是她亲生的吗？"说着把酒壶又扔到了地上，拉着我问，"若曦，皇阿玛将来会不愿见我吗？"

我坐到他身边，搂着他道："不会！"他搡开我道："你骗我！别人也许糊涂，可你心里是明白的。皇阿玛不会原谅我的！不会！你知道皇阿玛临去那日私下召见我时说什么？皇阿玛说自从康熙四十七年起就一直在细察十四弟，夸十四弟重兄弟情义，为人有担待，处事赏罚分明，文武全才，若立十四弟为太子，将来必不会出现兄弟相残的局面。"胤禛笑着趴倒在桌上。我想起当日他的眼神，十分心痛，他当日在万分绝望中是如何云淡风轻地听这番话的？

胤禛道："不过也幸亏皇阿玛的这番话，让我事先和隆科多商量过，彼此心里有了准备，后来才不至于太仓促。"我心中一凉，准备？他们原本准备什么？立即打消各种念头，不愿意再去深想。胤禛笑道，"皇阿玛不会原谅我的！"

我定声道："我没有骗你，圣祖爷肯定会的！圣祖爷关心的是大清江山的长治久安，只要你能把江山治理好，他肯定会原谅你的！"

胤禛趴于桌上，喃喃自语道："皇阿玛会原谅我的，会原谅的，朕没做错，朕一定做得比老十四好！"

我脸贴在他背上道："会的，一定会的！"

我悄声唤高无庸进来收拾，他看着醉卧在炕上的胤禛问："要送皇上回寝宫吗？"

我道："就在这里歇着吧。"

"那奴才叫人过来服侍。"

我叫住他道："不用，你我就可以了。你帮我在地上搭个地铺，要茶水我自会伺候的，你在外进歇着，有事我叫你。"胤禛如今还在醉中，万一再说出什么话来，听见的人只怕要大祸临头。

听着胤禛轻微的鼾声，我心中凄然。当年去清东陵游览时，导游曾经讲解说："清代的皇帝墓葬实行的是子随父葬、祖辈衍继的昭穆之制。东陵葬着顺治、康熙、乾隆，可雍正却极其令后人不解，独自葬在了清西陵。”如此看来，他对康熙的心结最终也还是没有尽释，即使他拼尽全力将大清治理得很好，却依旧不敢面对康熙。

清晨，天刚蒙蒙亮我就醒来了，轻手轻脚洗漱完，又特意叮嘱高无庸在外面看着点儿，不许弄出声响，让厨房备些清粥小菜，随时候着。

待回身进屋，却看胤禛睁眼看着我。我坐到炕头，笑道：“昨儿晚上喝过酒，今儿又不用上朝，再躺一会儿吧！”

“若曦。”胤禛伸手握住我的手。

我问：“头疼吗？”

他笑说：“十三弟以前总夸你酒量好，我一直不以为然。昨夜居然被你灌醉了。”

我笑说：“是你酒量差，才是真的。”

胤禛笑而不语，看了我半晌，忽道：“昨夜谁伺候我的？”

我道：“我服侍的，当中只叫高无庸进来收拾了下地面。”

他轻捏了下我的手，翻身坐起。服侍他洗漱用完早膳。他笑着从抽屉内取出一个狭长小盒给我，我笑道：“新年礼物？”说着打开盒子，触目所及，心情激荡。当日他问我为何不戴簪子，我说不小心摔碎了，他一笑而过，却不料竟然命人雕琢了一支一模一样的。

胤禛拿起簪子替我插好，笑问：“可喜欢？”我用力点点头，这一直是我心中的遗憾，今日得以弥补。

两人静静相拥了会儿，他犹豫了下道：“今日是新年第一天，我要去看一下年……”

我强笑道：“我正好有些累了，回去再补一觉。”转身欲走。他拽着我道：“若曦，体谅下我。”

我头未回，抽手出来道：“我已经尽力，难道你还要我笑脸送你过去吗？”说完，快步而出。

回屋枯坐着发呆，忽听得外面一片请安之声，忙匆匆拉开门向皇后请安，心下却是极为不舒服。皇后一向行事谨慎稳妥，无缘无故到我这里来干吗？皇后紧走了几步搀扶起我，笑道：“听闻你腿不方便，以后就不必跪了。”

我低头道：“奴婢不敢。”

皇后笑牵着我手进了屋子，挥手屏退众人，强拉着我坐于她身旁道：“你看着比早些年可瘦多了，平日多留神身子。”我浅笑着微一颔首。她笑说，“还记得那年皇阿玛临幸圆明园吗？”我笑点点头，她叹道，“十年了！那是我第二次仔细打量你。”我微笑一下，低头静坐着。

皇后看我丝毫不接她的话茬，只得自己笑问：“你不纳闷为什么吗？”

我抬头看向她，她道：“五十一年的时候，你在宫中罚跪的事情传得沸沸扬扬，众人纷纷揣测究竟所为何事，后来又下起瓢泼大雨，皇上匆匆进了宫，回来时全身湿透。我服侍着皇上沐浴换衣后，皇上晚膳不用，觉也不睡，一直站在窗前看雨，最后竟然走进雨中，站了一宿，我当时哭跪着求他进屋，皇上只淡淡吩咐人把我拖开。”

我震惊地看着皇后：“是皇上让你来告诉我这些的？”

皇后摇头道：“皇上过来时只说你心情不好，让我来陪你说说话，不要让你一个人闷在屋中胡思乱想。这些话我自个儿在心中憋了多年，今天实在忍不住才说了出来。当年我只是惊疑不定，猜不透究竟是为你还是为十三弟，或其他事情。后来除夕夜，看到皇上刻意一眼都不看你时，我才明白几分。”

他当年的痛苦绝非笔墨能形容，十三爷被囚禁，我被罚跪，他却只能眼看着，他有尊贵的身份却无力保护自己关心的人，也许唯有那冰冷的雨方能缓和心中的痛。早晨积聚在心中的丝丝不快渐渐化去，心里只剩心疼、怜惜。

皇后道：“这些年，外人只道他是个富贵闲人，其实你在宫里身子受苦，皇上却是在府中心里受苦。皇上做事情只按自个儿心意，从不管他人如何评价。他如今这样，固然有他朝政上的考虑，可也是为了护你，不愿把你放在最亮眼处，恨不能最好永远藏住你。你在宫里那么多年，这些道理一点就明的。”

我怔怔地发着呆，皇后神色也是有些不属，说道：“我十多岁就跟了皇上，至今膝下无子无女，估计这辈子也不会有了，坤宁宫我是住得心惊胆战，但看着你，我反而心安了。”

我这才第一次细细打量皇后，才看到她华冠后藏着的凄伤，在后宫，没有儿女依靠的女人只怕比得不到帝王的垂目更恐怖。我道：“你永远都是皇后的。”我根本不记得雍正的后宫是怎么回事，但我知道胤禛只会因为她犯错而惩戒她，绝不会因为她没有子女而忽视她。

她笑了笑，说道：“看明白了你和皇上，我就已经知道了。我说这些只是希望能让你心情好些，皇上也就不必忧心忡忡了。”说完起身道，“我知道你不愿见我们，我这就回去了。”

我愣了一下，叫道："皇后娘娘。"她回头看着我，我道，"我没有与你们争的心，也不是刻意耍性子想要排挤谁，我只是有些事情，我……我自己也很煎熬和矛盾。"

她笑点点头："我明白的，我留意了你将近十一年，若非清楚知道你为人，今日不会说这番掏心置腹的话。"说完仪态端庄地离去。

◈

还有两日就是元宵节，往年此时宫中诸人都忙着挂花灯，准备欢庆佳节，今年却因仍在丧中，花灯烟花都没得赏。

承欢这段日子与我亲昵了很多，大概是我比较娇纵她。不守规矩出格的事情，在我这里都是一笑而过。她爬树，侍候她的宫女、太监急得蹦蹦跳，我却在一旁看着乐，只嘱咐她当心别摔下来。她撩起裙子追狗玩，一旁的老嬷嬷喝着命她站住，我却赶忙支使人把老嬷嬷哄走，由着她和狗抱在一起滚爬。打碎了皇后宫中胤禛新赐的玉如意，吓得躲在树上不肯下来，我教她先把自己掐哭，再去抱着皇后的腿求皇后责打，皇后当然是不可能打她的，承欢又立即去胤禛面前说皇后待她有多好，把皇后夸得天上地下绝无仅有，皇后暗有的一丝不快也立即烟消云散，见了承欢越发心肝宝贝的。三番五次下来，她个鬼精灵也知道惹麻烦时找谁最管用，谁会花心思替她遮掩、帮她说谎话。

胤禛说了我两次，说我不能这么由着承欢胡来，再这么下去，她哪天都敢把养心殿的瓦揭下来。我道："那就让人再放回去。"他盯了我一会儿，摇摇头，未再多言。

承欢和我在一旁看着小太监帮我们扎灯笼。究竟扎个什么式样的灯笼，承欢却一直拿不定主意，一会儿说要荷花样的，一会儿又说要孙猴子，两人正嘀嘀咕咕商量，玉檀面色难看地匆匆跑来道："姐姐，皇上要见你。"我嘱咐了承欢几句，忙随玉檀而去。

"什么事？"

玉檀道："姐姐去了就知道。"我心下纳闷，忙加快了脚步。

进了养心殿，看见下方居然坐着的是八爷，心中大惊。胤禛虽未明说，但心里却不愿让我见八爷、十爷、十四爷等人，所以一直刻意地隔开我们，现在却是为何叫我来？

胤禛让我起身后，踌躇了下，看着八阿哥道："还是你直接和她说吧。"八爷脸色苍白，眉头紧蹙，平常总是含笑的嘴唇紧紧抿着，全无往日一贯的从容优雅，竟然透着几丝慌乱伤痛。

我紧咬着唇，双手握拳，心里万分惧怕地盯着他。他深吸口气道："若兰要见你。"

我泪水立即狂涌而出，转身就往宫外奔去，胤禛在身后叫道："你能跑得过马吗？"

我停住脚步，回身看向胤禛，八阿哥上前道："已经备好车马，我们这就走。"说着领头跨步而去，我忙小跑着跟上。

我跟在八爷身后跳上马车，车前车后俱是侍卫。八阿哥垂目默坐，我捂着脸哭了一会儿，抬头问："多久了？"

他道："就三天前，之前一切正常，突然就病倒了。"

我抹着眼泪问："太医怎么说？"

他弯身，手半捂着脸，半晌后，语气沉痛地道："当年小产后身体就再未恢复过来，又终年抑郁，内里早已是油尽灯枯，现在熬一天是一天。"

我再也忍不住，侧身靠在壁板上放声大哭起来。行了一路，哭了一路。马车停在府门前时，他道："不要再哭了，她如今只是放心不下你，不要再让她担心。"

我强抑着悲痛，擦干眼泪："我知道。"

人未到姐姐屋子，巧慧已扑了出来，跪在我脚下只是无声地落泪。我扶起她，眼泪又要出来，十八年未见，再相逢却是如此情景。八爷在一旁吩咐丫头道："去打水来服侍姑娘擦把脸。"

我擦完脸，又扑了些胭脂，对自己说，不要让姐姐走得不安心，让她放心离去，强挤出丝笑，问八爷："这样可好？"

他点头道："还好。"

我深吸几口气，进了姐姐屋子，挥手让一旁服侍的丫头都退出去，跪在姐姐床前，低低叫道："姐姐。"

叫了几声后，姐姐才缓缓睁开眼睛，看是我，嫣然一笑道："我是在做梦吗？"

我凑近，脸贴在她脸上道："不是。"

姐姐低低一叹道："我刚才梦见额娘了。"

我顺着她问："额娘说什么了？"

她道："额娘只是笑，笑得极美，她未生病前就常常那么笑的。"

我头靠着姐姐道："是极美。"

姐姐道："又开始说胡话，额娘去时你才出生未久，哪里能记得额娘相貌？"

我蹭着她脸道："额娘又不会偏心，你能梦到，我自然也能梦到。"

姐姐笑道："上来陪我一起躺着，我有好多话给你说。"

我忙脱了鞋，躺到姐姐身边。姐姐轻叹道："我知道我很快就能见着额娘了。"

我抱着她沉声叫道："姐姐。"

姐姐喃喃问："你还记得西北吗？"

我道："记得呢，怎么可能忘得了？"

姐姐闭上眼睛道："我一直不喜欢北京城，一点儿也不喜欢。每次闭上眼睛，就能看到西北的茫茫戈壁，在阳光下泛着银光的雪山融水，还有长长的红柳，经常划破我裙子的骆驼刺。"

我道："还有吃着难吃，却又总想吃的沙枣。"

姐姐笑说："是啊，闻着那香味扑鼻得诱人，忍不住地想吃，可一吃进嘴里就后悔，腻在嘴里什么味道也没有。"

我道："我还想念那边的葡萄。"

姐姐笑说："北京的葡萄也能算葡萄？皮厚不说，还不够甜。"

我道："就是呀，我们那边的葡萄，往嘴里一丢，轻轻一抿，只有满口的甘甜，皮早就化了。"说着，两姐妹轻声笑起来。

"我当年离开的时候，总以为自己还能有机会回去，却不料竟是永别。"姐姐说着语声转悲，"二十多年了。"我紧紧抱着她，强忍着泪。

"妹妹，别难过。我其实现在很开心，真的很开心，我就要能见着额娘和青山了。"

我道："青山？"随即反应过来是那个姐姐一直装在心里的人。

她侧头笑看着我问："你还记得他吗？"

我忙道："记得。"

姐姐莞尔笑道："我又傻了，但凡见过他的人，怎么可能再忘得了呢？"

我笑说："是啊。"

姐姐轻叹口气，闭上了眼睛。半晌后，自言自语地说："我知道他刚开始根本不愿意教我骑马的，他嫌我娇气，又爱哭。如果不是因为我的身份，他老早就不要我这个徒弟了。"

我道："姐姐爱哭？我怎么不知道呢？"

姐姐含笑说："是啊，我自己也纳闷。额娘去得早，我自小也是好强的，从不愿示弱于人。可不知为何，见着他那么似笑非笑、带着一丝嘲弄地看着我笨手笨脚地骑马，眼泪就忍也忍不住，只觉得满腹委屈。"

我心中含着酸楚，笑说："他后来肯定不会再嘲笑姐姐的。"

姐姐笑说："那你可错了，他哪天能不笑我？他从小在市井街头混大的，惫懒不过，又读了些书，嘴巴一点儿不饶人，粗有粗的说法，雅有雅的说法，总能让他挑出毛病来。"

"那姐姐不生气吗？"

姐姐嘴角抿着丝笑，出了半天神才道："怎么不气呢？可他说，就是喜欢看我生气的样子，说这样才活色生香，像个年轻姑娘，说我平时一举一动都规规矩矩，像个精致的木偶人。"

我看姐姐有些累了，忙道："姐姐，你先睡一会儿吧。"

姐姐睁开眼睛看着我道："我还有好多话没有说呢，这些话在我心里藏了很多年，说出来能舒服些。"

我笑说："我一直在这里陪你，等你睡醒了，我们再接着说。"

她依言闭上了眼睛，忽又睁开："你不用回宫里去吗？"

我道："我就陪着姐姐，不回去。"

姐姐微弱地笑了下道："这么不合规矩的事情，皇上都能准，我也可以放心走了。"

我笑着说："姐姐放心，皇上待我很好，以后我不会再吃任何苦的。"姐姐凝视了我一会儿，点点头，合上了眼睛。

我轻轻下床，拉门而出，欲找丫头备些热茶。看到八爷正低头立在窗下，见我出来，忙扭转了脸，一言不发，转身匆匆而去。我提步欲追，却又站住，我能说什么呢？有些伤痛不是言语能安慰的，何况我的安慰，对他而言也许根本就是伤口上的盐。

巧慧在身后低声道："小姐，该用晚膳了。"我摇摇头，目注着姐姐未语。巧慧低声说，"待会儿主子醒来还要小姐照顾呢，小姐还是先垫垫肚子吧，要不然哪来的力气照顾人？"我点点头，随巧慧出来，叮嘱丫头，姐姐一醒就来叫我。

正坐在炕上看丫头们置菜，门帘挑起，十爷和十四爷进来。丫头们忙请安，我愣愣看着他们，待满屋子仆妇都退出去，才反应过来，跳下炕请安。

十爷道："后日我要去喀尔喀，这一去只怕要一年半载，来和你道个别。"我抬头想问为什么，可瞬即苦笑起来，还能为什么，当然是胤禛下的旨了。

十四爷进屋后一直静静地看着我，我回避着他的眼光。半晌后他问：“你现在过得可好？”我点点头未语。他道，“你这样不明不白地跟着他算怎么回事？他若真要你，就该册封你；若不要你，就该放你出宫。你现在算什么呢？说你是宫女吧，可听说高无庸在你面前只有低头回话的份儿，老四的几个阿哥见了你也是毕恭毕敬，说你是主子吧，你这又算哪门子的主子？”

我低头默默凝视着桌上饭菜，十四爷重重叹口气道：“我永远弄不明白你心里想些什么，女人最看重的名分，你也不上心。”

十爷道：“十四弟，别再说了，你还嫌她心里不够苦吗？”十爷替我碟子里夹了菜，“先吃饭吧。”我吃了一口，味同嚼蜡，难以下咽，又搁了筷子。

十四爷道：“九哥上个月就被派往西宁驻守，十哥后日去蒙古，我估摸着下一个就该是我了，不知道他打算把我放到哪里才能安他的心。若曦，你想出宫吗？”

我低头未语，十爷道：“从来就不是她想与不想的问题，不只是她，就是我们，现在又有什么是自己想或不想就能做与不做的呢？”

十四爷往我身边靠了靠，头凑在我脸旁，盯着我问：“若曦，你自己心里究竟想是不想？”

我蹙眉默了半晌道：“我不知道，有时候想离开，有时候又割舍不下。”

他坐直身子，笑了几声，道：“你是舍不得他。”我心中酸楚难言，十四爷一语言中我心事。

“小姐，主子醒了。”小丫头在外叫道。我忙下炕欲去，十四爷拽住我道：“若曦。”我回身看着他，他问，“还记得当年在浣衣局和你说过的话吗？”我问：“什么话？”他苦笑着摇摇头，叹口气，放开我道，“没什么，你去吧。”

我看他面色抑郁，有心问清楚，可又惦记着姐姐，犹豫了下，还是匆匆出了屋子。

一进门，看见姐姐正坐在梳妆台前，巧慧给她梳头，忙赶前问：“姐姐不躺着歇息吗？”

姐姐笑指着几支簪子问我：“你说戴哪支最好看？”

我仔细打量了姐姐一会儿，拿起一根成色普通、样式简单的玉簪道：“这根好，和耳坠子相配。”

姐姐笑说：“这副耳坠子是青山送的，他见我戴着，肯定很开心。”

我一面替她插簪子，一面强笑道：“肯定很开心。”

巧慧打开箱子问：“主子想穿哪套衣服？”

姐姐凝视着镜中的自己道："那套湖水绿的骑装。"

巧慧犹疑地看向我，我点点头，她取了衣服出来，两人服侍姐姐穿好。

我看着姐姐已经很累了，劝道："姐姐，休息会儿吧。"

姐姐摇摇头，吩咐巧慧："还有鹿皮靴子。"巧慧忙又取了来，给姐姐穿好。

姐姐在我的扶持下，立着在镜前转了转，问："可好？"

我和巧慧都道："很好。"

扶姐姐坐回榻上，她靠在我怀里，脸上带着几丝笑意，默默出神，喃喃道："清晨时，青山带我迎着朝阳骑马，阳光刺得我的眼睛都睁不开，他却迎着太阳放声大笑。我最喜欢夕阳西下的时候，戈壁上的落日十分瑰丽，半个天空都红彤彤的，他骑在马上笑看着我，头发反射着太阳的光，整个人好像立在火焰中……"

我紧搂着姐姐，她道："妹妹，我好想回去，青山一定在戈壁上骑着马等我呢。"

我强抑住眼泪道："他肯定在等你。"

姐姐低不可闻地笑了几声，忽地扭头看着我说："可我有些怕。"

我柔声问："怕什么？"

姐姐道："我已经做了一辈子爱新觉罗家的人，我不想再做他们家的鬼，可我怕到了地下，他们也不让我去找青山。"说着，姐姐的眼泪颗颗滚落。

这是祥林嫂的恐惧，姐姐相信鬼神所以幸福地憧憬着离去，可又因相信鬼神所以惧怕婚约在阴间同样有效，何况是皇家的婚约。我想了想，示意巧慧来扶住姐姐，起身道："姐姐，我去去就来。"

姐姐牵住我的衣角惊问："是要你回宫吗？"

我摇摇头道："我出去方便一下，马上就回来。"姐姐点点头，松了手。

我快步出了屋子，拦住仆人问清楚八爷在书房后，向书房跑去。门口太监看到我忙高声请安，我未理会，直接冲了进去。

八爷坐在桌后，看到我从椅上惊起，脸瞬时惨白，十爷和十四爷也站起盯着我。我上前几步，跪倒在八爷身前，连着磕了三个头。他脸色缓和，侧身避开道："究竟什么事情？"

我仰头看着他道："求王爷休了姐姐。"书房瞬时陷入一片凝滞中，半晌后八爷面带哀凄，笑了几声，坐回椅上笑问："这是若兰的意思吗？"

十四爷道："册封、废除福晋都要皇上下旨，岂能说休就休？"

我跪爬到八爷腿旁道："皇上那边我会去求的，但此时进出宫还要好长一段时间，只求王爷先答应。”八爷靠在椅上，半闭着眼睛，笑了再笑，却无一语。

我看着八爷求道：“姐姐在这个府里已经困了一辈子，如今只担心自己就是做了鬼只怕也不得自由。你一直都知道姐姐的心根本不在你身上，他们阴阳相隔二十多年，求你给姐姐自由，让她安心地去找自个儿的心上人吧！”

八爷脸色越发惨白，十爷和十四爷脸色愣怔，惊异地看看我又看看八爷。

十爷上前搀扶我：“若曦，起来好好说话，王公皇子休福晋非同小可，必要皇上先准了才行，否则定会被议罪。”

门外忽传来几声脆笑，八福晋掀帘而入，冷笑道：“议罪？欲加之罪，何患无辞？真若有心定罪，即使什么都不做，也能是罪！”

十爷和十四爷忙请安，八福晋盯着我看了几眼，向八爷柔声求道：“成全若兰吧！”说完，走到桌边铺纸研墨，把毛笔递给八爷。

八爷胸膛急剧地起伏着，猛然提笔，一挥而就，写完后扔了毛笔，立即就出了书房。八福晋仔细读了一遍，递给仍跪在地上的我：“拿去吧。”

我接过休书，向八福晋磕头：“谢福晋。”

她苦笑着摇摇头，冷声道：“你不必谢我，我不过是为了自己。我一辈子心心念念地和她较劲，却不料她根本就没上过心。”她仰头，盯着屋顶，微带着哭腔，讥讽地笑道，“这难道不是天大的笑话吗？我竟和自己想象中的人斗了一辈子，我不想再和她到地下去争了，她想走，我求之不得，满心欢愉地相送！”说完，半仰着头，笑着，快步出了屋子。

我捧着休书，眼泪滴下，为姐姐也为她。她如此倨傲，以为仰着头，就可以没有眼泪滑落吗？

我搂着姐姐，把休书一字字读给姐姐听：

立书人廉亲王爱新觉罗·允禩，早年奉旨娶马尔泰氏为妻，岂期过门之后，多年无所出，正合七出之条，立此休书，听凭改嫁，并无异言。

雍正元年正月十三日

姐姐听完满脸又是欣悦，又是难以置信，拿过休书细细辨看，问：“真是王爷写的吗？”

我道："难道我还敢骗姐姐吗？"

姐姐把休书压在胸口，微微而笑，叹道："青山，你看见了吗？我不再是爱新觉罗家的人了，我就来了，我要去看那株我们一块儿栽的红柳，还要再喝几口雪山的融水，我们……我们骑马去天……"

声音越来越低，极度静谧中，姐姐放于胸口的手缓缓滑落，休书悠悠地飘落于地上。

第十三章

姹紫嫣红
开遍

“若曦，听话，起来喝些清粥。”我闭着眼睛，听而不闻。

胤禛长叹口气道：“若曦，我知道你心里难过。可你这样终日不言不语，你姐姐在地下能心安吗？”

心里抽痛不已，我睁眼看着他道：“你让我送姐姐回西北好吗？”

他道：“若曦，我能答应你的事情都答应了，可这件事情绝对不行。”我闭上眼睛，不再理他。他道，“我已经将你姐姐从皇室宗谱中除名，准许扶灵回西北安葬，就是对你阿玛都传了口谕，命他将你姐姐和常青山秘密合葬。若曦，我能做的都已经做了。”

“为什么不能让我送姐姐回去呢？这也不是什么大事，来去也就一个多月。”我低声央求。

胤禛沉默了半晌，头贴在我脸上道：“因为我怕，我怕你去了西北，就不肯再回来。”我侧脸凝视着他的眼睛，两人的眼睛中都映照着彼此，他道，“我知道你和你姐姐一样，都不喜欢紫禁城，我怕你回到那片你做梦都在想的天地后，心就再也回不来。若曦，不要回西北。”

他眼中隐隐的几丝脆弱让我点了点头，他一喜忙道：“起来吃些东西。”

我扶着他手坐起，问道：“不知道巧慧在十三爷府中过得可好？”

胤禛道：“十三弟做事，放一百二十个心，心思缜密，手段圆滑，滴水不漏的。”

我道：“我当然知道十三爷会在府中安置妥当巧慧，我只是担心巧慧的心情。她和姐姐一块儿长大，相依做伴多年，姐姐一去，她一下落了单，八爷府中没有道理再留，回我阿玛那边，因为姨娘，巧慧自己不愿意，失去亲人又突然到陌生的十三爷府，伤痛和彷徨只怕非外人能体会。”

两人正在说话，承欢在帘外探了探脑袋，未等胤禛许可就扑进来，抱着我腿嚷道：“姑姑，你好点儿了吗？”

承欢的依恋喜欢之情尽浮于脸上，我心里一暖，微笑着拉她坐到凳子上：“好多了。”

她噘嘴看着胤禛道：“皇伯伯这几日都不肯让我见姑姑，说姑姑心里难过，要休息。可姑姑一见我就笑了。”

承欢满脸讨好地帮我夹了一堆菜问：“姑姑见到承欢是不是就不难过了？”说完，眼巴巴、满脸企盼地看着我，我笑着点点头道：“看到承欢就不难过了。”

承欢“哗”的一声大叫，对胤禛说：“皇伯伯听见了没有？以后不能不让我见姑姑了。”胤禛凝视着我们，目中有浓得化不开的柔情，笑着点点头。

有承欢的插科打诨、软语娇声，我不知不觉间竟比往日多吃了小半碗饭。胤禛喜夸了承欢两句，承欢听完更是一副天上地下古往今来我最可爱的神情，我和胤禛不禁都笑起来。

晚间，沐浴后，穿了一身月白衣衫，袖口处用银丝线绣着朵朵木兰花，随意将头发散散绾了个髻，拿簪子插好，正拿剪刀剪烛花，胤禛掀帘而入。

我纳闷地问：“这么早？奏折看完了？”他微笑地看着我，没有说话。眼光如水般温柔，层层叠叠，丝丝缕缕，将我一点点缠绕在他的网中。我心跳一下变得急促，怔怔看了他半晌，强扭过头，装作不经意地放下剪刀，无意中却瞥见镜中的自己满面潮红。

他从身后搂着我，俯身在我耳边低低道：“我要你！”我脑袋霎时一片空白，身子僵硬，全身一时冷一时热。他手探到我腋下，轻解着衣扣，我猛地一扭身，面对着他，双手抵在他胸前，只是喘气。

他眉头微蹙凝视了我半晌，忽而一笑道："不要怕，我们慢慢来，总要你心甘情愿的。"我紧张地看着他。

他低头沉吟了会儿问："若曦，还记得我们之间的约定吗？坦诚相待。"我想起很多年前他云淡风轻的"想要"二字，心中一暖，含着丝笑点点头。

他也嘴角带笑道："那你告诉我，我要怎么做才能让你不抗拒？从你住进养心殿起，我一直能感觉到你对我既亲近又抗拒，所以迟迟未要你，想等到你只有亲近没有抗拒的时候。可今日白天看到承欢和你彼此笑脸相映时，我不想再等了，我要你为我生儿育女，我想看到你和他们在一起大笑的样子，那是我心底的幸福。"

我脑中猛地乱起来，我抗拒是因为知道前面每个人的结局，即使你现在如此温和，可我仍旧害怕直面你将来的酷厉。理智上知道不能用对错来衡量整件事情，可想到八爷、十爷、十四爷时，感情上却无法接受。静默半晌，我胡搅蛮缠道："我要做皇后。"

他眉头一皱，瞬即又展开，淡淡道："你故意想气走我吗？"

我一扭头，坐到椅子上说："我就是想做皇后。"

他走到我身前道："我知道你不是真想要这个，我即使这会儿答应了你，你也绝不会要。但我承诺过你事事坦诚，所以我只能告诉你，不管你是不是真想要，这件事情我都不能答应。皇后和我自幼结发，性情温和平重，行事从无逾矩，况且她早年孩子夭折，至今膝下无子，皇后的位置是她护身的凭依，我不能再伤她。"

"那你以后不许再召年妃。"

他深吸口气道："这个我也不能答应，若曦，不要刻意刁难我。"

我微抬着下巴，笑嘲着问："你这也不能答应，那也不能答应，那你能答应我什么呢？能给我什么呢？"

他面无表情地凝视了我半晌，眼神渐渐沉痛，缓缓蹲下，双手把我的手拢在他手心里，头搭在我膝盖上，道："若曦，我即使贵为九五之尊，可我也有很多牵绊，不能随心所欲，我就是对自己很多时候都是残忍的，有时候我自己问自己究竟拥有什么，十三弟为了我，幽禁十年，当年的他独自一人可杀虎，如今却是满身的病，年龄比我小，身子却比我弱，你也不比他好，我很多时候都不敢去细细想这些事情，我心里其实很怕。我有什么？我如今有的就是整个天下，可这些你根本不看重，我能给你的只有我的心。我要你陪着我，在这似乎满是人，却又空落落的紫禁城里，一些也许一辈子都不能对人言的事情，你能懂。”

他抬头看着我道：“我至今没有册封你，就是想时时能看到你。一旦有了封号，你就要住到自己宫中，我若想见你，还得翻牌子，派太监传召，如今这样你我却可以日日相对。你明白吗？”

我默默地点了点头。

他道：“你若担心日后会后宫相争，我可以向你保证，我绝对不会让这样的事情发生，即使有人想对付你，我绝对会在你觉察前，已经处理干净。”我咬唇未语，他凝视着我道，“大清朝上上下下几千个官员我都管得来，后宫几个嫔妃我还管不了吗？她们什么性子、什么手段，我心里都有数。历史上后宫之争，不外乎几个原因，有的是皇帝羸弱，没有能力管；有的是后宫之争本就代表了朝堂内利益相争，皇帝只愿坐视她们彼此相争彼此牵制，不愿意管；有的根本就是懒得管。但我肯定会管的，朕命人杖毙宫女，其实就是杀鸡儆猴，让后宫的妃嫔都明白，不管是谁，若想暗地里打听干涉朕的事情，朕都绝不会轻饶！”

“若曦，你还要拒绝我吗？”他半仰头望着我问道，神色温和，眼神乍一看竟像小孩子般带着几丝无助彷徨，我心中一酸，从椅上滑下，跪在地上与他紧紧相拥。

他轻笑几声，猛然把我从地上抱起，我又是急，又是羞，低声叫道：“你干吗这么性急？我还没有准备好。”

他笑道：“你这个人事情逼近眼前时，急智倒是有的，可平常做事却总是反反复复，难下决断，今儿晚上，你是答应我了，可说不准睡一觉又该踌躇不决了，我还是有花堪折直须折吧！”说着已经把我放在了床上。

我又是紧张，又是害怕，还有隐隐的期待，几分臊，几分羞，大气也不敢喘一口，只是紧闭着双眼，感觉他一面轻吻着我的耳垂，一面解开了我的外衫……

◈

寒意退去，圆明园中绿意沉沉，姹紫嫣红开遍。鸟儿也是分外地卖力，悦耳之音不断，声声都是春意。

胤禛、十三爷、我三人漫步而行。许是受园子中繁闹无边的春意感染，十三爷的气色看上去很好，嘴角含着丝笑和胤禛聊天。胤禛这一段日子，心情也是格外愉悦，眼中常暖意融融。

我静静地随在二人身后，时闻两人低笑声，心中说不出的温馨。

胤禛时不时侧回头看我一眼，似乎总怕我不见了。十三爷看到时脸色微微一黯，迅即掩去，又朝我一挑眉，似笑非笑地看着我和胤禛。那熟悉的笑容刹那竟让我眼眶一酸，眼泪险些出来。

孩童的笑闹声远远传来，隐隐约约的歌声夹杂在其中。极其纯粹明净的快乐，他们两人不禁都循音而去，我却是笑蹙了蹙眉头。

十三爷侧耳细听了会儿道："他们这唱的是什么？调子听着陌生。"

胤禛笑道："大概是新教的吧。我们小时唱过的歌，你还记得起吗？"

十三爷笑说："都记得呢。"

胤禛诧异道："都记得？我是只记得三两首了。"

我忍不住道："记得哪几首？唱来听听。"

胤禛一时面色颇为古怪，十三爷以拳掩嘴，轻咳了几声，却是掩也掩不住的笑意。我笑问："十三爷，有什么乐事，别独自一人偷着乐呀！"

十三爷笑看了胤禛一眼道："我不敢说，你若想知道，回头我们私下里说。"

胤禛笑骂道："这就是不敢说？赶紧说吧，当着面，我还放心些，不然私下里，更是不知道要编排些什么。"

胤禛语气虽是怨怪，却透着真心的高兴欢喜。十三爷和他终于又开始像以前一样可以开玩笑了。虽然只是极其偶尔的时候，大部分时间的十三爷仍然是严守规矩的，可他已经很是满意。高兴十三爷精神比去年刚放出来时好，高兴十三爷心底深处依然把他视作亲昵的四哥，可以不讲规矩的四哥。

十三爷笑看着我问道："你听过皇兄唱歌没有？"

我摇摇头，他点头笑道："你想办法让皇兄给你唱一次就知道了，不过只怕很难。"

我笑睨了一眼一脸若无其事的胤禛道："看样子不会好听。"

十三爷笑叹道："唉，不是不好听或好听能形容的，而是……"说着，顿住，只是笑嘻嘻地看着胤禛。

胤禛干笑了两声道："你接着说吧。"

十三爷清了清嗓子道："有一年，皇阿玛过生日，那时我还小，记得三哥弹了首曲子，皇兄为了应景就献唱一曲逗皇阿玛开心，结果他一张口，我们几个年纪幼小的都立即捂住了耳朵，十四弟甚至干脆躲到了桌子底下。几个哥哥也是人人皱着眉头强忍着。唯独皇阿玛笑听着他唱完。他刚唱完，满场欢声雷动，我们甚至拍了桌子庆贺，那一晚三哥精湛的琴艺都没有让大家这么大力鼓掌、高声喝彩，皇兄是独占鳌头。”

我掩嘴压着声音笑起来：“如此说来，倒是真要寻机会一听了。”

十三爷笑道：“从那后，但凡听到皇兄要唱歌，我们立即拔脚就走，想来这么多年竟只听了那么一次，实在可惜。皇兄若再肯唱，务必通知臣弟。”胤禛面色淡然地凝视着前方，缓步而行。我和十三爷看了他一眼，两人相视而笑。

承欢坐在秋千架上，弘历推着她荡秋千，一旁还有陪弘历一块儿读书的几个王公大臣的子弟，十三爷的儿子弘暾和几位小格格有荡秋千的，有坐在草地上笑闹的。

我们三人掩在树丛中笑看着他们，一个面貌清秀的小宫女恰从旁经过，过去给各人请完安后又退走，弘历目送着她远去，一时竟然忘了推承欢，承欢鬼头鬼脑地回头看看弘历，又探头望望远去的小宫女，哈哈大笑起来。一时众人都跟着哄声大笑。

我笑抿着嘴想，弘历今年八月就该满十二岁，在古人而言正是可以谈情说爱的大好年纪。十三爷笑叹道：“当年秋千架上的我们，如今头发都已斑白，看着他们竟然觉得就是当年的自己。”

我笑看着十三爷道：“难不成我们风流倜傥的十三爷也做过傻看女孩子背影的事情？”十三爷嘴角噙着丝若有若无的笑，凝视着嬉戏的孩子们。

我低声问胤禛：“到底有没有？你偷偷告诉我。”胤禛笑着不说话。

弘历有些恼，气看着大家：“不许笑！”别的人都不敢大笑了，都低头憋着，承欢却笑得越发畅快，弘历去掩承欢的嘴。承欢跳下秋千架，跑起来，一边跑一边对弘历做鬼脸：“四阿哥喜欢小宫女，四阿哥喜欢小宫女……”

弘历急得去追她，可承欢甚是鬼灵精，在人群里绕来转去，弘历虽跑得比她快，却抓不住她，急得脸都涨红了。

胤禛皱了皱眉头，我看了他一眼，走到十三爷身边，低声问道：“皇上还是个小四阿哥时，有没有和哪个小宫女，或者身边侍女……”

十三爷笑起来，把我推回胤禛身边：“皇兄，你就由着她打听你的私事？”

胤禛瞅着我淡淡一笑，我倒不好意思起来，低下了头。十三爷摇头笑道：“皇兄自小就冷脸冷面，皇阿玛都说过他寡言少语、不易亲近，少女们见了他都躲着走，他也不喜与人交往。幼时，我记得五哥和八哥最受欢迎，宫里宫外的阿哥格格们都乐意和他们一起玩。”

清脆的歌声响起，我们都看过去，只见承欢一边跑，一边对着弘历高声唱道：

池塘边的榕树上，知了在声声叫着夏天。
草丛边的秋千上，只有蝴蝶停在上面。
学堂上夫子的嘴巴，还在拼命叽叽喳喳说个不停。
等待着下课，等待着放学，等待游戏的时光。

紫禁城外什么都有，就是不能随意出宫。
关羽和秦琼，到底谁比较厉害？
昨天见过的那个小宫女，怎么还没经过我的窗前，
夫子的历史，手里的破书，心里朦胧的感觉。

总是要等到阿玛问，才知道功课只做了一点点。
总是要等到考试后才知道，才知道该念的书都没有念。
一寸光阴一寸金，夫子说过寸金难买寸光阴。
一天又一天，一年又一年，辛辛苦苦的时光。

阳光下蜻蜓飞过来，一片片绿油油的荷塘。
紫禁城的美丽，比不上天边那一条彩虹。
什么时候才能像年长的哥哥们，可以娶妻纳妾地逍遥？
盼望着散学，盼望着出宫，盼望长大的年纪。
一天又一天，一年又一年，盼望长大的年纪。

胤禛、十三爷都诧异好笑又无奈地看向我，十三爷叹道：“我要考虑把承欢领回去了，再让她跟着你胡混，不知道还能干出什么来。她究竟懂不懂自己在唱什么？”

我笑说：“等真懂的时候，就不可能用如此清越欢快的声音唱出来了。”

胤禛无奈地斥道：“夫子的嘴巴叽叽唧唧说个不停？手中的破书？娶妻纳妾地逍

遥？你还教了他们什么？”

我笑着侧侧头道：“也没有教什么，不过唱唱歌，讲讲故事。”

十三爷手轻扶着额头郁郁地道：“回头要好好问问承欢，你的故事只怕不能是孔融让梨、司马光砸缸。”我笑而未语。胤禛凝神听着歌声，眼中忽掠过一丝不快，看着我淡淡道，“紫禁城的美丽，比不上天边那一条彩虹，盼望着出宫？”

十三爷忙岔开话题道：“我们走吧，待会儿被他们看见，反倒扫他们的兴。”

胤禛微一点头，十三爷提步而行，胤禛却未动，拉住我的手定定看着我。我笑握着他的手道：“你怎么这么较真？一句歌词而已。”说着看十三爷背向着我们，踮起脚尖，在他唇上快速一吻，又若无其事地站了回去。

他忙扫眼看向嬉戏的孩子，发现无人注意，才似笑似气地看着我，我下巴微挑，笑睨着他。他点点头无限暧昧地低声道：“今儿晚上我们再算账。”我刚才的气焰一下子烟消云散，甩脱他的手，快步去追十三爷，只闻他在身后低低的笑声，“你呀，总是纸老虎，一戳就破，就是花样子多，真要和你真刀实枪，你就……”

十三爷已近在眼前，我又臊又急，回头瞪着他，他摇头一笑，未再多言。

◈

承欢虽然住在皇后宫中，可她一天里大半天的时光总是腻在我身边，我也喜欢和她在一起，教她各种游戏。

承欢掏着泥巴修筑城堡，裙子早就污迹斑斑，这会子连脸上也染了几块黑泥，她自己浑不关心，我更不在意。

她扭着头看向坐在柳树下的我，问：“姑姑，你讲的那些公主就住在这样的房子里等人去救吗？”我漫不经心地瞟了眼，点点头，复又低下头默默发呆。

听到承欢怯生生地叫了声“阿玛”，抬头看去，十三爷正默默地看着承欢。承欢立在泥地里，不安地把手往身后藏。我心下一叹，孩子们都带着几丝畏惧的冷面胤禛，承欢见了就往怀里扑，反而大家都不怕的笑面允祥，承欢总是一见着就变了个人似的。

十三爷注视着承欢，眼中闪过沉痛，神色有些黯然。承欢跑到我身边，藏到我背后，叫道：“姑姑。”

我对她笑笑说：“回去找嬷嬷洗脸，把裙子换了。”承欢一喜，偷看了眼没有任何反应的十三爷，撒腿快跑而去。

我道："承欢一直不在你身边，生疏也在情理中，不如你把她接回府，过一段时日，父女相熟了，自然就亲昵了。"

十三爷低头默了好一阵子，道："不用了，我怕我即使把她带回府，也不敢日日面对着她。"我心下一叹，承欢与绿芜有五分相像，十三爷的爱越重，反而越冷淡。

十三爷沉默了会儿，神色恢复如常，随意坐在我身侧，看着我身上承欢无意印上的几个黑手印，笑说："你对孩子耐心真是好得出奇，难怪弘历、承欢都和你亲近。"

我叹道："这是他们最无忧无虑的日子，我喜欢由着他们高兴。将来渐大时，各种规矩就必须全要守了，各种烦恼也就全来了，身在皇家将来总有很多无奈，我宁愿他们现在有一段纯粹快乐的时光。"

十三爷道："承欢现在有皇兄，有我们护着，她怎么闹都可以，可我们不能护她一辈子。由着她性子来，在一般人家也无所谓，顶多被人说一声刁蛮，可我们这样的人家，一个小错都有可能是鲜血和性命。"

我默默想了会儿道："我明白你的意思，可正因为我们都太严守着规矩了，才越发想让承欢能活得自在一些。不过你放心，我心中自有计较，我爱承欢如爱自己的女儿，我不会让她行差踏错的。"

十三爷轻轻一叹未语。我侧头看着他道："你年轻的时候，最是洒脱不羁，当年紫禁城中谁不知道十三爷与贩夫走卒、雅妓豪客把酒论交的风流？和我还不熟时，就能掳走我，通宵不归。如今自己守规矩不说，还担心女儿性子不够规矩。"

十三爷撑着头，默了一会儿道："我只是希望她能平平安安过一生，不要她经历我们经历过的苦，宁可她平凡一点儿、愚笨一些。"

我低叹一声，抱住膝盖，道："承欢虽爱嬉戏胡闹，却冰雪聪明，又最会见风使舵，把皇后娘娘和熹贵妃娘娘哄得满心喜欢。你看她虽调皮，可弘历仍喜欢带着她玩，对她比对亲妹妹都好几分，证明她自己心里都有分寸的。我虽宠她，但该讲的道理也都会说的。"

十三爷点点头，随意地说："承欢以前和弘历玩得亲昵，如今怎么和熹贵妃娘娘也这么亲近？"

我淡淡一笑未语，一个是将来的皇帝，一个是将来的太后，我当然会暗暗提点诱导承欢，感情要从小培养。

两人各自沉思发呆，十三爷问："起先我过来，站了半晌你都未曾发觉，承欢叫了你才惊觉，琢磨什么呢？"

我强自一笑道："没琢磨什么，就是一时走神。"

十三爷垂目凝视着地面道："你是为了皇兄命十四弟守皇陵的事情吧？"我没有答话。十三爷道，"其实远离京城对他也许是好事。"

我埋着头问："你真如此想吗？"

十三爷道："确实如此，我甚至宁愿和他互换一下。皇兄留他在遵化守陵，只是不准他随意走动，并非幽禁。衣食住行虽不能和京里比，但也绝不差。"

我低低道："你和他不同，若不是皇上实在无完全可信赖之人，如今又步履维艰，你只怕早就泛舟五湖而去。可他壮志未酬，从统率千军、驰骋西北的大将军王到看守陵墓的闲人，心中悲郁绝非遵化秀丽风光能消解。"

十三爷说："皇兄一直刻意不让你知道朝堂上的事情，特别是和八哥、十哥他们相关的事情，就是不想你费心。听皇兄说，你如今日日吃药调理，若再为这些事情伤神，岂不让皇兄的一番苦心全都白费？何况毕竟是手足，好好歹歹，最坏也就是幽禁。"十三爷微微笑了下道，"在一个山明水秀的地方幽禁，也算是远离俗世烦扰的隐居。"

十三爷又劝道："现在皇兄心情也绝不会好过，太后为了十四弟，和皇兄一句话都不肯说，也禁止别人称她太后。如今病势沉重，却心心念念只是十四弟。可皇兄现在正在施行新政，本就反对声浪很大，全靠强硬态度推行，如果十四弟留在京中，你也知道他那脾气，一点儿面子都不会给皇兄的，当着满朝大臣的面可以和皇兄对着干，让皇兄威仪何在？又如何让众臣服从？若被有心人挑拨利用了，后果更是难料。若曦，这些事情是你无能为力的，你放开手吧！"

我头伏在膝盖上沉默无语，十三爷凝视着远方，也默默出神。

◈

雍正元年五月二十三日

仁寿皇太后乌雅氏薨，至死未接受胤禛册封的太后封号。甚至闭上眼睛的最后一刹那，对胤禛"额娘"的呼声依旧不理不睬。当她永远合上双眼后，胤禛喝令所有人退下，独自一人在她床前直挺挺地跪了两个多时辰，脸色沉静，无怒无悲。

皇后无可奈何，命高无庸叫我过去。我上前行礼，皇后忙搀住我问："你可有主意？"

我隔着窗户凝视着那个满是悲愤的背影，半晌后问：“十四爷可到了？”

皇后摇摇头道：“还未到，大概晚间能赶到。”

我心下难受，对胤禛一时又是怜又是怨。十四爷未能见康熙最后一面，如今又不能赶及见额娘最后一面。他是皇上，如今众人都为他着急，可十四爷呢？十四爷的痛呢？额娘因为惦念自己缠绵病榻，他却不能床前尽孝，连见个面说句安慰的话也不能，现在兼程赶回时，却只能面对冰冷无气息的尸身。痛何能述？悲何能尽？

淡淡对皇后道：“奴婢也没有主意。”说完就向皇后行礼告退。皇后神色微诧，但还是由我离去。

十四爷晚间赶到后，跪在太后床前，静默无语，一跪就是一夜。待天明胤禛命人装殓尸身时，十四爷却突然发了疯一样阻止人将太后的尸身移动。胤禛命人将十四爷强按住，开始装敛尸身，十四爷这才开始大哭，悲号声震彻整个宫殿。

我远远立在太后宫外，都听到他撕心裂肺的哭声。倚着廊柱，眼泪纷纷而落。母子三人，究竟谁对谁错？为什么结局是三人都深受伤害？

哭声忽然消失，宫人大叫着传太医，原来十四爷已经哭得昏厥过去。一向身体极为康健的十四爷因额娘的离世病倒榻上，这一病就是一个多月，直到回遵化前，仍需要人搀扶。十四爷的悲痛恨怨无处可去，似乎只能用病来宣泄。

胤禛上朝下朝神色清清淡淡，似乎他的悲痛早已过去。可夜深人静时，他批阅奏折中，会忽然怔怔发呆，面色沉沉，手紧握笔，青筋跳动。只有在不为人知的时候，他才稍稍允许悲痛瞬时的宣泄。

我心底深处对他的怨怪，在这种时候也丝丝软化。搁下手中的书，走到他身边，轻握住他的手，把毛笔抽出。两人默默相视，紧锁的眉头藏着多少心酸？伸手轻轻抚展他的眉头。

他一言不发地拥我入怀，两人紧紧相拥。墨黑漫长的夜色中，红烛跳动下，两人相偎的身影映在纱窗上。

◈

弘历的生辰快到，康熙爷在位时，每逢阿哥生辰，都会赐宴赏物。可胤禛管束孩子一向严苛，他登基后，不但禁止官员奢靡，对自己也很是节俭，所以弘历的生辰肯定一切从简。

果然，因为不是大生辰，所以胤禛没有命人准备歌舞，也没有赐宴，只打算晚上抽空陪弘历一起用晚膳。

我问他打算给弘历赏赐些什么，他告诉我打算写一幅字给弘历，我掩着嘴偷笑，果然是一毛不拔。看到他写的字，我更是失笑。全篇都是训诫叮嘱的话语，这哪里像是生辰礼物？不知道的人还以为弘历犯错了。不过，弘历即使现在不明白，等年纪再大些时，应该能理解胤禛对他的殷殷期许，这些字可真比任何稀罕的古玩玉器都稀罕。

我私下里嘱咐承欢好好和宫里的嬷嬷学歌舞，等弘历哥哥生辰时，给哥哥祝寿，再加上十三爷的笛声，也就算有歌有舞有乐了。看看自己的安排，不禁想笑，瞧这一家子多节省，全都不花钱的。

待到生日当天，我拉着承欢，叮咛她晚上要注意的事情，她扭着身上的衣裙问："别的阿哥格格都不给弘历哥哥送寿礼，干吗非要我送？"

我道："将来你就明白了。"

承欢腻到我身上嘻嘻笑着道："好姑姑，你现在就告诉我吧！"我看着承欢，心下微叹口气，把她拥到了怀里。承欢静静抱着我脖子，半晌后在我耳边道："我喜欢姑姑抱我。"

我笑拍了她背一下道："你绝大部分甜言蜜语好像都是我教的吧？到我这里没有效果的。"本以为说完后，以承欢的性子肯定得又扭又蹭的，她却只是静静趴在我肩头不动。我纳闷地要推起她，查看她神色，她紧紧搂着不放，软声道："姑姑，我说的是真话，我就喜欢皇伯伯和姑姑的抱。承欢能感觉到姑姑是因为承欢是承欢而抱承欢的。"

我抱着她摇了摇道："你说的这是什么绕口令？"

承欢在我脸上香了一下笑着说："姑姑又装傻了，皇伯伯说的果然没错。"说着噘了下嘴，附在我耳边道，"我知道很多人是因为皇伯伯才抱承欢的，当然也是因为承欢可爱了。可姑姑却是不管承欢脏不脏、淘气不淘气都乐意抱承欢的。"

我默了半晌，不知该伤该喜，承欢才多大，却已开始隐隐明白宫廷了，可这样也许是好的，毕竟明白才不会做糊涂事。

承欢还腻在我身上，不肯起来，我看着挑帘而入的十三爷道："你阿玛来了。"刹那间承欢就站得笔挺，向阿玛作福请安。

我撑头笑起来，十三爷神色复杂地看了一会儿承欢，也跟着苦笑起来。我对承欢叮嘱："去找嬷嬷换衣服去。"承欢立即一溜烟地跑走了。

我目送承欢离去，大笑道："当年魅力无人能挡的十三爷，如今也有小姑娘见到就溜，避之唯恐不及。"

十三爷苦笑道："这样的事情，你也能幸灾乐祸？"

我敛了笑意道："她大一些时就明白了，我们这么多人对她的溺爱都源于你对她的爱。"

十三爷苦笑着摇摇头，撂开了这个话题，问："承欢的筝学得如何？"我摇头道："难！她看其他格格没这个功课，自个儿也不愿做。"

十三爷默了一瞬，略带着丝黯然道："别的事情都由她，筝却一定要学好，我不想将来给了她额娘留给她的筝，她却不会弹。"

我点头道："好的，就是打她手心，我也一定要她学好学精。"

两人正在闲聊，太监匆匆而来，见到我和十三爷，忙上前请安，我也站了起来。

"十三爷吉祥，姑姑吉祥，皇上说'今天是弘历的生辰，请十三王爷一起用晚膳'。"

十三爷应好后打发太监先行离去，我们两人缓步而去。

十三爷叹道："皇兄怎么也不提前说一声，我什么礼都没准备。"

我笑道："他是一半忙忘记了，一半故意，你也知道他的脾气，不喜欢在这些事情上下功夫，只喜欢简简单单，他要的只是一顿平常家宴，不是觥筹交错、礼尚往来。"

十三爷笑着没说话。

我瞅着他问："待会儿用膳时，你还打算皇上给你夹一筷子菜，你就站起谢一次恩吗？"

他嘴边带出一丝笑："若曦，皇兄如今毕竟是九五之尊，我们已经不仅仅是四哥和十三弟的关系，我们还是君臣。不过我会适可而止的，做过了也招人厌。去年是一时面对太多变故，没有把握好分寸。"

我摇头道："可他并不希望你视他为皇帝。"

十三爷站定，凝视着我，沉吟了半晌后，打量了眼四周，道："若曦，一个人一旦坐到了那个位置上，不管他想与不想，他终究要面对独自一人高高在上的寂寞与尊荣，接受万人朝拜。时间久了，他就会习惯，也会在不知不觉间习惯这个位置带来的绝对权力、绝对威仪，会渐渐不能容忍他人的僭越。"

我摇头道："不会的，他不会的。"

十三爷道："唐太宗以善待功臣、从谏如流享誉史册，可就如此也大怒道'迟早一日要杀了魏征'，若非长孙皇后所劝，后果难料。自古帝王心思难捉摸，很多事情就在一线之间。事后即使他会后悔遗憾，可金口玉言，说出的话岂能轻易反悔？"

我凝视着十三爷未语，他道："若曦，你要学会去接受，这些事情并没有矛盾之处。如今我既把他视为我最敬爱的四哥，但更是整个天下的皇帝，我是他的臣子，我既以弟弟之心敬他，更以臣子之心忠于他。"

我摇摇头，快步而走："他若知道会伤心的。"

十三爷从身后赶上，道："皇兄现在心里一切都明白，不明白的只是你罢了。"我侧头看向他，他带着丝苦笑道，"若曦，你为什么总是害怕将来，拒绝改变？似乎总想守住眼前所有一切，不愿再往前走，前面真有那么可怕吗？不过……"他叹道，"皇兄却是守着你，怕你变。今日我说这些话，也不知是对是错，不过我实在担心你，担心你终有一日不能躲在皇兄和你自己构造的世界中。"

我们到养心殿时，四阿哥弘历已经在了，看到我和十三爷，立即站起，躬身请安。我侧身避开，去吩咐太监布置宴席，十三爷和弘历说着话。

一直等到天色初黑时，胤禛才匆匆而来，一面净手一面道："让他们长话短说，却还是晚了。"又看着十三爷和弘历，问道，"你们在说什么？"

弘历的眼中仍有兴奋，恭敬地回道："我刚央求十三叔给我讲他年轻时候独自一人杀老虎的经历，没想到才比我现在大了两岁。"说完，敬佩地看着十三爷。

胤禛眼色一暗，我忙笑道："皇上，是不是可以开席了？"胤禛点点头，坐到桌旁，等他坐定了，十三爷和弘历才敢入席。

"承欢呢？"胤禛问。弘历也立即看向我，想来他心里已经纳闷了半晌了，只是不敢问而已。

我抿唇笑道："格格过一会儿就来。"

胤禛看了眼高无庸，高无庸立即去搬了椅子放在胤禛下首，胤禛道："若曦，你坐这里。"

我看了眼弘历，看他神色如常，也就没再扭捏推辞，大大方方地坐了下来。

胤禛边吃菜，边询问着弘历功课骑射，还直接拿朝堂中的时事考问弘历的见解，弘历一顿饭吃得颇为辛苦，额角都已经有了汗珠，只怕恨不得不过这个生辰。十三爷怜悯地看看弘历，只是低着头偷笑。

“如今西北边疆不稳，若让你去青海见蒙古人，你该如何……”

我在桌子下面踢了胤禛一脚，胤禛愣了一下，我夹了一筷子菜放到他面前，微笑道：“今日是四阿哥的生辰，我们都等着看皇上给四阿哥的寿礼呢。”

胤禛命高无庸把他写的字拿出来，弘历如释重负，忙站起，双手接过。胤禛张了张嘴，想要叮咛，可看我咬着唇，似笑似嗔地盯着他，遂笑起来，对弘历说道：“朕想说的话都写在里面了，你回去后再细看吧！”

弘历恭声应道：“儿臣谨记。”等太监帮他把字收放妥当后，他才又坐下来吃饭。

胤禛不再问他问题了，他却也不敢说话，饭桌上煞是沉闷，我正等得不耐烦，玉檀朝我打手势。我笑对弘历说：“承欢格格也给四阿哥准备了一份寿礼，四阿哥要看吗？”

弘历见有意外的惊喜，看了眼胤禛，点点头。

玉檀捧着一根笛子、一面手鼓走上前，我把笛子递给十三爷，自己拿起了手鼓。十三爷挑眉看着我，我笑道：“上次听你吹曲已是十年前，今日借四阿哥和承欢格格的光，请十三爷再奏一曲。”说着眼中已有了泪意。他刚得释时，诸事纷乱，没有时间抚琴奏曲，而绿芜走后，他已不再碰这些。

十三爷握着笛子不吭声，我也不去理他，自敲起了手鼓。欢快的鼓声中，承欢头戴面纱、穿着维吾尔族的衣裙边唱边舞了出来。她的歌声明亮快活，舞步轻盈动人，就如春天草原上的第一只百灵鸟，只有无尽的明媚和希望，没有任何阴霾。

十三爷怔怔看着承欢，眉目间既是凄楚，又是欣喜。胤禛怔怔看着我，我心中酸涩，却只是敲着手鼓，侧头一笑。当年笑语时，我曾开玩笑地答应过他，日后必如敏敏为十三阿哥一般，特意为他跳一支舞，可如今腿上风湿之症已颇重，日常走路都会疼痛，更不用说跳舞了，此生此世已不可能兑现当年的承诺了。

伴着叮叮咚咚的手鼓声，承欢快乐地转着圈，红裙子像盛开的花一般张开，小鹿皮靴子跺得地面砰砰响，满头的长辫子都在空中随着她飞舞。我的手鼓声越来越急，她的圈子越转越快，突然，她的面纱掉了下来，她边转圈子边赶紧戴上，可又掉了下去，她又立即戴上，不到一会儿，又掉了下来，她猛地站定，气恼地一把抓住面纱，使劲一拽，连着帽子全扯了下来，扔到地上还不解气，又跺了两脚。

我呆住，手鼓都忘了打，一下子满堂寂静，只听到承欢跺脚的声音。我可没想到，承欢这么容易出问题，正在愣神，她竟朝我们甜甜一笑，又欢快地跳了起来，好似什么都没发生过，看得我们几个人不禁都是一笑，我又敲起了手鼓。

十三爷凝视着承欢的笑颜，慢慢举起了笛子，和着她的舞步吹着曲子，竟是随景自度的曲子。承欢在旋转的舞步中，看向十三爷，眼睛瞪得滴溜溜圆，似乎不能相信这么美妙的声音来自这个看着憔悴衰弱、连走路都走不稳的阿玛。

我的手鼓声渐渐停了，凝神看着他们父女，多年前桂花树下长身玉立、横笛而奏的男儿与今日两鬓斑白的男子影像重叠。胤禛在桌下握住了我的手，两人相视而笑，眼底却都有沧桑。

承欢在欢快的笛声中，舞到了弘历面前，在最后几个笛音中，面朝弘历单膝跪下，手放在胸口，诚心诚意地说："恭祝弘历哥哥生辰快乐，日日快乐！"顿了顿，又笑眯眯地说，"承欢也要日日快乐！"

弘历正要谢她，她却满脸懊恼地抓着头发，跳起来，去捡帽子，翻了几下，一脸哭丧地看向我。我不理她，她自己可怜兮兮地把一幅已经被踩脏的纱递给弘历。上面用特殊处理过的银线绣了字的，本来是应该在她跳完舞后，解下面纱，双手奉上，我到时会配合她把灯光调暗，黑夜中，银线会如萤火虫一般自动发光，而薄纱很清透，乍一眼看去，如同不存在，只几个字亮在虚空中，就如她把恭贺弘历生辰的话捧在了手中。如今，被她踩得乱七八糟的，我也没心情再理会了。

弘历倒是仍很高兴，笑着把纱接过，放入怀中，道："谢谢。"

允祥取出随身的匕首递给弘历："这把匕首是我幼时，我的皇阿玛，你的皇爷爷赐给我的，一直随身携带，今日你的生辰，我没备什么礼物，就把这随身之物充当寿礼了。"

弘历看到匕首上的花纹，立即瞪大眼睛，兴奋地接过，爱不释手地摸着："十三叔，这就是那把杀死老虎的匕首吗？"

十三爷点了点头，弘历犹豫起来，双手奉还给他，说道："弘历不敢受。"

十三爷笑起来："我如今也用不上了，你拿去玩吧！"

弘历看向胤禛，胤禛点了点头，弘历这才收下，向十三爷磕头道谢，十三爷赶着要扶他起来，胤禛叫道："让他把头磕完了。"十三爷只得又坐下。

弘历道："谢谢十三叔的曲子，谢谢十三叔的匕首，以前听皇阿玛提过十三叔文武双全，精通音律，勇可斗虎，今日才真正得见，弘历会永远记住今日的生辰的。"

承欢听得呆住，像是不认识她阿玛一样，盯着她阿玛瞧，不相信地小声嘀咕："真的能杀死老虎吗？"我盯着她，她看到我的神色，知道我真在生气，立即闭上嘴巴，紧张地看着我。我心中一叹，我生她什么气呢？她只见过如今的十三爷，又没有见过十年前的十三阿哥。朝她一笑，承欢立即也笑了，挤到我身边坐下，赶着去吃菜："可饿死我了，再也不要编这一头的小辫子。"又仰着小脸，对弘历认真地说，"四阿哥，我可全是为了你才受这份罪的，你也要记住哦。"

我们三个都笑起来，胤禛将面前的菜夹了一筷子给十三爷，对他笑道："她这算计的毛病倒是得了若曦真传。"

十三爷也笑："只希望是真清楚，不是假明白。"

我道："你们兄弟说笑就说笑，别拿着我打趣，我今儿个可没得罪两位爷。"

十三爷看着我，故作惊讶地说："你怎么可能得罪四哥？早二十年前，你就从我这里把人家的喜好忌讳都打听遍了，就差逮着四哥面对面地询问他喜欢什么、不喜欢什么了。"

我心中有鬼，立即装没听见，去和承欢说话。胤禛正在喝酒，一听竟有些没撑住，差点儿把酒喷出来，忙放下酒杯，手握拳头，抵在嘴边咳嗽了两声，也不知道是酒意还是笑意，面颊竟有些泛红。

十三爷开玩笑时无意中叫出的一句四哥，让胤禛大为开心，不知不觉中酒喝得多了，话也说得多了，而且不再只围着朝事转，和十三爷天南地北地聊起来。十三爷当年与贩夫走卒、歌姬豪客把酒论交，京城中俗俚典故无不知道的，说起来时，自口角生香，胤禛带着六分酒意，不禁笑了又笑。

弘历看看胤禛，又看看十三爷，再偷着打量一眼我，估计是从未见过这样的胤禛，眼中有好奇困惑，嘴边却不自禁地抿着笑意。承欢也是眼中带着好奇困惑，呆呆地盯着自己的阿玛。

我看着他们轻叹口气，也许承欢终有一天会愿意去了解她的阿玛，她会知道，我们也曾如他们一般。

胤禛握住了我的手，我侧头看他，他一面和十三爷说着话，一面朝我暖暖一笑，我不禁也笑了，抬眸处，十三爷凝视着我们也在暖暖而笑。

第十四章

何不相守
慰寒影

我揉了揉太阳穴，搁下手中书册，慢步走出暖阁。九月的北京，天空如水洗过般地明澈清透，看着格外舒心。我嘴角含着丝笑，依靠在廊柱上，静静凝视着天空深处。

听到身后脚步匆匆，一个太监跑到暖阁外，探头对里面当值的宫女太监叫道：“皇上就要到了，今日都留着点儿神。”

我依旧靠在廊柱上，心里却是诧异，看这个架势难道有什么事情让胤禛心情不好？

心下琢磨了会儿，却无任何头绪，如今我对朝堂之事也就知道那么几件大事，别的我既懒得关心，也无从得知。正在暗自琢磨，胤禛已经回来，身后跟着十三爷。我从廊柱后转了出来，俯身请安。胤禛脸色清冷如常，看不出有什么不悦之处，十三爷也是神色淡然，凝视了我一瞬，移开了视线。

两人一先一后进了大殿，我缓缓走出养心殿，找了个能看到进出养心殿的角落坐下，发起呆来。

看见十三爷出来，我叫道："十三爷。"

他应声回头，见是我，笑说："我有些事情急着出宫，有什么话回头再说。"说着就提步而行，我赶在他身前挡住，盯着他问："发生何事？"

他蹙眉看了会儿我，道："知道得越多越烦，不如索性什么都不知道。"

我固执地定定看着他，半晌后，他轻叹口气，垂目凝视着地面道："皇兄今日责骂了八哥。"

我茫然地想，不是雍正四年允禩才被拘禁去世的吗？我一直逃避，不愿意去想的事情，今日终于在脑海中浮出。

十三爷等了半晌，看我只是呆呆站着，轻叹道："若曦，不要想了，这些事情你无能为力的。"

我道："为什么责骂八爷？"

十三爷道："今日皇兄奉皇阿玛神牌升附太庙，在端门前设置的更衣帐房歇息时，因屋内一切都是新制，所以有些油气熏蒸。此事筹备是由工部负责，八哥恰好管工部事务，皇兄一时激怒，就训斥了八哥。"

我默了半晌问："只是训斥吗？"

十三爷犹豫了下道："还下旨命八哥及工部侍郎、郎中等跪太庙前一昼夜。"

我转身向养心殿行去，他一把抓住我道："你想做什么？去求情？我能求的情都已求过，能说的话也全都说了。"

我问："难道只能眼看着吗？"

十三爷叹道："今日求情的大臣都遭到训斥，我后来私下和皇兄说情，皇兄只是静听，我说了半晌，皇兄淡淡一句'旨意已下，断无出尔反尔的道理'，接着就再不愿谈及此事。你去求情难道就能比我更管用？"

我道："总要试一试呀，八爷有脚疾，严重时路都走不了，哪里受得了长跪？"

十三爷道："你随我来，我有话和你说。"说着举步而行，行到无人处，他低头沉吟了半晌道，"若曦，皇兄虽没册封你，只以宫女的名义留你在养心殿，可宫里宫外的人心中都明白你已是皇兄的人。当年我还担心过你不能全心全意对皇兄，可如今就我看，你对皇兄的情意绝不会比皇兄对你的少，既然如此，你就彻底放下八哥吧！"

我道："这事岂关男女私情？我只问你，若你我易地而处，同样的事情，你能做到视为陌路，不闻不问吗？"

十三爷张了张口，却说不出来话。我道："你自己都做不到的事情，怎么能要求我？"

十三爷道："我知道这很难，可如今形势在那里。以前还有层关系，八哥是你姐夫，可如今你们之间根本没有任何关系，你若还心中老是记挂着八哥，一旦被皇兄知道你和八哥之间的事情，你这是在害他。"

我凄苦一笑道："当年你还劝我可以直接将此事告知皇上，说什么你也把四哥想得太小气了，佐鹰能包容敏敏，四哥就不能包容你？"

十三爷一时怔怔，半晌后道："这是多少年前的话？你居然还记得。已经隔了十一年时间，其间发生了多少事情？我们都不是当时的我们，如今是皇兄，而非四哥！"

我喃喃问："允祥，我该怎么办？你该知道，八爷、十爷、十四爷对我一直照顾有加，换成你，你能割舍得下吗？"

他长叹道："你若真为八哥好，就是放下。否则被皇兄察觉出蛛丝马迹，动了疑心，那皇兄迟早会知道的，到时皇兄只怕更恨八哥。"

我弯身蹲在地上，双手捧着脸，为什么会这样？

十三爷默默相陪，很久后幽幽道："人生一世，不过短短数十年，却悲苦多，欢乐少，无可奈何事竟十有八九。"

我缓缓站起，和他木然相视半晌，转身离去，只闻身后一声长长叹息。

我跪在胤禛常参拜的佛像前，凝视着微微而笑的佛，不禁想质问，你究竟懂什么？那些读去有理，却完全做不到的偈语吗？

"怎么今日突然拜起佛了？往日可从不烧香拜佛的。"胤禛在身后问。我头未回，垂目看着地面。胤禛上前添了三炷香，"听太监说你在这里已经跪了两个多时辰，晚膳也没用。你膝盖可经不起这样，快起来。"

他静静等了会儿，看我依旧低头跪着，没有任何反应，一面伸手拖我，一面道："心诚不在这些事情上，起来吧！"我甩脱他的手，跪着未动。

他静立了会儿问："你都知道了？谁告诉你此事的？"过了会儿，他又道，"养心殿知道此事的人绝没有敢在你跟前传话的，想来只有十三弟拗不过你，告诉你了。"

我凝视着佛像问："胤禛，我没有读过佛经，所知不过是随耳听来的，可佛不总是教人放下吗？贪嗔恨怨皆为苦，弹指瞬间，刹那芳华，匆匆已是数十年，有什么非要念念不忘？"

胤禛淡淡道："若离于色因，色则不可得；若当离于色，色因不可得。"说完转身而出。

我膝盖宿疾已犯，针扎般地疼痛。九月深夜颇为清冷，想着八爷现在的年纪和寒气逼人的石地，心下也是刺痛，他身体一向单薄，怎么禁受得住呢?

青铜烛台上燃烧着的粗根红烛照得室内通亮，烛油沿着青铜架滑落，未及多远就又凝固住，层层叠叠，鲜红一片，姿态狰狞，让这蜡烛的眼泪看着颇为触目惊心。

帘子猛地掀起，胤禛进来，压着怒气，冷声问："你打算跪一整夜吗？你这是陪他受难吗？"我心里满是苦涩，如果不让我宣泄出来，我实在不知道还能怎么样。

胤禛道："朕命你起来！"

我扭头看向他，胤禛只穿着单衣，外面裹着披风，随意套着鞋，显是刚从床上过来。我问："你是用皇上的身份下旨吗？"

他道："是，朕命你起来。"

我向他磕了头道："奴婢遵旨。"

起身时，膝盖酸麻疼痛，难以站立，身子一晃就要摔倒，他忙搀扶住我。我甩脱他，手扶着桌子静站了一会儿，拖着腿蹒跚而去，只闻身后瓷器、香炉落地的声音。

我立在窗前，静静凝视着夜色渐淡，星辰隐去，天慢慢转白，最终大亮。梅香在外低低叫道："姑姑。"

我扬声道："我想一个人待一会儿，不要来打扰。"门外窸窸窣窣几声后，又恢复了宁静。

太阳渐高，我无力地倚靠在窗棂上，看着白花花一地的阳光问，我究竟该怎么办？我以后究竟该怎么办?

门被大力推了几下，却因里面闩着，没有打开。胤禛道："开门！"

我上前打开门，又一瘸一拐地蹭回窗边站着。胤禛盯着我冷声道："不让你跪，你就站，你还要不要自个儿的腿了？"我头抵在窗棂上没有答话。

他静了会儿，淡淡道："朕已让他回府去了。"说完，快步而去。我似喜似悲，佝着身子缓缓走到桌边，扶着桌沿坐下，膝盖一阵尖锐的疼痛，不禁低低呻吟了几声。

自从八爷罚跪后，胤禛就不再召我用晚膳，不再搭理我。我心中畏惧着将来的结局，也只愿一人静静待着，因为膝盖疼痛，行动不便，常常在屋中枯坐整日。

十月份西陲再起战火，青海罗卜藏丹津叛乱，本已在十四爷手中稳定的青海，局势霎时大乱。胤禛命年羹尧任抚远大将军，驻西宁坐镇指挥平叛。国库本就不富裕，此时既要为西北战事提供粮草，又要面对各地灾荒，养心殿内常常众臣云集，语声不绝。

胤禛自登基以来，一直很少翻后宫诸妃的牌子，一般也就偶尔召一次年妃，可十月份居然连翻了三天年妃的牌子。对年羹尧，更是厚待，在年羹尧管辖的区域内，大小文武官员一律听从年羹尧的意见来任用，甚至其他地域官员的任用胤禛也频频征求年羹尧的意见。对年羹尧及其家人关怀备至，从年羹尧的手腕、臂膀有疾到妻子得病，胤禛都再三垂询，赐赠药品。对年羹尧的父亲年遐龄的在京情况、身体状况，胤禛也时常以手谕告知。外有大将军，内有宠妃，年氏一族在朝堂内权势鼎盛，就连十三爷都受到冷落，尽量回避和“年党”的任何大小冲突。

与之相反的是我，阿玛和弟弟们被从颇有根基的西北调到人生地不熟的西南，从武职转为文职，领了一份闲差混日。

胤禛翻年妃牌子的第一日，我就搬去和玉檀同住，看胤禛没有任何反应，索性就在以前住过的屋中安顿下来。玉檀帮我把屋子收拾好后，我看到的一瞬间眼泪立即涌出，物是人非原来就是这个意思。

玉檀忙道：“姐姐，都是我不好。我本想着尽量按照姐姐以前的布置让姐姐住得舒适，却不料招姐姐伤心，我这就重新布置。”

我摇头道：“不，我很喜欢。”

玉檀陪我静静坐着，半晌后道：“我真希望永远都这样安安静静地生活，等到很老的时候，我们在桂花树下晒太阳。”

在小院中住了十多日，玉檀几次提起话头想说皇上，都被我岔开，玉檀看我不想知道任何事情，遂乖巧地再不提起。

玉檀要轮班当值，承欢有功课要做，很多时候我经常一人独自待着。这几日天气干燥，太阳也还好，膝盖疼痛渐渐缓了下来。静极思动，常常独自散步，累了就找处地方坐着晒太阳。

“像只懒猫一样，真是惬意。”不知何时站在身侧的十三爷笑道。

我睁眼看着他微微而笑。十三爷一撩长袍坐到我旁边，展了展腰道：“偷得浮生半日闲。”我笑着又闭上了眼睛。

半晌后，闻得十三爷一声叹息。看他脸色有些郁郁，我打趣道：“难不成十三爷为失宠而担心？”

十三爷皱眉道：“你也听那些鬼话？”

我笑说：“我倒是不想听，可说的人太多了，直往耳朵里钻，不听也得听。”如今这宫里宫外，谁不谈论最炙手可热的年氏一族呢？

十三爷无奈一笑，没有吭声。我问：“你真和年羹尧不和吗？”

十三爷瞟了眼四周，淡淡道：“是他与我不和。他一直跟随皇兄，今日所享恩宠都是自己辛苦挣来的，我却是闲待十年，出来后一切垂手而得，他不服气也正常。”

我嘻嘻笑看着他，十三爷笑骂道：“你对自个儿家的事情倒好似一点儿不上心呀？”

我敛了笑意道：“阿玛和弟弟这样挺好，阿玛年纪已大，清清闲闲养老有什么不好？远离京城，手中无权，不做事也就不会做错事，即使有人想寻嫌隙也难，年大将军喜欢占尽上风就让他去占吧！”

十三爷嘴角噙着丝浅笑道：“若曦，你总是不会让我失望，难得你一眼就明白皇兄的苦心。”摇头叹了口气，又道，“月满则亏，盛极则衰。若高到不能再高，就只能往下走了。”

我满脸赞佩地看着十三爷。我是知道结局，所以清醒，可他居然这么早就预料到了年羹尧的将来。怡亲王能一直深受雍正倚重，固然有从小的兄弟情分，但和他一直清醒理智、敏锐谨慎的政治头脑也分不开。

十三爷掩脸笑说：“别用这种目光看我，皇兄看到会嫉妒的。”我嘴角的笑立即变得有些苦涩。十三爷叹道，“你们这场气要斗到什么时候？”

我道：“我没有气，我只是觉得现在这样挺好的，也许我本就适合一个人静静待着，最好他能把我赶出宫去。”

十三爷叹道：“若曦，你怎么如此倔强？我一再劝你，你却一意孤行。”

我问：“你是来说情的吗？让我去求他原谅？”

十三爷道：“我也不知道我在干什么。你没有做错，皇兄也没有做错，你们各有各的立场，我只是……唉！我不知道！”他长叹口气，收了声。

默了半晌后，他道：“皇兄从不提起你，也没有任何人敢提起你，可这么多日，眉头却从没舒展过，一丝笑意也无。以前朝事再忙再累，下朝向养心殿行去时，他总是心情分外地放松，如今面色却无一点儿暖意。御前服侍的人都提心吊胆，以为是为了西北战事，却不知那不过只是一半因由。”

我和十三爷都静静坐着，他眼光投向远方，仿佛看着某个想象中的江南水乡，喃喃道：“我们中间隔着人命鲜血的无可奈何，你们之间为什么就不能好好相守呢？世事已够凄苦，为何让自己仅有的感情也如此痛苦？”他侧头看向我道，“若曦，放手一些，让自己幸福吧！”

我起身缓缓站起，十三爷看我弯身揉了下膝盖，忙立起问：“又疼了吗？”

我摇摇头道：“没什么。”

他脸上闪过几丝黯然道：“承欢以后若不孝顺你，我一定饶不了她。”我笑道：“放心，晚上玉檀帮我敷腿时，承欢总是在一旁相陪，与我说笑，替我解闷，真正是‘承欢膝下’。”

十三爷放慢步子，陪我缓行而回。临别时，他看着我欲言又止，终是轻叹口气转身离去。

刚用过晚膳不久，高无庸匆匆而来，行礼道：“万岁爷命我接姑姑回去。”

我手捧茶未动，道：“我住在这里挺好的。”

高无庸跪下求道：“姑姑就权当是可怜奴才，随奴才回去吧！”说着就不停地磕头。

我忙从椅上起来，侧身让开道：“你快起来，我可受不起。”他仍然在不停地磕头，我无奈下，只得道，“我随你走一趟。”

他一面起身，一面喜道：“知道姑姑怜惜我们这些奴才。”

我率先出门，高无庸赶忙快跑几步，捡起地上的灯笼，在前引路，到了我屋门口，低声道：“万岁爷在里面。”说着侧身让到一旁立着。

我静静站了会儿，推门而入。胤禛身着便袍，侧倚在榻上翻书，听到门响，立即搁下书凝视着我。我们彼此对视了半晌，我只觉眼眶发酸，忙撇过头。他走到我面前，伸手揽我，我打开他的手，走到榻旁坐下。

胤禛走回榻旁挨着我坐下：“还说没有生气？”

我侧头盯着山水屏风道：“十三爷又把我卖了。”

胤禛低声笑道：“他夹在我们中间也很难做，我不也被他卖了？”说着搂着我，头搭在我肩上，在耳边轻声说，“就算有气，这么多日也该消了吧？”

我挣了几下，未甩脱，想着十三爷的感叹“为何你们不能相守”，几丝怨气散去，只余满腹伤悲。胤禛看我任由他抱着，不言不动，问："还生气吗？"

我道："是我生气还是你生气？可是你先不和我说话的，见着了和没见着一样。"

胤禛沉默了会儿道："事情已过去，就不提了。"我默默无语，身子却缓缓靠到了他怀里。他一笑俯头来吻我，我下意识地侧脸避开。他微一愣，直起身子，轻抚着我脸颊道，"心里还是不痛快。"我从他怀里坐起，随手拿了软枕，侧身躺下合目而睡。

胤禛替我脱了鞋子，又拿了薄毯盖上，道："现在天气凉，就这么和衣而卧，仔细着凉了。你的万千心思好歹多花些在自己身子上，也不用我这么伤神。"说完，吹熄灯，推了推我，让我挪些枕头给他，他也躺了下来。

两人静静躺了会儿，他伸手搂着我，一面摸索着去解盘扣，一面道："你就不想我吗？我可是一直想着你。"

我推开他的手道："想要就去找……"心下难受，挪了挪身子，远远避开他，也不要枕头，静静趴着。黑暗中，平日的强颜欢笑全部摘下，眼泪一颗颗滑落。

胤禛强把我抱回枕头上，摸索着替我擦拭着眼泪。我伸手抱着他，呜呜咽咽地哭起来。他由着我哭了半晌方哄道："好了，再哭就要伤身子了。"我依旧眼泪不停地落，他叹道，"好若儿，好曦儿，听话，不哭了。"

他看我仍只是落泪，无奈地道："我第一次哄人，却好似越哄越伤心。这样吧，你若不哭了，我就做你求了很多次我却一直没有答应的事情。"

我呜咽道："谁稀罕？"

他静了会儿，清了清嗓子，低声唱起曲子：

……

名余曰正则兮，字余曰灵均。

纷吾既有此内美兮，又重之以修能。

扈江离与辟芷兮，纫秋兰以为佩。

汩余若将不及兮，恐年岁之不吾与。

朝搴阰之木兰兮，夕揽洲之宿莽。

日月忽其不淹兮，春与秋其代序。

惟草木之零落兮，恐美人之迟暮。

不抚壮而弃秽兮，何不改乎此度。

乘骐骥以驰骋兮，来吾道夫先路。

……

我不知不觉中，收了眼泪，头贴在他下巴上，仔细听着。

他忽地收声停住，我问："怎么不唱了？"

他道："我唱得好听吗？"我抿嘴笑而不语，他搡了下我道，"快说实话。"

我撑着头，半支着身子，看着他道："你以后如果憎恶哪个大臣，一时又找不到方法整治他，就把他叫来听你唱歌。"

他愣了一下，轻拧了我一把，哈哈笑道："一点儿面子都不给我留。我看你听得专注，还以为多年未唱，比以前唱得好了。既不好，你怎么不捂耳朵，反倒听得入神呢？"

我缓缓道："长太息以掩涕兮，哀民生之多艰。唯夫党人之偷乐兮，路幽昧以险隘。岂余身之殚殃兮，恐皇舆之败绩。"

想着他最近刚颁旨废除贱籍。贱籍就是不属士、农、工、商的"贱民"，世代相传，不得改变。他们不能读书科举，也不能做官。主要有浙江惰民、陕西乐户、北京乐户、广东疍户等。在绍兴的惰民，相传是宋、元罪人后代。他们男的捕蛙、卖汤；女的做媒婆、卖珠，兼带卖淫，人皆贱之。陕西乐户是明燕王朱棣起兵推翻其侄建文帝政权后，将坚决拥护建文帝的官员的妻女，罚入教坊司，充当官妓，陪酒卖淫，受尽凌辱。安徽的伴当、世仆，其地位比乐户、惰民更为悲惨。如果村里有两姓，此姓全都是彼姓的伴当、世仆，有如奴隶，稍有不合，人人都可捶楚。广东沿海、沿江一代，有疍户以船为家，捕鱼为业，生活漂泊不定，不得上岸居住。这些人子子孙孙的悲惨命运在胤禛手里得以终结，他下旨除贱籍，开豁为民，将这些曾经的"贱民"编入正户。沿袭几百年的恶劣传统在他手里画上了句号。

"长太息以掩涕兮，哀民生之多艰"，只从皇帝的角度讲，胤禛绝对是一个关心民间疾苦、实心为百姓做事的好皇帝。

黑暗中，只看到他眼睛定定凝视着我，半晌后他道："你不是最不耐烦读这些'兮、乎、之'的吗？怎么竟把拗口难懂的《离骚》背下来了？"

我凝视着他，柔声说："你那么喜欢木兰，送的簪子、坠子都琢磨成木兰，我总会纳闷你为何如此喜欢呀。"

他问："什么时候背下的？"

我咬唇笑道："不告诉你，告诉你，你就该得意了。"

他拿起我的手轻吻了下，握住道："我就知道你会懂的。"

两人默默相视，我心中柔情涌动，缓缓低头极其温柔地吻在了他唇上。唇齿相交，缠绵不分。他喜悦地低叹一声，欲翻身压我，我身子贴上去，按住他，轻咬着他耳垂道："这次我来。"说着，轻轻替他解开衣衫，顺着脖子一路轻吻下去，手缓缓探入他下身，他身子一紧，喃喃道："若曦，有你是我之幸，上天待我甚厚。"

……

第二日清晨醒来时，天已透亮，伸手一摸，榻旁已空。一向浅眠的我，昨夜睡得如此香甜，竟未察觉他何时起身的。

我翻了个身子，忽觉鼻端有淡淡幽香，睁开眼睛，看见枕畔放着一张木兰笺纸，上面只写着："我去上朝了。"

简简单单一句话却胜过千万句甜言蜜语。我只觉得心又软又暖，似乎就要化掉，立即起身洗漱，吃早饭。

我进去时，玉檀和另一名宫女正在选茶叶，我笑道："皇上今儿的茶点，我来弄吧！"

玉檀看着身旁的女官，女官立即让到一边，笑道："好的。"

玉檀想帮忙，我道："我想自个儿亲手做。"

我花了一个多时辰，把腌制过的菊花落英合着炒熟酥糖做了一碟菊花细酥，又取出密封了大半年的木兰坠露烹了茶。

端着茶点进去时，胤禛和十三爷正在看地图，十三爷看是我，睨了眼仍俯头凝视着地图的胤禛，向我暖暖一笑。我瞪了他一眼，把托盘轻轻搁在桌上。

胤禛一面和十三爷说话，一面随手端起茶，饮了一口。看到我，嘴角溢出丝笑，凝视着我。昨夜之事忽地映入脑海，我脸微烫，避开他的视线，把十三爷的茶搁在十三爷面前。

胤禛搁下茶，一面揉着右肩膀，一面道："说来说去还是银子，别的事情都可以先搁一下，粮草绝对不能耽搁。"十三爷点头说是。

十三爷喝了一口茶，神色立动，深看了我一眼，又吃了一口糕点，胤禛却仍没什么反应，依旧仔细看着地图。十三爷笑对胤禛说："今儿要好好谢一声皇兄，沾了皇兄的光，才能饮露餐芳。"

胤禛愣了一下，立即明白过来，忙拿了一块糕点吃。木兰之坠露的确不容易尝出来，可秋菊之落英却容易分辨。

“朝饮木兰之坠露兮，夕餐秋菊之落英。”他眼中有了歉意，我笑摇摇头，他一心都在朝事上，本就没指望他能立即留意到，我只是想为他做而已。

他默默地用了一块菊花细酥，喝了小半盏茶，虽一直没说话，可脸容却异常温和。

等用完茶点，他又要开始谈正事。我正欲转身出去，听到十三爷道：“臣弟看皇兄今日早朝时就一直在揉肩膀，可是不适？”

我立即停了脚步，回身看着胤禛，他不在意地道：“没什么。”

十三爷道：“还是命太医看一下吧！”

胤禛瞟了我一眼道：“不用。”

十三爷看向我，我说道：“还是看一下吧，回头还有很多奏折要批，早点儿医治才不误事。”说着未等他同意，便快步而出，吩咐外面立着的高无庸去传太医。

胤禛叫了声“若曦”，未及阻止，嘴角带着几丝嘲笑摇了摇头。我一时不明白他何来嘲弄之意，有些纳闷地看着他。他却已抛开此事，侧头和十三爷细细说着派何人押运粮草，一路可能的天气状况。

因为想听太医如何说，我仍旧立在门旁未动。不大会儿工夫，太医匆匆而来。胤禛好笑地瞟了我一眼，吩咐道：“既然来了，就传吧。”

太医细细看了一会儿，躬身回道：“无大碍，贴一张膏药，缓一缓就好。估摸是皇上夜间睡觉时，姿势不妥，肩膀长时间压着未动。”站在一旁留神聆听的我霎时脸滚烫，昨夜一夜都是枕着他的胳膊睡的。胤禛嘴角噙笑地看着我，淡声吩咐太医退下。十三爷看到我的脸色，恍然大悟，神色立即有些尴尬，又带着一丝笑，忙端起茶，正襟端坐，低头品茶。

我扭身低头快步而出。“小心！”胤禛的声音刚传入耳朵，我身子已经撞在供着花瓶的木架上，架子晃了几下，花瓶落地而碎。瓶中的水带着花大半倾泻在我身上。

胤禛看我神色懊恼，衣服半湿，上面还粘着片片花瓣，撑头大笑起来。十三爷忍了会儿，没忍住也笑起来。我又羞又恼地看了他们一眼，匆匆向外奔去，却又和因听到花瓶落地碎裂声音正走到门外观望的高无庸撞在一起。高无庸大惊，忙跪下磕头，我未加理会，快步而去。身后更是一阵哄笑之声。

我走着走着，自己却也禁不住笑起来。他说喜欢听我笑，我又何尝不是喜欢听他笑呢?

第十五章

不悔情深

恨匆匆

西北虽有战事，但因一直捷报频传，再加上这是胤禛登基后正式庆祝的第一个新年，所以宫内各处喜气洋洋，准备欢庆雍正二年的来临。

我紧裹着锦鼠毛斗篷，口里说着、手里比画着教弘历、弘昼和承欢堆雪人，弘历悟性甚好，只听我讲解，已经堆得有模有样，弘昼和承欢却不老实，总是给弘历帮倒忙，惹得弘历又气又笑。

我正看得乐，忽听到身后有人叫道："若曦。"听着声音陌生，忙回头看去。

很多年未曾见过的十福晋身着一袭大红斗篷立在身后。弘历和承欢上前请安，她让他们起来，看着我微微一笑道："真是你！很多年未见过了。"

我呆了一会儿道："是呀，你可好？"

她点点头道："一切都还好。"

我对弘历、弘昼和承欢道："你们若不怕冷，就自个儿玩一会儿，若冷了，就先回去。”他们点点头。

我走到十福晋身侧，两人踏雪缓缓而行。她道：“你如今看着越发清减了。”

我道：“其实以前也瘦，不过你多年未见，如今年龄又大，看着憔悴倒是真的。”

十福晋摇摇头道：“我不是这个意思。七八年未见，刚才在雪地里乍看见你，竟不敢出声，觉得你淡得好似会随着雪化去一样。美是美，可太清冷了。”

我道：“大概和今日披着的斗篷有关，颜色太冷了。”

十福晋看着我的斗篷道：“颜色是太素。越是雪天，越应穿颜色重的。”

我默了会儿问：“十爷在蒙古可好？”

十福晋瞟了我一眼道：“你不知道吗？爷现在在张家口。”

我喜问：“真的？那不是可以赶上过个团圆年了。”

十福晋细看我神色，似乎在察看我是否作假，半晌后淡淡道：“也许吧。”

我看她神色隐隐藏着凄凉，心咯噔一下，强敛住心神问：“发生何事了？”

十福晋道：“没什么。”

我停住脚步，挡在她身前道：“告诉我吧。”

十福晋道：“若曦，你既什么都不知道，那就永远不要知道。为什么一面不愿面对现实，一面又不能放下？”

我裹了裹斗篷道：“是不是很可笑？”

十福晋摇摇头，牵着我进亭子坐下，垂目凝视了地面半晌后道：“爷前几日从边外陀罗庙坐车入张家口，皇上下旨给总兵官许国桂‘不可给他一点儿体面，他下边人但有不妥，即与百姓买卖有些许口角者，尔可一面锁拿，一面奏闻，必寻出几件事来，不可徇一点儿情面’。”

我默默凝视着亭外白茫茫的天地，总以为一切也许可以不如我所知道的历史那样发展，总以为雍正四年苦难才会真正来临，总以为还可以偷得几年快乐，骗自己还很遥远。为什么一切不是这样呢？

我问道：“十爷如今仍在张家口吗？”

十福晋点点头，起身走到亭柱旁，凝视着雪中肃穆的紫禁城幽幽道：“我这段日子眼泪总是不停，月初皇上撤了安亲王爵。皇上竟然说，外祖父在世时‘居心不正’，‘自恃长辈，每触忤皇考’，又斥责我舅舅们‘互相倾轧，恣行钻营’，下旨‘安亲王爵不准承袭，其属下佐领，著俱撤出，分别给廉亲王、怡亲王’。可刚下旨没几天，就又寻了八爷的错处，把即将赐给八爷的佐领撤出，给了十三爷。姐姐和八爷如今也是动辄就错，凡事总能被寻到不是之处。上个月副都统祁尔萨条奏满洲丧事有过事奢靡者，皇上就责备八爷，谕称‘昔廉亲王允禩于其母妃之丧，加行祭礼，焚化珍珠、金银器皿等物，荡尽产业，令人扶掖而行半年’。责骂八爷‘专事狡诈明矣，不务尽孝于父母生前，而欲矫饰于殁后’。良妃娘娘薨是多少年前的事情？整整十二年了，都被翻出来训斥。”

我走到她身侧，握住她手，她回握住我道：“昨日我心下难受，跑去寻姐姐。姐姐笑骂了我一番，如今我倒是想开了。姐姐道：‘自古成王败寇，何必多怨？’还说我们既生在了帝王家，平日享受着常人不可及的尊崇，那自然也有常人不可及的痛苦。与其哭哭啼啼度日，何不索性放开心胸，多一日开心是一日，最后若真是‘到头这一身，难逃那一日’，要幽禁那就陪爷去幽禁，要砍头那就同赴断头台，这一生争也争过，笑也笑过，还有何憾？”

我眼眶一酸，眼泪险些出来，忙忍住：“不离不弃，相守一生。八爷、十爷有你们相伴，是此生之幸。”

十福晋凝视着远处，神思恍惚，嘴角带着个幸福的笑柔柔地说：“不，能嫁给爷，是我之幸。”

我撇开了头，老十啊老十，得妻若此，以后即使再艰难，也有人携手同行。

两人并排而站，凝视着萧瑟的天地。高无庸从远处快跑着过来。十福晋低声道：“如此放心不下？就这一会儿的工夫已经赶来了，果如姐姐所说呢！别人都说皇上虽留了你在身边，可既不给封号，又贬了你阿玛、兄弟，对你甚不上心，可姐姐却说皇上心中最看重的人是你，越是紧张，越是谨慎，唯恐伤到你，才越是要藏着你。”

高无庸俯身向十福晋请安，十福晋让他起身，向我微一颔首，转身而去。我凝视着这抹艳红的俏影在雪地里渐渐远去。高无庸轻声道：“姑姑。”我自顾提步而行，高无庸忙随了上来。

进去时，胤禛正低头写折子，听见声响，没有任何反应，依旧执笔疾书。我盯着他静立不动，他写完手中折子后，在一堆折子中翻了翻，抽出一本扔在桌上道：“自己看吧！”说完低头继续批阅奏折。

我走过去拿起桌上的折子，许国桂奏报：“敦郡王允属下旗人庄儿、王国宾骚扰地方，拦看妇女，辱官打兵，已经锁拿看守。”中间还细细奏报了恶劣行径。胤禛朱批：“甚好，如此方是实心任事。”

我放下奏折，沉默了会儿道：“你是铁了心地要对付他们。一点点瓦解他们的势力，一点点试探他们的底线，一点点逼迫他们。他们以前何曾遇到过这样的事情，堂堂皇室贵胄却任何人都敢参奏，任意一个地方官就敢给脸色看。莽撞冲动如十爷总会一时受不了这口气，然后举止失控；桀骜不驯如九爷肯定不甘心就此任人摆布，你越逼，他越想方设法反抗，那就总有错处可责了；八爷如今再谨言慎行、小心翼翼都已无用，因为这两个弟弟的任何行差踏错都是他的唆使、他的罪过。”

胤禛搁下毛笔看着我，我道：“八爷早已放弃对皇位的觊觎之心，为何你不能放过他？”

胤禛道：“他放弃只是因为他当年不得不放弃。如今外有俄罗斯，西有准噶尔，都在虎视眈眈，至今战事不断；内有台湾，大的起义虽然平定，却仍余波不断，汉人中的反清势力也蠢蠢欲动，朝内吏治混乱，贪污敛财成风。朕初登基，今年一月就连颁了十一道谕旨，训谕各级文武官员不许暗通贿赂，多方勒索，病官病民。二月命将亏空钱粮各官即行革职追赃，不得留任。三月命各省督、抚将幕客姓名报部，禁止出差官员纵容属下需索地方。户部库存亏空银二百五十余万两，令历任堂司官员赔补，被革职抄家的各级官吏达数十人，很多是三品以上大员。正因为这些措施，朝野上下有很多人对朕不满，暗中都指望着当年的‘八党’能为他们出头，朕若不时时敲山震虎，这些反对的势力凝集在一起，内忧外患加在一起，大清江山堪虞。”

我盯着他摇摇头道：“你说的也许都有理，可真只是为了敲山震虎吗？”

他低头沉默了会儿，起身拉过我的手道：“十三弟监禁十年，一个大好男儿的十年时间呀！这都先不提，你可看到他如今的身体？天气稍凉就咳嗽不止，各处关节也是风湿疼痛，隔三岔五就需服药。你呢？日日药不离口，天冷天湿稍不留神膝盖就疼痛得寸步难行。再看看你的手，当年纤纤素手，如今却茧结密布，我每次握着你的手时就心痛，恨自己无能，让你吃了这么多苦。这一切若非老八，怎会如此？你一直不忘他是你姐夫，可他如何对你的？太医说‘只能保你十年无虞’，你今年才多大？若非他，你身体何至于到如今这样？若曦，你知道我听到这话的时候有多害怕吗？我每一分的惧怕都是恨。”

我握着他手哀求道：“这些事情只是立场问题，不是他的错，我没有怨怪，我猜想十三爷也不会怨恨的。既然我们自个儿都不计较，你也不要计较可好？”

他凝视着我道：“若曦，我不想你操心这些事情，可他们却非要拖你搅进来。你怜惜他们，老十的福晋可有半点儿顾虑过你的身子？我刻意让你避开他们，紫禁城那么大，她竟然能出现在你眼前，你真以为是偶遇吗？”

我环着他的腰，抱住他，脸贴在他胸膛上道："她已是无法可想了。"

胤禛沉默地搂着我，过了一会儿道："朝堂中的事情诡秘难测，我只能答应你不伤害他们性命。"

我心下微微一松，隐隐萌生一种希望，觉得历史也许可以稍微改变的，至少可以不必那么残酷，看着他感激地说："多谢。"

胤禛带着丝疲惫道："我还要看折子，你就留在这里陪我可好？"

我点点头，拿了椅子坐到桌侧。

◈

这几日太阳分外好，雪早已消融干净，我喜欢拣正中午时在阳光下散步，觉得和煦的阳光把骨子里的寒意都驱除散去。

由着性子随意而走，不经意时发觉周围景致很是熟悉，眺望着不远处的屋檐廊柱，心中滋味复杂。静立半晌后，慢慢而去。

还未到院门前，已听到里面的捣衣声。我犹豫了下，终是跨进了院门，院中洗衣的女孩子们陆续抬头看向我，面色错综复杂，有惊异，有艳羡，有嫉妒，有害怕，突然又都反应过来，个个赶着跳起请安："姑姑吉祥。"

心里有些后悔踏进这个院子，可既然已经来了，却不好立即就走，笑说："你们不必这么多礼，都起吧。"众人立起，默默站着，院子里人虽多，却寂静无声。我打量了一圈四周，一切都还是那样，地上堆满衣服，绳上晒满衣服。

看着神色拘谨的铃铛和钱钱，我没话找话地问道："张公公呢？"

两人脸色一白，半晌后才嗫嚅道："出宫了。"太监不比宫女，若没有大错都是做一辈子的，年纪大后才会放出宫养老。这么早出宫，若身边没有银钱，周围人又瞧不起他们这些不男不女的人，生活肯定窘迫潦倒。心下微惊，有心再问，可她们脸色恐惧，遂压下心中百千心思，随意道："不打扰你们干活了，以后有空再来看你们。"心里却想的是这应是最后一次踏入这个院子。我已经不属于这里，再来只能给她们增添不愉快。

回屋后有心撂开此事不再想，却总是隐隐不安，思量一番后，决定去寻王喜。人刚到他屋外，听得里面隐隐约约的哭声。我细听了一会儿，忙去拍门。屋里哭声顿时停住，半晌后王喜才开门。

我问："你哭什么？"

王喜赔笑道："姐姐怕是听错了，没有人哭。"我点点头，推开他进了屋子。屋中几案上摆着几碟瓜果并糕点，虽看不到香炉，香味却仍在。

我仔细打量着桌上的供品，问道："你在祭奠谁？"

王喜道："没有谁，只是随便摆了几碟瓜果糕点而已。"我侧头盯着他不语。他低下头凝视着地面，道，"是祭奠人来着，恰是家里人的忌日。"

我道："你家里不是南方的吗？怎么不用苏杭糕点，反倒摆了一桌子京式糕点？这豆沙卷酥可是李谙达最喜欢吃的。"

王喜眼泪唰地滑落。我看他流泪不止，心里头残存着的一丝希望也化作了泡影，只剩下满心的悲痛，泪水终于滚滚而下。我扶着桌子哭了半晌，强忍了悲声，道："把香炉摆出来吧，容我也祭奠谙达一次。"

王喜拿了一个拳头大小的香炉出来，我一见这香炉，刚刚敛住的眼泪又滚落，王喜哭道："都是我没用，师傅往日待我如亲生儿子一般，我却连师傅的忌日都不敢明里祭奠，正儿八经的香炉也不敢用，只能用这日常熏蚊子的充数。"

我哭着插好香，对着几案拜了三下，又埋头哭了一会儿。王喜一旁跪着也只是落泪。

我问："究竟怎么回事？"

王喜低头抹泪，不言不语。我道："事到如今，还有什么可瞒的呢？我十三岁一入宫，就在李谙达身边做活，谙达待我一直甚厚，就是到最后都替我想法子让我重回圣祖爷身边。他走了，我却什么都不知道，你让我心下何安？"

王喜静静发呆，忽然下定决心，抹干眼泪，起身开门向外探看一下，走回我身边，在我耳旁低低道："师傅去年今日过世的。"

我道："那是雍正元年一月的事情了，离圣祖爷驾崩才一个多月的光景。我听玉檀说，谙达被放出宫养老了，难道是在宫外发生什么事情了？"

王喜眼泪又下，压着声音哭了会儿低声道："大家都以为师傅出宫养老了，实际师傅早已服毒自尽，尸身送去化人厂化了。"

我脑子"轰"的一声，刹那一片空白，只有心急急跳，半晌后，声音颤着问："为什么？"王喜低头垂泪，再不肯多言。

我身子发软，跌坐在地上，眼泪如断了线的珠子般不停滚落，心中一片冰凉。为什么？还能是为什么？李德全跟在康熙身边几十年，这世上最知道康熙心思的人莫过于他，康熙临去世那天和四阿哥的谈话他也在场。他知道得太多了，而且是最不该知道的事情。他随意一句话就有可能引起轩然大波，胤禛怎么可能容他活着呢？是我太天真，忘了帝王之心。

我哭了半晌，擦干眼泪，缓缓从地上站起，慢慢朝门外走去，拉开门后，忽想起来的目的，又转身关上门问："张千英也死了吗？"

王喜脸色一下变得煞白，半晌后才喃喃道："出宫时还未死，现在就不清楚了，估计和死也差不多。"

我手扶着门问："什么意思？"

王喜声音微带着颤道："我听说，他被割了舌头、剁了手后，被赶出了宫。"

我猛地拉开门，扶着门框弯身呕吐，王喜急急赶到身边替我捶背。我搜肠刮肚地把中午吃的饭都吐了出来，胃里嘴里只是泛酸。

王喜看我不吐了，忙捧了茶过来给我漱口，道："姐姐回去请太医看一下吧。"

我摆了摆手，又喝了几口热茶压住胃里的酸气道："起先只觉得心闷，这会子吐出来倒好了。"说完把茶递回给王喜就欲走。

王喜道："还是我送姐姐回去吧。"

我道："不用了，我们以后也该避下嫌，尽量少见面。我倒不妨事，可不能给你招惹麻烦。"说完，脚步虚浮地晃悠着回去。

回屋后，觉得头晕目眩，再难支撑，忙躺到了床上。也不知道过了多久，只觉得天光渐逝，屋子慢慢黑沉。

房门被轻轻推开，这样不敲门就进我屋的除了胤禛再无旁人。心下百般滋味，到了面上却只是闭目躺着不动。胤禛走到床旁俯身道："怎么这么早就躺下了？晚膳也没用，不舒服吗？"说着想点灯，我忙道："不要点灯。"

胤禛轻笑道："还是喜欢黑暗。"他坐在床侧，问，"身子可好？"

我道："好着呢，只是下午多吃了几块糕点，晚上就吃不下了。"

他道："别只躺着，起来说会儿话，胃里积了食，回头也难受。"

我依言爬起来，他帮我放好垫子，让我靠好，自个儿也斜歪着，两人有一搭没一搭地说着闲话。我强打起精神陪他说话，几次三番欲张口问他，却顾虑到王喜，终又咽了回去。

因为了解一些历史，知道雍正对八爷等人的铁血手腕，可除此之外，我的他是爱惜我、不会伤害我的胤禛。他即使行事偏激，也只因为爱恨强烈，想保护我们，可现在突然发觉，我心里竟然对他开始隐隐有几丝畏惧。我在小心翼翼地回话，不敢点灯，害怕他看出我的异样。此时才真正明白十三爷的感觉，对十三爷而言，他如今首先是皇上，然后才是四哥，所以谨言慎行必不可少。而我今夜也开始仔细斟酌着说每一句话，小心地掩饰着自己内心的情绪，面上却还要装出一切都是随性。

胤禛看我说话时精神总是不济，问："你好似很困的样子？"

我笑道："人家本就要睡的，被你硬拉起来，能不困吗？"

他笑说："我放下手头的事情特地来陪你说话，不领情，反倒埋怨我。好了，不扰你清静了，我回去看折子，你歇息吧。"说着起身而去。

我在黑暗中静静坐了很久，听着远远地敲了三更才忙扯了被子躺下，却仍旧无法入睡，翻来覆去，眼泪又落下。

◈

自打从王喜处得知李谙达和张千英的事后，我整日就懒懒待在屋中，看书，临帖，刻意地去遗忘整个外面的世界。如今临的帖子都是胤禛特意写给我的，我模仿他的字迹已有四五分像。练字时，常常会想起当年他送我的那句"行到水穷处，坐看云起时"，竟有很遥远的感觉。

西北战事到了最后决胜负的时刻，养心殿经常通宵烛火通明，胤禛眼里、心里全是千里之外的战争。二月八日，年羹尧下令诸将分道深入，直捣巢穴。在突如其来的猛攻面前，叛军魂飞胆丧，毫无抵抗之力，立时土崩瓦解。清军大获全胜。

捷报传来，胤禛大喜，予以年羹尧破格恩赏晋升为一等公。此外，再赏一子爵，由年羹尧的儿子年斌承袭，连年羹尧的父亲年遐龄都被封为一等公，外加太傅衔。年氏满门圣宠如日中天。

席间用膳时，胤禛还忍不住地谈论着大获全胜的战役。我心里嘲笑道，集中了大清几乎全部的人力、物力去打这场战争，十四爷之前已经在西北树下了大清军队的威仪，罗卜藏丹津的反叛准备不足，仓皇起事，还是以弹丸之地对大清千里疆域，年羹尧但凡有些智谋，怎么也该赢的。

十三爷看我嘴角挂着丝讥笑，朝我微摇了摇头，我对十三爷皱眉一笑，胤禛看到我和十三爷的表情，摇头苦笑一下，收了声，不再谈论已过去的西北战争。

一日，我正在屋内临帖，承欢跑着冲进来，一下子扑到我身上。手中的毛笔晃了几下，桌上的纸已被涂污。我一边推她，一边笑道："什么事情这么着急？"

承欢瞪大双眼道："姑姑，他们在蒸人。"

我说："什么？整人？"

承欢用力点点头道："他们不肯告诉我，不过被我偷听到了，皇伯伯命各宫近前侍奉的太监、宫女都去看。姑姑，怎么蒸人呢？像姑姑带我去御膳房看的那样，蒸包子那样蒸吗？"

我猛地从椅上站起，惊声问："你说什么？蒸人？"说到后两个字时只觉胃里一阵恶心，忙忍住。

承欢道："蒸人呀！"

我问："你还听到什么？是谁？"

承欢摇摇头道："就这些了。"

想起王喜，心里惊怕，立即向门外行去，承欢跑着要跟来，我忙道："你哪里都不许去，就在这里待着。"承欢看我疾言厉色，只得噘嘴站住。

我大步跑着出了屋子，往日守在养心殿外的太监、宫女都不在，四处只有侍卫静立着。不知隐在哪个角落的高无庸闪身到我身前拦住我道："姑姑去哪儿？"我心下惧怕愈深，越过他就跑，他忙拽着我道，"奴才刚才看见承欢格格来了，姑姑怎么不陪承欢格格呢？"

我心中发急，猛地甩开他手，喝骂道："狗东西，连我都敢拉拉扯扯，你有几个脑袋？"他忙跪下磕头，我立即飞奔而去。他在身后一路追来，却再不敢碰我，只是不停声地哀求。

我心跳得好似就要蹦出胸膛，阵阵气闷，向刑房狂跑而去。

还未到跟前，就闻到空气中弥漫着似香似酸似臭、令人作呕的怪味。前面黑压压立满了紫禁城内各宫有头有脸的太监、宫女和各处的掌事太监，全都脸无人色，有的全身抖动，有的瘫软在地，有的弯身而吐。

我看到那口支在火上的大瓮，胃里翻江倒海地翻腾，再也忍不住，蹲在地上狂呕起来，直呕到胃中只余酸水、无可呕之物时，才强撑着抬眼扫去，不敢看场中的大瓮，眼光只在人群中游走，忽看到王喜涕泗横流、瘫软在地的身影，一直提在嗓子眼的那颗心才"嗵"的一声落下。

再不敢多看，转头就走，脚下一软，就要摔倒。一直立在一旁、脸色青白的高无庸忙上前搀扶我。我借着他胳膊的力站起，他求道："姑姑就扶着奴才的手回吧！"我有意自己走，却头晕目眩无以成步，只得扶着他胳膊。

我抑着发颤的声音问："是谁？"高无庸半晌无声，我心中的惊惧、悲哀、愤怒一瞬时再难控制，厉声吼道："说！我看都看了，难道还要我回去问吗？"

高无庸全身一个哆嗦道："姑姑，您放过奴才吧，若被皇上知道，奴才死无葬身之处。"我心下疑惧不定，放开他的手就踉踉跄跄往回走。

高无庸跑上前跪在我面前哭道："姑姑回吧。"我没有理会，绕过他依旧前行，高无庸跪爬着又拦到了我身前，磕头哭道，"是玉檀。"

我脑子如被大锤砸下，那剧痛直刺向心脏，盯着远处大瓮，如厉鬼一般哭号道："是谁？"高无庸头贴在地面上道："玉檀。"我五内俱焚，心神刹那坠入彻底的黑暗。

待略微恢复神志时，感觉有人在轻抚我的脸颊，一下一下极尽温柔，恍恍惚惚觉得自己仍是个集万千宠爱于一身的小孩子，凡事都可遂心任意，不禁喃喃道："妈妈，妈妈。"睁开眼睛满心欢喜地看去，却是胤禛焦灼喜悦的脸。刹那间竟是数百年时光，我愣了一瞬，问，"怎么了？"话刚出口，昏厥前的一幕涌到心头，胃里恶心，却再无可吐之物，趴在床头只是干呕。

胤禛半拥着我，轻拍着我背，我下狠劲推他，却全身发软，无半丝力气，我哭道："你走，我不想再看到你。"他神色清冷中夹杂着伤痛，伸手握住我推他的胳膊。我哭道，"为什么？你为什么要这么做？"

胤禛用力把我抱在怀里，说道："若曦，我们有孩子了。"我的哭声涩在喉咙里，抬头看他，他点点头道，"太医刚诊过脉，一个月了。"说着在我脸上轻吻了下，温柔地说，"我们要有孩子了。"

我无半丝喜悦，心中对他爱恨纠缠，盯着他半晌不动，他伸手捂住我眼睛，求道："若曦，不要这样看我。你不开心吗？我们盼了很久的。"

我伤痛难耐，俯身号啕大哭起来："胤禛，我恨你！我恨你！我恨你！"

他身子僵硬，轻拍着我背："我知道！若曦，我这么做都是有原因的。你先养好身子，我以后再解释给你听。"

我哭道："那是我妹妹呀！是我妹妹呀！"

胤禛捂着我嘴道："若曦，你当她是妹妹，她却未曾当你是姐姐。我不是没有给过她机会。”我狠命打着他的手，挣扎间，眼前发黑，身子顿时软倒。他忙扶住我，我一面喘着气，一面无力地推他。

他道：“你不愿看见我，我这就走。不过你好歹顾念一下自个儿和孩子。”说着叫了梅香、菊韵进来服侍，自己站起盯着我，我闭目不动，他转身一步一回头地缓缓而去。

晕沉沉中似乎做了很多梦，碎裂成一片片，混乱错杂，就如这么多年的时光，仿似一瞬，却又痛苦而漫长。

春日时，玉檀坐在炕上替我绣手绢，我靠在一旁随意翻书，偶尔几声清脆的笑语回荡在屋中，融化了紫禁城中难耐的寂寞寒冷。

我每一次病都是你照顾，帕子一遍遍换下，药端到榻边。那次凶险万分再无求生意志时，是你在榻旁整晚整晚地唱歌，直到把我唤醒。

浣衣局操持贱役，你不离不弃，费尽心思维护。将近二十年的姐妹情，这冰冷宫廷中一份始终相伴的暖意。

我以为凭借他的爱定可护你周全，让你在紫禁城中不受伤害，却不料是他如此对你。

玉檀，从此后，这紫禁城中最后的一抹暖色消逝而去。

…………

梅香摇醒我，拧了帕子给我擦脸，才发觉梦中早已泪流满面。

天刚亮，就吩咐梅香去叫王喜来见我，梅香犹豫了下低头应是后退出。

不大会儿工夫，王喜匆匆而进，脚步虚浮，面色苍白，眼眶乌黑，目睹整个过程，显然受刺激甚深。梅香、菊韵虽也面孔浮肿，可毕竟和玉檀无什么感情，只是恐惧事情本身。

梅香守在一旁，我道：“下去！”她迟疑了下，向外行去。我让王喜坐，王喜肃容立于榻前，指了指帘外，我用口型无声说道：“我故意的。”王喜恍然大悟，忙道：“奴才不敢坐，姐姐有事就吩咐吧！”

我沉吟了会儿，强抑住心痛问：“玉檀当日……当日……究竟是个什么状况？”

王喜眼泪直在眼眶里打转，脸上皮肤抖动，声音却平稳地回道：“去得很快，没什么痛苦。”说着，王喜眼泪已经滚落，他立即用袖子抹去。

我捂着胸口问：“她临去可有说什么？”

王喜一面回头张望了下，从怀里迅速掏出一张布条塞到我靠着的软垫下，一面道："一直微微笑着，没有说话。"

我用眼光问他，口中问道："你可好？"

王喜做了从门缝塞进布条的动作，又做了个他推门突然发现布条的样子，一面回道："奴才一切安好。"

说完两人默默无语相对，王喜道："姐姐既然无事吩咐，奴才这就告退了。"说着未等我答话，已匆匆出去。我有心叫住他，却又忍住。

我借口想休息一会儿，屏退梅香、菊韵，放下帘帐，躲在榻上细看。布条上只短短几行字，却字字如刀般扎在我心上：

求姐姐护我家人周全。玉檀自知大限将至，一直希望能有一日亲口向姐姐解释清楚一切，可如今再无机会，匆匆而就，无以明心迹，却又忽觉一切话皆多余，姐姐必能明白我的心。红尘中一痴傻人而已！玉檀不悔！无怨！姐姐勿伤！

我脑中似乎可以看到玉檀当日的急迫，躲在某个墙角，从衣服上撕下布条，咬破食指，匆匆写就，塞进王喜屋中，没多久她就被人捉去。

玉檀一直告诉我她从未读过书，只粗略认识几个字，可今日看她的留书，字迹虽仓促，却是一手标准的管夫人梅花小楷。非长年苦练和熟读诗词百家，绝不能有此清丽幽娴之意境。玉檀，你究竟还有多少事情瞒着我呢？

梅香在外低声说："姑姑，十三爷来看您了。"

我道："请。"

十三爷缓步而入，梅香向他请安，搬了椅子请他坐下后静静退出。

十三爷细细察看了下我脸色道："你身子本就不好，如今又有身孕，哪还禁得起自个儿作践自个儿？难道你竟然恨皇兄恨得连孩子也不想要了？"

我道："我没有。"

他道："既然没有就应该好生保养调理。一则你现在的年龄才第一次有孕本就凶险，二则你身子一直有病，如今又动了胎气。何太医为了你，整日愁眉不展，苦思良方，皇兄也是忧心忡忡，你自己却全不爱惜。皇兄怕你害怕，不愿对你说这些，我本也只想劝你放宽心，可一看到你这个样子，就气不打一处来，索性和你挑明白，你若还想要这个孩子，就和太医配合些。"

我呆愣半晌，哀声道：“我会尽力的。可是心痛难忍，你可能教教我如何让心不痛的方法？自己妹妹惨死在所爱之人的手上，你可有方法让我化解心中的爱恨纠缠？”

十三爷低头默了会儿道：“也许事实能让你好过一些，但也许更让你难过。”

我苦笑道：“告诉我吧！”

他轻叹口气道：“皇兄将九哥遣去西宁，严禁他们彼此互传消息，可九哥仍旧想尽办法，甚至自己编了密码利用各色人与京中联系。玉檀就是九哥在皇兄身边的眼线，一直把皇兄的行踪泄露出去。皇兄因为你不好严惩她，几次旁敲侧击都警告过她，可她却未有丝毫悔改。这次激怒皇兄是因为九哥教唆弘时争取当太子，弄了不少挑拨皇兄和弘时父子之情的事；又命玉檀设法利用你和八哥、十哥、十四弟的渊源挑拨你和皇兄之间的感情。两件事情都犯了皇兄的大忌，皇兄忍无可忍才用了极刑，也是对九哥的一个严厉警告。”

我脑子纷乱糊涂，觉得一切好荒谬，可似乎又合乎情理，多年的点滴细节猛然出现在脑海中。原来那个大雪夜救了玉檀一家的公子是九阿哥，结局玉檀却肯定骗了我，不是一面之缘，而是从此后九阿哥对她们一家一直暗中照顾，多年后进宫做宫女，也应该是刻意安排。难怪十四爷好似不避讳玉檀，我以为是因为他知道我和玉檀要好，却原来另有乾坤。那玉檀你究竟对我是真情还是假意？

玉檀的一笑一颦、一哀一喜从脑中快速掠过，我恍惚一笑，情分假不了的。她在宫中的左右为难、举步维艰，只怕不下于我，她和九阿哥究竟是怎么一段故事？我只知道开始和结局，却不知道过程，她的心酸无奈痛苦绝望也许比我还多。

十三爷看我浅浅而笑，诧异问道：“若曦，你不生气吗？”

我摇头道：“玉檀视我为姐，待我之心绝对假不了。至于其他，谁没有几件无可奈何之事呢？我若真有怨怪，只怨怪苍天残酷。”

十三爷凝视着我道：“你总是愿意原谅，总是愿意去记住美好的东西。”

我低头沉默了会儿，淡淡道：“皇上本可以让这一切都不发生的，他却没有制止。”

十三爷急道：“皇上本就有意放玉檀出宫。玉檀刚到御前服侍，皇上就命高无庸向众人重申了违背养心殿规矩的惩罚，后来杖毙私自传话的宫女时，也特让玉檀和众人观看，以示警诫。”

我摇头道：“也许他打算放玉檀出宫时，的确想着就此作罢，不过更主要的原因是既然原乾清宫的宫女都遣散了，也没有道理单留下早已过了出宫年龄的玉檀。后来因为九阿哥不愿放弃玉檀这个棋子，玉檀就来求了我，皇上当时完全可以立即向我说清楚，直接命玉檀出宫，我断无反对的道理。可皇上却未如此做，而是顺水推舟，给了玉檀个留下的理由。毕竟如果送走了玉檀，不知道九爷他们还会想什么花招，不如留一个自己知道是奸细的人在身边，一举数得，愿意让九爷知道的东西，就故意让玉檀知道，不愿意让九爷知道的，玉檀也绝对知道不了，还可以利用玉檀反监视九爷的动向，甚至可以利用玉檀给九爷完全错误的消息。”

十三爷叹道：“我知道无法让你释怀，可皇兄也曾真的希望玉檀能改过，他绝对无伤你之心。宫里本来规定了宫女之过是要株连家人的，却因为你求情而不予追究。这次若非过于紧张你，也不至于如此痛恨玉檀。皇兄唯一有失的地方大概就是低估了你和玉檀之间的感情。”

我惨笑道：“玉檀是被九爷和皇上合力逼死的，而我是帮凶。”

十三爷道：“我知道你为玉檀难过，可你不能因此就把什么错都往自己身上兜揽。”

我躺回榻上，喃喃道：“十三爷，你可知道我这么短时间都经历了些什么？姐姐离我而去，我虽难过，可她毕竟是含笑而终，想着她这辈子的凄凉，觉得未尝不是一种解脱。李谙达怎么死的，你只怕早就知道。玉檀对我而言，就是我妹妹，就算有错，他为什么要用如此酷刑？还有那些不相关的人，张千英虽有过错，可罪不及此。还有多少事情是我不知道的？我对这个宫廷如今除了惧怕还是惧怕，它就像个怪物，不停地吞噬着人。”

十三爷还欲再说，我挥手打落帐子道：“我想休息了。”他默坐了会儿，轻叹口气，起身而去。

躺在榻上，似睡似醒，正昏沉，忽听到：“小姐。”

我睁开眼睛：“巧慧？”巧慧半跪在床边道：“小姐，是我。”

我猛地起身推她道：“出去，这里不能待的。”

巧慧叫道：“小姐，是皇上命我进宫服侍你的。”

我哭道：“我就是知道是皇上命你来，才让你赶紧走。”

巧慧挨着我坐下，搂着我问：“究竟怎么了？我听高公公说小姐有身子了。怎么如此不爱惜自个儿呢？你有什么心事就告诉我，我自小服侍主子，可以说是看着你长大的，说句僭越的话，我心里把主子当姐姐，把小姐当妹子的。”

我想起姐姐，伏在她怀里大哭起来。巧慧道：“再伤心的事情也没有孩子重要，若主子看到你这个样子，肯定会伤心的。小姐可是答应过主子，一定会照顾好自个儿的。”

正在哭，承欢在一旁叫道：“姑姑。”

我忙擦干眼泪，看向承欢：“你什么时候来的？”

承欢道：“姑姑，我给你讲个笑话可好？”

我道：“改日再讲吧。”

承欢又道：“那我给姑姑唱歌。”

我摸了摸她的头说：“也改天吧，姑姑今日听不进去。”

承欢爬到床上，让我摸她的左手，三个指头上结了层薄薄茧结：“姑姑，我练琴很用功的。”

我摸着她的茧子点头道：“等你琴练好了，你阿玛肯定很开心。”

承欢问：“姑姑，你不开心吗？”

我扯了扯嘴角说：“你开心，姑姑也开心。”

承欢侧头盯了我半晌道：“姑姑，我听皇伯伯说你会给我生个弟弟的。”我微点了下头，承欢说，“那姑姑可不能再哭了，你再哭，小弟弟也会哭的。”我侧头强忍着泪，巧慧忙道：“小姐要再躺一会儿吗？”我摇摇头。

巧慧笑说：“那就起来吧，整日躺着也不好。好久没有服侍过小姐了，今日让奴婢服侍小姐洗漱。”承欢听了，忙跳下地。巧慧扶我起身。

在巧慧和承欢相陪下，勉强吃了小半碗清粥、一点儿笋丝，巧慧仍旧不满意的样子，唠叨着：“饿着大人倒也罢了，怎么能饿着孩子呢？”可梅香已经喜上眉梢，兴冲冲地收拾了碗筷出去。

◈

在巧慧的精心照顾下，精神虽还不济，身体却好了很多。承欢笑说要为我弹奏一曲新近练好的曲子，难得她肯静下心来学筝，又是为了让我开心，不愿扫她的兴，点头应好。她拖了我去厅堂，进去时十三爷正负手立于窗边，怔怔出神，眉梢眼角全是相思，唇角的淡淡笑意满是疲倦。站在屋中最明亮处的他，却浑身上下散发着无可言喻的孤寂冷清，似乎阳光到了他身边都自动回避。

听到我们的脚步声，他侧头间，相思立即掩去，疲倦也立即消失，又是那个行事稳重的怡亲王了。他带着几分暖意笑问：“来了多久？”

我道："刚到。"我随意找了最近的椅子坐下，十三爷坐于侧旁，打量了我几眼问："身子可好？"我点点头。他沉默了会儿道，"身体最重要。"我强笑了笑，看向承欢。

承欢正在戴义甲，半天还没有缠好，我说："过来。"她忙抓起义甲跑来，我替她细细缠好，她笑着跑回筝旁。十三爷笑说："不知道你以后是更宠承欢，还是更宠承欢的小妹妹。"

我侧头笑问："你觉得是女孩？"

十三爷一呆，道："我私心里希望是个女孩，不过皇兄盼着是个男孩。"

我道："我也希望是个女孩子。"两人了然一笑，我正欲说话，瞥到胤禛缓步进来，忙收声扭过头。十三爷立即站起回身请安。巧慧和承欢都行礼问安。我也随着立起道："皇上圣安。"

胤禛笑让大家坐，说着自己坐在了十三爷身侧的椅子上。我站立未动道："奴婢不敢。"胤禛盯着我未语，十三爷看看我又看看胤禛，左右为难，承欢忽地大叫道："姑姑，你要不要听承欢弹曲子了？"承欢带着几丝不安，双眼内藏有惊恐，我忙笑道："听。"说着赶忙坐下，十三爷神色一松，也随着坐下。

承欢小脸紧绷，肃然端坐，右手微扬，左手轻压，灵动琴声在屋中响起，竟是《归去来》。

徵音为主，旋律短暂离调，表现"舟遥遥以轻扬，风飘飘而吹衣"。旋律渐快，哀喜交杂，"三径就荒，松菊犹存。携幼入室，有酒盈樽。引壶觞以自酌，眄庭柯以怡颜"。

速度逐次加快，力度不断加强，情感越来越强烈，"云无心以出岫，鸟倦飞而知还。""富贵非吾愿，帝乡不可期。""聊乘化以归尽，乐夫天命复奚疑！"

琴声在高潮突然切住，尾声缓缓流出，承欢双手轻按，全曲结束在宫音。余音袅袅，耐人寻味。

我脑中依旧徘徊着"实迷途其未远，觉今是而昨非。觉今是而昨非，觉今是而昨非……"

胤禛叫道："若曦！十三弟！"我这才回过神来，十三爷也是一脸茫然若失，遑遑之色。我和十三爷默然对视，两人眼中都是几分哀伤。胤禛又叫道，"若曦！十三弟！"十三爷忙立起道："臣弟在。"

胤禛摆摆手示意他坐下，看着承欢问："谁让你弹这首曲子的？"

承欢眼珠子骨碌一转，从我们脸上扫过，噘嘴道：“我自个儿挑的，这首好听。我弹得不好吗？”

我道：“没有，弹得很好，就是太好了，我们才听入神了。”

承欢将信将疑地看向阿玛，问道：“姑姑说的是真的吗？”

十三爷缓缓一笑道：“你姑姑宠你，她眼中你什么都是好的。曲子意境并未体现，不过难得你把指法练得那么纯熟，也就很好了。”

承欢虽怕自己阿玛，却很是相信阿玛所说的话，听完满脸喜色地问胤禛：“皇伯伯不喜欢吗？”

胤禛微掺丝苦笑道：“喜欢。”承欢喜滋滋地凑到胤禛身旁，带着丝讨好说：“我听哥哥们说，皇伯伯很是喜欢田园之乐，这首曲子好似就讲这些的。”

我听到这里，实在忍不住，“扑哧”一声笑了出来。十三爷低头肃容端坐。胤禛看到我笑，一下笑了起来，半搂着承欢喜道：“今日要好好赏你。”我忙敛了笑意，撇过头。

十三爷微坐了会儿，站起向胤禛行礼告退，牵了承欢的手向外行去，巧慧随后而出，我也立起向胤禛行礼告退。他站起来道：“以后不用老是行礼，如今有了身子，凡事怎么便宜怎么来。”

我转身就走，他一把拽住我，我下狠劲甩了几下，却没有甩掉他的手：“放开我。”

胤禛把我拉进怀里，强揽着道：“十几天未见，再大的气也该消消了。你不愿见我，可孩子说不定还想着见阿玛呢！”我推了推他，未推动，他道，“如今已有身孕，得赶紧册封你了，和你商量下你想要什么名号。”

我身子一僵，停止了挣扎，默然半晌后道：“我不想要什么封号。”

他柔声说：“你有身孕的事，现在就几个人知道，连承欢我都仔细吩咐过不许对任何人说。可再过一个月，身子就渐显了。你不想做我的妃子，可孩子总要有阿玛的，难道你舍得让孩子被人暗地里嘲笑吗？”

我脱口而出道：“你让我出宫吧，我们在宫外，自然不会有人笑她的。”

胤禛脸色一白，双臂用力，把我压进怀里，让我紧紧贴着他道：“若曦，我不会让你和孩子离开我的，你想都不要想。”

我头被他摁在肩膀上，胤禛低低问：“你现在对我只有恨了吗？”

我听他语气流露着前所未有的凄伤，心中疼痛，泪顺着脸颊滑落到他衣上：“我多希望我只是恨你，可我不是，甚至我想恨你，可总是恨不起来。我只是怕这个皇宫，怕那个皇帝，他会那么心狠，狠得让人惧怕。”

胤禛扶起我，一面抽了绢子帮我擦泪，一面道：“不要哭了，有了身子的人哭对孩子不好。若曦，我是你的胤禛，可我也是这紫禁城、整个大清的皇帝，很多事情我有自己的无奈。”

我摇摇头，推开他手道：“很多事情的确是无奈，可也许换一个人他就会有不同的做法，你却总是选择极端的手段，最后伤人伤己，为什么？为什么恨要如此强烈？”他静默无语，我轻叹口气，转身离开。

◈

巧慧坐于炕上低头剪着衣服，我在一旁歪靠着看了半晌道：“你从哪里找了这许多半新不旧的小孩衣衫？太糟蹋东西了，把好好的衣服剪成一块块。”

巧慧手下未停，笑说：“是特意请高公公帮忙寻的。整整一百家身体康健的孩子穿过的衣服，给小格格做一件‘百家衣’。”

我摇头笑了笑，巧慧道：“小姐没有听过‘穿了百家衣，能活七十七’吗？我特意嘱咐了多寻那些姓‘刘’‘陈’‘程’的人家，借‘留’‘沉’‘成’的吉利多多护佑小格格。”巧慧拿起件宝蓝衣衫一面剪着一面说，“小人儿最易受惊，‘蓝’谐音‘拦’，可以拦住不干净的东西。”

我凝视着低头忙碌的巧慧，若曦的额娘是因为生若曦落了病而去，姐姐因为惊伤过度不仅孩子没了，自己也落了病根。而巧慧眼看着这一切的发生，恐惧已在她心上有了深深的烙印，她把对姐姐那个孩子的爱和害怕都一股脑儿地倾注到我的孩子身上，借助这种方法挡住自己的担心。本欲让她不要费这些无用功，可明白了她的心思，觉得还是由她去忙吧！

承欢从外面一蹦三跳地进来，踢掉鞋子就蹿上了炕，巧慧嚷着：“好格格，你慢着点儿，把我的布块都打乱了。”

承欢笑嘻嘻地靠在我身边问：“给弟弟做衣服吗？”我笑点点头。

承欢看着巧慧手中色彩斑斓的布块，来了兴致，欲凑上去看。我拖住她道：“安静待会儿，我有话要问你。”说完叫了声巧慧，对她使了个眼色。巧慧忙放下剪子，下炕到帘外守着。

“你前两日弹的曲子是谁帮你选的？”

承欢歪着脑袋，满脸疑惑地说："就是我自个儿选的呀！"

我戳了下她额头道："你撒谎的本事都是我教的，还在我面前装神弄鬼？"

她哈哈笑了起来："我就是看能不能骗过姑姑，能骗过姑姑，那就谁都能骗了。"

我笑说："你可别忘了，我给你说过的最紧要的一句话，越是从不骗人的人，到真正骗人时才能撒出弥天大谎。假话说多了，再会做戏，也没人信的。你现在也就是借着年龄小，人家都上了你天真烂漫的当。再说，我只是让你去哄皇后和贵妃开心，可没让你招摇撞骗。"

承欢嘻嘻笑道："我知道的，我很少说谎的。"

我问："究竟怎么回事？"

承欢道："服侍我的小宫女芮儿帮我选的。她说除了姑姑外不能让任何人知道，否则她肯定会死的。"

我蹙眉道："你怎由着身边宫女摆布呢？难道我以前的道理都给你白讲了？"

承欢道："芮儿向我保证这首曲子姑姑一定爱听，而且绝不会怪我。"

我问："她还说什么了？"

承欢道："她说如果姑姑问起，就说'只要愿意割舍，二七必如所愿'。"

我似乎有一点儿理解胤禛对太监、宫女为何如此严苛。在这样的清理整治重刑下，承欢身边都还有他们的人，对胤禛而言，这些都是潜在的危险，不采用非常手段，也许的确难以震慑众人。皇宫本就是残酷的地方，一旦搅进了权力之争就更是血淋淋，历朝历代都类似，并非只有胤禛如此。可想到玉檀，却心伤不已。事不关己，理智都能明白，一旦牵涉我的亲人时，却还是难以接受。

我出了好一会子神，盯着承欢严肃地说："记住了，这件事情从没有发生过，从没有！"承欢肃容点点头。我想了会儿道，"寻个错处把芮儿打发了，贬去做粗活，扫地洗衣都可以。"

承欢问："为何？我很喜欢她。"

我道："正因为喜欢，才要如此。没有利用价值，她就能安安稳稳熬到出宫。"承欢似懂非懂地点点头。

半晌后，我的心才慢慢静下来，扬声叫了巧慧进来。巧慧继续做衣服，承欢在一旁也寻了把剪刀，铰来铰去的净给巧慧捣乱，巧慧又气又笑，把自己剪好的赶紧都藏了起来，又赶着把未铰的衣服都收拢，压在自己身旁不许承欢乱动。我看着她俩抢来抢去的，在一旁只顾着笑看热闹，手轻摸着好似还没有任何变化的腹部，内心深处开始企盼着一个小女孩的诞生，以后我们就这样热热闹闹地过日子。

高无庸在帘外叫道："姑姑。"

巧慧立即下炕，立在炕边，我坐直了身子道："进来吧。"

高无庸进来先向承欢请安，又给我行礼，然后双手捧着张单子道："这是皇上命奴才拿给姑姑的。"

我淡淡问："什么事情？"

高无庸回道："奴才不知。"

我蹙眉看着他不动，巧慧拿过塞到我手中，高无庸感激地看了巧慧一眼，向承欢和我行礼告退。巧慧踢了鞋，又上了炕，道："不管什么事情，看完再说。再说了，不管他再疼你宠你，也还是皇上，小姐怎么能当着下人就驳皇上的面子呢？"

我默了会儿，自嘲道："你说得对，我其实还是依仗着他的宠爱。"说完，摊开手中的单子看起来，刚瞟了一眼，就立即扔到桌上。

巧慧问："什么事情？"

我淡淡道："皇上拟的几个封号，让我选一个。"

巧慧静了会儿道："小姐，这事拖不得的……"我打断了巧慧，对承欢道："你这么喜欢玩针线，回头找人教你女红。"正低头缝布块的承欢摇头道："才不要学，玩是一回事，把它当功课做又是另一回事。"

巧慧在一旁欲言又止了半晌，看我只是和承欢说话，轻叹口气，拿起针线依旧开始做衣服。

高无庸后来又来了三四次问我要回音，巧慧每次都帮我敷衍着说："还未想好，再给几日。"他一走，巧慧就苦口婆心地劝，从孩子讲到我阿玛，讲到我已去世的额娘，最后哭着把姐姐都搬了出来。我只能答应她我会仔细看的，过后却总是抗拒，拖着不肯看，心里总觉得这个封号就意味着从此后我要永远和这个紫禁城拴在一起。虽然知道这是必然，可心里却总是抗拒。

第十六章

难抛往事一般般

巧慧坐在炕沿大半日一动不动，我叫了她几次，都没有回音。我搁下手中的书道：“别不高兴了，去把单子拿来，我这就看。”巧慧却依旧静坐不动。

我直起身子，推了她一把道：“琢磨什么？”

她抬头看着我咬唇未语，过了会儿道：“没什么事情。”说着起身去拿单子。我叫道：“回来，有事就说清楚，你一个人琢磨不如两个人想，好歹彼此商量着办。”

巧慧站了会儿，走到门口掀起帘子看了一眼，回身紧挨着我坐下，低低道：“八福晋想见小姐一面。”

只要身在紫禁城，就绝不会有清静日子，我苦笑了下道：“姐姐的事情我们欠了她一个大人情。”

巧慧道：“我也是这么想的，何况这么多年，她也是我半个主子，实在不好不替她传话。”

我道："见一面就见一面吧，不过如果回头让皇上知道了，一切都是我自己的主意，是我自个儿要见八福晋的。"巧慧带着几丝恐惧，不安地点点头。

我轻握了下巧慧的手以示安慰，想到玉檀，心隐隐绞痛，暗下决心除非我死，否则绝不会再让你伤害巧慧。

巧慧扶着我在御花园内慢步而行，我笑说："这才几个月大，肚子都一点儿还看不出来，我自个儿走得了。"

巧慧道："你如今是有身子的人，我扶着稳妥些。"我拿她无可奈何，只能由她去。

八福晋迎面而来，巧慧忙向她请安，我欲向她行礼，她侧身避开，淡淡道："虽没过了明处，可毕竟是皇上的女人，受不起你的礼。"

巧慧脸涨得通红，急道："皇上就要册封小姐了。"

我笑瞟了眼巧慧，我都没有不好意思，她倒替我羞愧了。握了握她的手，示意她去一旁守着。

我笑看着八福晋问："所为何事？"

八福晋嘴角含着丝淡笑道："前几日皇上又降旨训斥了爷，把十弟滞留张家口归咎于爷的教唆。"

我沉吟了会儿问："难道不是吗？"

八福晋笑打量着我道："此事的确不完全是十弟的意思，虽因许国桂那狗奴才故意寻衅，十弟是和他对上了，不过还不至于滞留这么久，但也不是爷的意思。爷如今对这些事情看得很淡，起起落落全不放在心上，说皇上命他做事他就做，要削爵幽禁也由他，甚至劝过九弟不要再和皇上对着干，事已至此，还有何好争？"

原来竟是她的意思，我带着几丝怒气问："你为何要这么做？不知道这样会激怒皇上吗？"

八福晋冷哼了声道："皇上一步步试探我们，打压我们，我们一再退让，他却总是得寸进尺，与其这样不如看看他究竟能有多狠，看看他究竟有没有狠毒到不顾一切。"

我凝视着她，肃容道："如果你指望看到一个为了史官评断和后世评价而手软的皇帝，就大错特错了。如果你如此做，只是为了让他背上折磨兄弟的名声，那代价未免太大。史书中的名声固然重要，可怎么比得上自己的生命呢？"

八福晋半仰着头，凝视着天空道："皇上已经彻底毁了爷的一生，圣祖皇帝开了头，他变本加厉。所有折子都经由他的手查阅销毁，朝中众臣揣摩着他的心意四处挑错，动辄弹劾，有的不妨说大一些，没有的也可以捕风捉影。总而言之，半生辛劳竟无一点是处，对大清居然从未做过一件实事。”八福晋摇头笑了笑道，“你若以为我指望那些个史官为我们一言断是非，那我从小到大的书都白读了。春秋有董狐直书，司马迁千古史笔千古文章，班固、范晔虽稍逊也还是直道而为，陈寿有所私于魏，却未曾昧心删改。可自唐太宗李世民即位后，历史就成为天子的历史，可以任意涂鸦篡改。遍涉玄武门之变的正史，仅有房玄龄等人删略编撰的《国史》《高祖实录》和《太宗实录》，以后的新旧《唐书》等正史均取材于这些。我当年仔细读过这段历史，甚至在稗史里也找不到任何不利于李世民的言语。不可不叹服太宗与其史官的心思缜密。玄武门之变竟然被描述成是李世民一让再让，兄弟欲杀他，他无奈之下的应变举措，为了抹黑对方，编造出如此荒唐的情节：李世民亲赴鸿门宴，饮了兄弟的鸩酒却未死，只是吐血数斗，可就是这个‘吐血数斗’的李世民，两三天后又在玄武门前生龙活虎，力挽强弓射杀了长兄李建成。如果史实属实，我只能感叹李建成、李元吉居然放着宫内一滴足以致死的上好毒药不用，如此重要的行动却只用街头私货，或者李世民真是天龙化身禀赋异常，吐血数斗而不亡，还可以谋划布局击杀兄弟。”

我听得哑然无语，八福晋掩嘴轻笑道：“如果真有长生不老药，我倒真想知道我们如今的这位雍正帝又会如何解释他所做的一切。我们又会被说得是多么阴险歹毒，如何阻碍了他一心为天下之愿而不得不惩治我们。”

半晌后，我缓缓道：“瑕不掩瑜，太宗虽在此事上有失，却仍然开创了贞观盛世，将来皇上也是如此。不过你心中既然不是为此，为什么还要让十爷滞留不归？”

八福晋敛了笑意道：“只许他试探我们的底线，我们就不可以试探一下他究竟打算如何处置我们吗？如果真打算将我们幽禁至死，那不妨早早宣旨，给个痛快，何苦玩猫捉鼠的游戏？如果没有爷的淡然超脱，我早就被逼疯了。你根本不知道日日活在刀尖下的痛苦，明白那刀迟早会落下，日日都在想究竟何时会落下。以前还有恐惧，现在我竟然觉得早落下未尝不是一种解脱。”

猫捉老鼠？刀尖下的生活？我脑中一片混乱，默了会儿问：“你今日来见我，既然不是让我为十爷求情，那究竟想说什么？”

八福晋笑吟吟地看着我道：“我从九弟那里知道了件稀奇事。”我心内一痛，不知九爷听闻玉檀之事是何种感受，可有一丝半毫的怜惜？

八福晋道：“皇上如今如此恨我们，除了多年为皇位相争的敌意外，还有一个重要原因大概就是当年爷设计他不成，却让十三弟被圈禁，逼得他之后多年小心翼翼，不过你这么冰雪聪明，有没有想过为什么爷要对当年本还相处友善的他突然发难呢？要说只为皇位，爷怎么没有针对行事同样低调的三哥呢？”

我心中一紧，她认为八爷是为了男女之情对付四爷的？可细看她脸色却不像，再说当年的那个局没有两三年根本布不成，当时我还未和四爷在一起。我淡淡问：“为什么？”

她笑说：“这件事情可笑就可笑在这里，听九弟说，当年有人不止一次地特意提醒爷留心四王爷的，还说了一长串人名，爷虽将信将疑，可为了万无一失就选择了布局对付。如此说来皇上好似恨错了人，十三弟吃了十年的苦也不能全怪到爷身上，始作俑者竟另有他人。”

我心急遽下坠，仿若平地一个踏空，落下的竟是万丈悬崖，深黑不见底，身子颤抖，晃悠欲倒。八福晋扶着我，笑道：“你猜皇上知道这件事情后，究竟是伤心多，还是愤怒多？”

我一把推开她，抱扶住身侧的树干，八福晋立在我身侧道：“你是从贝勒府入的宫，又受了爷那么多年的恩惠，他想让你和我们撇清关系，哪有那么容易？对了！九弟要我转告你句话：‘我们若有十分伤痛，也必定要你们承受五分。’”说完不再理我，扬长而去。

巧慧跑过来，看到我的样子，立即半搂半搀着我，带着哭音惊问：“小姐，怎么脸色这么白，你哪里不舒服？我们这就去请太医。”我摇摇头，示意她先扶我回去。

进屋时，看着不高的门槛，我却连迈过它的力气也无，一个磕绊，险些摔倒。巧慧紧紧抱着我，脸色煞白。她把我在榻上安置好，扶着我喝了几口热茶后问：“小姐，我命人去请太医可好？”我闭目摇摇头，五内如焚，绝望和愧疚充满全身，压得人喘不过气来。我总是担心着八爷的结局，可没有料到这个结局竟然会是自己一手促成，如果没有我，也许他不会设计对付四爷，也许一切会不同。十三爷多年身受之苦，居然是我一手造成的，还有绿芜，如果不是我，十三爷不会被圈禁，那么绿芜就不会和十三爷在一起，她会永远在远处默默看着十三，最后也不必因左右为难而投河自尽。我这么多年，究竟在做什么？

巧慧哭道：“福晋究竟说了什么？小姐，你要是难过就哭出来吧！你不要吓巧慧，我还是去请太医。”

我道：“巧慧，求你让我静一静，我的病太医看不了的。”巧慧强压下哭声，坐在榻上相陪。

屋中光线渐暗，梅香进来问晚膳吃什么，巧慧点了灯，求道：“小姐，先用膳吧！”巧慧求了几次，见我不言不动，猛地跪在榻旁拼命磕头，哭求道，“小姐，求你了。当年主子也是这样不说话不动不吃东西，小姐，天大的事情没有孩子大，巧慧求你了！”

梅香看情形不对，早退了出去。我用力支起身子道：“巧慧，不是我不想吃，而是实在吃不下。这样吧，先传膳，我尽量吃。”话刚说完，人就无力地软倒在榻上。巧慧满脸泪，脸颊通红，急急跑到帘外叫人吩咐。

晚膳未到，十三爷却来了。梅香进来禀道：“十三爷来看姑姑。”

我身子猛地一抽，往榻里缩了缩，低低说：“就说我睡下了。”梅香低头默默退出。

十三爷掀帘而入，笑说：“我竟然也有吃你闭门羹的一天，这下皇兄该不会觉得只有自己没面子了。”我翻了身，面朝墙而睡。

十三爷静立了会儿，问巧慧：“怎么回事？”巧慧还未答话，泪就先下，哭了半晌却无一字。十三爷道，“若曦，我若有做错的地方，你直说。我们之间还有什么话不能说呢？”

我全身哆嗦，心如刀绞，转身撑起身子，巧慧忙拿了枕头让我靠好。我向巧慧挥了挥手，她向十三爷行礼后退出。

“不是你有做错的地方，而是我，是我！”

十三爷微微一愣，拖了凳子坐在榻旁问：“此话怎讲？”

我一点点仔细打量着他，瘦削的身子，斑白的头发，眉梢眼角的沧桑，眼底深处的伤痛，还有一身的病痛，眼泪不禁簌簌而落。他道：“若曦，究竟怎么了？你这个样子可是同时在折磨三个人，一个是深爱你的人，一个是你的孩子，你怎么忍心呢？”

我道：“今日我见了八福晋。”

十三爷脸色一紧问：“她说什么了？”

我抹了抹眼泪道：“她转告了九爷的一句话：‘我们若有十分伤痛，也必定要你们承受五分。’”

十三爷静默了会儿问：“你和八哥的事情，九哥知道吗？”

我点点头：“最清楚的是十四爷，可估计八爷也没有刻意瞒九爷。只有心思较浅的十爷不是很清楚此事，不过心里也应该有数。”

他犹豫了半晌，低垂着头问：“你和八哥究竟当年到了什么地步？可有……可有肌肤之亲？”

我呆了下，草原上的携手共游、拥抱、亲吻从脑中滑过，心下更是冰凉，嘴里却不甘心地说："这很重要吗？"

十三爷脸色煞白，抬头道："这事他们不敢胡来，激怒了皇兄，首先倒霉的是八哥，不到万不得已，他们不会用此事来伤害皇兄。何况就我揣度，这肯定只是九哥自己的意思，以八哥的性格，绝不会答应他这么做。我可以先找八哥谈一下。如果只是为此事，你放宽心，交给我来处理。"

一波未平又起一波，我头伏在枕上眼泪直落，十三爷，我不配你如此待我！忽觉得下腹酸痛，眼前发黑，人瘫软在榻上。十三爷大惊，急急揽起我叫："若曦，若曦！"一面对外大吼道，"快传太医！"

巧慧冲进来，扑到床边，脸色煞白，一声惨叫："不！"立即跪倒，拼命磕头哭求道，"菩萨，求求你！你已经拿走了主子的孩子，就放过小姐吧！巧慧愿意承受任何苦难，以后日日常斋、天天烧香。"

十三爷脸色青白，一迭声地催人叫太医。我大张着嘴，只是喘气，半晌后哭道："孩子保不住了！"十三爷猛地一掀薄毯，我的裙子已经全红，他双手发抖，吼问："太医呢？"

话未落，胤禛和太医先后冲了进来，十三爷忙起身让开，胤禛抱着我怒问十三爷："怎么回事？命你来劝人，你就这么劝的吗？"未等十三爷回答，就赶着吩咐何太医，"不管你做什么、要什么，一定不能有事。"太医把完脉后，脸色青白，手发抖，胤禛一字一顿地道，"大人、孩子都不许有事，否则让你们都殉葬！"又对十三爷道，"朕一时情急，对……"

十三爷忙道："我明白。"他刻意用了我，而未用臣弟。胤禛微一颔首再未多说，两人都是盯着太医。

何太医颤着声音吩咐人去配药，说完立即向胤禛重重磕头道："臣只能尽力留住大人。"

听到他的话，我强撑着的一口气尽泄，立即昏厥过去。

一望无际的碧绿草地，瓦蓝的天空下，不知从何处飘来许多美丽气泡，因为有阳光的眷念，变得五彩斑斓，绚丽耀眼，每一个里面都住着一道彩虹。天上、地下，飘飘荡荡，如梦如幻，我欢笑着追逐着美丽的气泡，一个跳跃，竟然飞了起来，身子如这些美丽的泡泡一般轻盈，我大笑着与周围的气泡嬉戏，它们好似精灵，我追它们跑，我停它们又来逗。笑声充盈在天地间。

时间似乎永远停留在这一刻，无始无终，玩倦时倚着气泡而睡，睡醒时，在气泡彩虹间飞来飞去，跳上跳下，我的生命似乎就是这么开始，也会这么结束。

笑声忽然卡在喉咙里，正在陪我嬉戏的气泡在阳光下一个个破裂，我惊惶恐惧地目睹着从我出生在这里就一直陪伴着我的气泡纷纷毁灭，一道道绚烂的彩虹瞬间离我而去。我大叫着去拦它们，可它们却在我手中碎裂，只余手上湿腻腻的残骸，双手簌簌直抖，原本温暖和润的阳光变得冰冷无情，我身子剧痛，无形中有好几只大手把我向不同方向拉扯，我好似立即就会如气泡一样四分五裂。当最后一个气泡毁灭在我手上时，我惨叫一声，身子从半空摔下……

"醒了，醒了！"

感觉一个人扑到床前，刚欲碰我，正在我身上扎针的人阻止道："皇上，不可触碰。"

身上的痛楚越来越大，眼前的人影也越来越分明。我凝视着胤禛，南柯一梦，再相见时，你竟然尘满面、鬓如霜。两人柔柔目视着对方，彼此眼中都是无限怜惜哀悯。

何太医放了熏香在我枕畔，胤禛刚欲开口，何太医道："皇上。"胤禛忙闭嘴，我凝视了他一会儿，疲极倦极，双眼渐渐合上，在安息香的温和气息中，再度沉沉睡去。

◈

睡睡醒醒，醒醒睡睡，一切影像都好似是梦。待心中渐渐清醒明白，恐惧霎时又起，猛然睁开眼睛叫道："巧慧。"身旁立即有人答道："奴婢在。"我心中松了口气。

巧慧喜道："小姐真醒了。"

我看着巧慧憔悴不堪的面容道："苦了你了。"

巧慧话未出，泪先掉，急急擦去眼泪道："巧慧铸成大错，万死都不足抵偿。只不过放心不下小姐，不然早就该去和夫人、主子请罪了。"

我忙示意她噤声，巧慧低声说："梅香和菊韵在煎药，皇上早朝去了。皇上这段时间除了早朝外，都一直守在这里，晚间也就歇在这边。"

我出了会子神问："那我晚上迷迷糊糊要水喝，是谁服侍的？"

巧慧道："我们都在外间守着，里面只有皇上。"

我问："皇上可追究此事了？"

巧慧脸瞬时又是恨又是怕，低头道："不知道。"

我道："我身边就你一个贴心的人，难道你从此后也要拿假话蒙我？那我留你在身边还有什么意思？"

巧慧哭道："我帮福晋传话，已经害死了小格格，我……"

我强抑住悲痛，伸手捂着她嘴道："不关你事，很多事情终归是躲不掉的，无因哪来果？你不明白其中曲折，所以一味责怪自己，其实不关你任何事情。"

巧慧抹了抹眼泪道："小姐病情一直不稳，皇上全副心思都扑在小姐的病上。我看不出皇上的心思，皇上自己从不提孩子的事情，周围也没人敢说。我曾听十三爷劝皇上，如果心里难受就发泄出来，皇上却说自己很好。十三爷倒是私下里问过我话，我说我也不知道当日福晋和小姐所谈内容，十三爷只是嘱咐我以后不可再与八福晋有任何联系，别的未多说。"

"皇上知道我见过八福晋吗？"巧慧还未回答，就听见脚步声，忙低低道，"我不知道。"话音刚落，梅香和菊韵一人托着个木盘进来，见我醒了，都是满脸喜色，一面请安一面道："何太医说姑姑今日就会醒来，让我们备好饮食，真是神医。"

菊韵半跪在床边服侍我用膳食，一个个做得惟妙惟肖的嫩绿莲蓬漂浮在汤上，闻着清香无比，吃着软糯甘甜，禁不住多吃了几口，床边围着的三人都喜笑颜开。

用完膳吃完药，让巧慧、梅香帮我擦洗了一下，收拾停当，觉得身子轻松不少。两人正在收拾，胤禛大步而进，巧慧、梅香忙请安，胤禛未曾理会，只是盯着我看，两人彼此对视一眼，低头静静退出。

我向他微微一笑，他紧走了几步坐在床边一下抱住我："不过十几日，竟像几生未曾见过。"

两人相拥半晌，我道："对不住，我知道你很盼望这个孩子。"

他脸上闪过一丝伤痛，再看时却只剩下微笑："没事的，你身子最重要。"

我凝视着他，那孩子，长大的话，是会像他多一些，还是像我？女孩子的话，像他会是什么样子呢？可终究是见不到了……心里悲伤弥漫，嘴里却慢慢道："孩子都是折堕凡尘的仙子，上天不肯让我们的孩子来世俗经历种种磨难，才又把她带回去了。她如今在一个彩云飞渡、仙禽盘旋、百花吐艳的地方，会很快乐的。"

胤禛的身子僵了一僵，语气却依然轻柔："是，他会很快乐。"

"不要怨任何人好吗？这件事情如果有错，也是我的错。"

胤禛扶起我，把我鬓边的碎发拢了拢："你如今最紧要的事情就是养好身子。如果你再为那些不相干的人或事操心，我可就真要生气了！"他语气温和，但在眼瞳深处，却是夹杂着丝丝怒气和彻骨冰冷。我心里一哆嗦，脑里迅速掠过“天子之怒，伏尸百万，流血千里”，已到嘴边的话硬生生吞了回去。

我只知道八阿哥、十阿哥、十四阿哥等人的大概结局，可他们福晋各自的结局我却一点儿印象也无，毕竟女人在古代不过是某某人的一个符号，连自己的名字都不会在族谱中留下，只是某氏就一笔带过。以八福晋对八阿哥之情深，她怎么面对最终的结局？心头忽掠过同死而已。

胤禛笑说：“今日太阳很好，我带你到外面走走。”

我点头道：“我也很想去外面待会儿，憋在屋子里，没病也憋出病了。只是我走不大动，你命人搬两个藤椅放在外面，我们就到外面坐坐吧！”

胤禛叫道：“高无庸。”

高无庸应声推着个檀香木雕花的轮椅进来，上铺着软垫，把手处也特意用绣花软布裹好。我赞道：“好精致的东西。”

胤禛一面抱起我将我安置到轮椅上，一面道：“好用才是正经。是否舒服？不妥之处再改。”

胤禛一路推着我随意而行，丁香花开得正好，香气远远地已经闻到，我笑说：“今年我又要错过花季了，去年这个时候……正忙着采花呢！”刚说到一半，就想起玉檀伴我一起摘花晒花，强抑住声音方才语气未变地把话说完。

胤禛推我到丁香树下，笑说：“花谢了还会再开，明年再采吧！”我从椅上站起，走了几步，拣了串紫色丁香掐下，拿在鼻端嗅了会儿，又侧身放在胤禛鼻下，他笑说，“很香。”说着从我手里拿过花枝，在我发髻上穿绕了几下，插绑好，“这样我只需一低头就可以闻到了。”

我举袖闻了下笑说：“身上的药味把花香都盖住了。”

胤禛俯头贴着我肩膀道：“我只闻到药香和花香相得益彰。”我欲推他，未推起，反倒被他搂着紧贴在一起，他沿着脖子一面亲吻着一面道：“还是你最香。”

胤禛往日也喜逗我，但从未在外面如此忘形过，我一急推又推不开，只得伸手到他腋下呵痒，一面道：“还不放开？要被人看到了。”

胤禛大笑着，反手来痒痒我：“最怕痒的人也敢使这招，也不怕引火烧身？”

未几下，我已经笑软在他怀里，只知道一面喘气，一面求道：“你可是皇上，如今这样可不像话。”

胤禛看我有些气短，不敢再逗我，搂着我道：“皇帝就不许和妃子取乐了？再说，高无庸他们在四周随着，谁敢来偷看？”

他后面说什么我都未听清，只第一句话在脑里不断盘旋。胤禛看我突然不笑了，淡淡道：“我已经命人准备册封礼，等你身体再好利落些，就行礼册封。”

我强笑道：“你以前不是不愿意让我受封的吗？后来是因为孩子，可孩子……现在没必要的。”

胤禛凝视了会儿我道：“我以前没有现在的害怕。朕不管你愿意不愿意，这次都不许你再拖延。”

他语气坚定，显然绝无回旋余地，我想转身就走，可看到他微白的鬓角，心却软了，只不过十来日，他竟似老了十年。遂不再说话，只沉默地靠在了他怀里。

第十七章

头白鸳鸯
失伴飞

“小姐，想什么呢？半日都一动未动。”

我向巧慧摇摇头。如今我对胤禛的心思半丝把握也无，难辨喜怒。本觉得为了孩子之事，他定要大发雷霆，我心下甚至做好为了保住巧慧不惜一切的准备，他却无一丝动静。知道此事的人本就不多，现在更是无一人敢提，就连承欢也应该被特意叮嘱过，再未问起任何关于“弟弟”的话题。仿若孩子的来去只是一场梦，梦醒了无痕。但以胤禛的性格，他绝不会轻言饶恕，所以时间越长，我越是恐惧。

“巧慧，我们出去走一下。”我不想再琢磨，急欲把心思从杂乱纷纭中抽出。

巧慧笑说：“过会子就该用晚膳了，不如等用完膳后，我再陪小姐去散步。”

我一面从榻上下来，一面道：“过会儿再说过会儿的话。”巧慧忙服侍我穿鞋，又随手拿了件月白披风，上以水墨笔法印染一株红梅。

巧慧搀着我慢走了一会儿，本以为借着四月傍晚的微风可以让自己心神舒展，但心中越发不安，似乎习习晚风中吹来的全是恐惧。猛一扭身向养心殿行去，巧慧道：“不如休息会儿再往回走。”

我道：“我不累。”巧慧未再多言，随我快步而行。守在东暖阁外的高无庸见我忙行礼请安，里面隐隐传来说话声，我低声问，“谁在里面？”高无庸回道：“十三爷。要奴才禀报吗？”我正欲点头，里面的声音突然大了起来。

胤禛道：“老八还未遵旨而行吗？”

十三爷道：“还未。皇兄，八福晋虽确有罪过，可毕竟是皇阿玛当年册封，可否换种方式惩戒？”

胤禛道：“朕意已决。你再去看看老八是否遵旨了。”

十三爷叫了声：“皇兄。”胤禛却不肯再多说。

我向高无庸摇了摇头道：“皇上和十三爷正在议事，我就不进去打扰了。”说完转身就走。待行远了，手才簌簌而抖。巧慧急道：“小姐，我们回去休息吧。”我摁住她手，示意她别再说话。

两人静静站在暗处，天色黑沉下来时，十三爷低着头，拖着步子一步步向外行去。因为他全身有风湿，时常骨节酸痛，胤禛特许他轿子随意进宫。我低声对巧慧吩咐：“你自个儿先回去，我有话和十三爷单独说。”巧慧犹豫了下，点了点头。

“十三爷。”

十三爷正欲上轿，回头见是我，忙回走几步道：“怎么不好生休息，立在这里吹风呢？”

我问：“皇上下旨做什么？”

他沉默了会儿道：“命八哥休妻。”

我掩嘴惊叫道：“不！”紧抓住他的胳膊问，“八爷可休了？”

十三爷道：“昨日下的旨意，今日我进宫时八哥还未遵旨，现在不清楚。”

我立即转身向养心殿行去，紧走了几步，又迅速回身向十三爷行去：“不能让八爷休福晋，会闹出人命的。你去阻止八爷，我去求皇上。”说完转身而行，走了几步，又返回道，“不行。若八爷心思已定，他绝不会理你的，反倒只怕认为你是猫哭耗子假慈悲，带我一起出宫。”

十三爷看得眼花缭乱：“你怎么能出宫？”

我未等他答话，已经进了轿子：“一、轿子够大，坐两人无问题；二、若真被人查问，我身上有皇上玉牌，以前也出过宫，再加上皇上最宠爱的弟弟十三爷在旁，蒙混一下那些侍卫绝无问题。”

十三爷立在轿外一动不动地盯着我，我挑眉道：“十三爷是决定轰我下轿吗？当年一匹马都相拥骑过，如今这么大个轿子倒不敢坐了？”十三爷忽地摇头笑起来：“就陪你再疯一次，大不了被皇兄责罚一顿。”说着进了轿子。

我对十三爷道：“你催催他们，走快点儿。”十三爷忙吩咐他们急行，又安慰我道：“出了宫，我们就换马车，来得及的。”

我道：“我今天一直心神不宁，这会子越发害怕。”

十三爷默了会儿道：“没事的。连太子废了都可以复立，即使真休了，也还有挽回的机会。”

我摇头道：“你不知道八福晋对八爷的感情，况且她性子刚烈，凡事易走极端……”说着掩嘴不语。

轿子顺利出宫，马车一路急奔到廉亲王府，十三爷扶我下车，一旁早有小厮上前敲门道：“我家王爷求见。”

守门的侍卫向十三爷磕头行礼，脸带悲愤地回道：“今日王爷早有吩咐，谁都不见，十三王爷请回吧！”

我未等十三爷回答，越过侍卫就往里走，侍卫欲拦，十三爷相随而进，一面呵斥道：“混账东西，我们是你能拦的吗？”

侍卫碍于十三王爷的威严，不好硬阻，几人齐刷刷地跪下，挡住我们道：“主子有吩咐，奴才们不得不遵，若王爷硬要进，小的们不敢挡王爷金玉之躯，但又未能尽职，也只能先行自尽。”说着，齐刷刷拔出刀，放在脖子上。我和十三爷相视一眼，愣在门口。

早有人赶着通报了主事之人，李福大步跑着而来，看到我猛地一惊，向我和十三爷行礼请安，对十三爷淡淡道：“爷身子不舒服，真不见客。”

我道：“领我们去，爷若怪罪，我自会交代。”李福沉吟了会儿，僵着脸颔了下首，领先而行。

我紧着声音问：“八爷可遵旨了？”

李福身子一哆嗦，半晌后声音才带着颤道：“爷已经依旨而行。”

我“啊”的一声惊叫，提步就跑，李福看我样子，神色也变得惊惶，大步领着快跑起来。我膝盖一抽一抽地痛，脚步踉跄，一旁的十三爷忙伸手扶住。他虽比我好一些，可也是脚步不稳，我和他对视一眼，两人都苦笑起来。

李福在门口恭声叫道："王爷，十三爷和若曦姑娘求见。"屋内黑漆漆，半晌未有一点儿动静。李福又重复了一遍，里面才传来一个口齿不清的声音冷冷道："谁都不见，让他们走。"

李福为难地看向我。我一把推开他，推门就进，熏人的酒气直冲鼻端。坐在椅上端然不动的允禩喝道："滚出去！"

月光随着大开的大门，倾泻在他身上，桌上横七竖八的酒瓶泛着冷光，却都比不上他此时冷厉的脸色。一向温润如暖玉的他，今夜在月色下却如万载寒玉，冷意潋滟。

他喝了口酒道："你们究竟还想怎么样？是打算今夜取了我性命方才安心吗？只要皇上准许，我求之不得！"

十三爷低着头沉默无语。我忽觉得身上寒意侵骨，紧裹了裹披风："你不能休福晋。"

允禩从桌上扔了一个卷轴在我脚下："你该和他去说。"我捡起卷轴，就着月光凝目看去。

廉亲王允禩实系大罪之人，朕继位以来于允禩无见不施，无事不教，唆使敦郡王允䄉滞留张家口，去岁至今依旧不归。兵部参奏允䄉，奉派往蒙古，其不肯前往，竟在张家口居住。朕将允禩晋封为亲王，伊妻外家向伊称贺，伊云"何喜之有，不知头落何日"等语。是诚何语，是诚何心？允禩之行看来皆伊妻唆使所致。朕屡降严旨与允禩之妻又令皇后面加开导伊，劝谏其夫感激朕恩，实心效力。屡次训教允禩夫妻毫无感激之意。

伊等恶迹昭著，允禩之妻亦不可留于允禩之家。我朝先世行有旧例，信郡王傲札之妻因欺侮其王，圣祖皇帝曾令休回外家，礼王福晋残刻，太祖高皇帝特遣王等将伊处死。特降谕旨与允禩，命休妻，逐回外家。亦降旨于外家人等，另给房屋数间居住，严加看守，不可令其往来潜通信息，若有互相传信之事，必将通信之人正法，其外家亦一人不赦。嗣后，允禩若痛改其恶，实心效力，朕自有加恩之处。若因逐回伊妻，怀怨于心，故意托病不肯行走，必将伊妻处死，伊子亦必治与重罪。

我手不停地抖，走到他身前问："福晋已经离开了吗？"

允禩目视着我问："你究竟想做什么？十三弟来寻我，我已经答应过他，绝不会让九弟和明慧任意妄为，为什么还是如此下场？”

我道：“现在不是说这个的时候，你要赶快去找福晋，否则会出事的。”

他冷笑道：“出事？你没有看到上面写着‘不可令其往来潜通信息’吗？若再加一个抗旨的罪名，明慧、弘旺会怎么样？我不想见你们，不要让我轰你们出去。”

我还未张口，他已经叫人进来赶我们走，十三爷忙护在我身前，我一怒之下拿起桌上酒瓶尽数将酒泼到允禩脸上，正在喧扰的声音刹那寂静，全都难以置信地看着我。

我吼道：“你是傻子，还是呆子？福晋跟你多年夫妻，她对你的情意，你究竟心里明白几分？”

允禩一下站起，满脸的酒珠在月色下泛着荧光，他双手握拳，不停颤抖，惨笑道：“险死还生时，只有她昼夜守在榻旁；众人皆弃时，只有她悉心宽慰；我争时，她全力支持；我弃时，她也一意赞成。身边已有明珠，却还到处寻找。不错！我是傻子！是呆子！人人都说十弟傻憨，可连他都早早就明白了的道理，我却要到潦倒时才明白。天下有谁能比我更蠢呢？我当年费了心机得到她，却一直没有真正珍惜过她。我只看到她外表的权谋算计，却不懂她内里的千般柔情。”

允禩闭眼长叹了口气，沉痛地道：“我想着我虽明白晚了，但终究不算太迟，我尽余生之力待她，可上天为何就那么残忍？我一再退让，皇上却一再逼迫，我以为谨小慎微也许可以换一方安生之地，可如今才明白，根本不可能！我的结局早已注定！”

我哭道：“你既然明白，可怎么还不懂她的心呢？你以为让她离开，是最好的安排，不愿意让她跟着你遭受不堪的结局。可你知不知道？她根本不怕幽禁，不怕死亡，她什么都不怕，她只怕你会不要她，你于她而言就是一切，可你怎么能自己硬生生地夺走她的一切呢？”

允禩脸色骤青，猛然踢翻几案，推开我，向外狂冲出去。我和十三爷紧跟在他身后。他冲到门口，看到门口马车，随手从侍卫身上拔出佩刀斩断缰绳，上马疾驰而去。

十三爷依样画葫芦，也斩断一匹马的缰绳翻身上马，又把我拽上马，飞追在允禩身后。

我靠在十三爷怀里，眼泪纷纷而落。他以为这样是为她好，让她不跟着他受罪；她虽百般不愿，却不能明说，因为那是让他抗旨，她不愿意再让他为自己承担罪名。老天为何对他们如此残忍？

人还未奔到额驸府，就看着天边隐隐透着异样的红，十三爷身子猛地一颤，我惊问道：“那是什么？”十三爷未答，只是匆匆勒住马，抱我下马。八阿哥早就不管不顾地冲了进去。

额驸府里乱成一团，人人赶着打水救火，没有人理会我们。八阿哥早就不见身影，我心中寒意透骨，腿直打战，十三爷扶着我，两人向火光处奔去。

“明——慧——”八阿哥如痛失爱侣的孤狼，苍凉悲愤的喊声，伴着熊熊大火，直上九霄，质问着天地不仁。

允禩身子被三个人架住，仍旧挣扎不休，双手绝望地伸向不远处火光中单薄的身影。那个悬在半空的俏丽身影在火光吞吐中如烈焰凤凰，炫目之极，刺得人眼疼痛。

风声呼啸如裂帛，火焰夹带着风声欢腾跳跃，讥笑着世人痴嗔。那个身影越来越淡，逐渐融入炎炎红光中，眼前只剩下一汪炽热的鲜血在舞动。允禩停止了挣扎，身子如冰柱，纹丝不动，火光映得他脸煞白中透着妖异的红，黑漆漆的双眸中也是一片血红。只有猎猎随风摆动着的袍子带出一丝生气。拦着他的三人都畏惧地退开几步。

泪珠顺着他眼角滚落，火光映照下，颗颗泛着红光，仿似心头滴落的血珠。我惊骇地盯着允禩，他一步步向火焰走去，旁边的人震慑于他的神色，无一人敢动。他离火焰越来越近，身上袍子被热浪冲推，啪啪作响。

我猛然回过神来，几步冲到他身前挡住他。霎时如跌入岩浆中，热气熏人，内里却是冰透。允禩眼睛未动，直直盯着前方的火光，一把推开我，我踉跄一下跌在恰好赶来的十三爷怀中。周围的人迅速反应过来，惊叫着上前抱着允禩，把他向后拖去。

允禩猛地回身，恨恨地盯着我吼问：“她只不过与你说了一次话，并没有实际伤害到你，你却对她做了什么？如今你可满意了？”

我身子直抖，十三爷拥着我对允禩吼道：“没有伤害？你知不知道就因为福晋的一通话，若曦没有了孩子，而且这辈子都不可能再有孩子，她在夹缝中的痛苦，你们体谅过吗？几次三番利用她钳制皇兄，你们考虑过她吗？”

允禩呆住，怔怔看了我一瞬，蓦地仰天悲吼了一声，大喝道：“放开我！”几人正在挣扎，十三爷怒道：“放开他！让他去，留下生死未卜的弘旺，看他如何向八嫂交代。”允禩身形顿住，痴痴看着大火，拦着他的人犹豫了下都退开几步。

火光渐小，允禩侧身对明慧的哥哥吩咐道：“这里就拜托你了。”明慧的哥哥用力点点头。允禩转身一步步蹒跚向外行去。

我和十三爷刚出额驸府，高无庸已经领着人在外面候着。十三爷扶我上了马车，我呆坐半晌问：“我究竟做了什么？”

十三爷按着我肩膀道："不关你的事。"

我道："我以后都不能有孩子了？"

十三爷呆了一会儿，脸色哀痛，点点头道："皇兄怕你受不了，此事只有太医和我们知道。"他还欲安慰我，我淡淡道："没什么好难受的，我本来就不想再要孩子，让她在这个紫禁城里受罪吗？"

宫门渐近，我道："这次拖累你了。"

十三爷神色愣怔，好一会儿方道："我从未料到八哥和八嫂竟是这样的。"

我木然地说："以前以为活着是艰难，求死总该容易，却不料连死都那么艰难。同生不可求，共死亦无缘。福晋点燃罗帐、悬梁自尽的刹那究竟有多少恨怨？"

十三爷看着我欲言又止，最终轻叹口气道："若曦，你是个很古怪的人，别的女人若知道自己不能有孩子时，只怕深受刺激，可你却无动于衷。但你不能因为自己无所谓，就忽视皇兄的心情。你当时昏迷着，未看到皇兄听到太医这句话时的神色，那是怎样一种刻骨的悲痛绝望。我虽然希望皇兄能放过八嫂，可我完全能理解他这样做。皇兄和八哥、九哥、十哥之间的矛盾是朝堂上的矛盾，是男人之间的战争，皇兄尽力把你隔绝在这一切之外，可他们却一再把你拖入，皇兄这次发怒也是情理之中。"

我呆呆地倚着车厢，听见自己的声音仿佛从很远很远的地方飘过来，空空的，没一丝生气："我们都没错，那究竟是谁错了？"

十三爷静默了很久道："天地不仁，以万物为刍狗。"

马车缓缓停下，高无庸扶我下车。十三爷和我一前一后进了暖阁。胤禛正独自用膳，旁边伺候的太监看我们进来，都赶忙躬身悄悄退出。十三爷向胤禛请安，胤禛淡淡道："你们东跑西颠的，只怕没有时间用膳，一块儿用一些吧！"十三轻应了声"喳"，在下首坐好，看我依旧站立不动，皱眉紧盯了我一眼。

我走到桌边坐下，高无庸摆好碗筷，我拿起筷子看着满桌饭菜却一点儿胃口也无，犹疑了会儿，搁下筷子道："我吃不下。"

胤禛没有理会我，只对十三爷道："朕已派人传旨：着革去敦郡王允䄉王爵，调回京师，永远拘禁。"

十三爷筷子一抖，目光看向我，又转而哀求地看着胤禛，叫道："皇兄。"胤禛却丝毫不理会我，只笑着给十三爷夹了一筷子菜，说道："这个做得不错，你尝一些。"

我静坐不动，脑子里纷纷乱乱。我的历史知识错了，还是历史错了？我一直以为八阿哥、九阿哥和十阿哥都是雍正四年落难，可现在不是才雍正二年吗？乱哄哄中，我越发想不起任何关于十阿哥的事情，他的身影淡淡隐在八阿哥和十四阿哥身后。

我低头苦笑了会儿，对高无庸吩咐道："去拿一壶酒来。"高无庸瞟了眼胤禛，低头快速退出。

我笑斟了两杯酒，对十三爷道："不知道今后你是否愿意再和我饮酒，今日能陪我再饮一杯吗？"十三爷目光惊诧，我把酒放在他面前道，"还记得第一次饮酒吗？我们也算结缘于酒。"说完自己一干而尽。

十三爷嘴角噙着丝笑点头道："记得，我从未见过酒量这么好的女子，能把我喝得七分醉。"说完，自己也喝尽了杯中酒。我道："今日缘分也要灭于酒。"

说完不再理他，我转头凝视着一直静静看着我们的胤禛，道："你一直以为是八福晋害死了我们的孩子，其实不是的，是我自己。"我侧头笑想了会儿，摇头道，"从何说起呢？这是多久远的事情？康熙四十八年吧，有一天我和八贝勒爷，当年还是我姐夫，说了几句话，告诉他务必要多多提防四王爷，还有隆科多、年羹尧等人。"

十三爷脸色唰的一下惨白，呵斥道："若曦，求情是求情，不是自己兜揽事情，这样于事无补，四十八年你怎么可能就知道这些？"

我咬唇看着面无表情、静坐不动的胤禛道："这事是真的，九阿哥、十四阿哥都知道，派人一问便知。"

我转向十三爷道："对不起！害你被囚禁十年的人，竟然是你坦诚以待的知己。若非我对八爷的提醒警告，八爷不会设计对付四爷，也就不会牵连到你了。"说着强忍的眼泪终究还是滚落，我侧头抹掉，低头静立了会儿，对胤禛道，"十三爷吃的苦、受的罪是我一手造成，我自己的身体也是自己罪有应得，孩子也是我自己害没了的，你这么多年根本就恨错了人……"

"闭嘴！"胤禛一声怒喝，搁在桌上的拳头青筋跳动，他死死盯着我道，"你出去！我不想再见你！"十三爷叫道："皇兄！"胤禛猛地把面前的碗筷扫落在地，闷声喝道，"滚出去！"

我向他微一行礼，转身快步而出。立在屋外，我手扶胸口，心痛得难以成步，好似一把尖刀贯穿胸口，摊手查视却没有血。我疑惑了会儿，嘿嘿一笑，原来心被掏走了，难怪觉得胸中被人拿走了一样东西。

沉沉夜色中，我茫然立着，我究竟该去哪里？我的家在哪儿？每个人都有家的，我的家呢？爸爸，妈妈，姐姐，姐姐……

我嘴里一面喃喃叫着，一面晃晃荡荡地四处寻着。

我寻来寻去，却除了黑暗还是黑暗，心下恐惧急躁：姐姐，你在哪里？

“小姐。”巧慧扑上来，轻抱住我柔声道，“我们回去。”

我看了她半天，忽道：“你怎么和以前不一样了？姐姐呢？我要去寻她。”

巧慧道：“主子在屋子里等你呢，乖乖和我回去，就能见着。”说着搀扶着我往回行去。我心中大喜，仿若在漆黑深夜中忽然见到了一点灯光。

我看着前面打灯笼的梅香道：“冬云呢？怎么换丫头了？”

巧慧说：“冬云嫁人了，这是新来的。”我刚随巧慧踏进门口，明亮的烛光一照，仿若闪电划过，心头明白过来，原来我已经什么都没有了，没有姐姐，没有玉檀，没有孩子，没有朋友，没有胤禛，我已一无所有！心头的那点火刹那熄灭，全身力气也随之尽去，身子一软，晕倒在巧慧怀中。

身子轻若羽毛，在一条黑暗的河流中漂浮，无痛无喜无悲。就要随波远去，可总有个声音固执地叫我，一遍遍地喊“若曦”，一遍遍地说“我们还是朋友”，朦胧中觉得我不能就这样走，我要确认一下。

“若曦！”

我无力地张了张嘴，却哑然无声。十三爷紧握着我的手道：“你怎么这么傻呢？一朝相知，终身知己！这些都不是你的错，我对你没有半丝怨怪，若真有恨，也只恨造化弄人。”

我的眼泪顺着眼角滑落，十三爷拿绢子不停地替我擦泪：“答应我，你不会放弃。若曦，我也承受不起太多失去。”我嘴唇翕合，一丝声音未发出，已是一头冷汗。他忙道，“别急，有什么话回头再说。你烧了好几天，嗓子只怕要缓几日。”

我伸手颤颤巍巍地比画了两下，十三爷忙伸过手掌，轻扶着我的手，我食指在他掌心写道：“好开心！”

十三爷点头道：“我也一直很开心能与你相知相交。”

我扯了扯嘴角，却实在笑不动，继续写道：“十四，愿意。”几个字，力气已用尽。

十三爷愣了一下，凑在我耳边低声问：“转告十四弟，你愿意？”我微点了下头。十三爷静静瞅了我好久，忽然下定决心，低声问，“如果我照办，你就答应我绝不会放弃自己？”我又点了下头，手做了个鸟儿飞翔的动作。

十三爷眼中含泪点点头：“我会尽快告诉十四弟的。”我用眼神表示谢意，他道，“你休息吧！”

我的眼睛在室内扫了一圈，只有静立在帘子旁的巧慧，没有他……

他应该再不想见我了，我缓缓闭上眼睛，陷入半睡半醒间。

第十八章

曷不委心任去留

我晕沉沉不分日夜，有时醒来屋内通亮，有时醒来一片漆黑。总是强撑着，努力看清楚身边的人，有时巧慧，有时梅香，有时菊韵，从无他。一瞬间的清明后，我又再度睡去，再醒时依旧。

不知道过了几多个日日夜夜，终于能说话了，第一句话就是吩咐菊韵打开窗户，菊韵劝道："姑姑身子不好，只怕禁不住风吹。"我定定盯着窗户，巧慧忙去打开，看着窗外一方碧蓝天空和悠悠白云，心底明白那才是我的归处，再无一人的紫禁城不是我的家。

巧慧、菊韵躬身请安道："十三爷吉祥。"

十三爷从珠帘外冲进来，边挥手让巧慧和菊韵退下，边急道："十四弟手中居然有皇阿玛的圣旨，现在满朝文武都已经知道皇阿玛当年已经留旨赐婚十四弟和你，只要十四弟愿意，可以随时公布圣旨娶你。皇兄只怕马上就来，你赶紧想想如何应对。"

难怪十四爷敢说能带我出宫的话，我呆了一下问：“圣祖皇帝什么时候给十四爷的旨意？”

十三爷道：“康熙六十年十一月。”我猛然想到十四爷当年在浣衣局所说的话，“皇阿玛说我立下大功，问我要什么赏赐，我就又向皇阿玛求婚，求他赐婚就是给我的赏赐，求他念在你多年服侍的分上，原谅你，即使有错，这么多年吃的苦也足够”。我微微笑了下道：“这是圣祖皇帝给十四爷西北战功的一件赏赐。”

十三爷急道：“你怎么一点儿不怕呢？你知道不知道皇兄在朝堂上接到圣旨时，脸上瞬间一丝血色也无，可嘴角还要带着丝笑听底下百官评议此事。”

他话音未落，我向他指了下外面，十三爷忙回头请安。珠帘外的胤禛静立不动，隔着一颗颗翠绿的琉璃珠，他的脸模糊不清，只有冰冷的视线锁定着我。半晌后，他缓缓伸手拨开珠帘，眼中掠过恨、怨、痛和不敢相信，我心中剧痛，不敢再看他，看向窗外，心中一遍遍默念着“相爱容易，相守难，不如归去，不如归去”。

他紧拽着珠帘，手上青筋直跳，他猛地一用力，只听几声“咔嚓”声后，琉璃珠子砸落到地上，发出清脆悦耳的声音，轻重不一，嘈嘈如急雨，切切如私语，嘈嘈切切错杂，一粒粒、一串串纷纷而落。

半晌后，珠子砸地的声音才停止，寂静无声中，只余一地翠珠。胤禛站在残破的珠帘旁，手中仍握着几截珠帘。刚才的欢快响声越发衬得此时死一般地压抑。胤禛把手中的珠帘随手扔到地上，又是几声清越的声音，伴随着满地溜溜滚着的珠子。

他忽地大笑起来，扶着门框笑得前仰后合，半晌后方止住，依旧带着笑问：“你这么多年究竟做的是什么工夫？既然要嫁十四，当年又何必抗旨？既省了我的心，自个儿也不必遭那么多罪。”

低头静立一旁的十三爷低声惊呼道：“抗旨？”

胤禛笑指着我，对十三爷道：“我一直未对你说，她被皇阿玛罚到浣衣局就是因为不肯嫁给十四。”十三爷凝视着我，眼中敬佩、哀悯错杂重叠。

我垂目靠在榻上一动不动，胤禛紧走了几步，坐在我身旁托起我的脸道：“朕既能命老八休了福晋，也就能让十四娶不到你。”

我淡笑了下道：“不遵遗诏的罪名可非同一般，落在他人眼里立即增了口实，你既能不把这道遗诏放在眼里，那其他遗诏也可以……”十三爷阻止道：“若曦。”我在舌尖的话忙吞了下去，可胤禛唇边的那丝笑已经消失。

我轻叹口气道：“自古皇帝最怕自己旨意得不到尊重，如果你如今公然不遵照圣祖皇帝的诏书，那将来子孙就有例可循，置祖宗家法于何地？就是眼前还有满朝文武的悠悠众口。”

胤禛盯着我笑叹道：“你的聪明和辩才都是拿来伤我的吗？”两道目光宛若利剑，刺在心上，疼痛难忍，我弯着身子道：“我们如今一直在彼此伤害。当年在浣衣局时，虽隔着重重宫墙，我心里却满是对你的恋慕、心疼、思念，如今虽日日相对，我却渐渐在怕你，甚至当我想起……想起……我会恨你，你如今对我也是恨意重重。我不想有一天最后只余彼此憎恨、厌恶，我不能想象那天来时我该如何面对，所以才想离开。胤禛，放我出宫吧！”

胤禛默了半晌道：“如果你愿意，我们还是可以回到以前。”

我摇头道：“没有人能回到以前。玉檀死了，孩子没了，十三爷囚禁十年，你从五十一年后过得小心翼翼、委曲求全，这些都横在我们之间，我们不可能当什么也没有发生过，而且我永远不可能做到对八爷、十爷他们不闻不问的，我搁不下！”

胤禛静坐了会儿，起身向外行去，他身子直挺挺地从残破的珠帘中穿过，又是一阵叮咚之声，声未绝，人已消失在帘外。

十三爷和我对视半晌，我道：“你去陪陪他吧！”

十三爷轻叹口气，瘫坐在椅上道：“皇兄现在肯定不愿意见我，这次能替你和十四弟通传消息的人除了我再无可能有别人，皇兄虽未追究，可心里肯定对我有气。”

我道：“对不起。”

十三爷苦笑了下道：“我若知道十四弟手中是一道赐婚圣旨，只怕不会那么爽快地答应你的。”

我道：“我自个儿也未料到，我以为他有可能有准我出宫的旨意，现在想来是我一厢情愿了。”

十三爷猛地坐直身子，喜道：“你不愿意嫁十四弟？只要你不愿意，此事还有转圜余地。”

我默了一瞬道：“我是不愿意嫁他，可如果这样能让我出宫，我愿意选择这个法子，何况，这只是个名义上的事情而已，十四爷和我都明白。”

十三爷叹口气，跌回椅中，喃喃自语道：“这都是什么乱七八糟的事情呀！”

几天后，胤禛仍旧无动静。十三爷来看我时，我问他：“皇上究竟想怎样？”

他叹道：“我也不知道。毕竟这是让他把自己的女人拱手送人，皇兄怎么受得了？”说完复叹着气离去。

何太医每日都会来依例诊脉。今日他诊完后，笑道：“好多了，再服两帖药，就可以停药了。”说完就欲起身告退。

我示意一旁的巧慧出去，对何太医道：“我如今究竟是什么状况？”

何太医道：“就要好了。然后就是日常调理保养。”

我道：“我不是问这次的病，我是想知道我究竟还有多少时间。”何太医沉吟未语，我又道，“请告诉我实话，病人有权知道自己的病情，大夫也有责任如实告知病人。”

何太医轻叹口气道：“这一年多的相处，我也知道姑姑不是一般红尘中人，只怕生死早已看淡，可还记得我第一次诊脉时说过的话？若一切遵照嘱咐，可保十年无虞。”我微一颔首，何太医接着道，“如今已过去一年多，本应还剩八年多。可今日我只能说如果一切都好的话，也只能有三四年了。”说完后，他低垂着头。

我笑道：“何太医不必如此。我实在不是个好病人，此事皇上可知道？”

何太医道：“皇上未问起过这事，我也……我也没有敢说。”

我笑了下道：“这一年来多谢何太医细心治疗，若非太医，我只怕……”

何太医起身行礼道：“为医者本分，只恨自己医术低微，不足以解姑姑之疾。”我摇摇头，何太医又行了个礼后，转身退走。

梅香和菊韵众人看我的眼光都带着怪异，巧慧嘟嘴嘀咕道：“她们这是做什么？”

我喝尽手中的药道：“你不问问怎么回事吗？”

巧慧递了茶盅给我漱口：“这有什么好问的？若非小姐，这宫里我是一天都待不下去的。小姐和主子一样爱的都是个自在，自然还是出宫好。那天夜里我寻到小姐时，险些被小姐吓死，脸惨白，双眼直直，嘴里不停地叫‘姐姐’，走来走去却只是在地上绕圈子。后来，何太医来看小姐，只叹道‘病能不能好，在她自个儿心里。她若不想好，就是华佗、扁鹊再生，也无能为力’。我当时哭了又哭，小姐却只是睡，后来幸亏十三爷来，小姐这才一天天好起来。”巧慧说着，声音已带了哭腔，她指了指窗户外的蓝天道：“小姐不想再隔着紫禁城的宫墙看这些了。”

我搂着巧慧道：“这些日子委屈你了，跟着我过的都是提心吊胆的日子，从小到大只怕还没这么受罪过。”

巧慧摇头道：“小姐这样的日子一过就是将近二十年，巧慧进来了，才真正明白小姐这些年受的罪。只要小姐觉得好，我怎么样都是开心的。”我点点头。

话音还未落，胤禛从帘外急步而进，巧慧刚要请安，胤禛脸色平静无波，嘴里却喝道："滚出去！"巧慧大惊，满脸惊惧地看向我，我向她微一颔首，示意她赶紧出去。

胤禛凝视着我，太阳穴突突跳动，半晌后一字一顿地道："朕终于明白你为何如此放不下老八了，明白你为何让他提防我，明白为何他在太庙前罚跪，你就在佛堂相陪，明白朕一伤他，你就要来伤朕。"

我盯着胤禛深黑冰冷、再无一丝温情的双眸，心也渐渐沉入了冰窟，终究让他知道了。

"九爷说的吗？"

胤禛道："朕多么希望这次是老九做的，可不是！是老八亲口告诉朕的，他一字字告诉朕的。他教你骑马，他送你茉莉花，你自打进宫就戴在腕上的镯子也是他送的。你们在草原上牵手一同看过星星，一起赏过月亮，他抱过你、吻过你，你们有过盟誓。死生契阔，与子成说。执子之手，与子偕老……"

我看到他惨白的脸色、绝望的眼神，不禁捂着耳朵大叫道："不要说了，不要说了！"

胤禛俯下身子，紧盯着我道："不要说了？老八给我细细讲述这些的时候，我心里一遍又一遍在怒吼的就是这句话，可我却只能若无其事地继续听着，我是什么感觉？我是什么感觉？"

他抬起我的头："看着我！若曦，你瞒得我好苦！为什么要让他对我做这样的事情？让老八一刀刀刺到我心口，我却只能微笑着静坐着由他一刀又一刀地捅。为什么你当年非但不告诉我，还故意默认我对你和十四弟的误会？为什么？原来自始至终都是老八！'定不负相思意'？"

他把我的手按在他心口道："你知道它有多痛吗？你让老八如此伤我，你怎么忍心？"

我泪珠涟涟，心一点点碎裂成粉末，欲要抱他，他一把推开我，走离几步道："不许你碰朕！从今日起，朕永远不想再见你！他们休想再让朕难过！"说完，一步一晃地蹒跚而去。

我跳下榻，赤脚紧跑了几步，手刚握住他的衣袖，却又犹疑顿住，他的衣袖从我指间滑过，我扶着门框，目送他一步步远去，身子如被抽去了骨架般，瘫软在地上。

我既然决定要离开，这也许是最好的结局，从此后他不再惦记，心上再无我，无爱则无痛！

我嘴里不停地喃喃念着："从爱生忧患，从爱生怖畏；离爱无忧患，何处有怖畏？是故莫爱着，爱别离为苦，若无爱与憎，彼即无羁缚。"

一遍又一遍，唯有如此才能阻止自己追上去，才能让自己不在这巨大的痛楚下立即灰飞烟灭。

"是故莫爱着，爱别离为苦，若无爱与憎，彼即无羁缚……"

第十九章

离别苦，
相思念

“小姐，东西都整理好了，您还要再查查吗？”

我摇了下头，我真欲带走的东西都在身旁的小包中，别的不过是身外之物，有或没有无差别。

巧慧道：“那我就吩咐太监们把东西都搬上车了。”

我点点头。两个太监进来搬东西，发现只有一个不大不小的箱子，都是一愣，年长的一个赔笑问：“福晋就这么些东西要拿走吗？”

巧慧道：“就这些了。”两人遂搬起东西向外行去，一面对外面候着的太监道，“都散了吧，就这些东西。”

承欢指了指周围的东西道：“这些全都给我了吗？”

我笑说：“你若愿意要，就留下；若不愿意，怎么方便怎么处理。”

十三爷进来，默默打量了一圈屋子，眼光又落回我身上。我起身道：“可以走了。”他微一颔首，向外走去。

周围太监打着灯笼，我牵着承欢，巧慧抱着包裹，跟在十三爷身后默默而行。行到马车旁，承欢几个快步就要跳上马车，十三爷拦着她道：“阿玛和姑姑还有话说，你先和巧慧坐一辆马车，回头再让你过来。”承欢扭着身子看了我一眼，估摸我不会帮她，遂一点头，快步跑向另一辆马车。

我回身凝视着还在黑夜中的紫禁城，整整十九年，我在古代的生命一直被它占据着。本以为离开的那天，我应该是快乐的，可现在才知道，竟然无一丝快乐。目光投向养心殿，心紧紧揪着，一波一波的疼痛，胤禛他……

我猛一扭头上了马车。

十三爷吩咐道：“走吧。”

车轮滚滚，我离他越来越远了。按捺半晌终究没有忍住，掀起帘子向外望去，内心求道：胤禛，让我再见你一面，就一面。只有冰冷的红宫墙，琉璃瓦，汉白玉栏，还有沉寂的黑夜。

紫禁城逐渐隐入夜色中，我犹身子探在外面，扣着车窗的手指渐渐发白，胤禛……

十三爷轻拽了一把我道：“外面风大，吹久了不好。”我再深深盯了一眼那已看不清楚的紫禁城，绝望地缩回了身子，十三爷默默瞅了我半晌，叹道，“你忘不了皇兄的！”我凝视着他未说话。

十三爷出了会子神道：“我以为你们能相守到老，而不是如我和绿芜一样相忘于江湖。”

我道：“我们之间也有太多的鲜血人命，如果不离开，也许还会不停地有，我没有办法面对。”

十三爷侧身取了一壶酒两个小杯子，向我晃了晃，我问：“怎么不备多点儿？不是最不耐烦拿着小杯子叽叽歪歪吗？”

十三爷笑道：“年纪不饶人，如今还是浅酌慢饮的好。你以后喝酒也控制着点儿，一两杯活血，多了你身子可受不住。”

我点点头，接过酒杯与他轻碰一下，一仰脖子，一干而尽。十三爷笑骂道：“才说完，就又这么喝。”我把玩着酒盅未语，心中很想大醉一场，却只能强忍住。

十三爷一点点饮着杯中酒，我道：“你自个儿留心身子。”他轻“嗯”了一声。

从贝勒府中第一次相见到如今分别在即，中间已是悠悠二十年时光，一幕幕迅速从脑中闪过，千言万语，到嘴边却无话可说，最后只慢慢说了句："被你强带出十爷府是我这辈子最值得庆幸的事。"

他温柔地看着我道："也是我平生最得意的事。"

马车忽地停了下来，侍卫叫道："王爷。"

十三爷诧异地掀起帘子，探身出去，一面问道："怎么……"声音噎在口中，只是定定看着外面。我纳闷地挑起窗帘，霎时呆住。一身竹青长袍的八爷牵马立在路侧，静静看着我。晨曦的微光，给飞扬舞动的衣袂镀上了一层淡淡金光。

直到十三爷跳下马车，请安道："八哥怎么在这里？"我方反应过来。

允禩水波不兴地道："我来给若曦送行。"

十三爷淡淡道："不敢劳八哥大驾，我们还要赶时间，八哥请回。"

我下了马车，对十三爷微笑了下，径直向八爷走去，背后十三爷轻叹口气，吩咐众人避开。

两人默默相视了一会儿，我向他敛衽一礼道："多谢。"

他一直面无表情的容颜上忽地绽出一丝笑："我有自个儿的私心。"

我道："若不是为了成全我想离开的心思，你永远不会这么做的。"

他道："遵化温泉极好，对你的腿疾有益，风光也很是秀丽，十四弟肯定会对你至好，只望你善待自己。既然决定离开，就该斩断一切。过去种种，譬如昨日死，以后种种，譬如今日生。"

我静默了一瞬，点了点头："你有什么话要我带给十四爷吗？"

他淡淡笑道："此生已尽，没什么好说的。"

我道："你照顾好自己。"

他微眯着眼睛看向太阳升起的地方，面容清淡："我的心思你大概都已明白，既然明白，就能理解，那也无谓伤感。"

我的眼睛中有泪意。他凝视着我，伸手轻拍了下我头，道："去吧！"

我直直盯着他，一动不动，心中明白这是我们此生最后一面了。当年那个身穿月白长袍、面若冠玉的男子从屋外翩翩而进时，我怎么都没想到我们以后的故事。前尘往事在心头翻滚，强忍着泪向他行了个礼，转身而去，走了几步，又猛然回身快跑到他身前，抱住他，眼泪终究滚滚而落。

他僵了一下，缓缓伸手环着我，默默拥了会儿我，轻拍着我背道："把紫禁城忘了，把过去忘了，把我们都忘了！"说完推起我，抽下我身上的绢子替我擦眼泪，一面笑说，"做新娘子就要有做新娘子的样子，怎么哭哭啼啼的？赶紧过去吧，十三弟快要忍不住了，他如今是只笑面虎，真激怒了他颇为麻烦。"

我点点头，两人默默凝视着彼此，十三爷在身后叫道："若曦。"我向允禩一笑，他向我微一颔首，我转身快跑着而回，匆匆上了马车，嚷道："走吧。"

我蜷缩着身子，抱头静坐了半晌，突然身子一抖惊觉过来，赶忙挑起窗帘，探出身子向后看去，一人一马立在空茫茫的路旁，身影已经模糊，只有巨大的悲凉孤寂隔着这么远，依旧压得人心口痛。

他送走的是我，也送别的是曾经的自己。他用淡然疲惫的目光，将曾经因他沸沸扬扬，以后无他依旧沸沸扬扬的尘世关在了门外。世人再如何评论，他已完全不关心。

终于消失隐没，我仍旧呆望了半晌方才慢慢缩回身子。十三爷的脸色很是不好看，瞪了我一眼道："你怎么跟个泥人一样，一点儿气都没有呢？我一直提防着九哥，可千算万想都未料到他居然自个儿跑到皇兄面前去，仔仔细细把你和他好过的事情告诉了皇兄，却只字不提你和他分开的事情，他再恨皇兄，可也该顾念你几分。"

我默了会儿道："他如此做，只不过逼皇上放手，好让我出宫，伤皇上是附带效果，他并不是为了伤皇上而特意如此。"

十三爷表情一怔，轻叹道："看来我还是未看错八哥。"

马车缓缓而停，车外侍卫低声道："王爷，该回去了。"十三爷未动，我强笑道："千里送君，终有一别。"

十三爷苦笑着摇头："往日笑人家女儿态，如今才知道送别苦。"说着跳下马车，伸手扶我下了车。

承欢早已候在车旁，见我下车，扑过来，紧紧抱住我。十三爷吩咐道："承欢，给姑姑磕三个头。"承欢忙跪下，向我行了大礼。

我蹲下，拥她入怀，紧紧抱了一会儿，道："记住姑姑往日嘱咐你的话，孝顺阿玛和皇伯伯，听皇后和熹贵妃的话，与四阿哥好好相处。"承欢点点头，我又在她耳边低声道，"不要忘了每年十二月二十二日给那位姑姑祭奠磕头，但除了皇伯伯谁都不能知道。"承欢眼中泪花盈盈，只知道咬唇点头。

我放开她笑对十三爷道："回吧！"

十三爷只是点头，人却半晌未动。我心里酸酸涩涩，伸手大力拥抱着他道：“就此别过，各自珍重。”

他也用力搂了下我道：“明年芳草绿，故人不同看。”

我道：“海内存知己，天涯若比邻。”

十三爷长叹道：“走吧！”我笑向他点点头，又抱了下承欢，转身上了马车，车帘刚落下，眼泪也串串滴落。巧慧一声未吭，只是递了手绢过来。马车缓缓启动，只闻承欢哭喊道：“姑姑，回来看承欢！姑姑，回来看承欢……”

我再难抑制，头埋在巧慧怀里呜呜咽咽地放肆哭起来。

马车行了大半天，下午时分才到遵化。快到十四爷的府邸时，巧慧不知从哪里翻出来一个大红盖头给我。我笑道：“这是做什么？”

巧慧嗔道：“做什么？除了做新娘子还能做什么？”

我还给她道：“我们也算是被轰出紫禁城的，如今不过求一席安身之地，就你我两人共外头几个护送的侍卫，十四爷又在半幽禁中，何必多此一举？”

巧慧怒道：“这可是小姐的大日子，怎么能连盖头都没有？”

我笑吟吟地看着她，对她递来的盖头视若未见。马车未停，已听见鼓乐之声，我愣了下，从帘子缝里瞅出去，府门口张灯结彩，喜气洋洋。

我苦笑了两声，收回了目光。巧慧却是一脸满意，笑道：“不枉小姐和十四爷从小要好。”

我重叹口气，从巧慧手里一把拿过盖头，盖在了头上。巧慧刚帮我理好，已经有人掀帘子扶我下车。

我紧盯着自己的脚尖，任由他人摆布，不过奇怪的是未行任何礼，就被人直接送入了房子。只有巧慧一人时，我一把拽落盖头，四处打量起来。巧慧急道：“这是要等十四爷来挑起的。”

我横了她一眼，示意她噤声，问道：“你不觉得奇怪吗？府内好似喜气洋洋，却不像是行嫁娶之礼。”

巧慧努嘴道：“我也纳闷呢，怎么不是十四爷引小姐进来呢？而且至今未见十四爷的影子，亏我还刚赞过十四爷呢！”

说曹操，曹操到。门外十四爷笑道：“你赞过我什么？”

巧慧急得要给我盖盖头，被我打开，十四爷已推门而进，巧慧忙向他请安。他瞟过巧慧手中的红盖头，带笑凝视着我。

我向他行了一礼，他问："累吗？"我摇摇头。十四爷扶我坐下，笑看着巧慧问，"还没回答我，你赞我什么了？"

我盯着巧慧示意她闭嘴，巧慧努了努嘴，不看我只盯着地面道："奴婢起先看到府门口一派喜气，还说不枉小姐和爷打小要好。可如今……"巧慧悻悻瞅了圈屋子道，"如今连个囍字都没有。"

我瞪了巧慧两眼，对十四爷抱怨道："这就是身边有一个从小一块儿长大、年纪又比你大的丫头的坏处。"

十四爷斜斜撑着脑袋笑起来："还不是你教的，听十哥说，你未到贝勒府时，巧慧可乖着呢。结果后来跟着你这张刁嘴，连十哥也敢给软钉子碰了。"

巧慧低头静站不语，十四爷微笑着道："皇上下旨，不准行大婚之礼。府内一切布置不许沾囍字。"巧慧抬头惊诧地看了我一眼，又迅速低头。我心内滋味古怪，淡笑问："那怎么四处张灯结彩，鼓乐声喧的？"

他笑说："不想你看着太冷清，就借着给你补办生辰的名义布置了下。"

我摇头笑说："我倒不在意这个，你何必非要和他对着干呢？不准就不准了，干吗又闹出这许多事情来，让人传回去，又是一桩事情。"

十四爷浅笑未语，过了会儿问："要出去见见众人吗？"

我摇头道："我想洗漱一下，先歇了。"

十四爷道："那也好。"说着起身向外行去。我送他到门口，他道，"我知道你爱清静，这里紧挨着书房，平日少有人来。除了几个专职洒扫照顾花木的粗使丫头外，只放了个大丫头沉香来给巧慧做伴。若有什么想要的，我却一时未想到，就直接来找我，或者吩咐沉香，让她去找管家要。"我笑点点头。十四爷又站了会儿，方踱步而去。

一个十八九岁，鹅蛋脸、大眼睛的姑娘领着两个仆妇担着水进来，身后还跟着两个小丫头，手里捧着一应杂物。领头的姑娘未语先笑，向我请安道："福晋吉祥。"

还是未适应这个称呼，我愣了一下，方道："沉香吗？起来吧！"

沉香点头笑应是，又向巧慧行了个礼："这位是巧慧姑姑吧？奴婢沉香，以后服侍主子不周到的地方，还要姑姑多提点。"

巧慧侧身避开她的礼，让她起身，一面帮我卸妆，一面笑道："十四爷从哪儿寻的这么精灵的丫头？笑容甜得好像要渗出蜜来。"

沉香笑道："多谢姑姑夸奖。爷就是看奴婢喜气，才特意让奴婢来服侍主子的，让主子多笑笑。”一面说着，一面拿了竹箩往浴桶里撒丁香花瓣。

巧慧笑问：“这也是十四爷吩咐的？”

沉香道：“是，爷说主子喜欢用各色花瓣浸澡，奴婢特意备的。”

巧慧轻搡了下我道：“福晋可听见了？”

我起身道：“依旧叫我小姐就好了。”

沉香把东西在浴桶周围摆好，甜甜笑道：“还有不周全的地方，主子只管吩咐，奴婢就在外面候着。”说完行了个礼，又带着人退了出去。

巧慧叹道：“连你这沐浴时不喜人在一旁的脾性也知道。好了，我也出去了。”说着掩门而出。

我闭目静坐在木桶中，手轻轻捻着脖子上戴着的木兰坠子。半晌后，方才惊觉，忙匆匆洗完，又吩咐沉香备热水让巧慧也去洗一下。巧慧笑叮嘱了沉香几句，转身而去。

我靠坐在榻上，慢慢拆开一直命巧慧随身拿着的包裹，两件旧衣服，一个首饰匣子，一叠字帖，并一支红绸裹着的羽箭。我静静看了一会儿，又原样包好，起身欲寻地方放好。沉香忙上前，替我打开柜门放置妥当。

临睡时巧慧打发了沉香先去歇息，坐在床沿问道：“小姐，你并不是真嫁给十四爷，是吗？”

我道：“是。”

巧慧闷闷坐着不语，我握住她的手道：“对不住，我知道你巴望着我能真正嫁个人，和和美美地过日子，可我做不到。”

巧慧问：“皇上明白吗？十四爷明白吗？”

我默了会道：“皇上也许明白，也许不明白，看他怎么想我了。十四爷应该是明白的。”

巧慧叹道：“只要小姐真觉得这样快乐就好。”

我道：“多谢。”

巧慧笑说：“睡吧！”说着替我盖好被子，放下纱帐，吹了灯，掩门而去。

一夜都未怎么合眼，只天快亮时稍微眯了会儿，天刚初白就又惊醒。醒来的瞬时，一时恍惚，以为仍在紫禁城中，第一个念头居然是，他去上朝了吗？昨夜看折子看得晚吗？几时歇息的？上朝前可来看过我？反应过来后，全身刹那无力，我们已各自一方了。眼泪一颗颗渗入枕头。

巧慧在外头小声唤道："小姐。"

我忙抹了眼泪坐起："已经醒了，进来吧！"

巧慧和沉香捧着脸盆洗漱用具进来。巧慧翻箱子寻了件水红旗装给我，一面服侍我穿衣，一面道："今日要仔细装扮一下，按规矩过会儿要给嫡福晋磕头敬茶请安。"我笑应好。巧慧瞅了眼沉香，看她低头正忙，俯到我耳旁道，"估计嫡福晋不会为难小姐的，昨儿晚上小姐第一天进门，十四爷却只来看了一眼小姐。"

我又笑又气，恨恨地轻掐了下巧慧道："你越发张狂了，在宫里倒没见你这么轻飘。"

巧慧嘻嘻笑道："宫里能和这里比吗？再随便的人进了宫也立即缩胳膊缩脚。"

收拾停当，我命沉香领着向正厅行去。十四爷并几位福晋都在座，全是熟人，倒也没陌生感，只是有一点儿尴尬，毕竟从未想到有一天和他们共处一个屋檐下。我先向十四爷和嫡福晋完颜氏行了跪拜礼，又双手捧茶举过头顶，向完颜氏道："若曦恭请嫡福晋用茶。"

她笑接过轻抿了口道："以后是一家人了，叫我姐姐就可以了。"指了指侧旁的椅子道，"坐吧！"

我一躬身道："谢嫡福晋。"她一愣，我未再理她自坐下，又和其他两位侧福晋和庶福晋彼此行礼，扰攘一番，终又各自坐定。十四爷瞟了我一眼，淡淡道："传膳吧！"

我随便吃了几口就搁了筷子，静静坐看着众人用膳，一副百无聊赖的样子，十四爷问道："这就够了？"我微颔了下首，他盯了我一瞬道，"那你就先回吧。"桌上众人都很是惊诧。我向他和嫡福晋行了个礼后，转身退出。

一直笑眯眯的沉香再无一丝笑意，低头随在我身后默默而行。巧慧走了会儿，看周围无人，问道："小姐，这可和你往日性子大悖呀！你压根儿没领嫡福晋的情也就罢了，可这么没规矩的事情怎么都做了呢？哪有爷和嫡福晋还未用完膳就自个儿先退席的道理呢？我长这么大可头回见。"

我道："做样子的规矩已经行完，以后我就这德行了，你趁早做好心理准备。我没打算和她们做一家人，也不打算和她们上演什么众姐妹行乐图。我自个儿过我自个儿的日子，我再无精力敷衍、讨好任何人。"

巧慧呆了半晌后叹道："也好，宫里受够了，如今就图个痛快吧！"

我笑搂着巧慧道："还是巧慧最好。"

巧慧拍了我下道："你回头谢谢十四爷吧，他这是摆明了态度由着你的性子了。"

我笑了下道："嫡福晋人不错，心里即使不舒服，估计也就是彻底漠视我、孤立我，凡事把我摒弃在外，不过这却正好就是我所求的，底下几个闹不出什么事来，以后我们就关门过我们的日子吧！"

巧慧笑道："如此说来，小姐今天这一手玩得倒是漂亮，一进一出间，已经把以后全搞定了。"

我笑向巧慧挤了下眼睛道："谁还耐烦和她们打持久战？"

◈

十四爷府中的生活平静淡然，对我而言却是渴望多年，正是最想要的。我几乎连院门都不出，常常练练字、看看书、发发呆，就是一天。

我在屋内练字，巧慧在门外嚷道："小姐，别练了，又不去考状元，写那么好字干吗？出来看沉香和我踢毽子。"

我道："就来，你们先玩。"

看看自己的字，再看看临摹的字帖，无奈叹道："难得精髓，不过是个貌似。"这些字帖都是以前央胤禛书写的，以后绝不能再有了。发了会儿呆，我摇头一笑，将字帖仔细收好，又把自己练好的字放到一旁的大箱中，不过两三个月的工夫已经堆了一小垛。

斜倚着门框看沉香把一个五彩毽子踢得花样百出，巧慧笑说："我们当年实在不能和她比。"我微笑不语，贝勒府的事情，久远得好似前生。

待巧慧发现院门口立着的十四爷时，两人忙收了毽子向十四爷请安。我笑问："来了也不进来，大夏天的立在太阳底下不晒吗？"

十四爷笑走到紫藤花架下坐下，我也过去坐到一旁的藤椅上。他将一封信放在桌上后，闭目轻摇着躺椅，一副惬意舒服的样子。沉香把茶轻轻搁在藤桌上，悄悄退了下去。

我拿起信，敏敏给我的。人在深宫多年未通消息，冷不丁地看到她的信，心中一暖，大草原上还有一个一直牵挂我的朋友。

十四爷侧头笑问："整日就在这院里，不闷吗？"

我道："不闷。"

他轻笑几声道："当年那个满贝勒府乱晃着玩，回头还对着湖面没完没了感叹无聊的人哪里去了？"

我笑道："你老了！当一个人开始回忆过去的时候就是真老了。"

他笑拿起桌上的美人团扇把玩着："我整日无所事事，只好回忆过去。"我笑容有些涩，满身才华却无处施展，从驰骋西北到枯守陵墓，怎样的人生起落？心中暗叹一声，不愿再想，低头仔细看信。

信中敏敏细述了别后诸般事情，已经有两个儿子，信中的一切都是和美幸福的。最后叮嘱我道："姐姐，不管你曾经历过什么，都忘掉吧！十四爷是值得珍惜的人，也许他既不是你的月亮也不是你的星星，但除了月亮和星星就没有别的风景了吗？现在年纪老大，才知岁月匆匆，只愿姐姐抓住些许快乐。"

我慢慢收好信，十四爷笑问："要回信吗？"我点点头，他吩咐沉香捧了笔墨纸砚出来。我凝神想了会儿，过去的事情无甚好说，提笔写道："我活在自己的世界中，幸福就在点滴记忆中。这么多年，从没有这么心境平和安乐过，如人饮水，冷暖自知。勿担心我……"

十四爷又静静坐了会儿，收好信，起身而去。炽热阳光下，却是晒不化的寥落。我嘴角含着丝浅笑，扇着团扇，沉香静静撤掉了桌上的茶具。

院内服侍的众人已经习惯十四爷每日都来，却只是坐一会儿，闲谈几句就又离去。刚开始十四爷每次来，沉香都暗自做好留宿的准备，结果却每每落空，起先沉香还满脸纳闷，弄不明白我究竟是受宠还是不受宠。说不受宠吧，十四爷日日都来；说受宠吧，却从未留宿。日子久了，沉香看我和巧慧都淡然处之，也有样学样，不惊不怪了。

尘世似乎将我遗忘，我也毫不客气地将它遗忘，每日只是练字，坐在院子中看云聚云散、花开花落，时与巧慧和沉香笑谈几句。

没有了外物所隔，在我心里只剩下胤禛和我，我和胤禛。我自私地把其他人全部忘记，只留下他与我相关的一切。第一次没有任何人可以打扰他和我，第一次我什么都不顾忌地开始爱他。

我最享受的嗜好就是燃一炷香，泡一壶茶，微眯着双眼回忆他和我的一点一滴。一个笑容、一句讥讽、一声叹息都会反复品味，他在我脑中越发分明。紫藤花开时，回忆缭绕在一片青紫花丛中；溶溶月色下，回忆蒙着一层淡黄纱；寂静深夜中，回忆伴着晚香玉的馥郁香气。

相思像野草一般疯长，我再把它们全部倾注在笔端。待第一场雪花舞落时，装字稿的大箱子已经一大半都堆满。

第二十章

——花落人亡两不知

叮叮咚咚的琴声又响起来，巧慧笑道："十四爷又在练剑了。"我凝神听了会儿，静极思动，忽地来了兴致想去看看十四爷练剑。我的院落紧挨着他的书房，却一直未曾去过。说是书房，听沉香说其实也算是练功的地方。

六角亭中十四爷的侍妾吴氏穿着雪貂皮斗篷正在弹琴。地上积雪仍厚，十四爷却是上身赤膊，持剑而舞。纵腾跳跃，回风舞柳。我看不出招式，只觉得他出剑越来越快，吴氏尽力想跟上他的节奏，却总是落后几拍，越急越乱，一声刺耳的声音，琴弦骤然断裂。十四爷手中的长剑脱手而去，钉在远处一株开得正好的梅树上。扑簌簌红梅纷纷飘落，白雪中点点红艳甚是好看。

吴氏忙起身向十四爷告罪，他摆摆手，凝视着梅树上的剑道："不关你事。"说着看向我隐身的廊柱，呵斥道，"又是谁鬼鬼祟祟的？滚出来！"

我笑走到梅树旁，看着他问："这么大火气？冰天雪地都浇不灭？"

吴氏忙向我行礼，我笑让她起来，她又向十四爷行了个礼后，抱琴而去。十四爷走过来问："怎么躲在廊柱后呢？要看大大方方地过来在亭子里看，岂不更好？"我看他脸上汗珠不停滑落，抽出手绢递给他。他却未接，只是伸脖子过来，我一笑替他擦拭。我道："赶紧穿件衣服吧，这么冷的天，又刚出过汗，小心冻着。"

十四爷笑握住我的手问："我们俩谁冷？"他手心火烫，反倒是我的手冰凉。

我笑说："是我冷，那也要套件衣服。"他低头替我搓了搓手，双手拳握着给我取暖。

我笑道："进屋吧，雪地里立了半天，身子也有些冷了。"十四爷笑点点头，并未松脱我的手，依旧牵着我向书房行去。我看他神色坦荡，也不好太过扭捏，遂大大方方任由他牵着我进了屋。

十四爷进屋后放开我的手，吩咐下人去取暖手的小手炉给我，自个儿披了件外袍在暖炉旁坐下。

我解下斗篷放好，坐到他身旁问："京城中又有什么事情了？"

十四爷忽地笑起来，笑了一会子方道："是我自个儿又痴了。皇上不责骂我们心里怎么能舒坦呢？总是要有的没的寻些罪名出来骂一骂，警告了群臣不要妄自胡为，心里方舒坦一些。要不然我们再加上年羹尧岂不怄得慌？他骂我们结党，这'年党'可是他自个儿纵容出来的。"

我默默发了会子呆，问道："八爷最近可好？"

他蹙眉道："骂得越来越狠了，不过我看八哥一改谨慎小心的作风，好似故意留了错处让他骂。和我也许久未通过消息，摸不透八哥的心思。"

我道："临来前我在路上见过八爷一面，他……他已经倦了，只想着离开，如今只是牵绊于弘旺。"

十四爷惊笑道："离开？皇上若能放他走，他早走了。可皇上偏偏就要给他职位，命他做事，方好常常折辱于他。甚至以八嫂和弘旺相威胁，'故意托病不肯行走，必将伊妻处死，伊子亦必治与重罪'。"他说完冷笑了几声。

我低头道："离开去找八福晋。"

十四爷猛的一下跳起来："你说什么？"我垂头不语，他半晌后才缓过神来，慢慢坐下，"你倒是很看得开。"

我抬头淡淡一笑道："如今我才明白，死亡有时候是一种解脱，我看不开的只是他还在受苦。"

十四爷默默发了会儿呆，起身走到桌旁，提笔就写，写完立即叫人进来，吩咐道："呈给皇上。"

我问："所为何事？"

他心情好似突然大好，呵呵笑起来："我也不能白生气呀，写了首诗去气气他。"

我道："怎么和小孩子一样？什么诗？"

十四爷笑吟道：

仰首我欲问苍君，祸淫福善恐未真。
豫让忧死徒吞炭，秦桧善终究何因。
无赖刘邦主未央，英雄项羽垓下刎。
自来豪杰空扼腕，嗟吁陵岗掩寸心。

他这是把胤禛比作秦桧、刘邦，自个儿是那"空扼腕"的"豪杰"。他得意扬扬地笑问："能让他气半天了吧？"

我又气又笑，叹道："彼此气吧，日子倒是不寂寞了。"

◈

"小姐，明日嫡福晋的寿辰，去吗？若去就要备礼。"

我想了下道："是个大生辰，寿礼总是要送的，去略坐一下吧！"

巧慧点了下头问："送什么好呢？"

我笑道："你去那个红木匣子里看看，拣贵重的就可以了。"巧慧忙去翻起来。

我笑向嫡福晋行礼拜寿，双手奉上寿礼。众人簇拥着的嫡福晋今日也是难得地高兴。台上锣鼓声喧，台下笑语满堂。

我略坐了会儿，正欲寻了借口向福晋告退，台上的戏换了一出。麻姑一声"遵法旨"，水袖一抛一收，面向嫡福晋唱道：

寿筵开处风光好，
争看寿星荣耀。

羡麻姑玉妍超，

寿同王母年高。

寿香腾，寿烛影摇，

玉杯寿酒增寿考，

金盘寿果长寿桃。

愿福如海深，寿比山高……

竟然是《麻姑拜寿》，心内翻腾不休。时光在一首曲子中刹那倒转。兴冲冲学好曲子，在水榭内为十阿哥清唱，十三阿哥、十四阿哥的戏谑之音，彼时的我们还未知道真正的愁滋味。下意识地看向十四爷，正对上他一双黑瞳。这一瞬我们两个是跨越在这个时空之外的人。两人默默凝视半晌，视线又都投回了台上。

……

寿基巩固寿坚牢，

京寿绵绵乐寿滔滔，

展寿席人人欢笑……

我起身悄悄离去，巧慧低声道："好歹给福晋告退一下吧！"我恍若未闻，脚步匆匆。巧慧未再多言，随我而回。立在院门口，看着黑漆漆的屋子，心中暗叹，推门时不会再见到姐姐了。

巧慧进门点了灯，我坐于椅上一动不动，只是自个儿出神。巧慧问："小姐，你怎么了？"

我道："我想一个人静一静，你不用理会我。"话音刚落，十四爷走进屋，对巧慧吩咐："拿些酒来。"

他歪靠在我平常日间看书小憩的榻上自斟自饮，一句话不说。本就已有四五分醉意，此时酒杯不停，不大会儿工夫已经七八分醉。连尽了三壶酒，仍旧吩咐巧慧去拿酒。巧慧向我打眼色让我劝一下，我摇了摇头，示意她照吩咐去取酒。

十四爷忽地问道："若曦，皇阿玛驾崩时你在跟前，皇阿玛真……真传位给老四了吗？"

我心骤然一缩，面上却淡淡笑道："你怎么也把那些个糊涂人的话当真了？"

他手握酒杯，眼睛一瞬不瞬地盯着我："别人的话我自是不会太往心里去，可额娘和我说，皇阿玛亲口告诉她中意的是……是我。"

我轻叹口气，神色坦然地回视着他道："十四爷，说句大不敬的话。娘娘对你如何，对皇上又如何，你心中应该有数。她一心巴望着是你，错解了圣祖爷的意思也有可能。究竟圣祖爷给娘娘说了什么，我是不知道的，我只知道圣祖爷的确传位给了皇上。"

十四爷直直看着我眼睛深处，好一会儿后猛然大灌了几口酒道："我信你！"我垂目盯着地面，愧疚、悲伤堵得心一阵阵疼。他惨笑道，"我终于搁下一桩心事，从今以后他做他的皇帝，我做我的闲人。"

十四爷扔了酒杯，躺在榻上，慢声吟唱道：

少年侠气，交结五都雄。肝胆洞，毛发耸。立谈中，死生同。一诺千金重。推翘勇，矜豪纵。轻盖拥，联飞鞚，斗城东。轰饮酒垆，春色浮寒瓮，吸海垂虹。闲呼鹰嗾犬，白羽摘雕弓，狡穴俄空，乐匆匆。

似黄粱梦，辞丹凤。明月共，漾孤篷。官冗从，怀倥偬，落尘笼，簿书丛。鶡弁如云众，供粗用，忽奇功。笳鼓动，渔阳弄，思悲翁。不请长缨，系取天骄种，剑吼西风。恨登山临水，手寄七弦桐，目送归鸿。

声音渐去渐低，一个翻身昏睡过去。我站起走到榻旁，十四爷眼角湿润，不知是酒渍或泪痕。拿绢子替他拭净，脱了靴子，盖好棉被，他嘴里喃喃道："皇阿玛，为什么？我做错什么了吗……"

我紧紧握着手绢，低声对十四爷道："对不起。"转身对正在收拾酒具的巧慧低声道，"夜已深，就这么歇了吧，这些明日再弄。"

和巧慧拿屏风隔在床前，我自躺下歇息。脑中依旧无意识地默念着"不请长缨，系取天骄种，剑吼西风"，一夜浅眠，唯有一声叹息"乐匆匆"！

窗外依旧黑着，听到十四爷翻身要茶喝，我忙披衣起来，倒了一盅茶给他，他迷迷糊糊就着我手喝了几口，复又躺下。我刚走回床边，他忽地笑起来："我醉糊涂了，以为是做梦，竟真是你喂我茶喝。"

我道："天还未亮，再睡会儿吧。"

过了半晌，我只听到他翻身的声音，他低低问："睡着了吗？"

我道："没有。"

他问："你现在还是睡得很少？"

我道："是。"

他道："以前不明白你为何夜里睡不好，现在才懂。在西北时，头一挨枕头我就能睡着，往往要侍卫叫才能醒。醒时只觉得怎么才刚睡下天就亮了。如今入睡慢不说，还总是做梦，一夜醒好几次，经常觉得已睡了好久，天却依旧是黑的。"

我盯着帐顶未语，梦里梦外，难话凄凉。十四爷问："你还记得第一次见我是什么时候吗？"

我凝神想了会儿道："好似在一个亭子里。"

他吟道："重过阊门万事非，同来何事不同归！梧桐半死清霜后……"

我接道："头白鸳鸯失伴飞。原上草，露初晞。旧栖新垅两依依……"轻叹一声，姐姐最终也算得偿所愿。

十四爷道："当日看你年纪那么小就读这样的悼亡词，脸上凄楚也非为赋新词强说愁，显是心中确感伤心。彼时不知你姐姐的事情，见了八哥，还把此事笑说与八哥听，现在想来，八哥轻声重复那句'头白鸳鸯失伴飞'时是何等凄凉的心情。"

窗外天色渐白，两人寂静无声。十四爷忽地笑道："你当年还答应过我生辰时唱曲子呢，至今还没兑现。"

我笑道："当年什么都不懂的小丫头，被十四爷几句话一吓，什么敢不答应？"

他笑道："你少来！我方说了两句，十哥就不愿意了，再说就看你随后打架的气势，我还能吓着你？"

我头伏在枕上只是笑，十四爷也是呵呵直笑："你没看到自个儿被十三哥捞起时的样子，当时没觉得，后来想一回笑一回，头饰掉了，发髻散了，湿漉漉的头发全糊在脸上，整个儿一落汤鸡，偏偏还把自个儿当老虎。"

室内越来越明亮，在清晨的阳光中，两人都放声大笑起来。十四爷笑问："听十哥提起过曾经被你骗了个要求，十哥可兑现了？"

我愣了好一会儿，方想起，笑说："我自个儿都早忘了。"

他轻叹道："那只怕这一生也只能欠着了，你答应我的总能兑现吧？"我道："十四爷有命，岂敢不遵，今年生辰刚过了，明年时一定唱。不过到时候可不许你嫌弃。"

从那后，十四爷隔一段时间就会在我屋内榻上歇息，两人隔着屏风絮絮而语，有时候回忆以前的事情，两人时悲时喜；有时候他会给我讲西北的风土人情，我听得分外入神，常常会再告诉他我记忆中的西北，他也是仔细倾听，两人说起西北的瓜果时，一致馋得流口水，遗憾远道运过来的势必不能等全熟透采摘，味道可就差远了。

我笑问他："西北民风淳朴，女子性情热烈奔放，可有姑娘给你扔水果？可有夜下私会？"

十四爷笑得直砸榻："我倒是盼望得要命，好歹也是一段风流佳话，还可以借此青史留名。可是不知为何，姑娘一见我要么傻笑，要么一扭身就跑。倒是不停地有胡子拉碴的大汉拉着我喝酒，我只能眼看着底下士兵一个两个地和姑娘们谈笑，心里那个苦呀！"我笑得只知道揉胸口。

十四爷说起西北时总是妙语连珠，一点儿小事经他描绘也能把我逗得笑软在床上，沉沉夜色中两人的笑声分外悦耳。

沉香不知底细，只是喜滋滋地乐，低声问巧慧："我们快要有小主子服侍了吧？"

巧慧脸色霎时惨白，厉声呵斥道："再乱说话，仔细掌你的嘴！"

我淡淡道："巧慧。"又安慰沉香道，"别往心里去，巧慧也就说说。"

沉香苍白着脸道："奴婢再不敢了。"从此后明白孩子是个禁忌话题。

巧慧回头却拉住我，一味说十四爷的好话，似乎真想劝我生个孩子。我不想让她更加内疚，所以不愿告诉她我是不可能再有孩子的，只笑对她说："我的事情，我自己心里有数，我们不是说好了吗？只要我高兴就可以的。"巧慧听完，眉头紧皱，却不再多话。

◈

梅花刚落尽，三两枝性急的杏花，已经灼灼地挑在雨幕里，嫩白的花瓣托着娇黄的花蕊，柔和而清新。许是靠着温泉的原因，地热较盛，近湖的几株杏花开得尤其好。一泓乍暖还寒的春水，映着岸上堆雪繁花，笼罩在轻纱似的烟雨中，春意盈盈。

巧慧打伞扶我赏了会儿花，道："小姐，近日你精神差了很多，经不得雨中久站，回去歇着吧，这花谢了还会开的。"我心中暗叹了声"年年岁岁花相似，岁岁年年人不同"，面上却笑应道："好。"

我进屋子让巧慧磨墨，凝神练了好几篇字，心中的思念方稍缓。手里随意握着鼻烟壶，身上搭着条薄毯静看门外一川烟雨。那天的雨要比现在大得多，他披着黑色斗篷从漫天大雨中走进来，无意中却替我化解了一场冲突。当时仿似未留意的一幕幕，都在一遍遍的回忆中变得无比清晰，我甚至能记起他斗篷内微湿袖口的花纹。

我拿起鼻烟壶，细看了一回，再次忍不住笑起来。笑声未落，心情却忽似门外烟雨，迷迷蒙蒙起来。三只打架的小狗，一个芳魂已逝，一个幽禁，一个在这里静坐等候花落。

“主子。”沉香轻轻摇醒我道，“主子累了上床歇息吧，这儿正对着风口，容易着凉。”

我摇摇头道：“我不困。”

沉香看着我欲言又止，我笑说：“有话就直说。”

沉香道：“要不要请大夫看一下，奴婢看主子最近时常打盹，有时还说着话，一转头已经睡着。奴婢听说……听说有喜时多眠。”

我微微笑了下道：“我知道你是为我好，不过你只管做好自己的事情就可以了。”

沉香忙道：“是，奴婢明白。”

巧慧把伞搁在门外，手里握着一大枝杏花进来，沉香笑赞了两句，赶着去寻瓶子。我道：“何必呢？还特意又跑一趟。”

巧慧笑道：“我看小姐喜欢，摘回来让小姐看，省得立在雨中一站半晌。”我脑海中掠过一个同样娇笑着手持杏花的女子，忙挥开，专注地看巧慧和沉香插花。

身子越来越懒，晚上我常常似睡似醒至天明，白天却经常说着说着话就走神，自个儿什么都不知道。连十四爷都察觉出不对劲，吩咐着请大夫。拖延了几日，终是没有拗过他，让大夫来看。

换了三四个大夫却都说的是同样的话：“油尽灯枯。”十四爷由最初的惊怒交加、不能相信到最后的哀悯怜惜。巧慧背过我只是抹泪，一转头还要笑对我。我握着巧慧的手，心内歉疚，她送走了姐姐，如今又要送我走，苦楚非同一般。

手上力气渐小，每天已练不了几个字。思念无处可去，从心里蔓延到全身，日日夜夜，心心念念不过是他。离开他才知道我身上满是他的烙印，写他写的字，饮他饮的茶，用他喜欢的瓷器式样，喜欢他喜欢的花，讨厌大太阳，喜欢微雨……

清晨，白茫茫的雾中，胤禛一身黑袍，站在景山顶端俯看着整个紫禁城，我大喜，急急向他跑去，一面叫着胤禛，他却一直不回头，而我怎么跑也不能靠近他，留给我的只是一个冷漠孤绝的背影。

我又急又悲，正无可开交。巧慧轻摇醒我，一面替我拭汗，一面问："做噩梦了？"

从爱生忧患，从爱生怖畏；离爱无忧患，何处有怖畏？是故莫爱着，爱别离为苦。若无爱与憎，彼即无羁缚。我只惦记着离爱可以无羁缚，可恨呢？那是否是更大的羁缚和遗憾呢？那是否会让心日夜不得宁静？

我怔怔思索了良久，吩咐道："帮我研墨。"

巧慧赔笑劝道："今日就别练了，等明日好些了再写。"

我道："我要写封信，你帮我准备笺纸。"

沉香扶我起身，我默默想了会儿，持笔而书，停停写写，写写停停，大半日才写好。

胤禛：

人生一梦，白云苍狗。错错对对，恩恩怨怨，终不过日月无声、水过无痕。所难弃者，一点痴念而已！当一人轻描淡写地说出"想要"二字时，他已握住了开我心门的钥匙；当他扔掉伞陪我在雨中挨着、受着、痛着时，我已彻底向他打开了门；当他护住我，用自己的背朝向箭时，我已此生不可能再忘。之后是是非非，不过是越陷越深而已。

话至此处，你还要问起八爷吗？

由爱生嗔，由爱生恨，由爱生痴，由爱生念。从别后，嗔恨痴念，皆化为寸寸相思。不知你此时，可还怨我恨我？恼我怒我？紫藤架下，月冷风清处，笔墨纸砚间，若曦心中没有皇帝，没有四阿哥，只有拿去我魂魄的胤禛一人！相思相望不相亲，薄情转是多情累，曲曲柔肠碎。红笺向壁字模糊，曲阑深处重相见，日日盼君至。

若曦

我又仔细看了一遍，封好，在信封上写道："皇上亲启。"

巧慧和沉香忙把我扶上床躺好，我闭眼吩咐道："请十四爷过来。"话音未落，十四爷掀帘而进，巧慧和沉香忙退出。

他坐在床沿，含笑柔声问：“今日可有什么特别想吃的？”

我道：“没有，清淡些就好。”

十四爷道：“你不是说小时爱吃阳关的喀什红吗？我已经命人去置办。对了，还命人去请会弹胡西塔尔的琴师，估摸着明后日就能到，到时你有什么想听的曲子命他奏给你听。”

我笑了下以示感激，从枕下抽出信递给他道：“麻烦爷把这个呈给皇上。”

十四爷笑意微僵，默默瞅了半晌后道：“好的。”

我握着他手求道：“要快一点儿。”

他点点头道：“本来有折子明天要上呈，索性这就命人一块儿送走。”说着起身快步而出。

我心下微松口气，开始算日子。这里距京城不过二百五十里，快马加鞭，也就两三个时辰的路程。现在送走，晚上就该到，算富裕些，最迟明天也能到。他下过圣旨不许拖延或晚递折子，那要么明日，要么后日就能看到信了。路上时间就算一天，那我三天后也许就能见到他。三天！

第四日清晨，我特意让巧慧帮我穿了旧衣。心里似喜似悲，只是盯着窗外发呆。十四爷来看我时，被我借口想歇息打发走了。

日头渐高，当空，西斜，我心情一点点黯淡。当天地拉拢世间最后一缕亮光时，整个人也彻底陷入黑暗中。

巧慧看我直勾勾盯着窗外不言不动，低声问：“小姐是在等皇上吗？”

我喃喃道：“他不肯见我，不肯原谅我。他原来如此恨我，竟连最后一面也不肯见。不！他肯定连恨都没有，只是觉得不相关、不关心、不在乎而已。”

巧慧捂住我嘴，一面替我擦泪一面道：“也许是有什么事情耽搁了。朝堂上的事情很难说，被绊住了也是有的，皇上不会不见小姐的。”

我心头忽跳出一线希望，紧握着巧慧手问：“他还是会来的，对吗？”

巧慧拼命点头：“会的，一定会的。”

又是一天漫长的等待，一分一秒都过得那么慢，我希望时间快一点儿，让他出现。可紧接着又开始觉得时间怎么过得这么快，他还未出现，怎么就已是下午？慢一点儿，再慢一点儿，好让他出现。

希望升起，但又随着太阳的落去消失。我轻叹道："他不会来了！"可心中依旧不死心，第三日面上淡淡，浑不在意，心里却一直暗暗期待，当太阳开始西斜时，我笑对巧慧说，"他不会来了。"巧慧抱着我，眼泪无声地滴落在我衣上。

红尘再无可留恋，该交托后事了。我笑对巧慧说："有些事情要吩咐你，你一定要记牢了。"

巧慧哭道："以后再说吧，今日先歇息。"

我摇摇头，开始一一嘱咐巧慧，将绿芜的事情也告诉了她，巧慧一面落泪一面点头。最后巧慧哭问："如果十三爷也不来，我该怎么办？"

我笑说："十三爷肯定会来的。"

交代清楚一切后，巧慧服侍我安歇。

难得的好睡，醒来时天已透亮，巧慧看我睡得香甜，眉头舒展了许多，问我穿什么。我道："那件月白的，袖口绣着木兰花的。"巧慧依言服侍我穿好，又替我插好木兰发簪，戴好耳坠。我仔细打量着自己，因为脸瘦了，显得眼睛格外大，肤色分外苍白，越发衬得眼瞳漆黑。巧慧看我皱眉，忙替我扑了些胭脂上去，却没什么好转。

我笑道："算了。"倚在她肩头闭上眼睛，巧慧和沉香把我扶到床上躺好，我只觉得累，晕沉沉又睡了过去。

恍恍惚惚间，我觉得有人坐在床旁，轻抚我的脸颊，温柔怜惜，心中大喜，叫道："胤禛，你来了？"

十四爷一愣，应道："是，我来了。"原来是胤祯，而非胤禛。喜悦迅速散去，悲伤没顶而来。

十四爷笑问："弹胡西塔尔的琴师来了好几天了，要听吗？"

我想了下道："带我出去走走，杏花已经谢了吧？"他忙命人用软兜抬我出去。

阳春三月的太阳暖意融融，我却觉得身子越来越冷。十四爷在一旁边走边说："杏花虽谢了，可桃花却开得正好。"我顺着他手指方向望去，一片灿若霞锦的艳红桃花，迎风怒放，恣意燃烧。

下人早已在草地上铺好毯子，十四爷抱我下来坐好，让我靠在他身上，静静看着桃花："好看吗？"

我轻声道："草色绿堪染，桃花红欲然。"越发觉得冷起来，十四爷把我往怀里揽了下问："冷吗？"我摇了下头。

不知从哪个院落响起了胡西塔尔的声音，沧桑的男子歌声远远传来，时弱时强。我听了会儿道："不像维语。"

十四爷道："倒是奇怪，竟然是首藏歌，六世达赖喇嘛仓央嘉措写的。"

我低声道："求你件事情，一定要答应我。"

十四爷毫不犹豫地说："我答应。"

我缓了口气道："我不想气味难闻，我死后，立即将我火化掉，然后找个有风的日子撒出去……"

十四爷未等我说完，就捂着我嘴道："你要干什么？化骨扬灰吗？"

我喘笑了两声道："不是的。我一直希望能自由自在地来去，却被关在紫禁城中一生，死后我再不要任何束缚，随风而逝多么美！埋在地下有什么好？黑漆漆的，还要被虫子吃。"他又捂住我的嘴不让我说。

古人就这些地方看不开，我眨了下眼睛示意不说了，十四爷方拿开手。

"这是我的心愿，答应我吧！"

他沉默半晌，深吸口气道："我答应。"

一番话说完，已再无力气，静静看着头顶的桃花。十四爷问："若曦，如果有来世，你还会记得我吗？"

眼前的桃花越来越迷蒙，渐渐变成一团粉红烟雾，越飞越远，只有一个绝不肯回头的孤绝背影越发清楚，我喃喃道："我会和孟婆多要几碗汤，把你们都忘了，忘得一干二净。允禵，好好活着，把过去都忘了，忘记八……八……"

其时恰巧一阵风过，满树桃花簌簌而落，仿若一阵红雨而下，落得若曦满身都是，月白裙衫上点点嫣红。漫天飞舞的绯红花瓣下，允禵纹丝不动地坐了良久，忽地紧紧搂住若曦，头抵着若曦的乌发，一颗眼泪顺着面颊滑下，恰滴落在若曦眼角，欲坠未坠，倒好似若曦眼中滴下的泪。

忽强忽弱的藏歌遥遥回荡在桃花林间：

第一最好不相见，如此便可不相恋。

第二最好不相知，如此便可不相思。

……

第二十一章

后记

雍正二年　五月

胤禛读到“……马尔泰氏戴红盖入府……”蹙了蹙眉，立即就想揉了手中的密件，耐着性子看下去，读到“……马尔泰氏只称嫡福晋完颜氏为‘嫡福晋’，不肯呼‘姐姐’，不顾规矩，提早退席而去，甩下一席不满的福晋……”胤禛眉头舒展，眼睛里不禁带了一丝笑意。

这人连场面工夫都不肯做了，可见真是对老十四不上心，否则不会当面让他为难。

雍正三年　元月

圆明园内几株梅花开得正好，坐在书房内，仍旧闻得到淡淡梅香。胤禛“啪”的一声把手中笺纸拍放在桌上，冷笑着对坐在下首的允祥道：“你来看看！”允祥恭敬上前，拿起细看，“……无赖刘邦主未央，英雄项羽垓下刎。自来豪杰空扼腕，嗟吁陵岗掩寸心。”

允祥心里觉得十分可笑，面上却不敢露分毫，这两兄弟倒真是一个娘生的，生气时都是嘴上先不饶人，寻思着如何说才能化解几分胤禛的怒气，忽发觉低头看密件的胤禛脸色渐渐变得冷厉，猛然把手中纸张揉成一团，紧紧握住。允祥琢磨着只为允禵不至于如此，因不知深浅，不敢贸然开口相劝，只静静站着。

“你劝朕让她离开时，不是和朕说，她和允禵只是个虚名吗？”胤禛说着把手中的一团纸扔在了允祥面前。允祥忙打开，急急看去，上密信的人细细写着允禵侧福晋马尔泰氏观允禵舞剑，为允禵拭汗，允禵替其暖手，两人说笑，不顾忌世俗牵手而行。

允祥琢磨了半晌，方慎重开口道：“一则，若曦自小对男女之防都看得很淡，越是坦荡反而越不在意。二则，写信的人并不知道他们究竟说了什么，只听到笑声，看到动作，这些事情落在外人眼里仿似很亲密，也许当事人并不如此想。”

雍正三年　二月

胤禛立在屋檐下看着飞泻而下的大雨，一动不动，雨水顺着风势，落在他身上，渐渐半个身子湿透。高无庸低声劝了两次，胤禛一语不发，高无庸不敢再劝，可事后又怕被皇后责骂，满腹愁绪中想着此时如果若曦姑姑在，一切就迎刃而解了。

胤禛站了许久，心思好似百转千回，实际脑里翻来覆去就一句话：“十四爷允禵夜宿于侧福晋马尔泰氏屋中，时闻欢娱笑声。”胤禛猛然转身进屋，提笔下密旨道，“从今以后，尔等只需报奏允禵相关事宜，其侧福晋马尔泰氏一概不许再奏。”

雍正三年　三月十三日

允禵快步走进书房，看着手中的信，滋味莫辨，这四个字写得几乎以假乱真，但凡见过皇上朱批的人肯定都会大吃一惊。我的侧福晋却写得一手和老四一模一样的字，传回京城，又是一个大笑话。允禵轻叹口气，重新拿了个略大的信封，提笔挥毫道：“皇上亲启。”将原信装了进去。收好要上呈的奏折，和信一块儿递给一旁的侍卫，吩咐道：“尽快送到京城。”

雍正三年　三月十四日

胤禛拿起允禵的信看了一眼，丢在一边，只顾拿折子看。不知道又写了什么歪诗泄愤，朝中近日闹心事不少，实在没工夫理会他。

雍正三年　三月二十一日

“允禵侧福晋马尔泰氏昨日殁。皇上曾训斥昔廉亲王焚化珍珠、金银器皿等物为母治丧，奢靡浪费，并于雍正元年十月二十一日下旨，‘今后八旗办丧事有以馈粥为名，多备猪羊，大设肴馔者，严行禁止，违者题参治罪’。臣观允禵欲奢靡治丧，特参奏皇上……”胤禛霎时如遭雷击，手中的毛笔跌落在折子上。

刚进屋准备请安的允祥大惊，从未见过皇兄如此失态，立即问道：“皇兄，发生何事？”

胤禛目光定定，半日仍无一言，只有身子在微微颤抖。

允祥忙端起桌上热茶递给胤禛，道：“皇兄，先喝口茶。”说着眼光瞟向桌上墨迹斑斑的折子，一行字立即蹦到允祥眼中，“……马尔泰氏昨日殁……”心大力一抽，手一抖，茶盅跌落在地。

胤禛惊醒，从龙椅上跳起，自语道：“朕不信！朕不信她会如此恨朕！”说着忽然醒悟，在书架上翻找起来，一本本折子被扔到地上，抓起上有允禵所书的“皇上亲启”四个字的信，胤禛手抖着拆开信封，竟然又是一个信封，上书：“皇上亲启。”

他不可能再熟悉的字迹跃入眼帘时，胤禛眼前一黑，身形晃动，允祥忙一把扶住，看到皇兄手中的信封时，眼前变得迷蒙。

雍正三年　三月二十一日　夜

空落落的院子内，只几点微弱烛光隐约闪动，允禵不知隐在何处。领路侍卫对允祥恭声道：“只爷一人在守灵，因爷说福晋喜静，不喜……”随在允祥身后，一身微服的胤禛冷声道：“闭嘴！这里没有福晋！”侍卫一哆嗦，不明白为何十三王爷的随从竟然比十三王爷更加威势慑人，全身冷意刺骨。他不愿再在阴森森的院落内久待，立即向允祥行礼告退。

席地坐于屋角的允禵闻声，心内微惊，紧了紧手中一直捏着的金钗，塞回怀里，拿起地上的酒壶大灌了一口，抚着怀中的罐子。若曦，他终究来了！

胤禛盯着灵堂外的白幕，半晌未动。允祥也是怔怔出神，上次分别时还想着可以来看看她，总有机会再聚，未料竟是永别。想到此处心酸难耐，又觉得此时最伤心的人不是自己，忙打起精神轻声道：“四哥，我们进去吧！”胤禛微一颔首，举步而进。

灵堂内只有一个牌位，竟然没有棺柩。胤禛悲痛诧异之余，忽地心生一丝希望，她也许没有走，只是……只是……想到此处，扭头四处找允禵，喝道："允禵，出来见朕！"

允禵凝视着立在白烛旁的胤禛淡淡道："我在这里。"胤禛和允祥同时看向缩坐在一团黑暗中的模糊影子。允祥问："十四弟，为何不见棺柩，只有牌位？"允禵起身走到桌旁，把怀中的瓷罐放于牌位后道，"若曦在这里。"

胤禛一瞬时未反应过来允禵的意思，待明白，气怒悲急攻心，再加上快马加鞭赶路的疲惫，身子摇晃欲倒，允祥忙扶住，问道："十四弟，究竟怎么回事？"允禵淡淡道："怎么回事？我把若曦尸身火化了呗！"胤禛悲怒交加，一个耳光向允禵甩过去，允祥忙架住，劝道："皇兄，你先冷静一下，十四弟绝不会如此对若曦的，问清楚再说。"

允禵冷笑几声道："你这会子急了？早点儿干吗去了？你知道若曦眼巴巴地等了你几天？现在做这个样子给谁看？"

胤禛骂道："你自己干的好事，你来说朕？"

允祥道："因为信封上是你的字迹，皇兄误会又是你写信来挑衅，所以丢过一边未及时看。"

允禵脸色顿变，呆了一会儿道："即使信没有收到，可这府里到处都有你的探子，他们就不会向你说若曦的事情吗？"

胤禛恨盯着允禵不语，允祥恨叹道："你故意搞出那么多花样让皇兄不愿意再听有关若曦的奏报，你还要问吗？"

允禵脸色一阵青一阵白，喃喃道："原来如此。"扑到若曦牌位前叫道，"我不是有意的，我不是成心让你伤心失望的。那次梅花树下我确是故意诱你做亲密之举给林中窥视的人看，只因心中憋闷，想气气皇兄。可后来我绝非有意，我只是真心喜欢和你聊天畅谈，像回到小时候，心变得很平和，睡得很香。虽然隔着屏风，可知道你在一旁静静睡着，我心里……"

胤禛喝道："闭嘴！"

允祥满面悲色，看着若曦的牌位，为什么苍天总是弄人？竟连恨意都无处可去："你究竟为何要……要这样对若曦？不肯让皇兄见她一面。"

允禵道："是若曦自己要求的，她一直恳求我，说让我找个有风的日子把她随风散去，这样她就自由了。她说她不想有不好的味道，说不想待在黑漆漆的地下，说会被……会被虫子咬。"

胤禛、允祥两人皆是一愣，允祥抑着悲伤道："这话古里怪样但又很有些歪理，是若曦说的。"

胤禛盯着若曦牌位，伸手去拿瓷罐，触手时的冰冷，让他立即又缩回了手，痛何如哉？半晌后才强抑着颤抖，轻轻抚摸着瓷罐，心头的那滴眼泪一点点荡开，啃噬着心，不觉得疼痛，只知道从此后，心不再完整，中间一片空了。

胤禛猛然抱起瓷罐道："我们走！"允禵一个箭步拦在他身前道："若曦如今是我的侧福晋，你不能带她走。"胤禛淡淡道，"她是不是你的福晋，是朕说了算，轮不到你说话。朕本就没有让若曦的名字记录在宗谱中，你们也根本未行大婚之礼。"允禵怒声道，"皇阿玛临去，我未见上最后一面；额娘去，我也没有见上最后一面；如今我的福晋，你还要带走，你也欺人太甚！"

胤禛冷笑道："是欺负你，又怎么样？"允禵气得手直抖，允祥忙道："十四弟，你体谅一下皇兄现在的心情。何况我觉得若曦会愿意和皇兄走的。"允禵大笑道："笑话！若愿意，又何必出来？"

不知何时立在门侧的巧慧幽幽道："十四爷，您让皇上带小姐走吧！小姐是愿意的。"说完对胤禛行礼请安道，"皇上请随奴婢来一下。"

胤禛举步跟上，允祥看着脸色青白的允禵道："你若真把若曦当朋友，就不要再和皇兄争吵了，特别是当着她的面，她这一辈子的左右为难和痛苦一直都是为八哥、为你们。如今人已去，还要让她难过吗？"允禵默了一会儿后微一颔首，允祥拍了下他的肩膀，快步追胤禛而去。

巧慧指着院中紫藤架下的藤椅道："小姐最爱坐在这里沉思，能整日地不动也不说话。"进屋看着书桌道，"小姐每天都花很长时间练字，直到最后手上实在没有力气才作罢。"说着打开桌旁的大箱子道，"这全是小姐所练的字。"

胤禛把怀中的瓷罐放在桌上，拿起一张凑在烛旁细看，全是自己的笔迹，但又不尽然，笔笔相思，字字情意，她把心中的相思全部倾诉在笔端了。

允祥看了一篇，轻叹口气，满满一大箱子！为什么离开后才能毫无顾忌地爱呢？

巧慧捧出一包东西，木然地说道："小姐没说这些东西怎么办，奴婢本想自个儿留着的，可想着也许给皇上更好。"

胤禛打开包裹，随手拿起首饰盒旁的细长红布包，解开竟是一支白羽箭，微微诧异了一瞬，蓦然反应过来，本以为不可能再痛的心，居然又是一下彻骨刺痛，身子一软，瘫坐在椅子上。胤禛手中紧紧握着箭，问道："她临去前说什么了吗？"

巧慧含泪道："小姐以为皇上恨她，不肯见她，没有话留给皇上。"

胤禛长叹一声，心中的泪意终是泛到了眼中，扭过头道："你们先出去，朕想独自和若曦待会儿。"

允祥和巧慧忙退出，巧慧低声对允祥道："王爷，小姐有东西给你。"两人进了巧慧屋子，巧慧点亮灯，从怀里掏出封信和布条递给允祥，允祥越看眉头越紧，看完后出了会子神，把信在蜡烛上烧了。他又拿过布条看了一眼，轻叹口气，收进怀中。

巧慧又捧了一个红木匣子出来，道："小姐没什么富裕的银子留下，这些东西让我分一半给王喜王公公，不过……"允祥道："若曦走后不久，王喜就失足落水淹死了，这些财物他已用不上。"巧慧愣了一瞬，轻声道："不过小姐当时说完这话，叹了口气又说王喜是聪明人，这些大概用不上了，转赠给他的父母、弟弟吧！"允祥点点头，道："皇兄已经厚赐了王喜的家人。"

允祥看着巧慧柔声问："你以后有什么打算？"巧慧道："主子和小姐都把钱物留给奴婢了，小姐说，随奴婢心愿。可奴婢愿意去服侍承欢格格，小姐留了个玉佩给格格。"

允祥点头道："我本也想接你回府的，可又不愿勉强你，既然你自个儿愿意就更好，以后接了承欢回来，也不怕没人管束她了。"

雍正四年　三月

胤禛下旨，削去允禩、允禟宗籍，其子孙俱撤去黄带，其有品级的妇女一并销去品级。正蓝旗都统音德等将允禩、允禟等更名编入佐领事议奏请旨。得旨："尔等乘便行文楚宗，将允禟之名并伊子孙之名著伊自身书写；允禩及其子之名亦著允禩自行书写。"

当月十二日，允禩自改其名为"阿其那"，意为"俎上之鱼"，改其子弘旺名"菩萨保"，祈求雍正能像菩萨一样大慈大悲，免弘旺一死。

允禟拒不改名，五月十四日，胤禛将允禟改名为"塞思黑"，意为"讨厌鬼"。

雍正四年　八月

诸王、贝勒、贝子、公，满汉文武大臣共同议奏"阿其那"允禩罪状四十款，议奏“塞思黑”允禟罪状二十八款，议奏允禩罪状十四款。诸王大臣等请将阿其那、塞思黑、允禩即正典刑，以为万世臣子之炯戒。

胤禛命塞思黑回京置罪，允禟一路谈笑如常，面无惧色。胤禛怒，命监禁于保定，严加看管。

允禟被羁押于小屋，四面围以高墙。允禟入居后，门立即被封闭，吃喝拉撒俱在其内，院子四周由官兵昼夜轮班看守。允禟监禁期间的日用饮食之物都按犯人之例供给。

坐于黑室中，披头散发的允禟笑道：“十三弟不在京城享福，怎么跑这里来了？”往日养尊处优的九哥，面色青黄，屋内气味骚臭，唯一没变的就是眉梢眼角的桀骜，允祥心里本有的几分恨意散去，淡淡道：“我受人之托来给九哥送东西。”

允禟看着从小窗内递进的小瓷瓶未动，允祥道：“鹤顶红。”允禟一愣，忙伸手接过：“为何？难道皇上已经折磨够了，终于肯给我们一个痛快了？”允祥道：“皇兄怎么可能这么轻易饶恕你？若非你，弘时怎么会和皇兄父子疏离？皇兄怎么会失去和若曦的孩子？若曦又怎么会选择离皇兄而去，以致最后天人永隔？十分心痛必要我们承受五分，你做到了！”

允禟笑着抛了抛手中的瓶子道：“那你这是为谁而来？”允祥道：“若曦托我的。”允禟呆了一下道：“她都已经走了多久了？”允祥道：“她说如此做只为了自己妹妹，你可以依旧讨厌她。你若愿意领玉檀的情就留下药，若不愿意可以还给我。”

允禟心内牵痛，女人对自己而言不过两个用途，一个是用来穿的，身子怎么爽怎么来；一个是工具，笼络人心，刺探消息。而这些女人对他的想法，他心中也一清二楚。可玉檀，他似乎懂又似乎不懂，还是能懂却不愿懂？

冰天雪地里，被鞭子抽得血迹斑斑却不肯松手的瘦丫头；握着笔，忽然被自己搂在怀里吓得浑身颤抖的清秀少女；站在宫墙的角落处默默凝视自己的宫女。

沉默半晌后他低声道：“我领了。”允祥从小窗内扔进一块布条，看了允禟一眼道：“就此别过。”

允禟直等到允祥脚步声消失良久，方捡起布条，“……玉檀不悔！无怨……”不悔！无怨！为什么不是恨？为什么？允禟放声大笑起来，若曦，你不愧是老四的女人，比他还狠！他只能折磨我们的身子，我依旧谈笑以对，不过一死而已，可你居然让我连死都不能安心，要心带后悔和怜惜。

八月二十七日，允禟逝，时年四十三岁。

雍正四年　九月

允禩把玩着手中的小瓷瓶，笑问："你这样一而再地帮我们，皇上不会责怒于你吗？"允祥淡淡一笑道："回头我告诉皇兄是若曦临终的意思，皇兄即使生气，也不会说什么的。毕竟皇兄连若曦想见他最后一面的愿望都未满足，这么点儿小心愿总不会再让若曦失望。"

允禩静默了会儿道："我去后，如果可以保住全尸，麻烦你将明慧的骨灰与我合葬，如果是被粉骨扬灰，那也麻烦你把她的骨灰与我撒在一起，生前我未能做到与她长相厮守，死后希望能遂了她的心愿。"允祥心中酸楚，用力点点头。

允禩犹豫了下道："弘旺……"

允祥郑重地道："皇兄不会降罪于弘旺的。"想了想又道，"八哥请放心，我在一日必看顾他一日。"

允禩道："十三弟为我所做的一切，今生是无以为报了。"说着理了理长袍，向允祥行了一个大礼，允祥急得在窗外直说："八哥，不可！"

允禩行完礼后，转身面朝墙壁而坐，再不回头。头发梳理得纹丝不乱，背脊虽瘦却依旧挺直。允祥凝视半晌，向允禩静静行了一礼后转身离去。

九月十四日，允禩亡，时年四十六岁。

雍正八年　五月

怡亲王允祥薨逝，胤禛谕令恢复原名胤祥。下谕列举胤祥一生功德，配享太庙，谥号曰贤，以"忠敬诚直、勤慎廉明"八字加于谥号上，又用自己的藩邸积蓄，为胤祥修建陵园。

雍正八年　腊月三十

光线一丝丝收拢回西边，落日半躲在云后，洒出红橙金黄，映得朵朵暮云像熔了的金子般，将半边天空化成火海。又抖落赤朱丹彤，在紫禁城连绵起伏的琉璃瓦、金顶上溅出无数夺目的亮点，白日里庄严肃穆的紫禁城笼罩在一团金碧辉煌中，宛若天宇琼台，华美不可方物。

胤禛立在景山顶端，身子沐浴在轻柔的暖光中，俯瞰着横在他脚下的整个紫禁城，眼睛深处却空无一物，宛如荒漠上的天空：辽远、寂寞。

爱与恨都已离去，只剩他了。

注：

雍正十三年八月，胤禛驾崩，时年五十八岁，庙号世宗。乾隆二年三月，葬清西陵。

圣祖十子允䄉，乾隆二年，得释，封辅国公。乾隆六年，卒，诏用贝子品级祭葬。

圣祖十四子允禵，雍正四年，削爵、拘禁于景山寿皇殿。六月，议罪十四款，诏令宣示天下。雍正十三年八月，雍正驾崩，九月乾隆登基，十一月允禵得释。乾隆二年，封辅国公。乾隆十二年，封贝勒。乾隆十三年，晋恂郡王。乾隆二十年，卒，时年六十八岁。

番外一

杏花、春雨、少年笑

雍正四年。

春寒仍料峭，女孩儿怯弱畏寒，还穿着夹袄，承欢却已经不顾嬷嬷劝阻，换上了胭脂红的春衫，她又好动，不喜繁重的头饰，背着嬷嬷，强逼丫头给自己绾了一个简单的小鬟髻。

下午是习筝的时间，先生却教着教着，一头栽到筝上，昏睡过去。

承欢窃笑着拿戒尺去戳先生，窗户外，一个眉目疏朗、满脸调皮的男孩儿笑道："别玩了，把他玩醒了，你就走不了了。"

承欢冲他做了个鬼脸，说道："我给他下的药分量足着呢，他这一觉没两三个时辰，醒不了。"拿毛笔在先生额头上画了一只呼呼睡觉的乌龟，提着裙子，踩到凳子上，直接从窗口翻了出去。

男孩儿在窗户外面接住她，两人手牵手地狂跑，一口气跑了大半个时辰，直跑到会心桥边，才停下来大喘气。

男孩儿是五皇子弘昼，生性调皮，老闯祸，因为怕受罚，凡事总喜欢带上深受雍正宠爱的承欢，原本只是想找个垫背的，可时间长了，垫背垫出了真感情，两人倒比亲兄妹还亲，做坏事有弘昼必有承欢，闯了祸有承欢也少不了弘昼。

承欢看着头顶才吐新叶的垂柳，说道："可惜弘历哥哥有了新嫂子，就不怎么理我们了。"

弘昼笑道："倒不是因为新嫂子，而是因为皇阿玛。"弘昼说着，学着弘历恭敬的样子，目不斜视地走路，一口一句，"是，皇阿玛。"

承欢"扑哧"一声笑出来，想着弘历只怕正在说这句话呢。

勤政殿内，弘历低着头，恭敬地说："是，皇阿玛。"刚说完，只觉鼻子发痒，不禁打了一个喷嚏。他惶恐不安，怕皇阿玛觉得不敬。

怡亲王允祥解了围，笑道："有人在背后念叨四阿哥。"

弘历忙笑了笑，算是混了过去。

弘历在雍正身边随侍了一整个下午，从勤政殿出来后，只觉得头上仍有两道目光压迫着他，心情十分低落。皇阿玛性子喜怒不显，无论他如何勤奋努力，却难得一句赞语，反倒常常当着众人的面呵斥训诫。有时候他会觉得很是疲惫，甚至很不想见到皇阿玛，可又容不得他不见。

弘历看到几个太监满脸急色，如无头蜜蜂一般四处乱转，随口问身边的小太监："怎么了？"

"听说五阿哥又逃学了，他们正四处找人。"

他紧蹙的眉头终于舒展了几分，皇阿玛近年来向佛之心愈重，少近女色，不可能再有所出，能继承皇位的人只有他和弘昼。弘昼聪慧机敏，本是力敌，可他玩心重，总不肯在正事上花工夫，所以皇阿玛只有他了，不管满意不满意。

走到会心桥边，桥这边杨柳依依，对岸却是绚丽的杏花林。

轻薄的花瓣如冰似绡，一朵又一朵密密地结在枝头。浅浅的粉、浓浓的白，堆满天际，似雪非雪、如雾非雾。微风一吹，便有花瓣纷纷坠落。地上已经落了一地的香雪，桥下的碧波上也荡漾着无数碎花。

弘历信步穿行在花瓣雨中，忽看杏花林中的秋千架上，一个女孩在空中荡漾。秋千越荡越高，她却一点儿不怕，笑声清脆，穿破迷蒙的杏花雨，洒满天地。

胭脂红衣若朝霞一般绚烂，如瀑的青丝未被宫饰束缚，活泼地飘舞在粉白的花瓣雨中。弘历第一次懂得，几绺飘扬的墨黑竟也能带着旖旎春色。

他不禁停了脚步，心下惊异，哪个宫的宫女胆子如此大？转念间就立即明白，暗叹了口气，转身就要走，女孩“啊”的一声惊叫，从秋千架上跌落。

他忙回身，飞跃上前，展手去接。

在飞扬的花瓣雨中，她就如花中精灵般落入了他怀中，脸上没有惊怕，反倒满是调皮得意。

“弘历哥哥，我是故意的。”

弘历怔怔地凝视了怀里人儿一瞬，才若无其事地将她放到地上，笑着说道：“如果我接不住你呢？”

承欢肯定地说：“我知道你能接住，只要你想做的事情，你都能做到。”

弘历一个瞬间就心情大好，似乎在皇阿玛身边所受的委屈挫败都烟消云散，笑问道：“弘昼带你出来玩的？他人呢？”

承欢笑指指杏花林深处：“在那边，他们不肯带女孩儿玩，我就自己来荡秋千了。”

弘历说道：“走，去看看。”

两人还未走近，就听见弘昼和人在吵架。

“我的阿玛、额娘都是堂堂正正的满人，祖上是跟着太祖皇帝打进关的，承欢算什么破玩意儿？一个假格格。”

弘昼一拳就打在说话人的脸上，对方也没客气，立即回敬了弘昼一拳，两个人扭打在地上。

和弘昼打架的人是弘历嫡福晋富察氏的弟弟，周围的男孩也都出身显贵，骨子里带着狂傲，弘昼又向来没什么皇子的威严，所以没有劝架的，反倒鼓掌叫好。

弘历清了清嗓子，咳嗽了一声，众人看到他，立即躬身行礼：“四阿哥吉祥。”

地上的两个人却仍扭成一团，弘历吩咐道：“拖开他们。”

几个人立即各拖一个，分开了他们。

弘历斥责了弘昼几句，弘昼想辩解，看到承欢呆呆站在后面，他嘴唇一抿，把要说的话全吞了回去。

训斥完弘昼，弘历命他们都退下。

等众人走了，弘历俯身去查看弘昼脸上的伤，还未开口，弘昼就说道：“我明白四哥的意思，事情闹大了，若被皇阿玛知道，肯定不管对错，第一个揭我的皮。”

弘历对这个捣蛋却聪慧的弟弟倒是真心疼爱，笑道：“你心里明白就好。”

承欢走过来，不解地问道：“为什么他们总喜欢骂我？”

弘昼立即说：“哪里有的事情？”

“你不用哄我，我心里都清楚的，他们说我是捡来的，说我不是阿玛的亲生女儿，我是一个野种。”

弘昼大叫道：“胡说，都是胡说！谁说的？你告诉我，我去帮你打烂他的嘴。”

承欢安静地看着他，眼中隐有哀伤，弘昼反倒再嚷不出来。

弘历双手放在承欢肩上，半弯下身子，凝视着承欢，笑说道：“在这紫禁城里，问谁是皇阿玛最宠爱的人，你若排了第二，没人敢排第一，他们心里嫉妒你，自然就编排话来诋毁你，你若当真了，就中了他们的诡计。你会让他们得意吗？”

承欢想了想，信了弘历说的话，说道：“我不会。”

“那就笑一笑。”

承欢立即笑了，若春风拂面、花绽枝头，令天地顿时明媚，一直气鼓鼓的弘昼不禁也笑了起来。

弘历笑说道：“快要用晚膳了，服侍你们的太监、宫女肯定已经找慌了，我送你们回去。”

弘昼小声嘟囔道：“送前面少了一个‘押’字吧？”

承欢嘟着嘴，说道：“弘历哥哥自从大婚后，都不肯和我们玩了。”

承欢和弘昼相视一眼，突然从地上抓了一把杏花瓣，打向弘历，弘历忙伸手挡，却仍是落了一脸。弘昼和承欢都放声大笑起来，边笑边用花瓣做武器，不停地丢向弘历。

弘历看到他们的样子，像回到小时候，忽然间放开了一切，也从草地上揽花瓣，用花瓣去打承欢和弘昼。

一时间，缤纷的杏花漫天飞舞，三个人打得不可开交，满头满脸都是花瓣。

三人玩累了，席地而坐。

弘昼赖皮地靠在弘历身上，仰着头吹气，把接近自己脸颊的花瓣都吹开。

承欢捡了一枝柳条，递给弘历，弘历熟练地将柳条编成一个头冠递回给承欢，承欢把杏花插了一圈，戴在头上，展开双手，边转圈边问道：“好看吗？好看吗？我像不像杏花仙子？”

其时，一轮红日薄西山，万点飞花醉春风。斜阳花影里，承欢笑靥如花、胭脂色浓。

弘历只是微笑，没有说话。弘昼咬着一片柳叶，懒洋洋地说道：“《西游记》里有个杏花女妖怪，好像被猪八戒一钉耙给打死了。”

“我去告诉皇伯伯，你不好好读书，却去看什么妖怪书。”承欢一脚踢起地上的落花，扬得弘昼满脸，弘历也被波及。

两人正在拌嘴，服侍承欢的老嬷嬷寻了来，看到承欢的装扮，脸一时白一时青，又不敢说重话，只能不停地念叨，押着承欢去梳头换衣。

弘历笑着抓起弘昼，说道：“把你这只孙猴子押送回去，我就要去忙正事了。”

弘昼看周围没人，期期艾艾地说道：“宗谱上记载承欢是十三叔和嫡福晋所生，论血统再没有比她更尊贵的了，为什么那些人总要拿她的身世说事？”

弘历说道：“宗谱上既然都那么写了，你管别人说什么呢？”

“可……”弘昼涨红着脸，迟疑了半晌，才敢问，“承欢是皇阿玛的私生女儿吗？”

弘历呆了一下，大笑起来：“越传越离谱了，先是说承欢不是十三叔的亲生女儿，如今又变成了皇阿玛的私生女，连你竟然也去听这些混账话。”

弘昼结结巴巴地说：“若是十三叔的女儿，十三叔为什么对她一直不亲？为什么一直放在宫中养？承欢的额娘就更古怪了，这么多年，你可见她抱过承欢一次？客气有礼如待外人，怎么会有这样的额娘？十三叔的儿子、女儿一大堆，皇阿玛为何只对承欢如此特别？别说公主不如她，就是我们两个也比不得她。我记得皇阿玛身边以前有一个宫女，承欢私心里一直把那个宫女当额娘，那个宫女叫什么来着，我想不起来了，好像叫……”

“弘昼！”弘历的面色突然变得严肃，“永远不要提这个人，你额娘应该私下警告过你。”

弘昼忙闭嘴，过了半晌，愤愤不平地说道：“我不在乎承欢是不是皇阿玛的女儿，反正我们一块儿玩大，我早当她是妹妹了。我就是觉得好奇，不明白宫里的人为什么对承欢的身世讳莫如深。四哥，你知道吗？你如果知道，就告诉我吧，我绝不会告诉别人。”

弘历叹了口气，说道：“我又能知道多少？皇阿玛、十三王叔肯定知道，可谁敢去问他们？皇后娘娘和十三福晋肯定也知道，可她们两个都是锯嘴葫芦的性格，绝不会告诉我们。”

“所有人都偷着议论承欢，四哥就从没好奇过吗？”

“我问过额娘，额娘也说不清楚，她说皇阿玛当年突然就抱了个女婴回府，交给皇后娘娘抚养，对府里的人说是十三王叔的女儿，却一字不提是谁所生，额娘她们当然也不敢多问。我当时已经懂事，还去看过承欢，那段时间皇阿玛整日与和尚、道士往来，府里的人连大气都不敢喘。”

弘昼笑道：“除了承欢，谁敢在皇阿玛跟前大喘气呀？我都恨不得一辈子不见皇阿玛，做他的儿子真是太累了。”

弘历摇摇头道：“你不明白，那段时间……”他忽叹了口气，说道，“不管承欢是不是十三王叔的女儿，肯定是爱新觉罗家的骨血，因为承欢的名字是皇爷爷亲赐，皇爷爷不会乱认孙女。”

弘昼叹道：“真是一笔糊涂账，当年的事情怎么就这么乱呢？”

弘历说道：“你别再私下里乱打听了，若被皇阿玛知道，仔细揭你的皮。”

“我心里有分寸，这事儿摆明了皇阿玛就是不想让人知道，所以我们也不可能知道的，知道的人都……”弘昼在脖子上比画了一下。

弘历不吭声，弘昼也罕见地表情凝重。当年的九王夺嫡，他们虽没经历，也没有人敢在他们面前提，可隐约中，总会听闻点滴，只是点滴已经够让他们心惊胆寒，他们都隐隐地畏惧着皇阿玛，八叔、九叔，甚至他们的大哥都死得很隐秘。

一瞬后，弘昼又嘻嘻哈哈起来，笑道：“四哥，我回去了。”

弘历笑道：“你安心回去，在背后嚼舌头的人，我会让他们管好自己的舌头。”

弘昼说道：“我知道四哥肯定不会只骂了我就完事的。”嘻嘻笑着作了个揖，自去了。

番外二

一窗明月
满帘霜

雍正六年。

“死弘昼，把画还给我！”

承欢在后面追，弘昼边跑边回头做鬼脸：“就不给你，就不给你！”

两人一个跑一个追，跑进了正大光明殿。

有了柱子、家具的阻挡，弘昼如鱼得水，更是毫无顾忌，承欢追得气喘吁吁，仍没追到他，眼珠子一转计上心头，忽地冲着弘昼背后惊叫：“皇伯伯。”

弘昼最怕皇阿玛，吓得一个激灵，立即跪倒。

承欢笑着从他手里夺回自己的画稿，站在弘昼前面，得意扬扬地笑道：“乖昼儿，再磕几个头，我就恕你无罪。”

弘昼看自己被捉弄了，立即涨红着脸，跳起来去打承欢，承欢溜的一下就跑掉了，边跑边叫：“我都让你别跪了，你偏要给我行大礼，我有什么办法？”

两人正笑闹，“咣当”一声，正大光明殿里用来插长春蕊的青瓷瓶摔到地上，承欢和弘昼都安静了，面面相觑。打碎东西并不是什么大事，两人自小就是闯祸精，可此时才想起先前已经被警告过不许进入正大光明殿戏耍。

承欢立即说：“不是我打的，是你打的。”

“不是我打的，是你碰倒的。”

两个人互相推诿，吵得不可开交。弘昼突然说道：“这个殿只有逢年过节、接见外国使臣时，皇阿玛才来，我们偷偷地把碎片扔掉，神不知鬼不觉，到时候有人问起，我们就说不知道……”

承欢小声说：“皇伯伯来了。”

弘昼以为承欢又吓唬她，嬉皮笑脸地学着承欢的声音说道：“皇伯伯来了，好可怕呀！”

承欢揪住他的手，强拖着他下跪，弘昼这才看到雍正就站在正大光明殿的门口，身侧立着弘历和高无庸。

雍正看着地上的狼藉，淡淡问道：“这个月的第几次了？”

高无庸仔细想了想，回道：“秉皇上，不算两人偷喝酒烧了屋子那次，第十九个器皿。”

弘昼磕了个头，不敢说话。承欢一边磕头，一边说道：“是我打的，不关弘昼哥哥的事。”

弘昼却立即说：“是我碰倒的，不关承欢的事。”

“到底是谁？”

两个人异口同声地说道：“是我！”说完了，又彼此瞪着，像一对斗鸡。

雍正蹙着眉，刚想说话，一阵风过，将承欢掉到地上的画纸吹到了雍正脚边。

雍正垂目看了一眼，高无庸已经明白皇上的意思，立即弯身捡起，却在看清楚画上的人物时，迟疑着不敢递出，犹豫了一会儿，终还是双手捧着奉给雍正，只脸色有些发白。

雍正面无表情地淡淡看了一眼，随手将画纸掩入袖中，转身而去，吩咐弘历道：“你来处理。”

高无庸立即跟上，听到身后又传来争吵声。

“弘历哥哥，不是我打的，是弘昼做的。”

“四哥，我向你发誓，真的是承欢打的。”

“明明是你，你干吗要陷害我？大丈夫敢做不敢当。”

“我只知道君子要实话实说，是你做的，就是你做的！”

“如果你不抢我的炭笔素描图，我怎么会跑到这里？”

“你不好好弹筝，跟着那几个洋和尚学什么西洋画，我看看又怎么了？”

……

高无庸担了心事，可雍正一切如常，不但没有丝毫恍惚懈怠，反倒比往常更勤勉，披衣坐于炕上，一直阅览奏折到深夜。

高无庸提醒了两次：“皇上，夜深了。”雍正却没有反应，他只能闭嘴，打起精神伺候。

承欢抱着小琉璃灯进来，几个太监想请安，她做了个噤声的手势，坐到炕上，蜷在雍正膝旁，静看着雍正写字，安静得如一只猫般。

雍正唇畔含了一丝笑，一手放在承欢背上，一手仍在运笔疾书。

一会儿后，他放下毛笔，问道：“怎么还没有睡？”

“皇伯伯也没有睡。”

雍正示意高无庸把奏章都收起来，高无庸如释重负，立即照办。

雍正拿了件自己的外袍，盖到承欢身上，问道：“怎么了？”

“皇伯伯，我真的是十三王爷和王妃的亲生女儿吗？”

“承欢！”

雍正对承欢向来溺爱，此时却面容冷峻，承欢不敢再说，委屈又不甘地低下了头。

雍正问道：“你听到什么了？”

“没什么，我只是不明白我每年十二月份祭奠的是谁。”

雍正知道她没有说实话，不过亦不想逼问她，只语声柔和地说道：“不要胡思乱想了，你是你阿玛的亲生女儿，你阿玛其实心里最疼你，有些事情，你如今不懂，将来就会明白。”

承欢问道：“弘历哥哥说我的名字是皇爷爷所赐，皇爷爷为什么要叫我承欢？”

雍正慢慢说道：“她希望你能孝顺父母，承欢膝下。”

承欢俯在雍正膝头，眼中隐有泪光，和白天的活泼无忧判若两人。雍正轻抚着承欢的头，凝视着桌上跳跃的红烛怔怔出神。

很久后，雍正以为承欢已经睡着，正想命人送她回屋，承欢却突然小声地说：“我好想姑姑。”

雍正的手在半空僵了一瞬，才缓缓放到她头上，淡淡说道：“朕命人送你回去安歇。”

承欢已经走到门口，雍正突然叫住她，把她的画纸还给她，承欢咬了咬唇说：“这是我画得最好的一张，皇伯伯如果想要，可以留着。”

雍正说道：“不用了。”

承欢看到雍正冷漠的样子，心下失望，恭敬地拿回画纸，转身出了门。

皇伯伯也记不得姑姑了吗？

宫里隐有传闻说姑姑是皇伯伯的女人，可又有人说姑姑是十四叔的福晋。姑姑究竟是谁？每年十二月磕头祭奠的人究竟是谁？她究竟是谁的女儿？脑中的谜团越来越多，却没有人可以给她答案。

小时候的记忆模糊纷乱，很多事情，连她都分不清楚究竟是真是假。起先，她还想问明白，可每一个被她问到的人，不是吓得连一句完整的话都说不出来，就是说她记错了。如今，她已经放弃询问别人，只想从皇伯伯这里试探出答案。

承欢回到寝殿，命丫头退下，刚拉开被子，想要睡下，一个僵尸猛地从被子下面坐起，双手卡向她的脖子，她惊得连退了几大步，才勉强站稳。

弘昼看承欢终于被他吓到，得意地大笑起来：“哦，胆小鬼，胆小鬼！”

惊吓中，承欢心里积聚的泪意化作眼泪坠下。

弘昼呆住，在他心中，承欢从来不知忧愁，能令皇阿玛展颜而笑，能令所有人开心，是所有人的忘忧果。

他忙赔礼道歉，承欢擦去了眼泪，强笑道：“我没事，就是突然被吓住了，你这僵尸倒扮得挺像的，下次教我，我去吓唬弘历哥哥。”

弘昼看似糊涂，实际比常人更敏慧，明知承欢说了假话，却顺水推舟，笑道：“好啊，明儿我们一起去吓他。”

承欢说道：“你赶紧回去吧，这么晚了，若让别人看到，又是一桩麻烦事。”

弘昼笑嘻嘻地说道：“好妹妹，我睡不着，你陪我出去走走，咱俩挑僻静处，没人能发现。”

承欢心里憋闷，正睡不着，于是拉上帐子，营造了一副她已歇息的假象。她懒得穿外衣，随手拿了件白色织锦披风，就和弘昼从窗口翻了出去。

两人不敢打灯笼，不过所幸月色明亮，就着月色散步，倒别有一番趣味。不过，若落在外人眼里，定不会如此想，一个白衣少女，长发披垂，一个黑衣僵尸，脸色煞白，活脱脱黑白无常夜巡图。

两人不敢走正路，专拣僻静处，不承想这里竟然也有太监把守，一个照面间，两人吓得刚想逃，那个老太监却脸色发青，眼睛凸出，身子晃了两晃，晕了过去。

弘昼和承欢彼此对望一眼，不禁都笑起来，弘昼窃笑道："看着吧，明儿个又该说宫里闹鬼了。"

承欢只觉眼前的荒凉院落似曾熟悉，不禁拉着弘昼的手，悄悄走了过去，看到门口有太监守着，竟然是高无庸。两人不敢再往前，心里却越发纳闷，转回来，四处转了一圈，看到院墙边的大树，都有了主意，悄悄攀上树，竟然看到雍正独自一人，静坐在屋中。

弘昼惊骇得手发颤，差点儿就要掉下去，反倒承欢很镇静地扶住他，躲在枝叶间安静地偷窥着。

一灯如豆，光映寒壁，雍正拥衾侧坐于案前，似在看什么文稿，却半晌不翻页。

夜凉风急，卷起地上的落花残蕊，一团团、一阵阵，送入帷幕。

天上一轮皓月映得旧竹帘子发白，像罩了一层寒霜，衬得那飞上竹帘的残红犹如啼血。

雍正却不言不动，似已神游天外，任那半卷的竹帘打得门框噼啪作响。

良久后，高无庸提着灯笼进来，雍正打开箱笼，亲手收拾好东西，锁上屋门，在高无庸的服侍下离去。

朦胧灯火中，弘昼第一次发现皇阿玛的身子很瘦削单薄，似有不能承受之重，平日里，被他威严所慑，下意识地就认定了他严酷强壮、无所不能。

弘昼呆看了良久，直到那点昏黄的灯影消逝于黑暗中，忽然间，往日里对皇阿玛的怨愤就淡了一些。

他回头看见承欢呆呆的，不禁摇了她一下，小声说道："我们翻进去，看看里面究竟藏着什么。"

承欢第一次没有附和他的鬼点子，手脚并用，溜下树，说道："我不想看，我要回去睡觉了。"

弘昼无可奈何，也滑下了树，却边走边频频回头，承欢忽地站定，说道："弘昼哥哥，你可以答应我一件事情吗？不要去打扰皇伯伯。"

其实弘昼虽然调皮，可一向畏惧雍正，他再好奇，若没有承欢做垫背，也绝不敢去偷看。可承欢没有说"不要去偷看"，说的是"不要去打扰"，弘昼眼前浮现着刚才的一窗明月满帘霜、人倚孤灯映寒壁的景象，心中莫名地一悸，收起了调皮好奇的心思，点了点头，说道："我懂得的。"

番外三

寒梅落，

泪随风

雍正八年。

人间四月芳菲已尽，花褪残红青杏小，并非紫禁城最绚烂的季节，可对常居北地的蒙古人来说已经是如梦如幻的美景。

红墙绿瓦垂柳依依，绿水桥下绕人家，乳燕飞，娇莺啼，每一样都透着新鲜，透着旖旎，汉人诗词中描绘的秀丽风光让他们身心皆醉。

伊尔根觉罗·达兰台表面上和众人一样欣赏着醉人风光，可心里却时刻绷着一根弦。听闻雍正喜怒阴晴不定，刻薄寡恩，手段又酷厉，从亲兄弟到娘舅隆科多没有一个是好下场，这次违例准他们入京觐见究竟是恩是威、是福是祸还难料。

皇上特准他入住圆明园，衣食款待都是上等，却一直未能见到皇上，只四阿哥弘历来见过他一次，说道："皇阿玛最近诸事缠身，恐怕要过几日才能见你，你先在京城各处游玩，若有任何需求，都可以打发宫人来找我。"

他心中忐忑，不知道皇帝所思所想，私下吩咐贴身随从乌恩其多和周围的侍卫喝酒聊天。银子花出去，终于从闲谈中探出星点消息，原来是圣眷最重的十三王爷病重。

达兰台忧心更重，传闻雍正独断专行，唯一能扭转圣心的人就是十三王爷，这次来觐见前，父王还私下里特意叮嘱，若遇见祸福难料的事情，可以去求见十三王爷。

又是一天过去，皇上仍未召见，他又不敢请辞，只能心中暗急。

他在房里翻了半卷唐寅的诗词，推开窗户，看到一轮圆月斜映，晚风中，阵阵花香。好一个月明如水照花香，他不禁信步走出了屋子。

待行到水边才发现自己忘记披外衣，现在夜深人静，自己又并不畏冷，所以并没在意，随意坐在荷塘边，看着一池亭亭如盖的绿叶在风中轻颤。

可惜映日荷花别样红的景致要到七月，他是不可能赏到的。

忽闻水声淅沥，荷叶翻动，似有什么东西从水下而来，他凝神静待，掌中蓄力，待看清楚，却霎时呆住。

一个少女蓦地破水而出。

皎洁月色下，银光荡漾，她乌发贴面，薄衫尽湿，香肩暗露。眉梢眼角暗锁愁意，脸上点点水珠，若鲛人之泪。

少女看到他，也是愣住，呆呆地站在池塘中。

她脚下是千顷银波荡漾，身后是万顷荷叶随风自舞。

他想起了汉人的一句诗："皎若太阳升朝霞，灼若芙蕖出渌波。"

远处响起脚步声，他猛然惊醒，此处是天可汗的别苑圆明园，满人入关后沾染了汉人的习俗，男女之防很重，若被人撞见他这副穿戴，他怎么解释都解释不清楚。

少女似看破他的焦虑，忽地一笑，食指放在唇上做了个噤声的姿势，缓缓沉入水底。

人影消失，只有涟漪阵阵。

他既心安，又茫然若失。

一群值夜的太监打着灯笼过来，达兰台忙避让到树丛阴影中。等人群过了，他走回池塘边，站了很久，只闻清风吹拂荷叶的簌簌之声。

梦兮，幻兮？

达兰台终于接到圣旨，雍正早朝散后会召见他。

他心怀谨慎，面上却尽力坦然。

等见到雍正，他心里暗暗惊讶，听了很多他的传闻，本以为是一个面相凶煞的人，不料竟只是一个苍白瘦削的男子。他不敢细看，恭敬地奉上父王敬献给雍正的礼物，本以为雍正会垂询部落里政务，可他竟然只是聊家常地问：“你父王、娘亲的身体可好？”

“都好。”

“草原上的花才刚开始开吧？”

“是的，臣来时，草不过刚刚没了马蹄，夜里寒气仍重。”

“是啊，要到七八月份，傍晚才最好，不冷也不热。”

“是，母亲最喜欢用过晚膳后出去遛马。”

雍正沉默了下来。达兰台心中忐忑，不知道自己说错了什么，悄悄看宝亲王弘历，弘历只是轻摇了下头，示意他不必担心。

短短一瞬后，雍正忽笑着问：“求婚是你父王的意思，还是你母亲的意思？”

求亲已经是一年前的事情，皇上一直没回复，父王就不敢再提，没想到今日却突然重提此事。

他掂量了一瞬，谨慎地说：“是母亲的意思，父王本不敢妄想，可耐不住母亲游说，所以就贸然上了奏章。”

“满蒙通婚是祖制，没有什么妄想不妄想，只是朕并没适龄的女儿，不过倒是有一个胜过女儿的人……”

“皇阿玛！”

弘历突然插话，似不赞同，雍正静静看了他一眼，他立即苍白着脸低下了头。

“十三王爷的女儿自幼在朕身边长大，性格……”

达兰台本以为会听到“性格温良，举止端顺”之类的话，没想到雍正想了想，没再说了，话音里倒是带出了笑意：“朕考虑了很久，决定将她嫁于你兄长。”

达兰台心中滋味难辨，面上却要装出大喜，跪下谢恩：“叩谢皇上圣恩。”

雍正淡声道：“你下去吧，来一趟不容易，多玩几天再走。”

"谢皇上。"

等雍正走了，他才敢起身，想和弘历说话，却发现弘历脸色甚是阴沉，他试探地叫："王爷？"

弘历盯了他一眼，强笑着说："恭喜。"

达兰台笑着说："谢王爷。"

弘历和达兰台各怀心思地聊了几句后，各自离开。

晚上，达兰台不知不觉中又走到了池塘边，望着明月，心绪起伏。同父同母的兄弟，只是因为一个早出生了几年，就可以叫阿斯兰，以雄狮为名，另一个就要叫达兰台，父母只期盼他长寿。

水波轻响，荷叶颤动，达兰台不禁叫："姑娘。"

没有人回答，达兰台以为自己听错了，半晌后，却听到荷花深处传来恼怒的声音："你是谁？为何在这里？"声音哽咽，倒好似刚刚哭过。

达兰台问："你被主子责骂了吗？"

"我走了。"

水声哗啦，荷叶翻动。

"姑娘，是我打扰了你，我离开。"

却没有人回答，只有微风吹过，荷叶簌簌而响。

他一直在池塘边站到明月过了中天，才缓步而回。

◈

清晨，达兰台决定去探望十三王爷，算是尽该尽的礼数。

到王爷府邸求见时，才知道皇上下过圣旨，严禁各级官员来探病，正想返回，一个刚下马车要进门的年长仆人看到他的穿着，忽地问："您是伊尔根觉罗部落的王子？"

他不敢轻慢，客气地说："正是。"

对方忙行礼："奴才三才，在十三爷身边服侍，不知道王子亲来，怠慢了，快请进。"

达兰台跟着他一路边行边聊，三才说："皇上为了让爷静心养病，特意下旨不许各级官员来探病，不过王子来，爷肯定想见的。”

正在亭台楼阁间走着，他忽听到有人吵架。

“你去给皇阿玛说，你若自己不愿意，皇阿玛断不会让你出嫁。”

“我没什么愿意不愿意的，反正年龄到了，总是要嫁人的。”

“可你连对方长什么样子都没见过，品格、性情一无所知。”

“有几个女子是见过夫君才出嫁的？”

“你就不担心他对你不好？”

“我的姓氏是爱新觉罗，他若敢对我不好，皇伯伯和你们都不会允许。”

“那是千里外的蒙古，可不是京城，他就算欺负了你，我也不能帮你打他。好妹妹，你去求求皇阿玛吧，我和四哥真的舍不得让你嫁到那么远的地方。”

“皇伯伯的意思很坚决，你们不用担心，皇伯伯定是了解过那人才赐婚的。”女子的声音软了下来，这一软，却让人感受到了她心里的凄楚和无奈。

达兰台一时不知道该进还是该退，拿眼看三才。三才却微笑着，好似什么都没听到，达兰台蓦然反应过来，这个奴才并不介意让他听到。人还没过门，警告已经到了。

弘昼大声嚷：“为什么你就不肯去求皇阿玛把婚事取消？紫禁城有什么不好？”

“我阿玛的病……你们难道不明白吗？这是皇伯伯让阿玛安心，我也不想让阿玛操心。”

三才加重了脚步，给弘历和弘昼请安：“四阿哥、五阿哥吉祥，达兰台王子来拜见王爷。”

达兰台也忙给弘历请安：“王爷吉祥。”

弘历淡淡说：“起吧。”

弘昼却是狠狠瞪了他一眼，怒气冲冲地扬长而去。

亭子里的女子早已沿着长廊而去，达兰台只看到一个背影从垂柳间绰约而过。

弘历笑对达兰台说：“正好我也去见王叔，一起吧。”

两人并肩而行，因达兰台熟读汉人诗书，正好投弘历所好，所以相谈甚欢。

见到他们，十三王爷要起身，弘历忙走到榻前，摁住他：“王叔快别如此，若让皇阿玛知道了，还不骂死我？”

弘历又是拿软枕，又是拉被褥，立在榻侧照顾十三王爷，丝毫未见皇子尊贵，更何况他是所有人心中都明白的未来天子。

达兰台看在眼里，记在心里。

十三王爷病容很重，兴致却甚好，达兰台笑道："我来时，父王和母亲特意叮嘱我，如果见到王爷，就说他们在草原上一直等着您，若有空，一定再去趟塞外，骏马美酒都在等着故人。"

十三王爷大笑，笑声未尽，咳嗽起来，弘历忙帮他捶着背。

十三王爷笑着说："你父王、母亲二十年未见到我，不知道此故人非彼故人了，若真见到我，恐怕要惊叹这个糟老头子是谁。"

话语虽感慨，可因为说话者的语气并不颓丧，所以听者也不觉得太难过，达兰台笑道："王爷的风采一定和当年一样，父王、母亲又一直惦记着王爷，绝不会认不出来的。"

十三王爷只笑了笑，细细问着他父王、母亲的日常生活琐事，言谈风雅有趣，达兰台比对着雍正时轻松多了，而且十三王爷身上有一种很平和的气质，让人不自觉地就想和他亲近，全无提防猜忌之心。达兰台仿若对着亲昵的长辈，将日常生活中的琐事都随口道来，连母亲总爱赌气、闹小性子都讲了出来。

十三王爷一直含笑听着，眼神很温暖。

达兰台正谈到兴头上，叮叮咚咚的乐声突兀地响起。

弘历笑道："承欢在赶我们走了。"

十三王爷也笑，看着达兰台，想了会儿，说道："其实一切都尽在不言中，不过为人父母，总是不能放心，你回去告诉你母亲，我的女儿就交给她了。"

达兰台愣了一下，忙站起，恭敬地说："我一定会把话转给母亲。"

十三王爷点点头，温和地说："你回去吧。"

达兰台行礼告退，看到十三王爷憔悴的病容，心中忽地伤感起来，只怕……没有多少日子了吧！

和弘历出来时，朱廊间一个抱琴的女子匆匆而过。达兰台不敢多看，只从眼角的余光里扫到一个窈窕侧影。

未走多远，叮叮咚咚的琴声响起，很宁静悠远，达兰台心神一舒，赞叹道："书上说琴曲能凝神解忧，今日一闻才明白果然不假。"

弘历淡淡道："这不是琴曲，是筝曲。十三叔喜欢听筝，所以格格自小练筝。"

达兰台呆了一下，微笑着说："是我见识太浅薄，竟不能分辨琴曲和筝曲。"

弘历淡淡一笑，说道："没什么，我也不见得能听出马头琴和胡琴。"

◈

达兰台回到蒙古时，皇上准婚的旨意已经传回部落，整个部落的人都在欢庆。

母亲尤其开心，见到他立即屏退众人，私下问他话："听闻你见到十三王爷了，他可好？你可说了我们请他来草原？他可愿意来？"

"王爷病得很重，怕熬不过几个月了。父王常说十三王爷身姿高健，马术和箭术都很高超，我还带了一张强弓作为礼物，可后来发现他和想象中完全不一样，也许因为被病痛折磨，别说拉弓，就是走路都困难。"

"什么？"母亲的脸色苍白，身子竟是晃了一晃。

他忙扶母亲坐下，母亲呆呆地坐了会儿，问道："十三王爷可有说什么？"

"他说他的女儿就交给母亲了。"

母亲的眼睛里涌出了泪花，她猛地扭过了头："你一路辛苦了，回去好好休息。"

达兰台恭敬地行了个礼后退了出去，眼角的余光瞥到母亲的脸颊有泪滑落。

约莫过了一个多月，十三王爷病逝的消息传来。

达兰台虽有几分感慨，可毕竟非亲非故，没有什么感伤。

母亲却悲痛万分，刚听闻消息时，她竟然当着所有人的面失声痛哭，几乎哭晕在父王怀里。其后，又不顾所有人的反对，设了灵堂，命大哥以女婿之礼，为十三王爷守灵，她自己也日日去灵堂祭奠。

达兰台很是诧异，却不敢多问，只是也以子侄身份，为十三王爷守灵。

一个深夜，他听到有隐约的歌声传来，不像蒙古长调，不禁好奇地随着歌声而去，却看到母亲一身素服在十三王爷的灵前唱歌。

真情像草原广阔，
层层风雨不能阻隔，

总有云开日出时候，

万丈阳光照亮你我，

真情像梅花开过，

冷冷冰雪不能淹没，

就在最冷枝头绽放，

……

母亲一边唱，一边轻扬衣袖，慢慢地跳起了舞蹈。唱到后来，她哽咽难语，再唱不出。马头琴的声音突然响起，接着母亲歌声的调子，幽幽而奏。

达兰台看到他的父王，不知何时来了，盘膝坐在灵堂的地上，拉着马头琴。母亲也看到了父王，动作僵了僵，父亲却依旧专注地拉着曲子："敏敏，跳完。我们一起送他最后一程。"

父王高声而唱，雄宏的声音满溢着悲伤：

雪花飘飘北风啸啸，

天地一片苍茫，

一剪寒梅，

傲立雪中，

只为伊人飘香，

爱我所爱无怨无悔，

……

母亲泪落如雨，慢慢地旋转，跳着美丽而哀伤的舞蹈。她的身姿不再如少女一般轻盈灵动，她的脚步时有踏错，可是父王会让马头琴的琴声也缓慢一点儿，他会拖长了声音等着母亲再次踏对步子。

达兰台轻轻地离开了。他不知道父亲、母亲和十三爷的故事，可他能看出母亲的悲痛、父亲的悲伤。他开始隐约明白十三爷和天可汗把格格许配给大哥的原因，也许他们就是想让她像母亲一样，永远都是草原上最娇贵的花。有个男子愿意在她想纵马驰骋时，给她一片草原；愿意在她跳舞时，拉马头琴；愿意在她步履凌乱时，慢下来等她。

敏敏跳完了舞，马头琴的琴声却未停。

这么多年，她从没有唱过这首歌，也再没有跳过这支舞，她不知道她只唱过一遍的歌，佐鹰是如何记得的。现在，她已经恍惚了，想不起那笛子的声音是怎样的，好似二十多年前，她听到的曲子就是马头琴奏的。

她走到佐鹰身边，慢慢坐下，头靠着他的肩膀。

马头琴声依旧如泣如诉地奏着，佐鹰在敏敏的额头轻轻亲了一下，对着十三爷的灵牌，说道："你放心走吧，我和敏敏会为你照顾好承欢。"

番外四

九重三殿
谁为友

雍正九年。

坤宁宫内到处都是一股子药味，皇后乌喇那拉氏面色蜡黄，两颊因为消瘦，深深地下陷，颧骨显得特别高，头发这一年来也掉了不少，好似连一根金钗都承受不住，她却依旧要宫女把头发梳理得一丝不乱，插上了卿云拥福簪。

宫女小声地说："格格，皇后娘娘还在睡。"

乌喇那拉氏睁开了眼睛："承欢，进来吧。"

承欢忙快步而进，跪在她床前："娘娘今日看着精神了许多。"

乌喇那拉氏微微一笑，心内异常清醒，她的大限已到，没有伤感，没有遗憾，只有放不下。

乌喇那拉氏握住了承欢的手，示意承欢坐到床旁的小杌子上，方便两人说话："本宫还记得皇上刚把你抱回来时，你才五斤多一点儿，脸和梨子一般大小。皇上嘱咐我照顾好你。当时，你阿玛还被幽禁在养蜂夹道，我心里其实不太情愿，生怕你会给整个王府招来大祸，直到圣祖爷给你赐了名，我才放下心来。圣祖爷既然想让你承欢父母膝下，自然迟早一日会放了你阿玛，可没想到，这么多年，你却承欢在我膝下。”

承欢用脸挨着皇后的手：“那是娘娘疼我。”

乌喇那拉氏喜欢的就是承欢的这点儿念情，别人待她的一点儿好，她都会记得。自康熙四十三年，大阿哥夭折后，皇上似知道她心里的苦，从没冷落过她，可她自己生不出来，渐渐地也就死了心。

皇上把承欢抱到身边养育，很偏疼她，她自然也待承欢更好几分，倒不见得是真有多喜欢承欢，只是因为这是皇上想让她做的。可承欢这孩子招人疼，渐渐地，她竟对承欢生了真心，把她视作了半个女儿，聊解膝下无子的悲伤和寂寞。承欢冰雪聪明，或是感受到她的真心，或是和她一样，想让皇上开心，常常来坤宁宫陪她，弹筝吃茶，谈谈时兴的衣料，弄弄胭脂水粉，真正让她享受到小女儿承欢膝下的欢乐。

今年，她卧病以来，承欢日日都来看她，变着法子逗她笑，她心又细，但凡宫人有一点儿疏忽大意，全被她揪出来，以至她病了将近一年，坤宁宫却丝毫不乱，就是女儿对亲生额娘也不过如此。

皇后道：“本宫真想看着你出嫁，想给你亲手置办嫁妆，想把你送出宫门，可惜本宫没这福气做一次完整的母亲了。”皇后叹了口气，“皇上把你许配给了蒙古的王子，你嫁过去后，那个位置就像本宫以前的位置，而你的日后就像本宫现在，本宫要说给你的话，是本宫的额娘，在四十多年前本宫嫁给皇上前，一字字说给本宫听的话，你要仔细记住。”

承欢凝神细听：“娘娘请讲。”

皇后道：“你期望那位蒙古的大王子宠爱你吗？”

承欢满面羞涩，却坦然地点了点头。

皇后的眼神凌厉起来，显露出被她深藏在温柔端方下的另一面：“你的期许错了，你所期许的东西应该是无身份、无地位的女子期许的，不是尊贵的格格应该期许的。古往今来，有多少宠冠后宫的女子不得善终？又有几个被皇帝宠爱的女子能善终？”

承欢讷讷不能答，皇后说道：“你去了蒙古后，如果他爱你，自然是好；如果他不爱，也不打紧，最重要的是获得他的敬重。让一个有雄心的男人发自内心地敬重比让他爱更难，男女欢爱容易生嗔痴恨怒，容易让女子做出不理智的事，最终，色衰爱弛，回首已无退路。我的儿啊，你要记住，你们不是普通的夫妻，你们的脚下荆棘密布，彼此敬重才是长久相处之道，你是他的正妃，背后有整个大清国，你应该期许的是获得他的敬重。”

承欢虽有许多别的想法，可她真心实意感激皇后，恭敬地说道：“儿臣牢牢记住了。”

皇后满意地拍拍她的手，低声道：“弘历、弘昼他们大了，心也多了，听了外头不少人的混账话，对皇上畏惧多过亲近，恭敬多过爱戴。我如果走了，你要多陪陪你皇伯伯，提醒他顾惜自个儿的身子。”

“皇后娘娘……”

皇后抚了一下她的头，示意她不要难受：“本宫无儿无女，却稳坐皇后之位，还令两个有阿哥的皇贵妃恭恭敬敬，丝毫不敢冒犯，都可以算作历朝历代皇后的奇迹了。本宫不是皇上最宠爱的女人，但皇上给了本宫想要的一切，本宫不怕死，就是放不下皇上。”

承欢眼中泪珠盈盈：“不管发生什么，娘娘都在皇伯伯身边，只要皇伯伯要你做的事情，你都会尽力做好。娘娘刚才说不情愿抚养襁褓中的我，可就因为皇伯伯的嘱托，娘娘一直维护着我。娘娘，你别说丧气话，我阿玛走时，皇伯伯大病，娘娘一定要……一定会好起来的，皇伯伯也舍不得娘娘离开。”

皇后精神有些恍惚，眼泪落了下来：“本宫也想留下陪着他，皇上心里太苦，就算无话可说，也有个人相对……”

承欢怕刺激到她，不敢再哭，抹去了泪水，强打着精神说：“皇伯伯过会儿要来看娘娘，我帮娘娘净一下面吧。”

皇后一辈子都恪守礼仪，循规蹈矩，注重装扮，忙说：“好。”

傍晚时，雍正来了，赞皇后气色比昨日好。

皇后很是欢喜，说道：“臣妾这里药味熏人，皇上不必每日都来。”

雍正调笑道：“朕吃药时，也没不耐烦见你，你倒不耐烦见朕了？”

皇后忙道：“臣妾不是这个意思。”

雍正笑道：“不是这个意思，那朕明日、后日依旧来。”

皇后眼内浮起了泪花，犹豫了半晌，终于大着胆子问：“皇上怎么看臣妾？如果，如果再来一次，皇上可愿意娶臣妾？可会依旧册封臣妾为皇后？”

她少时被康熙指给当时的四阿哥为嫡福晋，雍正元年被册封皇后，到如今已是四十多年。唯一的儿子大阿哥在康熙四十三年病逝，此后再无所出，没有人相信无子无女的她能坐稳皇后的位置，但是她坐稳了。直到今日，即使她病入膏肓，不管是弘历的额娘钮祜禄氏，还是弘昼的额娘耿氏都不敢慢待她。她明白固然有她的谨小慎微，从不犯错，可也因为他护着她，但是，她心底深处总觉得不安，总想问清楚。

雍正凝视着皇后，半晌都未说话，皇后渐渐不安，挣扎着想起来，磕头请罪。雍正按住了她，握住她的手："皇后自垂髫之年，奉皇考命，作配朕躬。结褵以来，四十余载，孝顺恭敬，始终一致。"他停了一会儿，说道，"除了你，朕心中再无第二个皇后人选。"

皇后闭上了眼睛，泪珠滚滚而落，紧紧地抓着雍正的手，身子轻轻地颤着。

承欢擦着眼角的泪，悄悄地退了出去。皇后娘娘只怕或多或少曾忧虑过姑姑会威胁到她，却不知道皇伯伯固然十分记仇，可也十分记恩，皇后娘娘没有亏负过他，他自然也会敬她、护她，绝不会纵容自己去伤害她。皇伯伯是想要姑姑，可如果让他伤害始终支持他的结发妻子，用皇后之位去留住姑姑，皇伯伯永不会做，而姑姑爱的也就是皇伯伯这个性格，有所为、有所不为。

半夜里，承欢突然惊醒，总觉得心慌意乱，坐都坐不稳，正焦躁不安，有太监大哭着来传讯："皇后薨。"

所有宫女、太监都趴在地上哭起来。

承欢却呆呆地站着，耳边一直是哭声，心里堵得好似要炸裂，可她哭不出来，甚至连话都不能说，脑袋里竟然想起了皇伯伯的一句诗："九重三殿谁为友，皓月清风作契交。"

皇伯伯究竟做错了什么？老天要把他身边的人一个个夺走，让九重三殿再无一亲友？

◈

雍正十年。

北风吹了一夜，像扯棉絮般扯了一地大雪，整个紫禁城都变成了白色。

承欢坐在炕上，询问着昨儿值夜的太监。

"皇伯伯夜里可咳嗽了？""咳嗽了几回？""睡得可实在？""醒了几回？""早上

胃口可好？吃了什么？”

一件件琐碎的事情询问过去，又一件件地叮咛着。

弘历和弘昼结伴而来时，听闻承欢亲手做了糕点，两人都笑，说道：“你把活儿都做完了，还要宫人做什么？”

承欢低声说道：“自去年九月皇后娘娘薨后，皇伯伯胃口越发不行了，他脾气又倔，明明身子骨儿不好，却处处逞强，容不得外人劝一句，连太医都不肯见。说是我亲手做的，他倒还能多吃点儿。”

弘历和弘昼都无法作声，在他们眼中皇阿玛是心硬性冷，对己苛严，对他人更苛严，做事做人都过于冷酷，承欢却把皇阿玛当成了一个脾气倔强好强的小孩儿，总想着如何去哄着。

三人正说着话，雍正见完大臣归来，看到弘历、弘昼都在，脸板了起来，正想询问他们的政事功课，可看到承欢，想起刚才大殿上商议的事，心里一阵难受，面上虽还冷着，话却懒得说了。

弘历战战兢兢地想禀奏先头雍正吩咐他做的事情，雍正反倒说：“今日不谈这些事情了，一场好雪，难得你们三个都在，让人去拢了炉子来，热上酒，聊聊家常。”

弘历未吭声，弘昼先激动地嚷好，承欢也很是开心，吩咐了高无庸去仔细布置。

弘历和弘昼在雍正面前都有些放不开，不过因为有承欢在，屋子里还是挺热闹。

承欢总是有办法把一件很小的事情讲得很有意思。弘昼也渐渐放开，陪着承欢说笑，两人又说又笑，猜拳赌酒，吆五喝六地对嚷，雍正难得地一直微笑着，丝毫没有拘束他们。

吃吃喝喝，谈笑了一个多时辰，承欢怕雍正累着，遂假借自己有些倦了，命人撤了桌子。弘历和弘昼也告退而去，单留下承欢服侍雍正。

承欢坐在雍正榻前，按照太医传授的法子，替雍正按压着头顶的几处穴位。

雍正八年，怡亲王胤祥病逝；雍正九年，结发妻皇后乌喇那拉氏又病逝，雍正身边仅有的几个亲人全部凋零，他的性格越发古怪，即使咯血，也不承认自己咯血，更不许太医给他看病，没有任何人摸得清他的心思，也只得一个承欢能让他展颜几分。

雍正说道：“今日，蒙古那边上了一道奏折，询问婚期。”

承欢恍惚了半晌，才想起来，自己好像已经定亲了。她坐到雍正身侧，说道：“皇伯伯，我不是不想嫁，但让我再在宫里待几年。”

雍正说道：“朕明白你的孝心，你是想照顾朕，不过朕身边有的是人，你不用担心。”

承欢不吭声，有的是人吗？“九重三殿谁为友，皓月清风作契交”是谁写的呢？就这还是前几年写的，如今连这样的话都一句无了，只用沉默接受苍天安排的一切。

雍正尽力做了一个高兴的表情，说道：“朕已经命人去准备嫁妆了，等春暖花开时，就送你出嫁。”

承欢没想到婚事已迫在眼前，悚然色变，立即跪了下来，说道：“皇伯伯，等我准备好，我自然会离开，现在，我不想嫁！”

她语声铿然，雍正心下凄然。

他看着她从襁褓中一点点长大，这些年她一直承欢膝下，他又何尝真舍得她关山万里，从此不得相见？他手放在承欢头上，微阖着双眼，淡淡说道：“前两年，朕还怨怪你阿玛明明是弟弟，却先朕而去，令人痛何如哉，皇后走后，朕却想明白了，你阿玛先朕而去，才是老天善待朕，让朕能妥善安排他身后的事情，免去他承受不能受的痛。他们一个个都走在朕前面，很好！走得很好！”

死者眼睛闭上的刹那，一切都成了身外事，生者却是日日活在悲痛中。如果非要一个人承受这些痛，那么就是他吧。

承欢眼中噙泪，央求道：“皇伯伯，你再留我几年。”

雍正说道：“替你妥善安排好终身大事，是你阿玛的心愿，伊尔根觉罗的王妃是你阿玛和你……姑姑的好友，肯定会善待你，可天下事总难从人愿，朕总要亲眼看到你过得好，才能安心。如今，朕的身子一天不如一天，你若现在过去了，有什么不如意，朕还能给你做主。若再拖几年，等朕走了，你的孝心倒是尽了，可你让朕如何安心去见你阿玛和额娘？”

雍正一番话说得平淡之极，语声都不带起伏波动，承欢却知道他实在是痛入肺腑。她眼泪簌簌直落，再不敢说不嫁的话，只是俯在雍正膝头嘤嘤低泣。

雍正面色淡然，轻抚着承欢的头：“不要难过了，你一辈子过得好，让你阿玛和朕安心，就是你最大的孝心。”

雍正眉宇间已颇有倦色，承欢怕他犯了心疾，不敢再哭，忙收了泪，压下心里悲痛，反寻些高兴的话来说。

叮嘱了高无庸仔细服侍，承欢从殿里出来，正低头急走，却听到有人叫：“承欢。”

她侧头，看到弘历披着黑貂斗篷，立在空旷的雪地上。她不欲多说，匆匆想告退，弘历却问道："皇阿玛是让你出嫁吗？"

承欢点了点头，弘历眼中有激愤，问道："你告诉皇阿玛你不愿意了吗？"

承欢红着眼圈说道："我想通了，迟早要嫁的，我年纪也到了，一切都听皇伯伯的安排。"

弘历沉默了一会儿，说道："我送你回去。"

几天后，弘昼才知道承欢即将远嫁的消息。他没有弘历的内敛，竟然大着胆子跑到雍正面前大闹了一场，质问雍正，紫禁城里少年才俊多的是，为什么要把承欢嫁到贫寒的塞外？难道是因为皇阿玛打不过蒙古人，最近战事吃紧，所以要牺牲承欢？

雍正面对儿子的指责，如往常一般，看不出怒，也看不出不怒，只喝命他滚回去闭门思过。

承欢在时，不少人都对她心有嫉恨，可真等她要走了，众人反倒留恋起来，想着皇上以后若发怒，再没有人可以软语求情，也没有人可以谈笑间就化解掉他人的杀身大祸。所以，对承欢的远嫁，倒是上上下下人人悲伤，看着像办丧事多过像办喜事，只有服侍承欢的老嬷嬷巧慧面容带喜，兴冲冲地打点所有行囊。

三个月后，送亲的队伍从北京出发。

清晨要走时，却发现寻不到承欢，宫里乱成一团，后来又发现弘历和弘昼也不在，越发乱起来，查问了半晌，才确认他们三个竟已失踪了一夜。

直到日上三竿，弘历、弘昼才带着喝醉的承欢返来，弘历面色温和，恭顺地跪在雍正面前，磕头请罪，弘昼却歪戴着帽子，倔强地盯着雍正，眉宇中带着挑衅。

雍正看看弘昼，再看看承欢，有一瞬间的失神。依稀间，似乎看到年少的胤祥猛地推开他书房的窗户，斜斜跨坐在窗台上，歪戴着帽子，笑讲着如何灌醉了八贝勒府的小丫头，得意于闹得八贝勒府乱成了一锅粥。胤祥语声清亮，洋溢着旺盛的生命，就如夏日树梢上沐浴着正午阳光的新叶。

雍正面色清淡，不理会跪在地上的弘历、弘昼，吩咐宫女送承欢上车。承欢却甩脱宫女，跪在雍正脚下，抱着雍正的双膝号啕大哭起来，一遍遍叫着"皇伯伯"，无论如何不肯离去。不要说往日得了承欢恩惠的人，就是不喜承欢的人都忍不住伤心落泪，雍正却是一点儿反应没有，反倒命宫人拖开承欢，把她塞进马车里，真正让众人见识到什么叫面冷心更冷。

在承欢的哭泣声中，送亲队伍出发，离开了承欢出生长大的紫禁城，驶向她一点儿也不熟悉的蒙古草原。

下午，承欢在巧慧怀中悠悠醒来，睁开眼睛，第一句就叫道：“皇伯伯？”

巧慧柔声说道：“我们已经出了北京城了。”

承欢隐约想起来她大哭过，立即问：“我可有哭？”

巧慧道：“哭了，哭得一群人跟着格格一块儿哭，连五阿哥都偷着在抹眼泪。”

承欢恨不得给自己一巴掌：“昨儿晚上真不该答应两位哥哥出去，看到我那样子哭，皇伯伯心里不知道要有多难受。”

巧慧说道：“皇上看着格格强颜欢笑，心里一样难受，与其两个都强忍着，不如一个哭出来。”

承欢脸埋在巧慧怀里，默默地出神。

巧慧微笑着说道：“等格格去了草原上，就会明白皇上和王爷替格格安排这门婚事的苦心。”

承欢问道：“姑姑喜欢那里，对吗？”

巧慧神色有些黯然，说道：“奴婢不知道。奴婢跟在二小姐身边的时日有限，她有时候很复杂，有时候很简单，奴婢其实不大明白她心里在想什么，但她肯定希望你能离开紫禁城。”

承欢把玩着手里的玉佩。她生命里最疼爱她的三个人都替她选了这门婚事，也许她应该改变态度，去期待蒙古的生活，只是，皇伯伯……那九重三殿内还有谁能真正体谅他一两分呢？

巧慧似知她所想，说道：“格格，皇上昨天私下召见过奴婢，让奴婢转告格格，切勿挂虑他，只要你过得好，就是你最大的孝心。”

承欢又想落泪，却尽力忍住。

从此后，她已不再是承欢父辈膝前，可以任意撒娇的小女儿，而是大清朝的和硕公主，蒙古的王妃。

番外五

往事哪堪再回首

雍正十三年八月二十三日，那夜我没有睡好。

外面的风声太急，乍一听，像是草原上的风，恍恍惚惚中我好像回到了西北，听到了马嘶声，惊起时，并没有烈马奔腾，只是寿皇殿外被禁锢的风在悲鸣。

我披衣而起，拿起了桌上的酒。

自从雍正四年，我被革爵幽禁在景山寿皇殿，已经九年三个月没有碰过马，这里也用不上马，我慢步走一圈寿皇殿不过一炷香的时间。而一炷香，在我年轻时，可以骑着骏马从敌人的营帐里走一圈，顺便带两颗脑袋回来。

那个时候，天下的好马任我挑选，我从不知道，有朝一日，我只能在梦中才看到它们。那个时候，如果有人告诉我，我会在方寸宅院内幽禁十年，我肯定会不屑地大笑。

我们年轻时以为绝不能承受的，我们承受了；我们年轻时以为绝不会失去的，我们失去了。

靠着那些骄傲、英勇、冲动的记忆，在这个小小的宅院中，我依旧活着。

他们说大哥因为被幽禁得太久，到后来常说胡话。我不知道如果我再被幽禁十年，是不是也会变得疯狂。

天明时分，我拿着根树枝舞剑。

侍卫们把我捆缚押入寿皇殿时，我曾愤怒地砸破了大门，叫骂着要杀了老四。从那之后，我就只能用树枝做剑了。

太监又在外面紧张地盯着我。

我大笑着一边舞树枝，一边唱道："想当年，金戈铁马，气吞万里如虎。元嘉草草，封狼居胥，赢得仓皇北顾。四十三年，望中犹记，烽火扬州路……"去告诉老四吧，我就是依旧生龙活虎、气吞山河，我就是依旧怀念沙场驰骋、金戈铁马。

一个老太监走到我身后，我没有理他，抚着树枝，唱道："醉里挑灯看剑，梦回吹角连营。八百里分麾下炙，五十弦翻塞外声，沙场秋点兵……"辛弃疾再不得志，也至少可以仗剑长歌，我却只能对着树枝长歌当哭。

老太监哆哆嗦嗦地说："十四爷，皇上昨儿夜里驾崩了。"

我依旧看着手中的树枝，老太监以为我没有听清，又说了一遍："皇上昨儿夜里驾崩了，请十四爷换丧服。"

树枝掉在地上，我呆呆站了很久，对着门外纵声大笑起来："哈哈哈，你算尽一切，终究是没算过老天，十三年，那个位置你才坐了十三年！"

太监们冲上来，有的抱腰，有的拉腿，把我往屋里拽。自从被幽禁在此，在他们眼中，我早已经不是大清朝尊贵的皇子、英勇的大将军王，我只是个让他们时刻担心会拖累他们被砍头的可怜虫。

虽然被幽禁了九年，可自小马背上练下的功夫并未被丢下，我用了点儿力气，就甩开了他们。

他们痛哭流涕地跪下，哀求着我换衣服，外面也有哀哭声传来。

在众人的哭声中，我好像渐渐地真正意识到，他，大清朝的皇帝，我一母同胞的亲哥哥，死了！

我把太监们都踢了出去，不管怎么说，老四死了，都值得饮酒庆祝。我熬了这么多年，不就是想看到这一天吗？

第一杯敬给额娘，额娘，他气死了你，如今他也死了。

第二杯敬给八哥，第三杯敬给九哥……八哥、九哥，老四去地下见你们了，他没有臣子，没有帮手了，你们见到他可以好好揍他。哦，不对，老十三也在地下，他肯定还是要帮老四，还有若曦……

我端着酒杯，醉眼蒙胧地说："老十三，也敬你一杯，为若曦。"

"若曦，你也喝一杯。我没做到答应你的事，你的骨灰被老四夺去了，他不肯撒到风里……你的金钗也被老四夺去了，他不还给我……他夺走了我们的一切……他什么都夺走了……"

我打翻了所有的杯子，捧起酒坛子大口地喝起来……

天蒙蒙亮时，我醒了，习惯性地拿起树枝，开始舞剑。

我一边舞剑，一边大声吟诗："付金钗，平斗酒，未许解携纤手……若使秦楼美人见，还应一为拔金钗……顾我无衣搜荩箧，泥他沽酒拔金钗……"

我慢慢地停了下来。

他，已经死了！太监们不会再去向他呈报我吟诵的诗。

忽然之间，在监视中，坚持了十一年的清晨舞剑，变得索然无味，我呆呆地拿着树枝，竟然不知道该干什么。只觉得疲惫不堪，好似一直支撑着我的力量全消失了。

太监们都穿着素白的衣袍，他们沉默地跪在我面前。

我走进屋子，看着桌上的丧服。

大哥，幽禁至雍正十二年死。

二哥，幽禁至雍正二年死。

三哥，幽禁至雍正十年死。

八哥，夺爵抄家削宗籍幽禁，雍正四年死。

九哥，夺爵抄家削宗籍幽禁，雍正四年死。

十三哥，雍正八年死。

雍正十三年，雍正他也死了。

我慢慢地换上了丧服。大哥、二哥、三哥、八哥、九哥死时，他都没有允许我服丧，这一次，我一起穿了吧。

深夜，高无庸鬼鬼祟祟地来了，他说："皇上有口谕给十四爷。"

我依旧喝着酒，没有下跪，更没有接旨的意思，他生前我都不尊他，难道他死后我倒要跪了？大不了就是一杯毒酒。

高无庸全不介意，快速地说："朕把你的金钗带去地下了，还你自由。"

我刚听到前半句，就气得砸了杯子，压根儿没听到他后半句说什么。高无庸一刻不敢停留地向外走。我追了出去，太监们在门口组成人盾拦住我。我是被幽禁的人，哪里有自由？高无庸也不再是皇帝面前的大太监，行事怎么能不鬼祟？

几日后，诏书传来。

清世宗爱新觉罗·胤禛，年号雍正，庙号世宗，谥号敬天昌运建中表正文武英明宽仁信毅睿圣大孝至诚宪皇帝。

四阿哥弘历继位，年号乾隆。

再过两个多月，就要是乾隆元年。

乾隆取代了雍正，一个新的帝王，一个新的朝代，有新的人，新的故事。

那一夜，我梦见了四哥。

那时我五岁，额娘喂我喝羊奶，四哥来给额娘请安，带了一份他写的字，额娘刚想看，我打翻了羊奶，额娘再顾不上四哥，一边顺手用纸去吸小桌子上的羊奶，一边柔声软语地哄我。四哥沉默地坐着，轻轻地把被羊奶浸透的字稿收到了袖中。

额娘去换被羊奶弄脏的衣服，四哥看着我笑，轻声叫我"胤祯"。我盯着他，不说话。他说："会写自个儿的名字了吗？知道吗，我们的名字发音一样。"他看看四周，见无人注意，用手指蘸了茶水，在小桌子上一笔一画地写下：胤禛，胤祯。四哥指着一上一下挨在一起的名字，笑眯眯地说："这是我的名字，这是你的名字，发音一样。"我盯着看了一会儿，明明羡慕，却不屑地说："你的字写得也很一般嘛！先生不过是因为贵妃娘娘才老夸你。"手胡乱一抹，把字抹花，跳下炕，大叫着"额娘"，咚咚地跑走了。

从梦中醒来时，我的眼角有泪。

我不知道我哭的是额娘宫中那个十五岁的四哥，还是随着世宗皇帝驾崩而消逝的我的一生。

雍正驾崩后的三个月，乾隆释放了我。

我在寿皇殿的门槛前站了一瞬，才跨过了那道门槛。十年前，我被押着进了寿皇殿，十年后，我自己跨出了寿皇殿。

一进一出，十年光阴。

四阿哥弘历，不对，应该说乾隆帝坐在勤政殿的龙椅上。

我仔细地端详着他，这是老四的儿子，我却没有从他的眉目间看到老四的影子，我说不出是遗憾还是放心。

他问我：“十四叔想要什么吗？尽可放心直言。”

我想了一会儿，说道：“一匹好马。”

乾隆似乎很意外，思索地打量着我。

我知道不能让帝王猜不透臣子的心思，主动解释说：“臣已经十年没有骑过马。”十三年来，所有人都骂我糊涂愚蠢，他们不知道我不是不懂权谋机变，也不是不懂帝王之威，我只是不愿向他低头。

乾隆的眼内流露出恻然，吩咐太监去牵蒙古进贡的汗血宝马。

我牵着乾隆赏赐给我的马，走出了紫禁城。

街道上熙来攘往、人声鼎沸。

雍正是个抠门儿的皇帝，他没有在北京城大兴土木，所以，北京城几乎没有任何变化，依旧是那个我熟悉的北京城。

我可以很容易地找到当年千金裘、五花马、仗剑而歌的酒家，也能看到和九哥去喝酒戏耍的风月楼，还有八哥和江南文人们相聚的茶肆。

酒楼上有少女叫：“公子，那位牵马的公子。”

我抬头望去，她对着我的身后招手：“公子，你忘记你的扇子了。”

我望着楼上倚栏而笑的歌女。

元宵灯节，我领着一群走马斗鹰、轻狂傲慢的五陵少年，来这里饮酒看灯，遇到了十三哥和若曦，还有那个清倌绿芜。

那一夜，宝马雕车香满路，东风夜放花千树，星如雨、鱼龙舞……

身后的男子不满地用马鞭搡了我一下：“喂，你在看什么？仔细大爷挖了你的眼睛，还不滚！”他举起马鞭，作势要打。

我收回了目光，牵着马，沿着街道，依旧没有目的地走着。

其实，我想去西北，驰骋千里，纵马长啸，看鹰击长空、鱼翔浅底。

但，乾隆不会放心我离开北京城。

不过，够了。

这座城里，每个角落都有他们和我的印记，我可以一个一个角落，慢慢地回忆。